클라이스트 희곡선

클라이스트 희곡선

초판 1쇄 발행 2022년 3월 31일

지은이 하인리히 폰 클라이스트
옮긴이 배중환
펴낸이 권경옥
펴낸곳 해피북미디어
등록 2009년 9월 25일 제2017-000001호
주소 부산광역시 동래구 우장춘로68번길 22
전화 051-555-9684 | 팩스 051-507-7543
전자우편 bookskko@gmail.com

ISBN 978-89-98079-47-5 03850

클라이스트 희곡선

깨어진 항아리 ✦ 암피트리온 ✦ 홈부르크 공자

하인리히 폰 클라이스트 지음

배중환 옮김

해피북미디어

✦ 차례 ✦

일러두기

1. 이 책은 Heinrich von Kleist, *Sämtliche Werke und Briefe*, Band I, hrsg.
   von Helmut Sembdner(München: Hanser1987)을 번역 저본으로 삼았다.
2. 본문 가운데 [   ] 속의 말은 독자의 이해를 돕기 위해 옮긴이가 보충한 것이다.
3. 각주는 모두 옮긴이의 것이다.

깨어진 항아리

희극

Der zerbrochne Krug

Ein Lustspiel

장 자크 르 보(1726~1786)의 동판화 <재판관 또는 깨어진 항아리>

서문

이 희극은 하나의 역사적 사건에 토대를 두고 있는 듯한데, 나는 그것에 대해 잘 알지 못한다. 이 극을 쓰게 된 동기는 내가 몇 년 전 스위스에서 본 하나의 동판화였다. 우리는 동판화에서, 제일 먼저 한 판사가 위엄 있게 판사의 자리에 앉아 있는 것을 볼 수 있다. 그리고 그의 앞에는 한 노부인이 깨어진 항아리를 들고 서 있는데, 그녀는 그 항아리에 닥친 부당함에 대하여 항의를 하는 듯이 보인다. 판사가 피고인 젊은 농부에게 항아리를 깨었다고 호통을 치자, 그는 자기 변호를 하지만 설득력이 약하다. 그리고 이 사건에 대해 증언한 듯한 처녀는(왜냐하면 어떤 상황에서 이 범죄가 일어났는지 아무도 모르기 때문에.) 어머니와 약혼자의 중간에서 앞치마를 만지작거리고 있다. 위증을 한 사람일지라도 이 처녀보다 더 안절부절못하며 서 있지는 않을 것이다. 그리고 (조금 전까지 그 처녀를 본 것 같은) 법원 서기는 이와 비슷한 상황에서 크레온이 오이디푸스를 보았던 것처럼,* 의심하면서 옆에 있는 판사를 쳐다보고 있다. 그 그림 밑에 '깨어진 항아리'라는 제목이 적혀 있다. ─ 그 원화(原畵)는, 내 생각이 틀리지 않는다면, 어느 네덜란드 출신 화가가 그린 것이다.

---

* 역주: 클라이스트의 수기 원고에는 "누가 라이오스를 살해했는가? 라고 물었을 때처럼"이라고 추가로 적혀 있었던 글이 다시 지워져 있다. 클라이스트가 가장 존경했던 극작가 소포클레스의 비극 「오이디푸스 왕」에서, 왕인 동시에 판사인 오이디푸스는 자신이 아버지를 살해한 줄 모르고 그 범인을 계속 추적한다. 하지만 오이디푸스 왕의 처남인 크레온은 극이 진행되는 도중에 범인을 알게 된다. 클라이스트의 이 희극에서는 서기 리히트가 항아리를 깬 범인이 누구인지 알고 있다.

등장 인물

발터 사법 고문관

아담 촌장 겸 판사

리히트 서기

마르테 룰 부인

이브 그녀의 딸

화이트 튐펠 농부

루프레히트 그의 아들

브리기테 부인

하인, 정리, 그 밖의 하녀들

사건은 네덜란드의 우트레히트 근처 한 작은 마을에서 진행된다.

장소 : 법정

제1장

아담이 한쪽 다리에 붕대를 감고 앉아 있고, 리히트 등장

리히트 아니, 이게 어떻게 된 일입니까? 아담 촌장!
무슨 일이 있었습니까? 당신의 모습이 왜 이렇습니까?

아담 아니, 별거 아니야. 걸려 넘어질 것은 발밖에 없지.
여기 평평한 바닥에는 걸려 넘어질 돌부리도 없지 않
느냐?
그런데도 내가 여기서 넘어졌어. 사람은 누구나 다 자기
자신 속에 걸려 넘어질 돌을 지니고 다니기 때문이지.

리히트 아니, 무슨 말씀입니까? 사람은 누구나 돌을 지니고 다
니다니요 — ?

아담 그렇지, 자기 자신 속에!

리히트 무슨 그런 말씀을!

아담 무슨 말이냐고?

리히트 당신은 태초의 낙원에서 추락함으로써 유명해진 단정
치 못한 선조 아담의 후손입니다.
당신도 혹시……?

아담 뭐라고?

리히트 선조와 마찬가지로 — ?

아담 그럼 내가 선조 아담과 마찬가지로 — ? 아니다!
분명히 말하지만, 나는 여기서 넘어졌네.

리히트	정말 넘어졌습니까?
아담	그래, 정말이야.
	그 꼴이 말이 아니었지.
리히트	그럼 그 사고는 도대체 언제 일어났습니까?
아담	이제 막, 내가 잠자리에서 일어나는 순간이었네.
	아침 찬송을 중얼거리고 있을 때, 나는 굴러떨어졌어.
	그리고 하루 일과가 시작되기도 전에,
	우리 주 하느님이 내 발을 삐게 하셨지.
리히트	왼발이 틀림없죠?
아담	왼발?
리히트	붕대로 감고 있는 이 묵직한 발이죠?
아담	물론이지!
리히트	오, 하느님!
	그런데도 이 발로 '죄의 길'을 어렵게 걸어왔지요?
아담	이 발이! 뭐라고! 죄의 길을 어렵게! 왜?
리히트	발이 부어올랐으니까요.
아담	발이 부어오르다니?
	발은 왼쪽이든 오른쪽이든 다 부어오를 수 있어.
리히트	죄송합니다만, 그럼 당신은 오른쪽 발을 푸대접하는 겁니다.
	오른쪽 발은 부어올라 있지 않습니다.
	그 발은 오히려 미끄러운 곳을 잘 지나왔습니다.
아담	뭐라고 지껄이는 거냐!
	한쪽 발이 가는 곳에 다른 쪽 발이 따라가는 거지.

리히트	그건 그렇고 얼굴은 왜 그렇게 다쳤습니까?
아담	내 얼굴이 어때서?
리히트	뭐라고요? 얼굴의 상처를 전혀 모른다고요?
아담	내가 거짓말쟁이 같군. ― 모습이 어떤가?
리히트	모습이 어떠하냐고요?
아담	그래, 친구여.
리히트	끔찍합니다!
아담	좀 더 자세히 설명해 보게.
리히트	상처가 났습니다.
	보기에 끔찍합니다. 뺨에서 살이 한 점 떨어져 나갔는데,
	몇 그램이 될지도 저울이 없어 알 수가 없습니다.
아담	그런가, 제기랄!
리히트	*(거울을 가져온다.)*
	여기 거울이 있습니다! 직접 확인해 보시죠!
	개에게 쫓겨서 가시덤불을 헤치고 나온 양도
	당신의 떨어져 나간 살점보다 더 많은 양털을 뒤에 떨
	어뜨려 놓지는 않았을 것입니다.
아담	음! 과연 그렇군. 얼굴도 흉측하게 보이고, 또 코도 다
	쳤군.
리히트	그리고 눈도 다쳤습니다.
아담	여보게, 눈은 다치지 않았네.
리히트	아이고, 여기 얼굴을 가로지르며 상처가 있고 피투성이
	입니다. 정말입니다.
	마치 화가 난 일꾼 감독한테서 한 대 얻어맞은 것 같습

니다.

아담　　　그건 광대뼈야. — 그렇지? 자, 보게, 나는 이 상처를 느끼지 못했어.

리히트　　그건 그렇습니다! 싸움에 몰두하다 보면 그럴 수도 있죠.

아담　　　싸움? 그게 무슨 말이냐? — 자네가 굳이 그렇게 말한다면,

　　　　　　나는 난로에 붙어 있는 빌어먹을 염소[1]와 싸웠네.

　　　　　　이제야 알겠네. 그때 나는 균형을 잃었었고,

　　　　　　물에 빠져 허우적거리는 사람처럼 허공에서 버둥거리다가,

　　　　　　마침 내가 어제 저녁에 말리려고 난로에 걸어 두었던 바지를 잡았지.

　　　　　　자네도 이해하듯이, 내가 그것을 잡고,

　　　　　　정말 어리석었지만, 나는 그것에 매달리려고 했으며,

　　　　　　게다가 혁대까지 잡아당겼지.

　　　　　　그러자 혁대, 바지 그리고 내가 모두 하나가 되어 굴러 넘어졌어.

　　　　　　그리고 나는 이마 부분을 난로에 들이받았네.

　　　　　　바로 그 난로의 모서리에는 장식용 염소의 코가 튀어나와 있었지.

리히트　　*(웃으며)* 참 잘했습니다!

아담　　　제기랄!

1　네덜란드의 난로에 붙어 있는 장식용 모형 염소

리히트	침대에서 떨어진 첫 아담입니다.[2]
아담	정말 그렇군! — 그런데 내가 하고 싶은 말은, 무슨 새로운 일이 있는가?
리히트	예, 새로운 것입니다! 허 참, 하마터면 잊어버릴 뻔했군요.
아담	그래 뭔가?
리히트	우트레히트에서 예기치 않은 손님이 오십니다. 맞이할 준비를 하십시오.
아담	그래?
리히트	사법 고문관님께서 오실 것입니다.
아담	누가 온다고?
리히트	사법 고문관 발터님이 우트레히트에서 여기로 오실 것입니다. 그분은 지금 지방 재판소들을 순찰하는 여행을 하시는 중입니다. 오늘 이곳에 오실 것입니다.
아담	오늘? 자네, 지금 제정신인가?
리히트	사실입니다. 어제 그분은 이웃 마을 홀라에 계셨고, 그곳 재판소를 검열하셨습니다. 후이줌으로 가기 위해 마차 앞에 말을 매는 것을 한 농부가 보았답니다.
아담	오늘 중으로, 사법 고문관께서 우트레히트에서 이리로

---

2   창세기 제3장의 낙원 추방을 말함

온다!

자기 욕심을 잘 채우고, 야무지고, 검열 같은 어리석은 짓을 매우 싫어하는 분이 감사를 하기 위해 후이줌으로, 우리를 괴롭히려고 온다니!

리히트   그분은 홀라까지 오셨고, 후이줌에도 오실 것입니다. 조심하십시오.

아담   에잇, 거짓말하지 마라!

리히트   말씀드린 대로입니다.

아담   그런 거짓말 같은 이야기는 그만둬.

리히트   그 농부가 사법 고문관님을 직접 보았다고 했습니다. 농담 아닙니다.

아담   그 눈병을 앓는 녀석이 누구를 보았는지 알 수가 없지 않느냐?

그 녀석들은 대머리의 얼굴과 뒤통수조차도 구분하지 못한다네.

내 지팡이 위에 삼각 모자를 올려놓고, 외투를 걸고, 그 밑에 구두를 신겨 놓으면,

그들은 그것을 자네가 원하는 사람으로 여길 것이네.

리히트   좋습니다. 그분이 여기 이 문을 열고 들어오실 때까지 그렇게 의심을 계속하십시오.

아담   그분이 들어오다니! ―

우리에게 단 한마디의 사전 연락도 없이.

리히트   당신은 잘못 알고 계십니다!

검열하러 오시는 분이 아직도 예전의 사법 고문관 바흐

홀더라고 생각하십니까?

이번에 검열하러 오시는 분은 사법 고문관 발터입니다.

아담 제아무리 사법 고문관 발터라고 해도! 상관하지 마.

그분도 직무상의 선서를 했고, 우리처럼 현행 법규와

관습에 따라 직무를 수행한다네.

리히트 하지만 분명히 말씀드리겠습니다.

그 사법 고문관 발터께서 예고도 없이 어제 홀라에 나

타나셔서

회계장부와 사무실을 검사하셨으며,

그곳 판사와 서기를 정직 처분시켰답니다.

왜 그렇게 했는지는 저도 모릅니다.

아담 뭐라고, 그게 사실인가? 그 농부가 그렇게 말했는가?

리히트 그것뿐 아니라 더 있습니다 ―

아담 더 있다고?

리히트 알고 싶으시다면 말씀드리겠습니다.

자택에서 근신처분을 받은 판사가 오늘 아침 모습을 드

러내지 않았습니다.

찾아 나선 사람들이 그를 헛간 뒤에서 발견했는데,

그는 지붕 서까래에 목이 매달려 있었답니다.

아담 지금 자네 무슨 말을 하는 거야?

리히트 그 사이에 사람들이 그의 목에 매인 줄을 풀어 그를 구

하고,

주물러주고 또 물을 부어서 간신히 살려냈답니다.

아담 그래? 간신히 살려냈단 말인가?

| 리히트 | 그리고 세간엔 빨간딱지가 붙여졌고,
조서에 사인을 했고, 문 밖의 출입도 금지되었습니다.
그 후 그는 거의 죽은 사람과 같았답니다.
그리고 그의 판사직도 이미 후임자에게 넘어갔어요. |
|---|---|
| 아담 | 이게 어찌된 것인가! ―
그가 좀 부주의한 사람이긴 했어. ―
하지만 그는 아주 선량한 사람이었다.
그것만은 확실해.
친구들하고도 잘 어울리는 녀석이었어.
그런데 몹시 부주의한 것만은 내가 말해 둬야겠네.
만약 오늘 사법 고문관이 홀라에 계셨다면, 그 불쌍한
녀석에게는 불행한 일이었다는 생각이 드는군. |
| 리히트 | 그 농부가 말하기를, 그 사고 때문에 사법 고문관이 아
직 여기에 도착하지 못했다는 것입니다.
그분은 정오까지 여기에 틀림없이 도착할 것입니다. |
| 아담 | 정오에? 좋아, 여보게 친구!
지금 중요한 것은 우정이야.
자네도 알다시피, 백지장도 맞들면 낫지.
그리고 자네도 판사가 되고 싶어 한다는 것을 난 알고
있어.
자네는 다른 사람처럼 판사가 될 자격이 있어.
하지만 아직은 때가 아니네.
오늘만은 그냥 넘어가자! |
| 리히트 | 내가 판사가 된다고요? |

대체 나를 어떻게 생각하십니까?

아담 자네는 구변이 좋은 친구야.

암스테르담의 학교에서 공부한 사람들 못지않게

자네는 키케로를 공부했지 않나?

오늘은 자네의 공명심을 좀 자제해 두게, 듣고 있나?

아마 언젠가 자네의 재능을 스스로 드러내 보일 수 있

는 기회가 있을 것이네.

리히트 우리 두 사람은 오랜 친구입니다! 그런 말을 할 필요가

없습니다.

아담 자네도 알다시피, 데모스테네스[3]와 같은 위대한 웅변

가도 필요할 때에는 침묵했다네.

자네도 그런 예를 따르게!

내가 현재 마케도니아의 왕은 아니지만,

내 나름대로 사례를 하겠네.

리히트 제발 말씀드리오니, 그런 생각일랑 그만두십시오!

내가 언제 — ?

아담 자, 나도 위대한 희랍인을 본받아, 공탁금과 이자[4]에

대해서라면 일장 연설을 할 수 있어.

그런데 누가 그런 멋진 연설을 하려고 하겠나?

리히트 물론입니다!

아담 나는 그런 비난을 받을 사람이 아니야.

---

3   희랍의 유명한 웅변가, 기원전 384-322년

4   공탁금과 이자의 횡령을 암시함

	결단코 아니지! 다만 걱정이 되는 것은, 깜깜한 밤에 내가 행한 장난이 밝혀지지 않을까 하는 거야.
리히트	알고 있습니다.
아담	정말이다! 판사라 하더라도 법정에 앉아 있지 않을 때는, 북극곰처럼 위엄을 부리고 있어야 할 이유가 조금도 없어.
리히트	같은 생각입니다.
아담	그렇다면, 이리 오게 친구여.
	사무실로 따라오게.
	서류를 정리해야 돼.
	그것들은 바빌론의 탑처럼 혼란스럽게 쌓여 있어.

제2장

하인 등장. 앞에 나온 사람들 — 나중에 두 하녀 등장

하인	안녕하십니까, 판사님. 사법 고문관 발터님의 인사를 전하러 왔습니다.
	그분은 여기에 곧 도착하실 것입니다.
아담	아, 큰일 났구나! 홀라에서의 용무는 다 끝나셨는가?
하인	예, 그는 벌써 후이줌 마을에 와 계십니다.
아담	어이, 리이제, 그레테!
리히트	진정하십시오. 제발 좀 진정하십시오.

아담	여보게 친구, 어쩌면 좋을까!
리히트	우선 사법 고문관님께 고맙다는 인사를 전하십시오.
하인	그리고 내일 우리 일행은 후스자에 마을로 떠날 예정입니다.
아담	지금 내가 뭘 해야 하고, 뭘 하면 안 되는 것이지?
	(자신의 옷을 집는다.)
첫째 하녀	*(등장)* 부르셨습니까, 판사님.
리히트	그런데 바지를 입으실 생각이십니까? 지금 제정신입니까?
둘째 하녀	*(등장)* 부르셨습니까, 판사님.
리히트	윗도리를 입으세요.
아담	*(주변을 둘러보며)*
	누구? 사법 고문관 말이냐?
리히트	아닙니다. 하녀입니다.
아담	법복의 어깨띠, 외투, 넥타이!
첫째 하녀	먼저 조끼를 입으셔야 합니다!
아담	뭐라고? ― 윗도리 벗겨! 어서 빨리!
리히트	*(하인에게)* 사법 고문관님의 방문을 진심으로 환영한다. 곧 영접할 준비를 하겠다. 그렇게 전하게.
아담	참 곤란하구나! 판사 아담이 실례를 구한다고 전하게.
리히트	실례를 구한단 말입니까?
아담	실례를 구한다! 그런데 벌써 이쪽으로 오시는 중이지?
하인	아직 여관에 계십니다.
	마차가 고장나서 대장장이를 불렀습니다.

아담	좋다. 그럼 사법 고문관님께 나의 안부를 전하게!
	대장장이는 게으름뱅이이다. 나는 실례를 구한다는 말을 전한다.
	하마터면 목과 다리를 부러뜨릴 뻔했네.
	네가 직접 보아라. 나의 이 모습을!
	그리고 나는 놀랄 때마다 설사를 한다네.
	아프다고 전해주게.
리히트	정신이 있는 것입니까? —
	사법 고문관님은 언제 오시더라도 좋습니다. —
	괜찮습니까?
아담	아, 이게 어찌된 일인가!
리히트	무슨 일입니까?
아담	큰일 났다.
	설사약을 먹은 것처럼 견딜 수가 없구나.
리히트	그런 말로 그분을 쫓아 버릴 수는 없습니다.
아담	마르그레테! 어이! 빼빼쟁이! 리제!
두 하녀	예, 왔습니다. 뭐 시키실 일이라도 있습니까?
아담	빨리 가서, 치즈, 햄, 버터, 소시지, 술병 등을 사무실에서 치워.
	재빨리! 너 말고, 너. — 이 바보야! 그래 너 말이야.
	— 바보 같은 마르그레테! 우유 짜는 하녀 리이제는 사무실로 가거라!
	(첫째 하녀 퇴장)
둘째 하녀	제가 알아들을 수 있도록 말씀해 주세요.

아담	입 닥쳐라! 가서 내 가발을 가져와!
	빨리 서둘러! 책장에서 꺼내와, 빨리! 뛰어가!
	(둘째 하녀 퇴장)
리히트	*(하인에게)*
	사법 고문관님은 여행 중 별고 없으셨죠?
하인	있었습니다. 타고 있던 마차가 골짜기를 빠져 나오는 도중에 전복했습니다.
아담	오! 재수 없게도, 내 발에 껍질이 벗겨졌구나! 구두도 못 신겠어 ―.
리히트	큰일 났구나. 마차가 전복했다는 말이오? 더 이상의 피해는 없어요?
하인	그리 큰 사고는 아닙니다.
	사법 고문관님이 손목을 가볍게 삐셨고,
	마차 채만 부러졌습니다.
아담	*(혼자서)* 목도 부러졌더라면 좋았을 텐데!
리히트	손목을 삐셨다고요? 불행 중 다행이군요! 대장장이가 이미 도착했겠지?
하인	예, 마차를 고치려고.
리히트	뭐라고요?
아담	그럼 자네는 의사를 생각하였나?
리히트	뭐라고요?
하인	마차를 고치기 위해서?
아담	농담 아니야! 손목을 고치기 위해서야.
하인	그럼 안녕히 계십시오, 여러분들. ― *(혼자서)* 저 녀석들

	이 미쳤구나. *(퇴장)*
리히트	대장장이가 도착했느냐고 물었던 것입니다.
아담	자네가 약점을 노출시켰구나, 친구여!
리히트	어째서요?
아담	지금 자네는 당황하고 있네.
리히트	무슨 말을 하시는 겁니까?
	(첫째 하녀 등장)
아담	어이, 리이제! 뭘 가지고 왔지?
첫째 하녀	브라운슈바이크산 소시지입니다. 판사님.
아담	그건 고아에 관한 서류인데.
리히트	제가 당황해한다고요?
아담	그것들을 다시 사무실에 갖다 놓아라!
첫째 하녀	이 소시지 말입니까?
아담	소시지라고? 어리석은지고! 그 포장지를 이리 내놓아라.
리히트	그것은 오해입니다.
둘째 하녀	*(등장)* 판사님, 책장에서 가발을 찾지 못했습니다.
아담	왜 못 찾았느냐?
둘째 하녀	흠, 왜냐하면 판사님께서 ―
아담	내가 어쨌다고?
둘째 하녀	어제 밤 11시에 ―
아담	밤 11시에 어쨌다고? 말해 봐라!
둘째 하녀	아이고, 생각이 안 나십니까? 판사님께서는 가발을 쓰지 않고 집에 오셨습니다.
아담	내가, 가발을 안 쓰고 왔다고?

둘째 하녀	예, 사실입니다.
	저기 리이제가 그것을 증언할 수 있습니다.
	그리고 다른 가발은 지금 가발 기술자에게 가 있습니다.
아담	내가 가발을 쓰지 않고 왔던가?
첫째 하녀	예, 사실입니다. 아담 판사님!
	돌아오셨을 때에는 대머리였습니다.
	넘어졌다고 말씀하셨는데 기억나지 않습니까?
	제가 얼굴의 피까지 닦아 드렸습니다.
아담	이 뻔뻔스러운 년!
첫째 하녀	그것은 사실입니다.
아담	입 닥쳐, 그것은 새빨간 거짓말이야.
리히트	그 상처는 어제 생긴 것입니까?
아담	아니다. 오늘이다.
	상처는 오늘 났고, 가발은 어제 잃어버렸어.
	그 가발에 하얗게 분을 칠하여 머리에 쓰고 있었다.
	사실은, 내가 집에 돌아와 실수로 모자와 함께 그 가발을 벗었어.
	저 아이가 내 얼굴에서 무엇을 닦아 냈는지 난 모른다.
	─ 이것아, 지옥으로 꺼져라!
	아니, 사무실로 가거라!
	(첫째 하녀 퇴장)
	마르가레테!
	내 친구 집사에게 가서 가발을 빌려 오너라.
	내 가발 속에 오늘 아침 고양이가 새끼를 낳았다고 말

씀드려라.

무례한 놈! 내 가발은 더렵혀진 채로 침대 밑에 있다.

이제야 생각이 나는구나.

리히트   고양이가? 어쨌다고요? 지금 제정신입니까? —

아담   사실이야.

다섯 마리지. 누렇고, 검고, 그리고 한 마리는 흰색이야.

검은 놈은 내가 베히트강[5]에 던져 버릴 거야.

어쩔 수 없다. 자네도 고양이 한 마리를 가지고 싶은가?

리히트   가발 속에?

아담   절대로 거짓말이 아니다!

내가 잠자리에 들면서, 그 가발을 의자에 걸어 놓았어.

밤중에 내가 그 의자를 건드려서, 가발이 떨어졌다 —

리히트   그러자 고양이가 가발을 입에 물고 —

아담   그래 —

리히트   그것을 침대 밑으로 끌고 가서 그 안에 새끼를 낳았다.

아담   입에 물고? 아니지 —

리히트   아니라고요? 그럼 어떻게?

아담   고양이? 아니다!

리히트   아니라고요? 그럼 당신이 — ?

아담   입에 물고? 내 생각에는 — !

나는 오늘 그것을 보고 발로 차서 쫓아버렸어.

리히트   잘 알겠습니다.

---

5   우프레히트 근처의 라인강 지류

아담	나쁜 놈의 고양이들! 그것들은 자리만 있으면 짝짓기를 하고 새끼를 낳네.
둘째 하녀	*(킥킥거리며)* 그러면 저는 물러갈까요?
아담	그래, 교회집사 부인인 슈바르쯔게반트 아주머니께 안부를 전해라.
	나는 그 가발을 틀림없이 오늘 중으로 본래대로 돌려주겠어.
	─ 그의 남편에게 네가 말을 할 필요는 없어.
	내 말 알았느냐?
둘째 하녀	예, 지금 곧 그렇게 하겠습니다.

제3장

아담과 리히트

아담	리히트, 오늘 나는 불길한 예감이 드는구나.
리히트	왜 그렇습니까?
아담	모든 것이 뒤숭숭해.
	게다가 오늘은 재판이 있는 날 아닌가?
리히트	물론입니다. 소송인들이 이미 문 밖에 와 있습니다.
아담	내가 꿈을 꾸었는데 어떤 고소인이 나를 잡아다가
	판사 앞으로 끌고 갔지.
	그런데 위의 판사 자리에도 또 내가 앉아 있지 않았겠어.

위에 앉은 내가 그 아래 앉은 나를 질책하고 심하게 꾸짖으며 욕하더니, 결국 목에 쇠고랑을 씌우는 판결을 내렸지.

리히트 뭐라고요? 판사님이 자신에게 판결을 내렸다고요?

아담 사실이야.

그러고 나서 우리 둘은 하나가 되어 도망을 쳤고,

소나무 숲에서 밤을 새워야 했지.

리히트 그래요? 그럼 당신은 그 꿈이 맞을 것이라고 생각하세요?

아담 아, 아니!

그러나 꿈이 아니더라도, 어떤 나쁜 일이

내게 일어날 것 같은 기분이 드네.

리히트 그것은 기우일 뿐입니다! 사법 고문관님이 오시더라도,

판사님은 판사의 자리에 앉아 법률에 규정된 대로 소송을 공정하게 재판하십시오.

그러면 질책당한 판사에 대한 꿈이 실현되지는 않을 것입니다.

제4장

사법 고문관 발터 등장. 앞에 나온 사람들

발터 안녕하세요, 아담 판사님.

아담 아이고 환영합니다!

어서 오십시오. 사법 고문관님, 우리 후이줌에 오신 것을 환영합니다!

도대체 누가 이렇게 기쁜 손님을 기대할 수 있었겠습니까.

오늘 아침 8시까지만 해도 이런 행운이 생길 줄은 꿈에도 생각하지 못했습니다.

발터 제가 좀 서둘러 온 것은 확실합니다.

그리고 이 네덜란드 연방의 공무 여행에서

방문지의 사람들이 저를 호의적인 작별 인사로 배웅하신다면 그것만으로도 저는 만족합니다.

그러나 저의 인사를 대신하여 말씀드리면,

제가 이렇게 온 것은 여러분들을 놀라게 하려는 것이 아니라

마음으로부터 호의를 가지고 있기 때문입니다.

우트레히트의 고등법원은 여러 가지 점에서 결함이 있는 지방의 사법관행을 개선하려 합니다. 만약 그것을 악용하는 사례가 있으면 엄한 조치가 내려질 것입니다.

그러나 이번 여행에서 저의 임무는 엄격한 명령을 내리거나 처벌을 하는 것이 아니고 단지 시찰하는 데 목적이 있습니다.

가령 만사가 정상의 상태라고는 말할 수 없어도,

그것이 참을 만한 정도라면 만족하겠어요.

아담 정말이지, 당신의 그런 고상한 생각은 경탄할 만합니다.

저는 사법 고문관님께서 옛 사법관행을 꾸짖을 만한 이

유를 여기저기서 발견하리라고 믿어 의심치 않습니다.
네덜란드에서 그런 관행은 칼 5세 통치시절부터 이미
존재하고 있었습니다.

인간은 마음속으로 더 새로운 것을 꿈꾸지 않습니까?
우리 속담에도 세상은 나날이 더 현명해진다는 말이 있
습니다.

그리고 누구나 다 푸펜도르프의 저술[6]을 읽고 있습니다.
그러나 후이줌 마을은 이 넓은 세계의 아주 작은 일부
분이고 넓은 세계의 지혜도 그 일부분만이 이곳으로 들
어옵니다.

사법 고문관님, 후이줌의 사법부를 계몽해 주십시오.
그러면 틀림없이, 당신이 이곳을 떠나시기 전에 우리
고장 사법부는 당신을 완전히 만족시켜 드릴 것입니다.

그러나 오늘 당신이 원했던 바를 우리 사법부에서 발견
하시게 된다면, 그건 분명 기적일 것입니다.

왜냐하면 당신이 원하시는 것을 우리 사법부는 아직 모
르고 있기 때문입니다.

발터   규정이 부족하다는 것은 맞습니다. 아니, 오히려 규정
이 너무 많습니다. 우리들은 그것들을 체로 쳐서 정비
해야 합니다.

아담   예, 큰 체로 쳐야 합니다. 껍데기들이 너무 많습니다.

---

6   사무엘 프라이헤르 폰 푸펜도르프(1632-1694)는 『일반법학 기초』(1660)라는 책을
     썼다.

껍데기들이!

발터 저기 있는 저분이 서기입니까?

리히트 서기 리히트입니다.

잘 부탁드립니다. 다가오는 성령강림절이면 법원에서 근무한 지 9년이 됩니다.

아담 *(의자를 갖고 오며)* 앉으십시오.

발터 괜찮습니다.

아담 당신은 홀라에서 오셨습니다.

발터 2마일밖에 안 됩니다. — 누구에게서 들었습니까?

아담 누구한테서요? 당신의 하인이 —

리히트 방금 홀라 마을에서 돌아온 한 농부가 말했습니다.

발터 농부가?

아담 네 그렇습니다.

발터 사실은, 거기서 불행한 사건이 발생했습니다. 그래서 제 기분이 좀 상했습니다. 업무 중에는 늘 유쾌해야 하는데 말입니다.

그 사건을 벌써 알고 계십니까?

아담 그것이 사실이었습니까, 사법 고문관님?

파울[7] 판사가 가택 연금을 받아

절망에 사로잡혀 어리석게도 스스로 목을 매었다지요?

발터 설상가상이었죠.

처음에는 그저 서류상으로 정리가 안 되어 혼란스러운

---

7 그의 이름 파울(Pfaul)에는 또 다른 뜻인 '썩은, 부패한'의 파울(faul)이 암시된다.

것으로 생각했는데, 공금횡령의 의혹이 짙어졌습니다.
당신도 아시다시피, 법률은 공금횡령의 의혹을 그냥 넘어가지 않습니다. ―

그런데 당신은 은행계좌를 몇 개나 갖고 있습니까?

아담　　다섯 개입니다.

발터　　뭐 다섯 개라고? 나는 현금이 들어 있는 은행계좌를 생각했는데 ―

그리고 네 개밖에 없을 것이라고 생각했는데 ―

아담　　죄송합니다!

라인강이 범람하면 수리할 은행계좌까지 합해서 말입니까?

발터　　라인강 범람대비 은행계좌라니?

지금은 라인강이 범람하지 않아

기금도 들어오고 있지 않아요.

― 그런데 오늘이 이 마을의 공판일이지요?

아담　　우리 마을의 ― ?

발터　　그렇지 않습니까?

리히트　　예, 이번 주의 첫 번째 공판일이죠.

발터　　그럼 내가 바깥 복도에서 보았던 그 많은 사람들이, 재판을 ― ?

아담　　그들이 [재판을 받게] 될 것입니다.

리히트　　소송인들은 이미 모여 있습니다.

발터　　좋습니다. 여러분, 이건 내게 참 좋은 기회입니다.

괜찮다면 그들을 여기에 들어오게 하세요.

재판과정을 방청하겠습니다.

후이줌에서 재판이 어떻게 진행되는지 보겠습니다.

이 재판이 끝난 뒤에는 서류와 회계장부를 보겠어요.

아담　　그럼 분부대로 하겠습니다. ─ 정리! 어이! 한프리데!

제5장

앞에 나온 사람들. 둘째 하녀 등장

둘째 하녀　　아담 판사님, 집사 부인의 안부를 전합니다.

부인은 판사님께 기꺼이 가발을 빌려주겠다고 했으나 ─

아담　　뭐라고, 안 된다고?

둘째 하녀　　그런데 그녀가 말하길, 오늘 아침 설교가 있어서 남편께서 가발을 쓰고 가셨고,

다른 가발은 사용할 수 없게 되어서 오늘 가발 기술자에게 수선을 보내야만 한답니다.

아담　　에이, 빌어먹을!

둘째 하녀　　집사가 집에 돌아오면, 즉시 가발을 보내 주시겠다고 했습니다.

아담　　사법 고문관님, 사실을 말씀드리면 ─

발터　　무슨 일이 있습니까?

아담　　뜻하지 않은 저주스러운 사고가 있어서,

제가 가진 가발 두 개가 모두 망가졌습니다. 그리고 지금 제가 빌리려고 했던 세 번째 가발은 빌릴 수 없게 되었습니다.

대머리인 채로 공판을 진행해야만 합니다.

발터   대머리인 채로?

아담   예, 그렇습니다! 제가 가발을 쓰지 않는 것은 판사의 체면상 매우 곤란한 일입니다.

         — 소작농장으로 소작인이 혹시 구해 줄지 한 번 알아보겠습니다. —

발터   소작농장까지! 이 마을에는 다른 누가 가발을 가지고 있지 않습니까?

아담   없습니다. 정말 —

발터   목사님이 혹시.

아담   목사님? 그분은 —

발터   아니면 교장선생님이.

아담   사법 고문관님, 교회나 학교에 내던 십일조의 기부제도가 폐지된 이후, 그들 두 사람의 도움은 기대할 수 없게 되었습니다.[8]

         그 이유는 그 제도를 폐지할 적에 저도 직무상 한몫을 했거든요.

발터   그럼, 어떻게 하겠습니까, 판사? 공판일을 어떻게 하겠

---

8   당시는 농부가 타작하여 수확한 곡식을 자루에 넣어 목사님과 교장선생님께 바쳐야만 했다.

습니까?

당신의 머리카락이 자랄 때까지 기다릴 생각입니까?

아담 예, 허락해 주시면, 소작농장으로 사람을 보내겠습니다.

발터 — 소작농장까지는 얼마나 멉니까?

아담 대략 반시간 정도의 거리입니다.

발터 뭐, 반시간이라고요?

그런데 개정(開廷)을 알리는 종은 이미 쳤습니다.

서두르세요! 저는 오늘 중으로 후스자에 마을에도 가야

합니다.

아담 서둘러 하라고요? 예 —.

발터 그렇다면 당신 머리에 분을 바르시오!

도대체 가발들을 어디에 두었소?

— 어쨌든 할 수 있는 일만 하세요. 저는 무척 바쁩니다.

아담 네, 그렇게 하겠습니다.

정리 (등장) 여기에 왔습니다!

아담 그 사이에 여기서 아침식사를 하면 어떻습니까?

브라운슈바이크산 소시지와, 단치히산 포도주를 곁들

여 —

발터 사양하겠습니다.

아담 사양하지 마시고!

발터 감사합니다만 이미 아침식사를 했습니다.

서둘러서 시간을 절약하세요. 수첩에 뭘 좀 기록할 것

이 있어서 시간이 필요합니다.

아담 그렇게 명령하신다면 — 마르가레테, 이리 오너라!

발터	— 당신은 심하게 부상을 입었군요, 아담 판사.
	넘어졌습니까?
아담	— 제가 오늘 아침 침대에서 나올 때
	죽는다는 생각이 들 정도로 세게 떨어졌습니다.
	사법 고문관님, 방 안으로 굴러떨어진 것인데도
	마치 무덤 속으로 들어가는 듯한 생각이 들었습니다.
발터	참 안됐군요. — 그 밖에 다른 부상은 없지요?
아담	네, 없는 것 같습니다. 게다가 저의 직무상 이 이상의
	일이 있어서는 안 됩니다. —
	이만 실례하겠습니다!
발터	어서, 가세요!
아담	*(정리에게)* 자네, 원고를 부르게. — 자, 빨리!
	(아담, 하녀 그리고 정리 퇴장)

제6장

마르테 부인, 이브, 화이트와 루프레히트 등장 — 발터와 리히트는 무대
깊숙한 곳에

마르테 부인	이 항아리를 깬 악당아. 네 이놈 반드시 벌을 받을 것
	이다.
화이트	자, 좀 진정하세요, 마르테 부인! 모든 것이 여기서 결
	판날 것입니다.

마르테 부인	그래요, 결판난다고요? 자, 저 잘난 척하는 사람을 좀 보세요.
	제 깨어진 항아리를 결판낸다고요?
	도대체 누가 제 깨어진 항아리에 결판을 내릴까요?
	산산조각 난 그 항아리는 어떻게 할 수 없는 것인데도 여기서 결판을 낸다니요?
	그런 결판을 위한 것이라면 제 깨어진 항아리 한 조각도 내주지 않겠습니다.
화이트	재판에서 당신이 이기면,
	내가 그것을 물어주겠어요. 알겠습니까?
마르테 부인	당신이 저의 항아리를 물어준다고요?
	만약 저의 주장이 옳다고 판결 나면, 물어준다.
	당신이 항아리를 물어주겠다면 한 번 물어주세요.
	벽의 선반 위에 올려놓아 보세요! 물어주세요!
	다리가 깨져 버려서 세우지도, 눕히지나 앉히지도 못하는 항아리를 물어주세요!
화이트	제 말 좀 들어 보세요! 왜 그렇게 입에 게거품을 물고 말을 합니까? 더 이상 어떻게 하겠어요?
	만약 우리 중의 한 사람이 당신의 항아리를 깨었다면, 배상해 드리겠습니다.
마르테 부인	배상을 한다고요?
	마치 뿔이 달린 짐승이 말을 하는 것 같네요.
	당신은 이 재판소가 도공(陶工)이라도 된다고 생각하세요?

높으신 양반들이 앞치마를 두르고 깨어진 항아리를 가마에 넣어 굽거나 그 항아리 안에 무엇을 넣더라도 이 항아리를 본래대로 할 수 없습니다.

그래서 저는 배상을 요구합니다!

루프레히트 아버지, 이 여자를 상대하지 마세요. 제 말을 들어 보세요. 싸움 좋아하는 이 여편네!

이 여자를 화나게 하는 것은 깨어진 항아리가 아니고, 구멍 난 혼사(婚事)입니다.

그래서 여기서 구멍 난 혼사를 억지로 짜 맞추려고 하는 거예요.

그러나 저는 그 위에 한 번 더 발길질을 하겠어요.

저런 화냥년을 아내로 맞이할 수 없습니다.

마르테 부인 버릇없는 놈! 내가 여기서 혼사를 짜 맞추려 한다고?

혼사는 철사로도 짜 맞출 가치가 없고,

비록 그 혼사가 깨어지지 않았다고 해도 항아리의 파편만한 가치도 없어.

그리고 또 만약 그 혼사가 마치 어제까지 장식용 선반 위에 얹어 둔 그 항아리처럼 내 앞에서 반짝거린다 해도,

이제는 내가 그것을 두 손으로 집어서 네놈의 머리에 던져 박살을 낼 거야.

그러니까 나는 여기서 깨어진 혼사의 조각들을 짜 맞추고 싶지 않아!

그것을 짜 맞추려고 한다니!

이브 루프레히트!

38

루프레히트	저쪽으로 가!
이브	사랑하는 루프레히트!
루프레히트	내 눈앞에서 없어져 버려!
이브	제발 제 말 좀 들어 보세요!
루프레히트	이 칠칠치 못한 — ! 아무 말도 하고 싶지 않구나.
이브	당신에게 한마디 말만 은밀히 하도록 해 주세요 —.
루프레히트	아무 말도 하지 마!
이브	— 당신은 지금 군에 입대합니다. 오 루프레히트. 만약 당신이 소총을 잡고 [전쟁에 나간다면], 살아 있는 동안에 제가 당신을 다시 만날 수 있을지 누가 알겠습니까? 당신이 가시는 곳은 전쟁터입니다. 당신은 그런 원한을 가진 채로 저와 작별하시렵니까?
루프레히트	원한? 아니야. 맹세코 나는 그런 걸 가지고 있지 않아. 나는 하느님이 네게 최대의 행복을 내려 주시길 기원할 뿐이야. 그런데 내가 전쟁터에서 건강하고, 무쇠 같은 몸으로 돌아오면, 후이줌에서 나는 여든 살까지 살 것이고, 또 죽을 때도 너를 '화냥년'이라고 부르겠어. 너는 법정에서 스스로 그런 사람이라고 선서하게 될 거야.
마르테 부인	(이브에게) 저리 가거라! 내가 네게 뭐라고 했니? 넌 이런 욕지거리를 더 듣고 싶은 거야? 목발을 짚었더

라도, 군에서 몽둥이를 휘둘렀던 예비역 하사가 네게 어울린다.

몽둥이에 자기 등을 맞아야 할 저기 있는 저 멍청이는 어울리지 않아.

오늘이 너의 약혼식이든, 결혼식이든, 또 아이를 낳아 세례를 받는 날이라고 해도 내겐 상관없다.

내 항아리를 모두 깰 정도로 부푼 저놈의 교만함을 꺾어놓을 수만 있다면, 난 무덤에서도 편히 잠을 잘 거야.

이브 어머니!

항아리는 내버려 두세요! 저를 시내로 보내어,

노련한 기술자가 어머니께서 기뻐하실 정도로 그 파편들을 다시 짜 맞출 수 있을지 알아보게 해 주세요. 그리고 만약 그것이 불가능하다면, 제 저금통장을 가지세요. 그리고 그 돈으로 새 항아리를 사세요.

옛날 헤롯왕 시대로부터 유래하는 항아리라고 하더라도 그런 흙으로 빚은 항아리 때문에 이렇게 소란을 피우고 불화를 일으킬 사람이 어디 있겠습니까?

마르테 부인 너는 뭘 모르면서 그런 말을 하는구나.

이브야! 너는 부정한 여자라는 형벌의 표식을 달고, 다음 일요일 교회에서 참회하려고 하는 거냐?

이 항아리에는 네 명예가 달려 있다.

비록 하느님 앞에서 그리고 나와 네 앞에선 아니라 하더라도,

세상 사람들 앞에서 그 항아리와 함께 너의 명예가 훼

손된 거야.

저 판사님이 기술자이고, 형리이시다. 필요한 형틀과 채찍도 가지고 있어.

우리의 명예를 깨끗이 회복하고 여기서 저 항아리를 다시 반짝이게 하려면, 먼저 화형(火刑)의 장작더미 위에 저 버릇없는 놈을 올려야 해!

제7장

아담은 법복을 입었지만 가발은 쓰지 않고 등장. 앞에 나온 사람들

아담	*(혼자서)* 어이, 이브, 보아라! 저 건방진 건달 루프레히트를!
	이게 뭐냐! 온 가족을 데리고 왔네!
	— 온 가족이 나를 내게 고소하고 있지 않는가?
이브	오 사랑하는 어머니, 가요.
	제발, 우리 이 불길한 방에서 도망쳐요!
아담	여보게 친구여! 저들은 무슨 일로 여기에 왔나?
리히트	제가 어떻게 알겠습니까? 하찮은 일을 가지고 공연한 소동을 벌입니다.
	항아리가 깨어졌다고 들었습니다.
아담	항아리? 아, 그런가? 누가 그 항아리를 깨었나?
리히트	누가 그것을 깨었느냐고요?

아담	응, 누구지? 친구여.
리히트	제발, 자리에 앉으세요. 그럼 알게 될 것입니다.
아담	*(은밀히 목소리를 낮추며)* 이브!
이브	*(같은 목소리로)* 저리 가세요.
아담	한마디만.
이브	듣고 싶지 않습니다.
아담	무슨 일로 내게 왔느냐?
이브	다시 말씀드립니다. 저리 가세요.
아담	이브! 제발! 그것이 무엇을 뜻하니?
이브	만약 당신이 즉시 가시지 않는다면 ― ! 제발, 저를 가 만히 놓아 주세요.
아담	*(리히트에게)* 여보게 친구, 내 말 들어 보게, 나는 참을 수 없네. 다리에 입은 상처가 너무 아파 죽을 지경이야. 자네가 재판을 좀 이끌어 나가게. 나는 침대로 가야겠어.
리히트	침대로 간다고요? ― [주무시고] 싶습니까? 지금 제정 신이십니까?
아담	큰일 났다. 토할 것 같아.
리히트	정말 실성한 것 같습니다. 방금 잠자리에서 일어나시지 않았습니까? ― 마음대로 하세요. 저기 계시는 사법 고문관님께 말씀드 리세요.

아마 그분께서는 허락해 주실 것입니다. ― 어디가 아픈지 나로서는 알 수 없군요.

아담 *(다시 이브에게)*

이브! 제발 말 좀 해 봐!

무슨 일로 여기 왔니?

이브 곧 아시게 될 것입니다.

아담 저기 네 어머니가 들고 있는 항아리 때문이지?

그 항아리는 내가 아는 한 ―

이브 예, 오직 저 깨어진 항아리 때문입니다.

아담 그것 말고는 없어?

이브 그 밖에는 없습니다.

아담 없다고? 확실히 없어?

이브 제발 저리 가십시오. ― 저를 가만히 놓아 두십시오.

아담 제발 내 말 좀 들어 봐. 충고하겠는데, 현명하게 처신하도록 해라.

이브 뻔뻔스러운 사람!

아담 증명서에는 이름이 루프레히트 튐펠이라고 공용문서체(公用文書體)로 기록되어 있군. 여기 내 주머니 속에 완벽하게 준비되어 있어.

이브야, 이 바스락거리는 소리가 들리지? 내 네게 말해 두는데,

내년 이맘때면 네가 상복을 만들기 위해 그것을 가지고 가게 될 것이다.

다시 말하면 루프레히트가 바타비아[9]에서 황열병인지,
성홍열인지 또는 썩어 죽을지 모르는 어떤 열병에 걸려
서 죽게 될 것이라는 거야.

발터 아담 판사, 개정 전에 소송 당사자들과 이야기하지 마
시오!
자리에 앉으셔서 그녀를 심문하시오.

아담 무슨 말씀입니까? ― 사법 고문관님, 무슨 명령을 하십
니까?

발터 무슨 명령을 하느냐고요? ― 당신에게 분명히 말했습
니다.
개정 전에 소송 당사자들과 말을 하지 마세요.
판사 직무를 수행해야 할 자리는 여기입니다.
그리고 공식적인 심문을 하십시오. 나는 그것을 기대하
고 있습니다.

아담 *(혼자서)*
빌어먹을! 난 그렇게 할 결심이 서지 않았는데!
― 작별할 때에 분명히 '쨍그랑' 소리가 났었지 ―

리히트 *(아담을 놀라게 하려는 큰소리로)*
판사님! ― [귀가 먹었습니까]?

아담 내가? 맹세코 아니야!
조심스럽게 가발을 그 위에 걸어 두었지.
나는 그런 바보가 아니야 ―

---

9   오늘날 인도네시아의 자카르타를 말함

리히트	뭐라고요?
아담	뭐?
리히트	제가 질문했습니다! —
아담	자네는 혹시 내가 [범인]이냐고 질문했지?
리히트	귀가 먹었느냐고 물었습니다.
	저기 계시는 사법 고문관님께서 당신을 부르셨습니다.
아담	나는 틀림없이 — 누가 불렀지?
리히트	저기 계시는 사법 고문관님입니다.
아담	(혼자서)
	아, 큰일 났다! 이것은 양자택일의 문제야,
	더 이상 버틸 수 없군, 휘지 않는다면 깨어질 뿐이야.
	— 자! 지금! 즉시! 사법 고문관님, 무슨 명령이신가요?
	이제 심리를 시작할까요?
발터	당신은 이상하게 정신이 산만하군요. 어디 아픈가요?
아담	— 그렇습니다! 죄송합니다.
	인도를 여행하고 돌아온 사람에게서 샀던 제 뿔닭이 전염병에 걸렸답니다.
	먹이를 좀 먹여 살려야 하는데,
	저기 있는 저 아가씨에게 잠시 물어보았습니다.
	저는 그런 일에는 문외한이거든요.
	저는 제가 키우는 닭들을 자식같이 생각합니다.
발터	여기에 앉으십시오. 소송인들을 불러서 심문하세요.
	— 그리고 서기, 당신은 기록을 하세요.
아담	사법 고문관님, 정해진 격식대로 심문을 해야 할까요?

	아니면 저희 후이줌에서 통용되는 대로 해야 할까요?
	명령을 내려 주십시오.
발터	후이줌에서 보통 하던 대로, 법적 규칙을 따라 하세요.
	그것뿐입니다.
아담	잘 알겠습니다. 분부대로 하겠습니다.
	서기, 준비되었지?
리히트	준비되었습니다.
아담	― 그러면, 정의의 재판을 시작하겠습니다!
	원고 앞으로 나오세요.
마르테 부인	예, 판사님!
아담	당신은 누구입니까?
마르테 부인	누구라니요 ― ?
아담	당신은.
마르테 부인	제가 누구라니요 ― ?
아담	당신은 누구십니까?
	이름, 신분, 주소 등등.
마르테 부인	판사님, 지금 농담하십니까?
아담	농담이라니, 무슨!
	나는 법의 이름으로 여기 앉아 있소, 마르테 부인.
	그리고 법원은 당신이 누구인가를 반드시 알아야 합니다.
리히트	*(나직한 목소리로)* 이상한 질문은 그만두십시오 ―.
마르테 부인	매주 일요일 당신이 농장에 갈 때마다
	창문으로 저를 엿보지 않았습니까?

발터	판사, 저 여인을 아십니까?
아담	사법 고문관님, 그녀는 울타리를 지나 작은 길로 내려 가면 나오는 마을 모퉁이에 살고 있습니다. 한 집사의 과부로서 현재는 산파이고, 평소에는 성실한 여인으로 평판이 좋습니다.
발터	판사, 그녀에 대해 그렇게 잘 알고 있다면 그와 같은 질 문들은 필요 없는 것입니다. 그녀의 이름을 기록하고, 덧붙여서 '이 재판소가 잘 알 고 있는 사람'이라고 쓰세요.
아담	그것도 좋습니다. 당신은 형식을 좋아하시지 않으니 까요. 사법 고문관께서 명령하신 대로 기록하게.
발터	자, 고소의 내용을 질문하세요.
아담	지금 질문해야 합니까?
발터	그렇소, 고소 내용을 조사하시오!
아담	실례지만, 그것은 익히 알고 있는 항아리에 관한 것입 니다.
발터	뭐라고요? 익히 알고 있는 항아리라니요!
아담	항아리입니다. 그저 평범한 항아리입니다. 항아리라고 적고 그 옆에 '이 재판소가 잘 알고 있는'이라고 적어 놓아라.
리히트	짐작건대, 판사님은 — ?
아담	괜찮아, 내가 말을 하면 자네는 그냥 그렇게 기록하게. 마르테 부인, 항아리이지요?

마르테 부인	맞습니다. 이 항아리가 ─ .
아담	여러분 보십시오.
마르테 부인	이 깨어진 항아리가 ─
아담	세세한 형식에 얽매이지 마세요.
리히트	판사님, 제발 좀 ─
아담	그런데 누가 그 항아리를 깼습니까? 틀림없이 저 건달이 ─ ?
마르테 부인	예, 저기 있는 저 녀석이 ─.
아담	*(혼자서)* 이것만 물어도 충분해. 더는 물을 필요 없어.
루프레히트	판사님, 그것은 사실이 아닙니다.
아담	*(혼자서)* 자, 힘내라, 늙은 아담!
루프레히트	그녀는 새빨간 거짓말을 하고 있습니다. ─
아담	입 다물어, 이 멍청한 것아! 너의 목에 곧 쇠고랑을 채우겠다. ─ 서기, 아까 말한 대로 항아리라고 기록하고, 그것을 깬 사람의 이름도 함께 기록해. 이제 진상이 밝혀질 것이다.
발터	판사! 이것은 너무 강압적인 재판이오!
아담	어째서 그렇습니까?
리히트	정식으로 안 하실 겁니까 ─ ?
아담	그래, 아니다! 사법 고문관님이 형식적인 것을 좋아하지 않은 것 같아서.
발터	판사, 당신이 재판의 진행 방법을 모른다고 해도, 여기는 지금 당신에게 그것을 가르칠 장소가 아닙니다.

만약 당신이 그런 식으로밖에 재판을 진행할 줄 모른
다면,

그 자리에서 그만 물러나세요. 아마 서기가 그것을 할
수 있을 것입니다.

아담 실례입니다만, 저는 여기 후이줌의 관례대로 했습니다.

사법 고문관님께서 그렇게 하라고 명령하셨으니까요.

발터 내가 그랬던가 ― ?

아담 제 명예를 걸고서, 결코 거짓말이 아닙니다!

발터 나는 여기서 법에 따라 올바르게 재판을 하라고 명령했
습니다.

여기 후이줌의 법률은 우리 [네덜란드] 연방의 다른 곳
과 같다고 생각합니다.

아담 그럼 제가 정중하게 용서를 빌겠습니다!

죄송합니다만, 이곳 후이줌에는 독자적인 조례가 있습
니다.

사실 성문화된 것은 아니지만, 정평 있는 전통으로 우
리에게 전해졌습니다.

감히 말씀드리지만, 오늘까지 그 형식을 조금도 벗어나
지 않았습니다.

그렇지만 당신이 말씀하신 국내에서 통용되고 있는 다
른 형식에도 저는 정통하고 있습니다.

그 증거를 요구하시는 것입니까? 자, 명령만 내리세요!
저는 어떻게 되든 간에 재판을 하겠습니다.

발터 판사, 당신은 제 말을 잘못 해석하시는군요.

그건 그렇다 치고, 재판을 처음부터 다시 시작하십시오 —.

아담 잘 알았습니다. 잘 보십시오. 틀림없이 만족하실 것입니다.

— 마르테 룰 부인! 당신의 고소를 제기하시오.

마르테 부인 저의 고소는, 당신도 아시다시피, 이 항아리에 관련된 것입니다.

그런데 이 항아리가 어떻게 되었는지 말씀드리기 전에 먼저 그 항아리가 제게 얼마나 소중한 것인지 말씀드릴 수 있게 허락해 주십시오.

아담 발언을 허락합니다.

마르테 부인 고상한 양반님들, 이 항아리가 보이십니까? 항아리를 보고 계십니까?

아담 예, 우리는 항아리를 보고 있습니다.

마르테 부인 죄송하지만, 여러분은 항아리를 보지 못하고, 깨진 조각들을 보고 계십니다.

항아리들 중에서 가장 아름다운 것이 산산이 깨졌습니다.

지금은 아무것도 없는 이 구멍에는 네덜란드의 모든 영토를 스페인의 필립에게 넘겨주는 장면이 있습니다.[10]

여기 예복을 입은 황제 칼 5세가 서 있습니다. 여러분

---

10 칼 5세가 1555년 브뤼셀에서 네덜란드의 전 영토를 아들 필립에게 넘겼다. 이 장면이 항아리의 표면에 장식되어 있었다.

들은 서 있는 그의 두 다리만 보실 것입니다. 여기는 필립이 무릎을 꿇고, 왕관을 받고 있습니다.

엉덩이 부분만 남아 있습니다. 그런데도 거기엔 금이 가 있습니다.

저기에는 그의 두 고모님인, 프랑스 및 헝가리 여왕이 크게 감동하여 눈에서 눈물을 닦아 내고 있습니다.

그들 중 한 사람이 손에 손수건을 들고 있는 것이 보이는데,

그것은 그녀가 자신의 운명에 대해 울고 있는 것과 흡사합니다.

여기에는 신하들에 둘러싸인 필리베르트[11]가 칼을 짚고 서 있습니다. ― 이놈 대신 황제가 타격을 받아 날아갔어요.

그러나 이놈도 틀림없이 쓰러질 겁니다.

마치 악당 막시밀리안[12]처럼. 왜냐하면 아래쪽의 칼들이 이제 떨어져 나가 버렸기 때문입니다.

여기 중앙에는 아르라스 대주교가 성스러운 모자를 쓰고 서 있는 모습이 보입니다.

악마가 그를 송두리째 집어 갔으며, 오직 그의 긴 그림자만 아직도 길 위에 드리워져 있습니다. 여기를 배경으로 창, 검을 휴대한 궁중 수비대가 빙 둘러 서 있고요.

---

11 칼 5세의 기사
12 칼 5세의 조카. 방탕한 자로 간주됨

여기에는 브뤼셀 광장의 집들이 보입니다.

여기 한 호기심 많은 사람이 창문에서 밖을 엿보고 있습니다. 그러나 저는 그가 지금 무엇을 보고 있는지 모릅니다.

아담 마르테 부인! 깨어진 조약[13]이, 만약 이 사건과 관계가 없다면, 말씀을 그만두세요.

그 항아리의 구멍이 여기 있는 우리들과 관계가 있지만, 그 항아리에 새겨진 양도된 영토는 우리들과 관계가 없습니다.

마르테 부인 죄송합니다. 이 항아리가 얼마나 아름다운 것인가 하는 것은 이 사건과 관계가 있습니다.

이 항아리를 손에 넣은 사람은 땜장이인 킬데리히입니다.

오라니엔이 네덜란드 해방전사들을 데리고 브리엘을 기습적으로 점령할 때[14]의 일입니다.

한 스페인 사람이 포도주를 그 항아리에 가득 채워 막 입에 갖다 대었을 때입니다.

바로 그때 킬데리히는 스페인 사람을 뒤에서 습격하여 그를 내던지고 그 항아리를 들고 포도주를 전부 마시고는 그대로 진군했습니다.

---

13 1555년에 체결된 브뤼셀 조약

14 1572년 4월 1일. 네덜란드의 해방전사들이 스페인의 압제에 봉기하여 브리엘을 점령했는데 그 당시 실제 지도자는 오라니엔 공(公)이 아니고 빌헬름 반 루메이 (Wilhelm van Lumey)이었다.

아담	그는 멋진 네덜란드 해방전사였네요!
마르테 부인	그 후 그 항아리는 무덤 파는 사람 퓌르흐테고트에게 상속되었고,
	그는 술을 못 마시는 사람인지라 일생 동안 단 세 번 그 항아리로 술을 마셨답니다.
	그것도 언제나 술에 물을 타서 마셨습니다.
	첫 번째는, 그의 나이 예순 살이 되어서 젊은 아내를 얻었을 때이고,
	그다음에는 그로부터 3년 뒤, 아내가 아기를 낳아 행복한 아버지가 되었을 때입니다.
	그 후로 열다섯 명의 아이를 낳았던 그녀가 죽었을 때, 세 번째로 술을 마셨습니다.
아담	그것도 역시 나쁘지 않군요.
마르테 부인	그 후 그 항아리는 티르레몽의 재단사 자케우스의 손에 넘어갔으며,
	그 사람이 고인이 된 제 남편에게 지금 제가 말씀드리려고 하는 바를 직접 이야기했습니다.
	그는, 프랑스 사람들이 약탈을 할 때에,
	그 항아리를 모든 가재도구와 함께 창밖으로 던지고,
	자신도 창밖으로 뛰어내렸습니다.
	이때 그는 서툴게도 목이 부러져서 죽었습니다.
	그런데 이 진흙으로 빚은 점토 항아리는 발이 먼저 땅에 떨어져 꼿꼿이 서서 온전한 상태로 남았습니다.
아담	마르테 룰 부인, 제발 본론을 말하시오!

마르테 부인	그 후 66년[15]의 큰 화재 때
	제 남편이 이미 이 항아리를 소유했습니다.
	고인이 된 제 남편이 ─
아담	이 빌어먹을, 여인! 아직도 안 끝났소?
마르테 부인	아담 판사님, 제가 말을 할 수 없다면,
	여기에 있어도 아무런 소용이 없으니,
	저는 나가겠습니다.
	제 말을 들어주는 재판소를 찾겠습니다.
발터	당신은 여기서 말할 수 있습니다. 그렇지만 당신의 고소와 무관한 일들은 말하지 마세요. 그 항아리가 당신에게 소중한 것이라고만 말하더라도, 우리는 그것이 재판에 필요한 것임을 알고 있습니다.
마르테 부인	여러분이 여기서 재판을 할 때에 얼마만큼 필요로 하실지, 저는 잘 모릅니다.
	또 그것을 알고 싶지도 않습니다.
	그러나 제가 아는 것은, 고소를 제기하기 위해서는
	제가 여러분에게 사건에 관해 말하고자 하는 바를 자유롭게 말할 수 있어야 한다는 점입니다.
발터	그럼 좋습니다. 자, 빨리 결론을 말하세요. 그 항아리가 어떻게 되었습니까?
	무슨 일이 일어났습니까? ─ 1666년의 대화재 때에 항아리는 어떻게 되었습니까? 그것을 들어 볼까요?

---

15 1666년을 말함. 이때 런던에서 큰 화재가 발생함

	항아리는 어떻게 되었습니까?
마르테 부인	항아리가 어떻게 되었느냐고요?
	1666년에 항아리에는 아무 일도 일어나지 않았습니다.
	그 항아리는 불길 속에서도 온전히 그대로 남았습니다.
	그리고 집이 불탄 뒤의 잿더미 속에서 제가 그것을 꺼
	냈습니다.
	다음 날 그 항아리는 마치 항아리 굽는 가마에서 갓 나
	온 듯이 반들거리며 빛이 났습니다.
발터	좋습니다. 우리는 그 항아리를 잘 압니다.
	이제 우리는 그 항아리에게 닥쳤던 일과 그 항아리가
	무사했다는 것을 모두 압니다.
	자, 그러고 나서 어떻게 되었습니까?
마르테 부인	자, 그럼 이 항아리를 보세요.
	깨어진 항아리이지만 아직도 가치가 있습니다.
	귀한 집 처녀의 입술과 태수 부인의 입술에 대어도 나
	쁘지 않을 정도로 우아한 항아리입니다.
	존귀하신 두 판사님, 저 악당이 그 항아리를 깨어 버렸
	습니다.
아담	누가?
마르테 부인	저기 있는 루프레히트입니다.
루프레히트	판사님, 그것은 거짓말입니다.
아담	자네는 질문을 받을 때까지 입 다물고 있게.
	오늘 중으로 자네에게도 말할 차례가 올 거야.
	― [서기] 자네는 기록조서에 방금 한 말을 기록했지?

리히트	예.
아담	마르테 부인, 사건의 경위를 이야기하세요.
마르테 부인	어젯밤 11시였어요 —
아담	몇 시라고 말했습니까?
마르테 부인	11시입니다.
아담	낮 시간에?
마르테 부인	죄송합니다만 낮이 아니고 밤입니다 — 그리고 제가 막 침대에서 등불을 끄려고 할 때, 제 방에서 약간 떨어져 있는 제 딸의 방에서 남자 목소리가 크게 들려왔고, 소동이 일어났습니다. 저는 혹시 적군이 침입한 줄 알고 깜짝 놀랐습니다. 즉시 계단을 뛰어 내려갔으며, 순간 그 애의 방문이 억지로 열려 있음을 발견했습니다. 뒤이어 화를 내며 욕하는 소리가 제 귀에 들렸으며, 제가 그곳으로 등불을 들고 들어갔을 때, 판사님, 제가 무엇을 발견했겠습니까? 제가 무엇을 발견했다고 생각하십니까? 저는 그 항아리가 방바닥에 깨져 있음을 발견했습니다. 방구석마다 조각들이 흩어져 있었지요. 딸아이는 두 손을 비비며 애원하고 있었고, 저기 있는 저 버릇없는 놈은 방 한가운데에서 미친 듯이 소리를 지르고 있었습니다.
아담	에잇, 벼락 맞을!
마르테 부인	뭐라고요?

아담	보세요, 마르테 부인!
마르테 부인	예! —

그것을 보고 저는 몹시 화가 나서, 갑자기 팔이 열 개가 더 생긴 듯,

마치 독수리처럼 발톱을 치켜세워서 저놈을 붙들고 물었습니다.

도대체 무슨 이유로 이 한밤중에 우리 집의 모든 항아리들을 미친 듯이 때려 부수었는지를.

그러자 저놈이 대답으로 무슨 말을 했다고 생각하십니까?

뻔뻔스런 악당! 저놈! 저는 저놈이 사지가 찢겨 죽임을 당하는 것을 보고야 말겠습니다.

그렇지 않고서는 도저히 편하게 잠들 수가 없을 것 같습니다.

그는 이렇게 말했습니다. 그 항아리를 장식 선반에서 밀어 떨어뜨린 것은 다른 사람이라고. — 다른 사람이라니요, 여러분들은 그 말을 믿습니까?

그가 방으로 들어가는 순간 다른 사람이 방에서 나와 도망을 쳤다나요.

— 그리고 나서 그는 거기 있던 제 딸에게 욕설을 퍼부었습니다.

아담	에잇, 썩은 생선 같은 놈! — 그다음은 어떻게 되었소?
마르테 부인	그 말을 듣고,

저는 그것이 사실이라고 생각하면서 딸을 물끄러미 쳐

다보았습니다.

그때 저 애는 시체처럼 창백하게 서 있었습니다.

제가 말했어요. 이브야! ―

그러자 저 애는 자리에 풀썩 주저앉았습니다. 제가 '다른 사람이 와 있었느냐고 묻고 있지 않니?'라고 말하자 저 애는 '요셉님과 성모 마리아님께 맹세코 그런 일은 없습니다.'라고 외치면서 '어머니는 무엇을 생각하십니까?'라고 했습니다.

제가 '자, 말을 해 보거라! 누구였니?'라고 묻자

딸애가 말하기를, '그 말고 누구라니요? 달리 누가 있을 수가 있습니까?'라고 대답했습니다.

딸애는 '이놈이 범인이다'고 맹세했답니다.

이브	제가 어머님께 맹세를 하다니요? 제가 무엇을 맹세했습니까?
	저는 아무것도 맹세하지 않았습니다. 결코 아무것도 ―
마르테 부인	이브야!
이브	아닙니다! 어머니는 거짓말을 하고 계십니다 ―
루프레히트	자, 들으신 대로입니다.
아담	이 개 같은 놈! 입 닥쳐라!
	아니면 내 주먹으로 너의 주둥이를 막아 버리겠다!
	나중에 말할 기회가 올 것이다. 지금은 아니야.
마르테 부인	네가 맹세하지 않았니 ― ?
이브	안 했습니다. 어머니! 그것은 어머니가 지어낸 것입니다.
	제가 그것을 이 자리에서 공개적으로 설명해야만 한

다는 사실이 제 마음을 매우 아프게 한다는 점을 아십
시오.

하지만 저는 아무것도 맹세하지 않았어요. 아무것도,
아무런 맹세도 하지 않았습니다.

아담   여보게 모두들 잘 생각해 보게.

리히트   이것 참 이상하군.

마르테 부인   이브야, 네가 내게 맹세를 하지 않았니 — ?
'요셉님과 성모 마리아님께 걸고' 맹세하지 않았니?

이브   아니, 맹세하지 않았습니다! 맹세한 적은 없습니다!
좋습니다. 그러면 지금 '요셉님과 성모 마리아님'께 걸
고 맹세하겠습니다.

아담   여보시오, 거기 두 사람! 자, 마르테 부인! 뭘 하는 겁
니까?

왜 저 착한 딸을 위협하고 있습니까?

저 아가씨는 매우 침착하게 기억하여

무슨 일이 일어났는지 잘 알고 있습니다.

— 결국, 핵심은 '무슨 일이 일어났느냐?'입니다.

그리고 저 아가씨가 해야 할 말을 하지 못하면,

앞으로 무슨 일이 일어날 수도 있습니다.

저 아가씨는 어제의 일을 있는 그대로 오늘 우리에게
말할 수 있으니 주의하시오.

저 아가씨가 맹세를 했느냐 아니했느냐는 매한가지입
니다.

'요셉님과 성모 마리아님'은 제쳐두기로 합시다.

발터	판사님, 그러면 정말 안 됩니다! 소송 당사자들에게 그런 애매모호한 가르침을 주는 법이 어디 있습니까?
마르테 부인	만약 저 칠칠치 못한 계집애가 부끄러움도 없이, 저를 향해 항아리를 깬 사람은 루프레히트가 아니고, 다른 사람이었다고 말했다면, 저로서는 이 애가 뭐가 될지 말하고 싶지 않습니다. 그러나 판사님, 저는 분명히 말씀드립니다. 이 애가 맹세했다고는 말할 수 없더라도, 어제 그런 말을 했다는 사실만은 제가 맹세합니다. 그럼 '요셉님과 성모 마리아님'께 맹세하겠습니다.
아담	자, 이제부터 저 아가씨도 ―
발터	판사님!
아담	예, 사법 고문관님! ― 무슨 말을 하십니까? ― *(이브를 향해)* 그게 아니지, 사랑하는 이브야?
마르테 부인	자, 분명히 말해라! 네가 내게 그렇게 말하지 않았니? 네가 어제 내게 그렇게 말하지 않았다고?
이브	제가 그렇게 말했다는 사실을 누가 부인합니까 ―
아담	자, 봐라.
루프레히트	이 화냥년!
아담	[서기] 기록하게!
화이트	쳇, 이브 넌 부끄러움도 모르는구나!
발터	아담 판사, 저는 당신이 심리하는 방법을 아무리 생각해도 이해할 수 없군요.

설사 당신 자신이 그 항아리를 깨뜨렸다 하더라도

그 혐의를 그렇게 열심히 저 젊은이에게 씌우지 않을

것이라고 생각합니다. ―

서기, 조서에는 저 아가씨가 어제 저녁에 한 자백만을

기록하고,

사실에 대해서는 기록하지 마시오.

― 이제 저 아가씨가 말할 차례이지요?

아담 아이고 맙소사. 그녀가 말할 차례가 아직은 아닙니다만,

그런 실수는 사람이면 할 수 있습니다. 사법 고문관님.

그런데 누구를 심문하면 좋겠습니까? 피고를 심문할

까요?

사법 고문관께서 가르쳐 주시기 바랍니다!

발터 정말 한심하군! ― 자, 피고를 심문하세요.

심문하시고 곧 끝내십시오. 자, 심문하시오.

이것이 당신이 담당하는 마지막 재판입니다.

아담 마지막이라고요? 뭐라고요? 물론입니다. 피고를 심문

합니다.

노 판사, 넌 무엇을 생각하고 있었느냐?

빌어먹을, 내 병든 뿔닭을 생각하다니!

인도네시아에서 페스트에 걸려 죽었더라면 좋았을 텐데!

머릿속에 국수 덩어리[16]가 계속 떠오른다.

발터 무엇이 머릿속에 떠오른다고요?

---

16 죽어 가는 짐승에게 먹이는 먹이

	어떤 국수 덩어리가 — ?
아담	죄송합니다. 국수 덩어리입니다.
	뿔닭에게 먹여야 할 국수 덩어리입니다.
	그놈이 내가 준 그 약을 삼키지 않는다면, 정말이지, 그
	놈이 어떻게 될지 모르겠습니다.
발터	제발, 당신이 해야 할 일이나 하세요!
아담	피고, 앞으로 나오시오.
루프레히트	판사님, 여기 나왔습니다.
	후이줌 출신 소작인 화이트의 아들 루프레히트입니다.
아담	자네는 방금 마르테 부인이 이 법정에서 자네를 고소한
	것을 들었지?
루프레히트	예, 판사님, 들었습니다.
아담	이에 대해 이의할 것 있는가?
	인정하느냐? 아니면 여기서 불경스런 인간처럼 감히 부
	인하겠느냐?
루프레히트	판사님, 이에 대해서 이의할 게 있느냐고요?
	예, 있습니다. 죄송합니다만,
	저 늙은이가 하는 말은 전부 거짓입니다.
아담	뭐? 그것을 증명할 수 있느냐?
루프레히트	예, 할 수 있습니다.
아담	위엄 있는 마르테 부인,
	진정하시오. 곧 판명될 것입니다.
발터	판사, 마르테 부인이 당신과 무슨 관계가 있습니까?
아담	나와 무슨 관계냐고요? 신께 맹세컨대! 적어도 기독교

	인인 내가 — ?
발터	당신에게 유리한 것이라면 뭐든지 말하시오. — 서기, 당신은 재판을 이끌어 나갈 줄 알지요?
아담	아니, 무슨 말씀을!
리히트	제가 [재판을 이끌어] 갈 수 있느냐고요 — 바로 지금, 사법 고문관님께서 [허락만 하신다면] — 할 수 있습니다.
아담	왜 그렇게 놀란 눈으로 쳐다보는 거냐? 뭘 말하려고 하는 거지? 왜 바보처럼 멍청히 거기에 서 있어? 뭘 말하려고 하는 거냐?
루프레히트	뭘 말하려고 하느냐고요?
발터	그래. 이제 자네가 사건의 경위를 이야기하게.
루프레히트	정말, 제가 말씀드려도 좋습니까?
발터	판사, 정말 이것은 참을 수 없습니다.
루프레히트	그것은 대강 밤 10시쯤입니다. — 1월의 밤은 마치 5월처럼 따뜻했습니다. — 제가 아버지께 '아버지 잠시 이브에게 갔다 오겠습니다.'라고 말씀드렸습니다. 당신들도 아시다시피, 저는 저 처녀와 결혼하려고 했습니다. 그녀는 건장한 처녀입니다. 저는, 그녀가 가을걷이를 할 때에 일을 얼마나 잘하는지 보았습니다. 그녀는 건초를 만들어서 쇠스랑으로 쏜살같이 빠르게

날려 보내며 쌓았습니다.

그때 저는, '당신은 나와 결혼할 생각이 있어요?' 하고 물었고, 그녀는, '아이 참, 당신이 그런 시시한 말을 하다니'라고 말했으며 —

그 뒤 '예'라고 말했습니다.

아담 본론에서 벗어나지 말게. 그런 시시한 말이라니! 그게 무슨 말인가!

'당신은 나와 결혼할 생각이 있어요?'라고 묻고 그리고 그녀가 '예'라고 말했다니!

루프레히트 예, 사실입니다. 판사님.

발터 계속하게, 계속해!

루프레히트 — 그래서 저는 아버지께 말씀드렸습니다.

'아버지, 듣고 계십니까? 가도 좋습니까? 저희들은 함께 창문가에 앉아서 잠시 이야기하겠습니다.'

그러자 아버지는 말씀하셨습니다. '좋아, 다녀오너라 — 그런데 너는 실내에는 들어가지 말고 바깥에 있어야 해'라고.

'예, 그렇게 하지요 맹세합니다.'라고 제가 말씀드렸습니다.

'그렇다면, 가거라. 그런데 11시에는 여기에 돌아오도록 해라.'라고 아버지께서 말씀하셨습니다.

아담 자네는 그렇게 말하고도 재잘거림이 끝이 없구나.

이제 말을 다했느냐?

루프레히트 그래서 저는 '약속합니다.'라고 대답하고,

모자를 쓰고 갔습니다.

그리고 저는 구름다리를 건너가고 싶었지만 개울에 물이 불어났기 때문에 마을로 다시 돌아왔습니다.

'아, 큰일 났다. 루프레히트. 틀렸어. 지금은 마르테 부인의 정원 문이 닫혀 있어. 이브가 10시까지만 그 문을 열어 두기로 했지. 10시까지 내가 오지 않으면, 안 오는 거다.'라는 생각이 들었습니다.

아담 칠칠치 못한 집안 단속이구나.

발터 그러고 나서는?

루프레히트 그 후 ─ 제가 막 보리수나무의 길을 통과해
마르테 부인의 집으로 다가가고 있을 때,
그곳은 나무가 빽빽이 늘어서서 아치를 이루고 있었으며 우트레히트의 성당처럼 어두웠습니다.
그때 저는 먼 곳에서 정원의 문이 삐걱거리는 소리를 들었습니다.
'저기 봐. 저기에 이브가 있네.'라고 혼잣말을 하고,
제 귀로 방금 들은 바를 확인하기 위해서 기쁘게 눈길을 보냈습니다.
─ 그런데 저의 눈이 아무 물체도 볼 수 없었기에 두 눈을 욕하고는, 즉시 다시 한번 더 잘 보기 위해서 시선을 집중시켰습니다.
그런데 이번에도 또 보이지 않았습니다.
그래서 제 두 눈을 비열한 중상자, 선동자 그리고 밀고자라고 욕했습니다.

세 번째로 눈길을 보냈고, 저는 두 눈이 자기들의 임무를 다했으므로 화를 내며 제 머리에서 나와 다른 임무를 찾아갈 것이라고 생각했습니다.

아, 이브가 보이지 않겠습니까.

옷을 보고 알아보았습니다.

게다가 한 남자가 더 있었습니다.

아담 그래? 한 남자가? 잘난 체하는 너는 그가 누구인지 알지?

루프레히트 누구냐고요? 이런 젠장, 그걸 제게 물으시는 겁니까 —

아담 그럼 좋다!

붙잡지 못했으니, 처벌도 못하지.

발터 계속하시오! 말을 더 계속하시오! 말을 하게 놔두세요!

판사! 왜 그의 말을 끊습니까?

루프레히트 저는 하느님께 맹세하며 그 대답을 할 수가 없습니다.

그 밤은 아주 깜깜했고 또 밤에는 모든 고양이들이 검게 보이기 때문입니다.

그렇지만 아셔야 할 것은,

최근 병역이 면제된 구두 수선공 레프레히트가 오래전부터 저 아가씨의 꽁무니를 졸졸 따라다녔다는 것입니다.

지난가을에 저는 말했습니다.

'이브, 들어 봐, 그 악당이 네 집 주위를 슬금슬금 기어다니는 것을 보니, 정말 기분이 나쁘군.

너도 그에게 말해라, 너는 그에게 구운 고기가 아니다.'

라고.

그렇지 않으면 맹세코, 그놈을 안마당에서 집어던져 버리겠어.

이브가 '저를 괴롭히지 마세요' 하고서는 그놈에게도 뭔가를 말했다고 생각합니다.

무슨 말을 하긴 했는데, 여기저기 또 생선과 육고기를 분명하게 구분하지 않은 애매모호한 말이었습니다. 그래서 저는 안으로 들어가서 그 악당을 집어던졌습니다.

아담   그랬다고? 그 녀석이 레프레히트란 말이지?

루프레히트   예, 레프레히트죠.

아담   좋아.

그건 하나의 단서이지. 모든 일이 밝혀질 것이야.

— 서기, 자네는 그것을 기록해 두었나?

리히트   예, 판사님, 다른 것들도 모두 기록해 두었습니다.

아담   자, 착한 사람 루프레히트, 말을 계속하게.

루프레히트   제가 그 한 쌍을 거기서 11시에 보았을 때

— 저는 언제나 10시에 집으로 돌아갔습니다. —

저의 피가 끓어오르는 듯했습니다.

'기다려라, 루프레히트여, 아직도 시간이 있다.

너의 뿔이 아직 자라지 않았다. 너의 이마를 잘 만져 보아라.

혹시 멀리 떨어져서 뿔 같은 것이 자라고 있는지를' 하고 생각했습니다.

그리고 저는 천천히 정원의 문을 지나 주목 덤불 속에 숨었습니다.

거기서 그들이 속삭이고, 농담하고, 이리 밀고 저리 당기는 소리를 들었습니다.

판사님, 정말입니다, 저는 화가 치밀어 죽을 뻔했습니다. ―

이브 나쁜 사람!

그런 부끄러운 말을 하다니!

마르테 부인 이 무례한 놈!

우리만 있다면, 다시 한번 혼내 줄 텐데.

기다려라! 자네는 아직도 남자에게 뒤지지 않는 내 근육의 힘을 모른다. 그것을 직접 맛보아야 해!

루프레히트 그것은 약 15분쯤 계속되었습니다.

그다음은, 바로 오늘 결혼식이 거행되지 않을까? 하고 생각했습니다.

그런데 제가 그런 생각을 하고 있는데,

갑자기 그들 둘은 목사님 앞에서 결혼식도 하지 않은 채 휙 집 안에 들어가 있었습니다.

이브 자, 어머니 가시죠. 저는 이것이 어떻게 되든지 상관하지 않겠습니다. ―

아담 거기 있는 너, 조용히 입을 다물지 못해!

주제넘은 수다쟁이, 네게 벼락이 있을지어다!

내가 증언을 요청할 때까지 기다려라.

발터 참 이상하구나, 정말!

루프레히트 아담 판사님, 그때 저는 피가 거꾸로 치솟는 듯 속이 메스꺼웠습니다. 숨 쉬기가 힘들었어요. 조끼의 단추가

떨어져 나갔습니다.

바람을 좀 쏘이고 싶었습니다! 그래서 조끼를 열어서 바람을 쐬었습니다.

그리고 가서 그 화냥년의 문을 손으로 치고 발로 차고 밀었으며,

빗장이 걸려 있는 것을 알고서, 박차고 들어갔습니다.

아담   참으로 번개 같은 젊은이구나!

루프레히트   문이 부서지는 순간 장식용 선반에 있던 항아리가 방바닥으로 떨어졌습니다.

그리고 순식간에, 웬 놈이 창문에서 뛰어내렸습니다.

그놈이 뛰어내릴 때 코트의 옷자락이 펄럭거리는 것을 저는 보았습니다.

아담   그래 레프레히트였지?

루프레히트   판사님, 그 말고 누구였겠습니까?

저는 그곳에 서 있던 처녀를 한쪽으로 밀치고, 창문 쪽으로 달려갔으며,

포도덩굴이 지붕으로 뻗어 가도록 해 놓은 시렁에 그 녀석이 걸려 있는 것을 보았습니다.

문을 박차고 들어갈 때 뽑아 버린 문고리가 아직 제 손에 있었기에, 저는 창밖으로 몸을 내밀어서,

1파운드 무게의 쇠뭉치로 그놈의 대갈통을 내려쳤습니다.

판사님, 제 손이 그 머리통에 닿았습니다.

아담   그게 문고리였나?

루프레히트	뭐라고요?
아담	그것이 혹시 —
루프레히트	예, 문고리였어요.
아담	그 때문에—
리히트	그것을 칼이라고 생각하셨어요?
아담	칼이라고? 내가 — 어째서?
루프레히트	칼이라니요?
리히트	좋습니다.
	사람은 잘못 들을 수 있습니다.
	문고리는 칼과 아주 비슷합니다.
아담	내 생각에는 —
리히트	판사님, 확실히 문고리라고 생각하십니까?
아담	문고리였나?
루프레히트	문고리라고요? 그러나 그것은 문고리가 아니었습니다.
	그것은 문고리의 반대쪽 끝이었습니다.
아담	문고리의 반대쪽이라니!
리히트	그렇습니다! 그렇습니다!
루프레히트	그런데 그 문고리의 납덩어리가
	마치 칼의 손잡이 같았다고 말씀드려야겠습니다.
아담	그래, 마치 손잡이 같았어.
리히트	좋습니다. 칼의 손잡이 같았다고 하죠.
	어쨌든 어떤 흉측한 무기였음에 틀림없어요. 제가 그것
	을 잘 압니다.
발터	여러분, 제발 본론으로 들어가요. 본론으로!

아담	하찮은 것이다, 서기! — 자네는 계속해!
루프레히트	그 녀석은 떨어졌고, 저는 몸을 돌리려고 했습니다.
	그때 어둠 속에서 그 녀석이 허우적거리며 일어서는 것을 보고,
	저는 '아직 살아 있나?' 하고 생각하며,
	창문턱으로 올라가서 펄쩍 뛰어내려 그놈이 달아나지 못하게 할 참이었습니다.
	여러분, 제가 막 뛰어내리려 할 때 굵은 모래 한 줌이, 마치 싸락눈이 흩날리듯이, 제 눈에 날아들었습니다.
	— 신이 내린 벌이라고는 생각하지 않지만, 그 녀석, 밤과 온 세상이, 그리고 제가 올라섰던 창문턱 등이 모두 제 머리에서 사라졌습니다.
아담	저런 빌어먹을, 누가 그런 일을 했지?
루프레히트	누구냐 하면, 바로 레프레히트입니다.
아담	나쁜 놈!
루프레히트	정말입니다! 만약 그놈이었다면.
아담	그 말고 다른 누구겠니?
루프레히트	우박 알을 맞고 열 길이나 되는 높은 산에서 언덕으로 굴러 내려오듯이
	저는 바닥으로 떨어졌습니다.
	방바닥에 구멍이 나는 줄 알았습니다.
	저는 목, 허리, 엉덩이 그 밖의 어떤 부위도 다치지 않았습니다.
	하지만 그 사이에 저는 그 녀석을 더 이상 붙잡을 수 없

게 되었습니다.

그리고 일어나 앉아서 눈을 닦았습니다.

그때에 이브가 '아이고 하느님!' 하면서 제게 다가와,

루프레히트! 당신에게 무슨 일이 있었습니까? 라고 외쳤습니다.

저는 다리를 들었는데, 다행스럽게도 무엇을 찼는지 보지 못했습니다.

아담 그것은 모래 때문이었지?

루프레히트 예, 모래를 집어던졌기 때문입니다.

아담 빌어먹을, 그 모래가 적중하다니!

루프레히트 그리고 저는 간신히 일어났지만, ─

제 주먹을 더럽힐 일도 아니라고 생각했습니다.

그래서 저는 이브를 더러운 년이라고 욕했고,

그런 욕을 먹어도 마땅하다고 생각했습니다.

그런데, 아십시오. 눈물이 저의 말문을 막았습니다.

그때에 마르테 부인이 램프 불을 치켜들고 방으로 들어왔으며,

저는 저 처녀가 가련하게도 몸을 부들부들 떨면서 제 앞에 있는 것을 보았습니다.

평소에 그녀는 그렇게 대범하고 태평스러운 사람이었는데 말입니다.

저는 제 눈이 멀어 있었더라면 좋았을 거라는 생각이 들었습니다.

누가 구슬치기를 하려고 했었다면,

저는 저의 두 눈알을 빼어[17] 그에게 주었을 것입니다.

이브 아무짝에도 쓸모없는 나쁜 사람 —

아담 너는 입을 다물어라!

루프레히트 그 나머지는 여러분이 아시는 대로입니다.

아담 그 나머지가 어떻게 되었다고 — ?

루프레히트 그렇습니다.

그때, 마르테 부인이 오더니 노발대발했으며,

이웃사람 랄프, 한스, 그리고 아주머니 수제와 리이제

가 왔고,

하인들과 하녀들 그리고 개와 고양이들이 왔습니다.

그것은 구경거리였어요. 마르테 부인은 저기 있는 아가

씨에게 누가 항아리를 깨었느냐고 물었고,

저 애는 — 당신들도 아시듯이 — 제가 그것을 깬 범인

이라고 말했습니다.

여러분들께 맹세하지만, 그녀가 그렇게 말한 것은 완전

히 틀린 것도 아닙니다.

그녀는 그 항아리로 물을 길었고, 제가 그 항아리를 깨

었으니까요.[18]

또 구두 수선공의 머리에 큰 구멍을 냈으니까요. —

아담 마르테 부인! 이 말에 대해 하실 말이 있습니까? 말해

---

17 소포클레스의 『오이디푸스 왕』에서는 오이디푸스가 자신의 죄를 알고서 두 눈알
을 빼어 버렸음을 비유적으로 말함

18 항아리는 깨어질 때까지 물가에 가서 물을 긷는다. 즉 꼬리가 길면 밟힌다는 뜻인
데, 여기서는 이브의 성실치 못한 장난이 과도했음을 말함

보세요!

마르테 부인　이 말에 대해 반박할 말이 있느냐고요?

판사님, 저는 대답합니다.

그는 족제비처럼 우리를 침입했으며,

꼬끼오 하고 우는 닭의 목을 조르듯이 진실을 목 졸랐습니다.

정의를 사랑하는 사람은 누구라도 손에 곤봉을 쥐고,

밤에 먹이를 찾아 기웃거리는 이 괴물을 퇴치해야 합니다.

아담　그렇다면 증거를 제시해야 합니다.

마르테 부인　예, 기꺼이 그러죠. 여기에 증인이 있습니다.

— 말해라!

아담　딸입니까? 안 됩니다, 마르테 부인.

발터　안 된다니요, 왜 안 됩니까?

아담　사법 고문관님, 그녀는 증인이 될 수 없습니다.

법전 제4장인가 제5장에 적혀 있지 않습니까?

저는 잘 모르지만, 항아리 또는 그 밖의 것들이 젊은 시골 놈들에 의해 깨어지면,

딸은 어머니의 증인이 될 수 없지 않습니까?

발터　당신의 머릿속에는 학문과 실수가

반죽처럼 뒤범벅이 되어 있군요.

하나씩 자를 때마다 두 가지가 나타나는군요.

저 아가씨는 아직 증언하지 않았고, 이제부터 진술을 합니다.

누구를 위해서 증언하려는지, 또 증언할 수 있는지는
진술이 끝난 후에 비로소 드러날 것입니다.

아담   그렇습니다, 진술합니다. 좋습니다. 법전 제6장.
그러나 저 여자가 진술하는 것을 아무도 믿지 않습니다.

발터   자, 앞으로 나오시오, 젊은 아가씨.

아담   어이, 리이스! — *(발터에게)* 잠시 실례하겠습니다!
제 혀가 바싹바싹 마릅니다. — 마르그레테!

제8장

앞에 나온 사람들, 하녀 등장

아담   물 한 잔 갖다 줘!

하녀   예, 곧 가져오겠습니다. *(퇴장)*

아담   당신도 한 잔 드시겠습니까?

발터   아니오, 괜찮습니다.

아담   프랑스산 포도주 또는 독일산 포도주 중에서 어느 것을
원하십니까?

(발터가 정중하게 거절하자, 하녀는 물을 가져다 놓고 퇴장)

제9장

발터, 아담, 마르테 부인 등 하녀를 제외한 앞에 나온 사람들

아담   — 사법 고문관님, 솔직히 말씀드리면,

이 사건은 양쪽을 화해시키는 것이 좋다고 생각합니다.

발터   화해를 시킨다고요?

도저히 이해할 수 없어요, 아담 판사.

분별력이 있는 사람들은 화해할 수 있습니다.

어떻게 당신은 이 사건을 아직도 풀리지 않은 상태에서

화해를 시키려고 합니까?

당신이 그것을 말해주면 저도 기쁠 텐데요.

이 사건을 어떻게 처리하려고 생각하는지 말해 주겠습

니까?

마음속에 이미 판결을 결정했습니까?

아담   예, 그렇습니다!

법으로는 어떻게 할 수 없으니,

철학에서 도움을 얻어야만 합니다.

그러면 범인은 — 레프레히트입니다 —

발터   누구라고요?

아담   아니면 루프레히트 —

발터   누구 말입니까?

아담   아니면 레프레히트, 그가 저 항아리를 깨었습니다.

발터   그럼 대체 누구입니까? 레프레히트입니까, 아니면 루

프레히트입니까?

제가 보기에, 당신은 마치 땅콩자루 속에 손을 넣어 아무거나 집어내듯이 판결을 내리고 있군요.

아담 죄송합니다.

발터 자, 됐습니다. 그만 침묵하세요.

아담 좋습니다, 분부대로 하겠습니다.

그러나 맹세코 말씀드립니다. 두 사람 모두에게 죄가 있다고 하면 저로서는 더 없이 좋겠습니다.

발터 저기 있는 사람에게 물어보면 알게 될 것입니다.

아담 예, 알겠습니다.

그러나 만약 당신이 그것을 알게 된다면, 저는 나쁜 놈이 될 겁니다.

— 서기, 기록할 준비는 되었나?

리히트 완벽합니다.

아담 좋아.

리히트 새로운 종이를 끼워 넣었습니다.

거기에 무엇이 적히게 될지 무척 알고 싶어요.

아담 새로운 종이를? 좋았어.

발터 저기 아가씨, 말해요!

아담 이브, 너 듣고 있니? 말해라! 지금 말해라!

내 사랑하는 아가씨, 하느님과 온 세상 사람들에게 진실을 말해 봐.

네가 여기 하느님의 심판대 앞에 서 있음을 생각하여, 거짓말로 판사를 속이지도 말고,

이 사건에 무관한 수다로 괴롭혀서도 안 돼.

아, 그렇다. 너는 현명한 아가씨야.

너도 알다시피, 판사는 언제나 판사지.

그리고 어떤 사람이 오늘 판사를 필요로 하면,

또 어떤 사람은 내일 판사를 필요로 할 것이야.

네가 레프레히트가 범인이라고 말한다면, 참 좋겠어!

범인이 루프레히트라고 말해도 역시 좋아!

이렇게 말하든 저렇게 말하든 난 거짓말쟁이야.

모든 것이 네가 바라던 대로 해결될 거야.

네가 여기서 내게 다른 사람에 대해, 즉 제3자에 대해,

어리석은 이름을 대면서 긴 수다를 떨면,

아가씨, 조심해라, 나는 더 이상은 말하지 않겠어.

후이줌에는 네 말을 믿을 사람이 아무도 없어.

아니지, 네덜란드 전체에서도 너를 믿을 사람은 없어,

이브.

너도 알다시피, 흰 벽이 증인이 될 수는 없어.

제3자도 자기방어를 할 줄 알지.

게다가 너의 루프레히트는 곤란한 지경에 빠질지 몰라!

발터 지금 하고 있는 연설을 그만하시오!

그건 정확하지도 않고, 확실치도 않은 말이로군요.

아담 사법 고문관님, 이해가 안 됩니까?

발터 계속하세요! 당신은 판사의 자리에서 너무 길게 말을

하고 있어요.

아담 맹세코! 저는 대학에서 공부한 적이 없습니다. 사법 고

문관님.

우트레히트에서 오신 사법 고문관님께서는 저를 이해하지 못하시겠지만,

이 마을 사람들에겐 사정이 다릅니다.

이 아가씨는 제가 말하려고 하는 것을 잘 알고 있습니다. 내기합시다.

마르테 부인   얘야, 그게 무슨 말이냐? 자, 이제 과감하게 다 말해 보거라!

이브   아, 어머니!

마르테 부인   너 —! 나는 네게 충고한다.

루프레히트   마르테 부인, 과감하게 다 말한다는 것은,

양심이 우리의 목을 막고 있으면 정말 어려운 것입니다.

아담   입 닥쳐! 건방진 놈, 중얼거리지 마!

마르테 부인   누구였지?

이브   오, 예수님!

마르테 부인   저 얼간이가! 파렴치한 녀석! 오, 예수님이라니! 마치 저 아이가 화냥년인 것처럼 말을 하네. —

그럼 예수님이 범인이었나?

아담   마르테 부인, 이성을 잃으셨군요!

그게 무슨 말이오! — 딸에게 말할 기회를 주세요.

화냥년이니 바보니 하면서 딸을 위협하다니!

그런 식으로 말을 하면 우리는 아무것도 할 수 없습니다. 저 아이는 무슨 말을 해야 할지 알 것입니다.

루프레히트   그렇습니다. 그녀는 알 것입니다.

아담　　　　 이 무례한 놈, 입 다물어!

루프레히트　 그녀는 구두 수선공을 생각할 것입니다.

아담　　　　 이 악당! 정리는 어디 갔지! 어이! 한프리데!

루프레히트　 예, 알겠습니다. 판사님, 제가 침묵하겠습니다. 정리를
　　　　　　　　부르지 마세요.

　　　　　　　　그녀는 당신에게 제 이름을 댈 것입니다.

마르테 부인　 자, 내 말 들어라. 여기서 나를 무안하게 만들지 마!

　　　　　　　　나는 명예롭게 마흔아홉의 나이가 되었으며, 쉰 살을
　　　　　　　　눈앞에 두고 있어.

　　　　　　　　2월 3일이 내 생일이야.

　　　　　　　　오늘이 1일이지. 자, 서두르자, 누가 그 범인이냐?

아담　　　　 좋습니다. 참 좋습니다, 마르테 룰 부인!

마르테 부인　 애 아버지가 임종할 때 유언을 남겼어요.

　　　　　　　　'여보, 잘 들어요. 저 아이한테 착실한 남자를 구해서
　　　　　　　　결혼시켜요.

　　　　　　　　만약 저 애가 행실 나쁜 창녀가 되면,

　　　　　　　　묘지 파는 사람에게 돈을 주고 내 무덤을 다시 파서,

　　　　　　　　나를 반듯이 눕혀요.

　　　　　　　　내가 무덤 속에서 틀림없이 몸을 돌렸을 테니까요.'

아담　　　　 그것도 나쁘지는 않습니다.

마르테 부인　 내 귀여운 이브야, 제4계명[19]에 따라 넌 네 부모를 존경

19　루터 교리문답에 있는 계명, 즉 네 부모님을 공경하라. 여기서는 아이러닉하게 사
　　용됨

하겠니?

그러면 좋아, 말해라.

'그 구두 수선공 혹은 제3의 남자가 방으로 들어왔습니다.'

너 내 말 듣고 있느냐? 그러나 약혼자는 아니었다고 말해라.

루프레히트 이브가 참 불쌍하구나. 제발, 그 항아리는 염두에 두지 마라.

내가 그것을 우트레히트로 가져가서, 바로 그런 항아리를 찾아보겠다 —

차라리 내가 그것을 두 조각으로 깨어 버렸더라면 좋았을 텐데.

이브 당신은 고상하지 못하군요! 쳇,

당신이, '좋습니다, 내가 그 항아리를 깨었습니다.'라고 말하지 않는 것을 창피하게 여기세요!

쳇, 루프레히트, 쳇, 제 행동을 신뢰할 수 없는 당신 자신을 부끄러워하세요!

당신이 제게, '이브, 나와 결혼하겠소?' 하고 물었을 때, 저는 당신에게, '예' 하고 승낙하는 말을 했습니다.

당신은, 당신이 제게 있어서 구두 수선공보다 못하다고 생각하세요?

그리고 당신이 열쇠 구멍을 통해서 저와 레프레히트가 함께 그 항아리로 술이라도 마시는 것을 보셨단 말입니까?

당신은 이브가 행실이 착하다는 사실을 기억했어야만 했습니다.

이브가 결백하다는 것은 깨끗이 밝혀질 것입니다.

살아 있는 동안에 밝혀지지 않는다면,

죽은 사람이 부활하는 최후의 심판 날에라도 그렇게 될 거예요.

루프레히트 이브, 정직하게 말하자면, 나는 그것을 기다릴 수 없소.

나는 내 손으로 붙잡을 수 있는 것만 믿을 뿐이오.

이브 그 범인이 레프레히트였다고 가정합시다.

그러면 — 부활의 희망 없이 죽고 싶어요 — 제가 왜 하나뿐인 당신에게 그걸 털어놓지 않았을까요?

더구나 이웃사람과 하인, 하녀들 앞에서 숨겨야 할 이유가 있었다면,

오 루프레히트여, 말해 보세요. 왜 제가 당신의 신뢰를 바탕으로, 그 범인이 바로 당신이었다고 말하면 안 되는 것입니까?

제가 그 말을 하면 왜 안 됩니까? 그 말을 하면 왜 안 됩니까?

루프레히트 이런 젠장, 그래 말해 봐!

당신의 목에 걸린 교수형의 벌[20]을 면할 수만 있다면, 나 때문이었다고 해도 좋아.

이브 이 보기 싫은, 은혜도 모르는 사람!

---

20 질투한 여인 또는 간통한 여인에게 주어지는 교수형

제가 받을 교수형을 면하기 위해서라면 당신 때문이었
다고 할 수도 있습니다!

저는 한마디 말을 함으로써 제 명예를 지키고

당신을 영원히 파멸시킬 수도 있습니다.

발터   자! ─ 그 한마디 말이 무엇이냐 ─ ?

우리를 쓸데없이 마음 졸이게 하지 말거라.

그럼 루프레히트가 범인이 아니니?

이브   그렇습니다. 사법 고문관님.

그이가 스스로 범인이 아니라고 주장하기 때문에

저는 그이를 위해 그저 침묵을 지켰을 뿐입니다.

이 흙으로 빚은 항아리를 깬 사람은 루프레히트가 아닙
니다.

그이가 여러분들에게 자신은 그 항아리를 깨뜨리지 않
았다고 주장하는 것을 믿으셔도 좋을 것입니다.

마르테 부인   이브야, 루프레히트가 범인이 아니라니?

이브   그렇습니다. 어머니, 그이가 깨뜨리지 않았습니다.

그이가 항아리를 깼다고 제가 어제 말했다면 그것은 거
짓말이었습니다.

마르테 부인   들어라, 내가 온몸의 뼈다귀를 분질러 버리겠다!

(그녀는 항아리를 내려놓는다.)

이브   마음대로 하세요.

발터   *(위협적으로)* 마르테 부인!

아담   어이, 정리! ─

저 빌어먹을 늙은이를 밖으로 끌어내라!

왜 꼭 루프레히트가 범인이란 말인가?

뭐, 거기서 촛불을 들고 있었다고?

내 생각에는 저 처녀가 틀림없이 알고 있는 것 같은데.

레프레히트가 범인이 아니라면, 내가 나쁜 놈이 되겠다.

마르테 부인   그러면 범인이 레프레히트입니까? 범인이 레프레히트요?

아담   이브, 말하렴. 레프레히트가 범인 아니었어? 내 사랑하는 이브?

이브   부끄러움을 모르는 사람! 비열한 남자!

어째서 당신은 레프레히트가 범인이라고 말할 수 있습니까 —

발터   아가씨!

감히 그런 말을 하다니? 그게 아가씨가 판사를 대하는 예의인가?

이브   아, 무슨 말씀입니까! 저기 저 판사는 스스로 법정에 서야 할, 가련한 죄인입니다. —

— 저분은 범인이 누구였는지 훨씬 잘 알고 있습니다!

(판사에게 몸을 돌려서)

당신이 레프레히트를 우트레히트 시내(市內)에 있는 신병모집 위원회로 보내지 않았습니까?

신병 모집을 면제시켜 주는 증명서를 소지시켜 보냈었지요?

그러면서 어떻게 당신이 그 범인은 레프레히트라고 말할 수 있습니까?

당신은 그가 현재 우트레히트에 있다는 것을 잘 알고 있지 않습니까?

아담 그럼 대체 누구일까? 레프레히트가 범인이 아니라면, 참 곤란하다. ─

루프레히트도 아니고, 레프레히트도 아니다. ─ 너는 지금 무슨 말을 하고 있느냐?

루프레히트 아담 판사님, 제발 제가 말을 할 수 있게 해 주세요.

저 처녀가 지금 여기서 한 말은 거짓말이 아닌 듯합니다. 제가 직접 레프레히트를 만났습니다. 어제 아침 8시, 그가 우트레히트로 갈 때였습니다.

그가 마차를 타지 않았다면

평소 다리뼈가 구부정한 그는 아무리 서둘러도 밤 10시에 돌아올 수가 없습니다.

범인은 아마 제3의 사람이었을 것입니다.

아담 아니, 뭐라고! 안짱다리! 바보 같은 사람!

그 녀석은 다른 사람처럼 빠른 걸음으로 잘 걸을 수 있어.

몸집이 큰, 양을 지키는 개라도,

그와 보조를 맞추기 위해서는

빠르게 걷지 않으면 안 되지.

내 말이 거짓이라면, 나를 발 없는 인간이라 욕해도 좋아.

발터 *(이브에게)* 사건의 경위를 말하게.

아담 사법 고문관님, 죄송합니다.

	이 점에 대해서 저 아가씨는 당신에게 대답을 하지 못할 것입니다.
발터	대답을 못 하다니요? 대답 못 한다고요? 왜 못 합니까?
아담	멍청한 아이입니다! 보시다시피, 저 아이는 착하지만 어리석어요.

이제 막 견진성사를 마친 젊은 여자아이입니다!

멀리서 콧수염이 난 사내라도 보면,

부끄러워 얼굴이 붉어지는 아이입니다.

그런 아이들은 어둠 속에서 괴로움을 당하더라도, 낮이 되어 판사 앞에 나가서는 그런 일이 없었다고 말하는 것입니다.

발터　아담 판사, 당신은 매우 관대하군요.

이 아가씨가 관련되어 있는 한, 매사에 아주 부드럽게 대하는군요.

아담　사법 고문관님, 사실을 말씀드린다면,

그녀의 아버지가 제 친한 친구였습니다.

사법 고문관님께서 오늘 자비를 베푸시면, 우리는 직무상의 일만 하고,

친구 딸을 돌려보내도록 하겠습니다.

발터　판사, 나는 이 사건을 철저히 밝혀 보고 싶은 마음이 간절합니다. ―

아가씨! 누가 항아리를 깼는지 대범하게 말해 보시오!

아가씨가 실수를 범했다고 하더라도 그것을 용서해 주지 않을 사람은 여기에 없어요.

이브	친절하시고, 위엄 있는 사법 고문관님,

친절하시고, 위엄 있는 사법 고문관님,

당신에게 자초지종을 말씀드리지 않는 것을 용서해 주십시오.

당신의 질문에 대한 대답을 거절하는 것을 나쁘게 생각하지 마십시오.

제가 이 사건에 대해 입을 다무는 것은 하늘의 기적 같은 섭리입니다.

루프레히트가 저 항아리를 깨지 않았다는 사실은,

당신이 원하신다면, 성스런 제단 앞에서라도 확실하게 증언할 수 있습니다.

그러나 어제 일어난 사건과 그것에 관한 상세한 것은 제 자신의 일입니다.

편물을 짤 때 어머니의 실이 한 가닥 섞여 있었다고 해서, 그 한 가닥 때문에 실타래 전체를 어머니가 요구할 수는 없습니다.

저는 여기서 항아리를 누가 깨었는지 말할 수 없습니다.

항아리와는 무관한, 저의 소유도 아닌 비밀을 제가 누설해야만 한다면,

조만간 저는 그 비밀을 어머니에게 털어놓겠습니다.

그렇지만, 이곳 법정은 아닙니다. 어머니께서 그것을 제게 물을 권리를 가질 수 있는 자리가 아닙니다.

아담 아니지. 법에 비추어 보아도 아니지. ― 맹세코 아니지.
― 저 아가씨가 법을 훤히 잘 알고 있구나.

만약 그녀가 여기 법정에서 진실을 말하겠다고 선서를

	하면, 어머니의 고소는 취하되고 말아요.
	이에 대해서 나는 이의를 제기할 수 없소.
발터	마르테 부인, 저 처녀의 설명에 대해 하실 말씀 있습니까?
마르테 부인	사법 고문관님, 바라옵건대, 제가 즉시 적절한 대답을 드리지 못하더라도,

지금 막 충격을 받아 제 혀가 마비되었다고 믿어 주세요.

타락한 사람이 남들 앞에서 자신의 명예를 높이기 위해

재판소에서 위증을 한 예는 많이 있습니다.

그렇지만 교수형을 받기 위해 신성한 제단에서 거짓으로 맹세한 것은,

이 세상에서 오늘 처음 들었습니다.

만약 루프레히트가 아니고 다른 남자가

어제 저 애의 방으로 기어들어 간 것이 입증이 된다면,

그럴 가능성이 있다면,

사법 고문관님, 제 말을 잘 이해해 주십시오 ―

그렇다면 제가 여기서 더 이상 긴 시간을 허비하지 않을 텐데요.

제 딸과 모든 관계를 단절하고, 저 애를 대문 밖으로 내쫓으면서 말하겠어요.

이 세상은 넓어서 네가 집세를 안 내도 좋고,

또한 너는 긴 머리카락을 부모로부터 물려받았지.

세월이 지나면 분별력도 생길 거야. 너는 너의 긴 머리카락에 목을 맬 수 있을 것이야.

발터	좀 진정하세요, 진정하세요, 마르테 부인.
마르테 부인	그런데, 저는 여기서 다른 방법으로 증거를 댈 수 있습니다.

저 아이가 나를 위해 증언하기를 거부하기 때문입니다.

저는 저놈 말고 다른 누가 제 항아리를 깨지 않았다는 사실을 확신합니다.

어쨌든 그것을 저렇게도 열심히 부정하는 것을 보니 제 마음속에는 또 다른 의심이 생겼습니다.

어젯밤의 사건은 그저 항아리를 깬 것만이 아니라, 다른 범행이 숨어 있습니다.

사법 고문관님, 당신께 말씀드려야만 하겠습니다.

루프레히트는 징집되어, 며칠 안으로 우트레히트로 가서 국기에 대고 선서를 하고 군대 생활을 시작하지 않으면 안 되는 몸입니다.

이렇게 징집된 젊은 시골총각들은 도망을 갑니다.

만약 저 녀석이 어젯밤에, '어떻게 생각하니? 이브, 나 오너라! 세상은 넓고 커. 네가 장롱의 열쇠를 가지고 있지?'라고 말했다면,

또 만약 저 애가 어지간히 반항하지 않았더라면,

물론 제가 그때 마침 그들을 방해했기에 망정이지,

— 저 녀석은 복수심에서 그랬고, 저 애는 사랑하는 마음에서 그랬다면 —

어떤 일이 일어났는지 그 나머지는 저절로 이해가 될 테지요.

루프레히트	이 나쁜 여자! 무슨 그런 말을 합니까?
	장롱의 열쇠라니요 —
발터	조용히 하게!
이브	그이가 탈영했었다고!
발터	본론으로 들어가요. 여기서는 항아리가 문제입니다. —
	루프레히트가 그것을 깼다는 것을 입증하시오!
마르테 부인	좋습니다, 사법 고문관님. 우선 여기서
	루프레히트가 항아리를 깬 증거를 보여드리겠습니다.
	그리고 나서 집으로 가서 차분히 조사하겠습니다. —
	저 녀석이 무슨 말을 하더라도 제 말을 모두 보증해 줄
	증인을 데려오겠습니다.
	이브가 제게 유리한 말을 하지 않을 것이라고 조금만
	눈치 챘더라면,
	즉시 그런 증인들을 무리 지어 데려올 수도 있었습니다.
	그런데 당신이 저 녀석의 고모 브리기테 부인을 지금
	소환하신다면, 그것만으로도 충분할 것입니다.
	브리기테 부인은 핵심을 말해 줄 것입니다.
	왜냐하면 그녀가 어젯밤 10시 반, 이 점을 명심하십시
	오, 그 항아리가 깨어지기 전에,
	정원에서 이브와 그가 말을 주고받는 것을 들었기 때문
	입니다.
	저 녀석이 지어내는 거짓말이 그 증인 한 사람의 말만
	으로도 깨끗이 판명될 것입니다.
	높으신 판사님들, 이 사건을 저는 당신들의 판단에 맡

기겠습니다.

루프레히트	누가 저를 보았다고요?
화이트	내 여동생 브리기테가?
루프레히트	제가 이브와 얘기하는 것을? 정원에서 — ?
마르테 부인	저 녀석과 이브가 함께, 정원에서, 10시 반에,
	저 녀석이 말한 대로 11시에 방으로 기습해 들어가기
	전에,
	때로는 달콤한 말을 주고받다가,
	또 때로는 마치 그가 그 아이에게 무엇인가를 설득하려
	는 듯이 거칠어지기도 했다는군요.
아담	*(혼자서)* 어휴! 악마도 내편이구나!
발터	그 여자를 이곳으로 데려오시오!
루프레히트	여러분, 제발 그렇게 하지 마십시오!
	그것은 진실이 아닙니다. 그런 일은 있을 수도 없습니다.
아담	기다려, 이 악당! — 어이, 정리 한프리트! —
	그럼 도망칠 때에 항아리가 깨어졌다고 —
	— 서기, 가서 브리기테 부인을 이리로 데려오너라!
화이트	네 이놈 들어라! 저주받을 악당! 넌 대체 뭘 하고 있느냐?
	네놈의 뼈다귀를 모두 분질러놓겠다.
루프레히트	도대체 뭣 때문입니까?
화이트	왜 넌 저 더러운 계집애와 10시 반에 정원에서
	농탕 친 사실을 침묵하느냐?
	왜 침묵하느냐?
루프레히트	왜 제가 침묵하고 있느냐고요?

천부당만부당한 말씀입니다, 아버지. 그게 사실이 아니기 때문이지요.

만약 브리기테 고모님이 그렇게 증언하신다면, 제 목을 매달아도 좋습니다.

그런데 이어서 고모님도 제 옆에 거꾸로 매달리게 될 것입니다.

화이트   그러나 고모가 그렇게 증언한다면 — 너 조심해라!

너와 저기 있는 순진한 처녀 이브가,

재판소에서 무슨 말을 하더라도, 너희들은 같은 배를 탄 것이다.

거기에는 무슨 수상쩍은 비밀이 있는 게 아니냐?

저 처녀는 그것을 알고 있더라도, 너를 구하기 위해 여기서는 아무 말도 하지 않고 있는 거다.

루프레히트   비밀이라니! 무슨 비밀입니까?

화이트   왜 너는 짐을 쌌니?

글쎄, 너는 어젯밤에 왜 짐을 쌌니?

루프레히트   짐을?

화이트   그래, 상의와 바지 그리고 속옷들.

마치 여행 가는 사람이 어깨에 메는 것 같은 짐꾸러미를?

루프레히트   제가 우트레히트로 가야 했기 때문입니다!

제가 군에 입대해야 했기 때문입니다.

제발 그런 듣기 싫은 말씀은 하지 마세요.

아버지께서도 제가 도망갔을 거라고 믿으시는 겁니까?

화이트   우트레히트로 간다고? 그래, 우트레히트!

우트레히트로 가기 위해 네가 서둘렀구나!

이틀 전까지만 해도 너는 네가 5일인지 6일에 떠나게

될지 알지 못했지?

발터 [저 아이의] 아버지, 당신도 이 사건에 대해 뭔가 할 말

이 있습니까?

화이트 ― 사법 고문관님, 저는 아무 말도 하지 않겠습니다.

저는 그 항아리가 깨어질 때에 집에 있었습니다.

사실을 말씀드린다면, 달리 시도해 보아도, 제아무리

모든 상황을 잘 고려해 보더라도,

제 아들에게 그 혐의를 씌울 만한 아무런 낌새도 느끼

지 못하겠습니다.

저는 저 아이의 무죄를 굳게 확신하고 여기에 왔으며,

이 논쟁이 끝나면 그의 약혼을 파기하고

아들이 지난가을 약혼식 때 저 처녀에게 준

은 목걸이와 기념 은화(銀貨)를 함께 돌려받겠습니다.

지금 도망이니 배반이니 하는 것들은

제가 흰머리의 이 늙은 나이까지 살아오면서도

처음 듣는 일입니다.

마찬가지로 여러분도 처음 듣는 일일 것입니다.

만약 그게 사실이라면, 악마가 저 녀석의 목을 비틀어

도 저는 상관하지 않겠습니다.

발터 브리기테 부인을 여기로 데려오세요, 아담 판사!

아담 ― 사법 고문관님, 이 사건 때문에 피곤하시죠?

이 사건이 생각보다 시간을 오래 끄는군요.

사법 고문관님께서는 제 회계장부와 서류들을 더 보셔
야 하는데 — 몇 시인가?

리히트   이제 막 30분을 쳤습니다.

아담   10시 30분?

리히트   아니요. 11시 30분입니다.

발터   상관없습니다.

아담   당신이 제정신이 아니거나 시계가 잘못됐다고 생각합
니다.

(그는 시계를 쳐다본다.)

정말이군! — 그런데, 어떻게 하길 원하십니까?

발터   제 생각에는 —

아담   폐정(閉廷)할까요? 좋습니다! —

발터   실례지만, 제 생각은 재판을 계속 진행하는 것입니다.

아담   그것이 당신 생각입니까? — 그럼, 좋습니다.

그런데, 맹세컨대 내일 오전 9시에는 이 사건을,
당신이 만족하시도록 끝마치겠습니다.

발터   당신은 제가 원하는 바를 잘 알고 있군요.

아담   분부대로 하겠습니다.

서기 리히트, 정리들을 보내서 브리기테 부인을
당장 여기 법정으로 불러오너라.

발터   [서기] 그런데 내게 귀중한 시간을 절약하기 위해
자네가 직접 이 일을 좀 맡아주게. *(리히트 퇴장)*

제10장

리히트를 제외한 앞에 나온 사람들. 조금 후에 하녀들 등장

아담　　(일어서면서) 그 사이에, 당신이 괜찮으시면,

　　　　앉은자리에서 잠시 휴식할까요 — ?

발터　　흠, 그렇게 합시다.

　　　　그런데 말하고 싶은 게 있습니다 —

아담　　브리기테 부인이 올 때까지

　　　　소송당사자들도 마찬가지로 휴식하도록 허락해 주시

　　　　겠습니까?

발터　　뭐라고요? 소송당사자들이라니요?

아담　　예, 문 앞에서. 만약 당신께서 허락해 주시면 —.

발터　　(혼자서) 괜씸하군!

　　　　(큰 소리로) 아담 판사, 어떻습니까?

　　　　그 사이 포도주 한 잔을 주십시오.

아담　　기꺼이 드리죠. 어이, 마르그레테!

　　　　사법 고문관님, 그렇게 명령해 주시니 저로서도 다행입

　　　　니다. 자 — 마르그레테.

　　　　(하녀 등장)

하녀　　예.

아담　　어느 것을 원하십니까? —

　　　　여러분은 나가도 좋습니다.

　　　　프랑스산 붉은 포도주를 드릴까요? — 대기실로 — 아

니면 국산 라인산 포도주를 드릴까요?

발터   국산 라인산 포도주를 주십시오.

아담   좋습니다. — 다시 부를 때까지 나가요!

발터   모두들 어디로?

아담   마르가레테. 빨리 가서 잘 밀봉된 포도주를 꺼내 오너
라 —

뭐라고요? 잠시 대기실로 갑시다. — 자 옜다, 열쇠 받
아라.

발터   아니, 아니다, 모두들 여기에 있어라.

아담   뛰어가! — 마르가레테,
가서 즉석에서 만든 버터와, 림부르크산 치즈
그리고 살찐 포메리아산 훈제 거위도 가져와.

발터   잠깐 멈추시오!
판사, 제발 그렇게 번거롭게 하지 마세요.

아담   너희들 어서 밖으로 나가라!
내가 말한 대로 준비하여라.

발터   판사, 당신은 왜 사람들을 보내십니까?

아담   사법 고문관님?

발터   당신은 — ?

아담   허락하시면 브리기테 부인이 나올 때까지 잠시 나가는
겁니다.

그게 안 된다고 생각하십니까?

발터   좋습니다. 당신 뜻대로 하세요.
그런데 그렇게 할 필요가 있을까요?

	브리기테 부인을 이 마을에서 찾는 데 그렇게 긴 시간 이 걸린다고 생각하세요?
아담	사법 고문관님, 오늘은 땔나무를 준비하는 날입니다. 그래서 대부분의 여자들이 땔감을 모으기 위해 숲속으 로 갔습니다. 그래서 아마도 좀 —
루프레히트	고모님은 집에 계십니다.
발터	집에 있다고. 그럼 됐다.
루프레히트	그녀는 곧 여기에 오실 것입니다.
발터	이리로 곧 나온다고. 자, 포도주를 가져오너라!
아담	(혼자서) 제기랄!
발터	서두르시오. 간식은 아니지만 마른 빵 한 조각과 소금 을 부탁합니다.
아담	(혼자서) 저 아가씨와 단둘이서 잠깐만 — (큰 소리로) 마른 빵? 뭐라고요? 거기에 소금을 친다고? 농담하시는군요!
발터	정말입니다.
아담	그럼, 림부르크산 치즈라도 좀 드릴까요? — 치즈는 포도주 맛을 돋우는 데 안성맞춤입니다.
발터	좋습니다. 치즈 한 조각이면 충분하니 더 이상은 아무 것도 필요 없어요.
아담	자, 가서 다마스트산 비단 흰 식탁보를 깔아라. 모든 것을 평범하면서도 좋은 것으로.

(하녀 퇴장)

우리 중년의 독신자들은, 남들로부터 나쁜 말을 듣지만
장점이 있습니다.
다른 남자들이 처자식을 먹여 살리기 위해
매일 빠듯하고 걱정스럽게 사는 것에 비하여,
언제라도 마음먹은 시간에 친구와 더불어 마음껏 즐길
수 있는 것이죠.

발터 제가 묻고 싶은 것은 —
판사, 대체 어쩌다 그런 상처를 입었습니까?
정말 보기 흉한 구멍이, 그것도 바로 머리에 났군요!

아담 — 넘어졌습니다.

발터 넘어졌다고요! 그럼 언제? 어제 저녁입니까?

아담 오늘 아침입니다. 죄송합니다. 시간은 다섯 시 반경이
었는데,
제가 막 침대에서 내려올 때였습니다.

발터 무엇에 걸려 넘어졌습니까?

아담 사법 고문관님, 걸려 넘어지긴 했는데,
사실대로 말씀드리면, 제 자신에 걸려 넘어졌습니다.
곤두박질쳐서 제 머리가 난로에 부딪혔는데,
왜 그렇게 되었는지는 아직까지도 모르겠습니다.

발터 뒤통수로?

아담 어떻게 뒤통수로 — ?

발터 아니면 앞머리로?
상처가 두 군데인데요. 머리 앞과 뒤에.

아담 머리 앞쪽과 뒤쪽입니다. — 마르가레테!

(두 하녀가 포도주 등을 들고 등장. 그들은 식탁을 차려놓고 다시 퇴장)

발터 어떻게 그런 일이?

아담 처음에 한쪽을, 그다음에 다른 쪽을 다쳤어요.

처음에 난로의 모서리에 제 머리 앞을 부딪고,

그리고 나서는 난로에서 다시 튀어 땅바닥으로 굴러떨어졌습니다.

그때 제 머리 뒤를 다쳤어요.

(포도주를 따른다)

한 잔 드시겠습니까?

발터 *(술잔을 잡으며)*

판사, 당신이 결혼했더라면,

그런 이상한 일을 믿을 수 있을 텐데요.

아담 어째서 그렇습니까?

발터 정말입니다.

얼굴이 온통 긁히고 찢겨 만신창이가 되어 있기 때문입니다.

아담 *(웃으면서)* 아, 아닙니다. 다행스럽게도 이것은 마누라의 손톱자국이 아닙니다.

발터 그렇습니다. 그것 역시 독신자의 장점이죠.

아담 *(계속 웃는다.)*

사람들이 양잠용 나무를 말리기 위해

난롯가에 그것을 쌓아 두었는데 거기에 걸려서 —

당신의 건강을 위해 축배를!

(그들은 술을 마신다.)

발터   그것도 하필이면 바로 오늘

그 가발을 잃어버리다니!

그 가발로 당신의 상처를 감출 수도 있었을 텐데요.

아담   예, 바로 그렇죠. 나쁜 일은 언제나 겹쳐서 생기죠. ―

여기 ― 포동포동한 치즈가 있습니다 ― 드릴까요?

발터   한 조각만 주세요.

림부르크산입니까?

아담   림부르크에서 직송한 것입니다, 사법 고문관님.

발터   ― 자, 말해 보시오. 어떻게 그런 불행한 일이 생겼습

니까?

아담   무슨 말씀입니까?

발터   가발을 잃어버린 일 말입니다.

아담   예, 들어 보세요. 저는 어제 저녁에 소송 서류를 읽고

있었는데,

제가 안경을 어디에 놓아 두었는지 잊어버리고,

그 소송서류에 몰두하여 머리를 너무 많이 숙이는 바

람에 그만 제 가발에 촛불이 옮겨 붙고 말았습니다.

하늘에서 불이 떨어져서 죄 많은 제 머리 위에 옮겨 붙

었다는 생각이 들었습니다.

그래서 그 가발을 집어던지려고 했습니다.

그런데 제가 목끈을 미처 풀기도 전에,

그냥 그것이 소돔과 고모라처럼 타 버렸습니다.

그리하여 저는 서너 가닥의 머리카락도 구하지 못하고
말았습니다.

발터 참 안됐군요! 그런데 당신의 또 다른 가발은 [수선을 위
해] 시내에 가 있지요?

아담 가발 만드는 사람에게 있습니다. — 그건 그렇고 본론
으로 들어갑시다.

발터 아담 판사, 제발 너무 서두르지 마세요.

아담 허 참! 시간은 자꾸 흘러가는데요. 자 한 잔 더 하시겠
어요? 자,

(술을 따른다.)

발터 — 저기 있는 젊은이의 말이 사실이라면 — 레프레히트
라는 녀석도 세게 떨어졌겠어요.

아담 틀림없이 그렇겠지요.

(그는 술을 마신다.)

발터 만약에, 내가 염려하는 대로, 이 사건이 여기서 미결로
남게 되면, 당신은 마을에서 상처를 보고 범인을 찾아
낼 수 있을 겁니다.

(마신다.)

니어슈타인산 포도주입니까?

아담 무슨 포도주요?

발터 아니면 최고급의 오펜하임산 포도주입니까?

아담 니어슈타인 포도주입니다. 맞습니다. 니어슈타인산입
니다.

사법 고문관님은 제대로 아시는군요. 제가 직접 그것을

가지고 온 것과 다름없습니다.

발터 삼 년 전에 그것을 포도주 양조장에서 한번 맛본 적이 있습니다.

(아담은 포도주를 한 잔 더 따른다.)

― 저기 있는 마르테 부인, 집의 창문은 얼마나 높습니까? ―

마르테 부인 제 창문 말입니까?

발터 저 아가씨가 잠자는 방의 창문 말입니다.

마르테 부인 방은 그 아래로 지하실이 있어서 2층입니다.

창문은 바닥에서 9피트를 넘지 않습니다.

하지만 전체적인 사정을 잘 생각해 보면

뛰어 내리기에는 적합하지 않습니다.

그 이유는 벽에서 2피트 떨어진 곳에 포도나무가 한 그루 있는데,

그 울퉁불퉁한 가지들이 휘감아 오르면서, 받침대를 관통하여 자라 이미 오래 전에 벽 전체를 뒤덮어 버렸기 때문입니다.

창문도 포도덩굴에 덮였습니다.

날카로운 어금니를 가진 힘센 멧돼지라도 통과하려면 고생할 것입니다.

아담 그것에 걸려들 멧돼지는 한 마리도 없습니다. *(자기 잔에 술을 따른다.)*

발터 당신은 그렇게 생각합니까?

아담 아, 농담입니다!

	(마신다.)
발터	*(루프레히트에게)* 자네는 그 죄인의 어디를 때렸나? 머리를?
아담	자, 드십시오.
발터	아니, 됐습니다.
아담	잔을 이리 주십시오.
발터	아직 반 잔이나 남았습니다.
아담	잔을 가득 채우고 싶습니다.
발터	아니, 정말 사양합니다.
아담	자, 좋은 숫자 3을 맞추기 위해서.
발터	아니, 제발.
아담	자, 그런 말씀 마시고. 피타고라스학파의 숫자 상징에 따라.
	(발터의 잔에 술을 따른다.)
발터	*(다시 루프레히트에게)*
	자네는 그 죄인의 머리를 몇 번 때렸나?
아담	1은 주님, 2는 캄캄한 카오스,
	3은 우주. — 그래서 나는 석 잔을 좋아합니다.
	세 번째 술잔의 첫 모금으로는 태양을 마시며,
	그 남은 한 모금으로는 천공을 마신답니다.
발터	저기 루프레히트, 자네에게 묻겠는데,
	몇 번이나 그 죄인의 머리를 때렸나?
아담	그것을 들어 볼까요?
	너는 속죄양을 몇 번이나 때렸느냐? 자, 솔직히 말해라!

큰일 났다! 저 녀석이 알면 어쩌지 ―

너는 그걸 잊어버렸지?

루프레히트   손잡이로요?

아담   글쎄, 내가 어떻게 알겠나.

발터   자네가 창문에서 상체를 내밀고 그를 후려쳤을 때.

루프레히트   높으신 양반님들, 두 번입니다.

아담   나쁜 놈! 저놈이 그걸 아는군!

(술을 마신다.)

발터   두 번! 그렇게 세게 두 번 때렸다면

그는 죽었겠지? ―

루프레히트   만약 그를 때려 죽였더라면,

그놈을 붙잡았을 텐데요.

그렇게 되었더라면 좋았을 텐데.

만약 그가 제 앞에 죽어 있다면, 여러분, 그가 바로 그
범인입니다.

저는 결코 거짓말을 하지 않는다고 분명히 말할 수 있
을 텐데요.

아담   그렇다, 죽었다! 나도 그렇게 생각한다. 그러나 ―

(술을 따른다.)

발터   자네는 어둠 속에서 그를 알아볼 수 없었나?

루프레히트   전혀 알 수 없었습니다. 사법 고문관님, 제가 어떻게 알
수 있었겠습니까?

아담   왜 두 눈을 부릅뜨고 주의하지 않았니? ― 자, 건배합
시다!

루프레히트	두 눈을 떠요? 저는 두 눈을 크게 떴습니다.
	그러나 그때 그 악마 같은 녀석이 모래를 잔뜩 집어 던졌습니다.
아담	*(혼자 중얼거리면서)* 아, 모래를 잔뜩!
	왜 자네는 눈을 크게 뜨고 있었나?
	― 자, 사법 고문관님! 우리들이 사랑하는 것을 위해 건배하시죠!
발터	― 정의와 선과 진실을 위해 건배!
	(그들은 술을 마신다.)
아담	자 그럼 이제 마지막으로 한 잔 더, 괜찮으시면.
	(술을 따른다.)
발터	아담 판사, 당신은 가끔 마르테 부인의 집을 방문하지요? 말해 보세요. 루프레히트 말고 누가 그 집에 드나들지요?
아담	사법 고문관님, 그렇게 자주 방문한 건 아닙니다. 용서하십시오.
	저는 누가 그 집을 드나들었는지를 말할 수 없습니다.
발터	왜요? 당신은 옛 친구의 미망인을 가끔 방문하지 않습니까?
아담	예, 그렇습니다. 사실은 아주 가끔 방문했습니다.
발터	마르테 부인!
	부인은 여기 있는 아담 판사와 사이가 멀어졌습니까?
	판사는 당신 집을 더는 방문하지 않는다고 하지요?
마르테 부인	글쎄, 사법 고문관님, 사이가 멀어졌느냐고요? 그렇지

않습니다.

그는 아직도 자신을 제 친한 친구라고 말할 수 있다고 생각합니다.

그러나 저는 그가 자주 제 집에 모습을 드러낸 것을 자랑할 수는 없습니다.

그가 마지막으로 제 집에 발을 들여놓은 지 벌써 9주가 됐습니다.

그것도 지나가다 그냥 잠시 들르신 것이었습니다.

발터 무슨 말입니까?

마르테 부인 뭐냐고요?

발터 9주일이나 됐다고요?

마르테 부인 예, 9주일입니다.

이번 목요일이 10주째 되는 날입니다.

판사님은 카네이션과 앵초 꽃씨를 얻으러 오셨습니다.

발터 그리고 ― 일요일에 ― 그가 농장에 갈 때는요 ― ?

마르테 부인 그렇습니다, 그때 ― 그는 자주 창문 안으로 들여다보며, 저와 제 딸에게 인사를 했습니다.

그러나 그는 곧 다시 자기 갈 길을 갔습니다.

발터 *(혼자서)*

흠! 내가 이 사람을 좀 의심했는데 잘못인가? ―

(마신다.)

당신이 농장에서 저기 있는 아가씨의 도움을 종종 필요로 했으므로,

그 고마움을 표시하기 위해서라도 그녀의 어머니를 가

끔이라도 방문했으리라 생각되는데.

아담   사법 고문관님, 무슨 그런 말씀을?

발터   무슨 말이냐고? 당신이 아까 말했지 않습니까?

저 아가씨는 당신 농장의 닭들이 병이 들었을 때 도와

주었고,

더구나 오늘도 그 일에 대해 충고를 받아야 한다고 하

지 않았습니까?

마르테 부인   예, 맞습니다. 사법 고문관님, 제 딸이 그렇게 했습니다.

그저께 판사님이 우리 집으로 병든 뿔닭 한 마리를 보

냈었는데,

그것은 이미 죽어가고 있었습니다.

일년 전에도 제 딸이 뿔닭을 전염병에서 살려냈었지요.

이번에도 저 애가 국수를 먹여 살릴 것입니다.

그런데도 판사님은 고맙다 인사하러 나타나시지 않았

습니다.

발터   *(당황하며)*

― 아담 판사, 포도주 한 잔 더 주시겠습니까?

자, 빨리 한 잔 주세요. 한 잔 더 마십시다.

아담   알겠습니다. 정말 기쁩니다. 자, 받으세요.

(술을 붓는다)

발터   당신의 건강을 빌며! ―

(마르테 부인에게) 아담 판사는 조만간에 틀림없이 부인

집으로 갈 것입니다.

마르테 부인   그렇게 생각하십니까? 저는 의심합니다.

지금 당신들이 마시고 있는 니어슈타인산 포도주,

제 죽은 남편이 살아 있을 때 때때로 지하 술창고에 보

관하던 그런 포도주라도 판사님에게 내놓으면

사정이 달라질 것입니다.

그러나 가난한 과부인 저는

우리 집으로 저분을 유인할 아무것도 가지고 있지 않습

니다.

발터   그렇다면 더 잘된 일입니다.

제11장

리히트, 손에 가발을 든 브리기테 부인, 하녀들 등장. 앞에 나온 사람들

리히트   브리기테 부인, 자, 들어오시오.

발터   서기 리히트, 이 여인이 바로 브리기테 부인입니까?

리히트   예, 사법 고문관님, 이 여인이 브리기테 부인입니다.

발터   자 이제, 우리는 이 사건을 종결하도록 합시다.

애들아, 이것들을 치워라. 여기.

(하녀들이 잔과 다른 것들을 들고 나간다.)

아담   *(하녀들이 탁자를 치우는 사이에)* 자, 이브, 잘 들어라,

너의 환약을 정해진 규칙대로 동그랗게 만들어 줘.

나는 오늘밤 너의 집으로 맛있는 붕어요리를 먹으러 가

겠다.

환약은 그놈의 목구멍으로 쑥 넘어가야 해.

그것이 너무 크면 그놈 목에 걸려 죽을지도 몰라.

발터   *(가발을 쳐다보면서)*

저 브리기테 부인이 웬 가발을 들고 있어요?

리히트   사법 고문관님?

발터   저기 저 부인이 웬 가발을 들고 있어요?

리히트   글쎄요.

발터   글쎄요, 라니요?

리히트   용서하십시오 ─

발터   자, 말해 보세요.

리히트   사법 고문관님 부디,

판사로 하여금 그녀에게 물어보도록 하신다면,

가발이 누구의 것이냐는 것과

그리고 다른 것도 밝혀질 것임을 저는 의심하지 않습니다.

발터   ─ 나는 그게 누구의 가발인지 알아보지 않겠습니다.

저 부인이 그것을 어떻게 손에 넣었지요? 어디서 그것을 발견했습니까?

리히트   이 부인은 그 가발을 마르그레테 룰 부인의 집 울타리 안에서 발견했답니다.

그것은 마치 새집처럼 포도덩굴이 십자모양으로 얽혀 있는 곳에 걸려 있었으며, 그 집 처녀가 자는 방 창문 바로 아래쪽에 있었답니다.

마르테 부인   뭐라고요? 우리 집 울타리에?

발터	*(몰래 귀엣말로)* 아담 판사,
	당신이 제게 털어놓을 게 있다면,
	제발, 법정의 명예를 위해서 지금 털어놓아요.
아담	제가 당신에게 — ?
발터	말할 것이 없습니까? 정말 없습니까?
아담	맹세코 없습니다!
	(그는 가발을 잡는다.)
발터	여기 있는 이 가발이 당신 것 아닙니까?
아담	여기 있는 이 가발은, 여러분, 제 가발입니다!
	이것은, 놀랍게도 제가 일주일 전에 저 녀석에게 주었던 바로 그 가발입니다.
	우트레히트의 가발 기술자 멜에게 갖다 주라고 했던 것이지요.
발터	무엇을, 누구에게 주었다고요?
리히트	루프레히트에게 주었단 말입니까?
루프레히트	제게 주셨다고요?
아담	이 녀석아,
	일주일 전에 자네가 우트레히트로 갈 때, 내가
	이 가발을 네게 맡기지 않았던가?
	가발기술자에게 가지고 가서 수리하라고 주지 않았나?
루프레히트	당신이 주셨습니까? 그렇지요. 당신이 제게 주셨습니다 —
아담	왜 자네는 이 가발을 넘겨주지 않았느냐, 이 악당아?
	왜 자네는 이 가발을 내가 시킨 대로

110

	가발 기술자의 작업실에 넘겨주지 않은 거지?
루프레히트	제가 왜 넘겨주지 않았냐고요? 천만의 말씀입니다!
	저는 그 가발을 작업실에 넘겨주었습니다.
	기술자 멜 씨가 그것을 받았습니다. —
아담	가발을 주었다고 했지?
	그런데 어째서 그것이 마르테 부인의 포도덩굴에 걸려 있었을까?
	잠깐 기다려, 이 악당아! 그런 말로 빠져나갈 수 없어.
	그 뒤에는 나를 속이려는 속임수나 악랄한 모반이 숨어 있는 거지? —
	사법 고문관님, 당장 저 여인을 심문하도록 허락해 주시겠습니까?
발터	당신이 이 가발을 주었다고요?
아담	사법 고문관님,
	지난 화요일 저기 저 녀석이 자기 아버지의 황소를 몰고 우트레히트로 가는 길에,
	제 사무실에 들러 말했습니다.
	'아담 판사님, 시내에 무슨 심부름시킬 것이 있습니까?'
	저는 말했습니다.
	'이봐 젊은이, 자네가 착하게도 그렇게 할 마음이 있다면, 내 가발을 시내로 가져가서 머리를 풀어 위로 말아 올려 주게' —
	그렇지만 저는 그 가발을 집에 갖고 가서 숨겨놓고,
	그 가발로 자신을 변장하고

그 가발을 마르테 부인의 울타리에 걸어두라고는 하지 않았습니다.

브리기테 부인 판사님들 용서하십시오. 제 생각에는, 루프레히트가 범인이 아닌 듯합니다.

어젯밤에 제가 소작농장으로 나갈 때에

산후 조리를 하고 있는 제 사촌 동생에게 갔었는데,

정원 안쪽에서 아가씨가 목소리를 낮추어 어떤 사람을 꾸짖는 소리가 들렸습니다.

화가 나서인지 두려움 때문인지 목소리도 제대로 나지 않았습니다.

'퉤, 부끄러운 줄을 아세요. 이 악당!

뭐 하는 거예요? 어서 가세요. 어머니를 부르겠어요.'

저는 혹시 스페인 사람들이 우리 지방에 쳐들어온 줄 알았습니다.

그래서 울타리 너머로 소리쳤습니다. '이브, 이브 너 뭐 하고 있느냐? 무슨 일이니?' ― 그러자 그곳이 조용해졌습니다.

'왜 대답 안 하지?' ― '아주머니, 뭘 원하세요?' ―

'넌 뭘 하고 있느냐?'라고 제가 묻자, '글쎄, 뭘 생각하세요?' ―

'거기 루프레히트가 있느냐?' ― '예, 루프레히트가 있습니다.

아주머니의 갈 길을 가세요.' ― '그래 너희들 하고 싶은 대로 해라.'

저는, 좋아 이것은 연인들끼리 하는 말다툼이지, 라고 생각했습니다.

마르테 부인 그래서 — ?

루프레히트 그래서 그다음은 — ?

발터 조용히 하세요! 이 부인이 말을 끝까지 하게 놔둡시다.

브리기테 부인 제가 소작농장에서 돌아올 때에는 거의 한밤중이었고, 마르테 부인의 정원 근처 보리수가 늘어선 길가로 나왔을 때 바로 한 녀석이 제 곁을 휙 스쳐 지나갔습니다. 대머리였고, 말발굽[21]이었어요.

그가 지나간 뒤에는 콜타르, 머리카락 그리고 유황을 섞어 태운 듯한 심한 악취가 났습니다. 저는 '하느님 도와주십시오.'라고 외치며, 깜짝 놀라서 몸을 돌렸습니다. 여러분, 정말입니다. 저는 그 대머리가 썩은 나무에 불이 붙은 듯이 환한 빛을 내며 사라지면서도 보리수 가로수 길을 비추는 것을 보았습니다.

루프레히트 도대체 무슨 말씀이십니까?

마르테 부인 브리기테 부인, 당신 미쳤소?

루프레히트 그놈이 악마였을 것이라고 믿으세요?

리히트 조용히 하세요! 조용히!

브리기테 부인 거짓말이 아닙니다.

이 눈으로 보고 또 코로 냄새를 맡았던 것은 확실합니다.

발터 *(초조해하며)*

---

21 악마의 상징물

부인, 그것이 악마였는지 아니었는지를 조사하려는 것이 아닙니다.

악마를 법정에 고발할 수는 없습니다.

그러나 당신이 다른 사람의 이름을 댄다면,

좋습니다.

그렇지만 지옥의 죄인 이야기는 제발 하지 마십시오.

리히트   사법 고문관님, 저 여인이 이야기를 끝마치도록 놔두십시오.

발터   어리석은 사람들이네!

브리기테 부인   좋습니다. 분부대로 하겠습니다.

리히트 서기님이 저의 증인입니다.

발터   뭐라고, 저 사람이 증인이라고?

리히트   예, 그렇게 말할 수 있습니다.

발터   정말 알 수 없는 일이군 —

리히트   제발 저 부인의 진술을 방해하지 마십시오.

저는 그것이 악마였다고 주장하지 않겠습니다.

그렇지만 제가 잘못 보지 않았다면,

말발굽이었고 대머리인데다,

그의 뒤에서는 고약한 냄새가 났습니다.

그것만은 분명한 사실입니다! — [브리기테 부인에게]

자, 계속 이야기해 보세요!

브리기테 부인   저는 오늘 마르테 부인 집에서 일어났던 사건을 듣고 깜짝 놀랐으며,

항아리를 깬 범인을 찾아 나섰습니다.

저는 밤에 그 집 울타리에서 그 사람과 마주쳤기 때문에 그가 뛰어내렸던 자리를 조사하는 도중, 눈 속에서 족적(足跡)을 찾아냈습니다.

여러분, 제가 눈 속에서 어떤 발자국을 찾았는지 아십니까?

오른쪽 발자국은 예쁘장하고 날카롭게 모가 나 있는, 분명 사람의 발자국이었어요.

그러나 왼쪽 발자국은 모양도 없이 눌려 찍힌 것으로 끔찍스런 둔중한 말발굽이었답니다.

발터　　　　(화를 내며)

그런 의미 없는 수다는 그만해요!

화이트　　　이 사람아, 그것은 있을 수 없는 일이야!

브리기테 부인 정말입니다!

우선 뛰어내린 자리인 울타리 근처에

눈이 파헤쳐진 넓은 원을 보십시오.

그것은 마치 암퇘지가 그 원 안에서 헤집고 다닌 것 같아요.

거기서부터 사람의 발자국과 말발굽이 있었습니다.

사람 발자국 말발굽, 또 사람 발자국 말발굽이,

정원을 가로질러, 온 천지에 있었습니다.

아담　　　　빌어먹을! — 저 녀석이 일부러 악마로 변장하고 한 짓이다!

루프레히트 뭐, 제가요?

리히트　　　조용히 하세요, 조용히 하십시오.

브리기테 부인 오소리를 찾는 사냥꾼도 그 발자국을 찾아내고서

저보다 더 기뻐할 수는 없었을 것입니다.

'리히트 서기님, 보세요!' 하고 저는 소리를 질렀습니다.

그때 '당신이 보낸 그 근엄한 사람이 제게로 걸어오는

것을 보았기 때문입니다.'

리히트 서기님, 재판을 중지하십시오.

당신은 항아리를 깬 사람을 재판할 수 없습니다.

그 사람은 지옥에 살고 있습니다.

그가 밟고 지나간 족적이 여기 있습니다.

발터 그럼 자네도 그렇게 믿는가?

리히트 사법 고문관님, 부인이 말하는 족적은 맞습니다.

발터 말발굽이라고?

리히트 아닙니다. 사람의 발자국인데,

거의 말발굽과 같았습니다.

아담 자, 여러분, 사건이 어쩐지 심각한 것 같습니다.

사람들은 신이 존재하는 것을 인정하지 않고

날카롭게 비판하는 기록을 많이 가지고 있습니다.

하지만 내가 아는 한, 어떤 무신론자도

악마가 존재하지 않는다고 설득력 있게 증명하지 못했

습니다.

우리 앞에 놓인 이 사건은 특별히 상론할 가치가 있습

니다.

따라서 나는 이렇게 제안합니다.

우리들이 어떤 결정을 내리기 전에 헤이그에 있는 종교

회의에 보고하여,

과연 악마가 항아리를 깨뜨렸다고 인정할 권한이

이 법원에 있는지를 물어봅시다.

발터   당신이 그런 제안을 할 줄 알았어요.

서기, 자네 생각은 어떤가?

리히트   사법 고문관님께서 판결을 내리기 위해

종교회의가 필요하지 않을 것 같습니다.

저 브리기테 부인에게 진술을 끝까지 하도록 허락해 주

십시오.

그렇게 되면, 이 사건의 연관 관계가

분명히 밝혀질 것이라고 생각합니다.

브리기테 부인   '리히트 서기님! 여기서 우리가 그 흔적을 추적하여 그

악마가 어디로 사라졌는지 알아봅시다'

하고 제가 말하자,

'좋아요, 브리기테 부인 좋은 생각입니다.

마을 판사 아담의 집으로 가면 우리는 그다지 헤매지

않아도 될 것입니다.'라고 그가 말했어요.

발터   그런데? 찾았습니까 — ?

브리기테 부인 처음에 발견한 곳은 정원 저쪽의 보리수나무가 있는 길

이었습니다.

악마가 유황가스를 뿜어내면서 제 곁을 비켜간 장소입

니다.

고양이의 으르렁거림에 놀란 개가 옆으로 비켜나면서

그린 것 같은 원을 찾았습니다.

발터	그다음은 어떻게 되었습니까?
브리기테 부인	이제 그곳에서 멀리 떨어지지 않은 곳입니다.
	그의 기념물이, 나무에 걸려 있었습니다. 저는 그것을
	보고 깜짝 놀랐습니다.
발터	기념물이라고? 어떤 거였죠?
브리기테 부인	어떤 거냐고요? 자, 이제 직접 [보시게] 될 것입니다.
아담	(혼자서) 빌어먹을 아랫배가…….
리히트	브리기테 부인, 자, 어서 이리 오세요.
발터	그 흔적을 따라서 어디로 갔는지 알고 싶습니다!
브리기테 부인	어디로 갔을까요? 정말입니다. 사실은 곧장 여러분들
	이 계신 곳으로 갔습니다.
	리히트 서기님이 말씀하신 대로 입니다.
발터	우리에게로? 여기로?
브리기테 부인	예, 보리수나무가 있는 길에서부터
	마을 들판을 가로질러, 잉어 연못을 따라,
	다리를 건너고 또 교회 묘지를 지나서,
	곧장 이쪽으로 아담 판사님의 집으로 갔습니다.
발터	아담 판사의 집으로 갔다고요?
아담	내게로?
브리기테 부인	예, 당신에게로.
루프레히트	그런데 그 악마가 법원에 살고 있지는 않지요?
브리기테 부인	정말입니다. 저는 그 악마가
	이 집에 사는지 안 사는지 모릅니다.
	그러나 악마가 이 집에 들어온 것은 틀림없습니다.

그 흔적은 뒷문 입구에까지 계속되었습니다.

아담   그가 아마 이쪽으로 통과해 갔겠지요?

브리기테 부인 예, 아마 통과했을 것입니다. 그럴 수도 있습니다. 흔적은 앞쪽으로 ―

발터   그 흔적이 앞쪽에도 있었다고?

리히트   사법 고문관님, 죄송합니다. 앞쪽에는 흔적이 없었습니다.

브리기테 부인 그렇습니다. 앞쪽의 길은 엉망진창으로 짓밟혀 있었습니다.

아담   짓밟았고, 통과했다고. 내가 하는 말은 거짓이 아닙니다. 정신을 차리고 잘 들어 보십시오. 그놈은 여기 법정에서 법에 어긋나는 짓을 하고 있습니다.

저는 서류보관실에서 썩은 악취가 나지 않는다고 장담할 수 없습니다.

저의 회계장부가 뒤죽박죽이 된 것이 ― 의심의 여지도 없지만 ― 발각된다면, 맹세코 저는 아무 책임도 질 수가 없습니다.

발터   나 역시 그렇소. *(혼자서)* 글쎄, 그것이 그의 왼쪽 발인지 오른쪽 발인지 모르겠다.

그러나 그의 두 발 중에서 하나가 틀림없다. ―

판사, 당신의 코담배를 좀 건네주십시오.

아담   코담배를 드릴까요?

발터   코담배를 주세요! 자, 이쪽으로!

아담   *(리히트를 향해)* 사법 고문관님께 갖다 드려라.

발터	번거롭게 왜 그러십니까? 한 걸음이면 충분해요.
아담	이미 다 끝났습니다. 그것을 사법 고문관님께 드려라.
발터	당신 귀에 대고 말을 하고 싶은데.
아담	아마 나중에 기회가 있겠지요.
발터	좋습니다.
	(리히트가 다시 자리에 앉고 나서)
	여러분, 말해 보시오. 여기 이 마을에 발이 아픈 사람이 있습니까?
리히트	에에! 물론 여기 후이줌에 그런 사람이 있습니다 —.
발터	있습니까? 누구입니까?
리히트	사법 고문관님, 판사님에게 물어보신다면 —.
발터	아담 판사에게 물어보라고요?
아담	저는 금시초문인데요.
	10년간 여기 후이줌에서 이 직책을 수행하고 있지만, 제가 아는 한, 모든 사람들의 발은 정상입니다.
발터	*(리히트에게)*
	그렇다면 자네는 누구를 염두에 두고 있느냐?
마르테 부인	당신의 발을 밖으로 내놓으세요!
	왜 그렇게 당황하며 발을 책상 밑으로 감춥니까?
	사람들은 당신이 그 흔적을 남기지 않았나 하고 생각한 답니다.
발터	누구라고? 아담 판사라고?
아담	내가? 그 흔적을? 내가 악마라고? 이게 말발굽이라고요?
	(자신의 왼발을 내 보인다.)

발터	분명히 그 발은 정상입니다.
	(은밀히)
	자, 재판을 즉시 끝내시오.
아담	악마가 이런 발을 가졌다면 무도회에 가서 춤을 출 텐데.
마르테 부인	저도 같은 생각입니다. 그런데 마을 판사님이 —
아담	정말 괘씸한지고! 내가!
발터	다시 한 번 말합니다. 재판을 끝내십시오.
브리기테 부인	여러분, 단 하나 의심쩍은 것이 있다면 이 찬란한 장식입니다!
아담	얼마나 멋진 장식입니까 — ?
브리기테 부인	이 가발 말입니다!
	악마가 이런 멋진 가발을 쓰고 있는 것을 본 사람 있습니까?
	수석사제가 설교단에서 강론할 때 쓰는 것 같은
	높고 두꺼운 수지로 된 가발입니다.
아담	브리기테 부인! 이 지상에서는 지옥에서 무엇이 유행하고 있는지 잘 알지 못합니다.
	악마는 보통 자기 머리카락을 가졌다고들 말합니다.
	그러나 이 지상에서 그는 유명 인사들의 무리에 섞이기 위해 스스로 가발을 쓴다고 확신합니다.
발터	이 비열한 사람! 전 주민이 보는 앞에서
	창피스럽게 법정에서 쫓겨나야 할 사람!
	당신을 보호해 주는 것은 법원의 명예를 위해서일 뿐이오.

어서 이 재판을 끝내시오!

아담 제가 바라는 것은……

발터 당신이 바랄 건 이미 아무것도 없소. 이 소송사건에서 손을 떼시오.

아담 당신은, 판사인 제가 어제 저녁에
포도나무 줄기에서 가발을 잃어버렸다고 믿으십니까?

발터 천만에요! 당신 가발은
소돔과 고모라처럼 불에 타 없어졌습니다.

리히트 죄송하오나 사법 고문관님, 그렇지 않습니다!
고양이가 어제 그 가발 속에 새끼를 낳았습니다.

아담 여러분, 여기서의 상황이 제게 불리한 것처럼 보일지
라도 제발 지레짐작하지 마십시오.
저로서는 명예냐 불명예냐가 걸려 있는 문제입니다.
저 아가씨가 침묵하고 있는 한,
여러분들이 무슨 권리로 제게 죄를 씌울 수 있는지 모
르겠습니다.
저는 여기 후이줌의 판사 자리에 앉아 있습니다.
그리고 가발을 책상 위에 올려놓았습니다.
만약 이것이 저의 가발이라고 주장하는 사람이 있으면,
그를 우트레히트에 있는 고등법원에 제소하겠습니다.

리히트 아, 정말입니다! 그 가발은 당신에게 꼭 맞습니다.
마치 그것이 당신의 머리에서 자란 것처럼.
(가발을 아담에게 씌운다.)

아담 이건 명예훼손이야!

리히트	아니지요?
아담	어깨를 감싸는 외투보다 더 커. 더구나 내 머리둘레보다도 훨씬 크단 말이야.
	(거울을 쳐다본다.)
루프레히트	에잇, 빌어먹을 놈!
발터	자넨 입 다물게!
마르테 부인	에이, 저 저주받을 판사!
발터	다시 한 번 더 말합니다. 당신이 당장 재판을 끝마치겠소? 아니면 내가 끝낼까요?
아담	예, 뭐라고 명령하셨습니까?
루프레히트	*(이브에게)* 이브, 말해 봐.
	이 판사가 바로 그 범인이지?
발터	이 무례한 사람, 무슨 그런 말을 하느냐?
화이트	너는 입을 다물고 있어라.
아담	기다려, 이 짐승 같은 놈아! 내가 너를 체포하겠다.
루프레히트	에잇, 벼락 맞을 말발굽아!
발터	어이, 정리!
화이트	입 닥쳐라.
루프레히트	기다리시오! 오늘은 내가 당신을 붙잡고 말겠소. 오늘은 내 눈에 모래를 뿌려 넣을 수 없을 것이오.
발터	판사, 당신은 그렇게 눈치가 없습니까?
아담	예, 사법 고문관님께서 허락해 주신다면, 지금 판결을 내리겠습니다.
발터	좋습니다. 그렇게 하세요. 판결을 내려요.

아담	사건은 이제 확인이 되었습니다.
	저기 있는 저 건달 루프레히트가 범인입니다.
발터	그것 역시 좋습니다. 그다음은.
아담	그가 판사에게 반항하는 불법적인 행위를 했기 때문에,
	그의 목에 쇠고랑을 씌워,
	창살 있는 감옥에 가둘 것을 선고하며,
	얼마나 오랫동안 가둘 것인가는 나중에 결정하기로 하
	겠습니다.
이브	루프레히트를 — ?
루프레히트	저를 감옥에 보낸다고요?
이브	목에 쇠고랑을 씌우나요?
발터	젊은이들, 걱정하지 마라. — 판결은 끝났습니까?
아담	그 항아리가 보상되든 안 되든 아무 상관이 없습니다.
발터	좋습니다. 재판이 끝났군요.
	루프레히트는 우트레히트의 고등법원에 항소할 수 있
	습니다.
이브	그이가, 그이가 먼저 우트레히트 고등법원에 항소해야
	만 됩니까?
루프레히트	뭐라고? 내가 — ?
발터	아이참, 그렇다! 그리고 그때까지는 —
이브	그리고 그때까지는 —
루프레히트	감옥에 가야 합니까?
이브	목에다 쇠고랑을 차야 합니까? 당신이 진정 판사입니까?
	저기 있는 부끄러움을 모르는 사람, 저기 앉아 있는

	바로 저 사람이 범인입니다. —
발터	잘 들으세요, 제발, 조용히 하십시오!
	그리고 그때까지 그의 머리카락을 하나라도 상하게 하지 마시오 —
이브	루프레히트, 자 달려들어요!
	아담 판사가 그 항아리를 깼습니다!
루프레히트	에잇 — 너 기다려라!
마르테 부인	판사가?
브리기테 부인	저기 있는 저 사람이?
이브	예, 저 판사가 그랬어요. 자, 루프레히트, 용기를 내세요!
	저 사람이 어젯밤에 당신의 이브에게 와 있었습니다.
	자, 그를 붙잡으세요!
	이제 원하는 만큼 그를 때리세요!
발터	*(일어서며)*
	움직이지 마라! 이 법정에서 질서를 문란케 하는 자는 —
이브	아무 상관없습니다!
	어차피 쇠고랑을 차야 하니까요. 자, 루프레히트!
	가서 그를 판사의 자리에서 끌어내려 버리세요.
아담	여러분 실례합니다. *(뛰어 도망친다.)*
이브	여기! 자아!
루프레히트	저놈 잡아라!
이브	빨리!
아담	뭐라고?
루프레히트	이 절뚝거리는 악마!

이브	그를 붙잡았습니까?
루프레히트	허참, 놓쳐 버렸어!
	그놈의 외투뿐이군.
발터	빨리, 정리를 불러라!
루프레히트	*(외투를 때린다.)*
	툭! — 이렇게 한 대다. 툭, 툭! 또 한 대다, 또 한 대다.
	그놈의 등 대신에.
발터	이 버릇없는 사람! — 여기서는 질서를 지켜야 해!
	— 즉시 진정하지 않으면,
	자네에게 오늘 정말 목에 쇠고랑을 씌우는 판결을 집행
	하겠다.
화이트	조용히 해라, 이 정신 나간 녀석아!

제12장

아담을 제외한 앞의 사람들. 그들은 모두 무대 앞으로 걸어 나온다

루프레히트	아, 사랑스런 이브!
	내가 오늘 당신에게 얼마나 심한 말을 했던가!
	정말 벌을 받아야 할 짓을 했소! 어제도 그랬지!
	아, 내 금쪽같은 아가씨, 달콤한 약혼녀여!
	당신은 나를 일생 동안 용서할 수 있소?
이브	*(사법 고문관의 발 앞에 엎드린다)*

사법 고문관님! 지금 당신께서 도와주시지 않는다면,
저희들은 망합니다!

발터 망한다고? 그건 왜 그렇지?

루프레히트 오, 하느님! 무슨 일이 생겼나?

이브 루프레히트를 징집으로부터 구해 주십시오!
왜냐하면 지금의 이 징집은 ― 아담 판사님께서 제게
비밀히 말씀하셨는데, 동인도로 간다는 것입니다.
그런데 그곳에 가면, 당신도 아시다시피,
세 사람 중에서 한 사람만 살아 돌아온답니다!

발터 뭐라고! 동인도로 간다고? 제정신으로 하는 말이냐?

이브 사법 고문관님, 반탐으로 가게 된답니다. 감추려 하지
마십시오!
여기에 서류가 있습니다.
최근 정부가 은밀히 내린 민병대에 관한
비밀지령입니다.
보십시오! 저는 모든 것을 잘 알고 있습니다.

발터 *(그 서류를 잡고 읽는다.)*
아, 전대미문의 교활한 기만이다! ― 이 서류는 가짜야!

이브 가짜라고요?

발터 가짜야, 틀림없다!
서기 리히트, 자네가 말하게.
이것이 최근 우트레히트에서 당신들에게 보낸 명령서
인가?

리히트 명령서? 뭐라고요? 저 나쁜 녀석!

이것은 저 사람이 자기 손으로 휘갈겨 쓴 종이 한 장에 불과합니다! —

이번에 소집되는 군대는 국내에서 복무하기로 결정되었습니다.

아무도 그들을 동인도로 파병한다고는 생각하지 않습니다!

이브   정말입니까, 결코 그런 일은 없습니까, 여러분?

발터   내 명예를 걸고 보증하겠다!

그리고 내 말이 옳다는 증거로,

만약 네가 말한 대로 루프레히트가 동인도로 가게 된다면,

내가 면역세(免役稅)를 지불하더라도, 그의 징집을 면제시켜 주겠다!

이브   (일어서며)

오, 하느님! 저 악당이 나를 속이다니!

그는 이런 끔찍한 걱정을 하도록 제 마음을 괴롭혔고,

밤중에 제게 다가와서 루프레히트의 징집 면제를 위한 건강진단서를 떠맡기려고 했습니다.

루프레히트의 어떤 병역도 면제시킬 수 있는 위조된 진단서를 가지고 설명하고 저를 안심시키면서,

그것을 완성하기 위해서라고 하면서 슬쩍 제 방으로 기어들어 왔습니다.

여러분, 그는 너무나 뻔뻔스런 짓을 제게 요구했습니다.

처녀의 입으로는 도저히 말할 수도 없는 그런 짓을!

브리기테 부인 에잇, 점잖지 못한 뻔뻔스런 사기꾼!

루프레히트 제발 말굽다리 아담은 생각하지 말아요, 사랑하는 아가씨!

　　　　　　 말 한 마리가 당신의 항아리를 깨뜨렸다 하더라도 지금처럼 질투할 거야.

　　　　　　 (둘은 키스한다.)

화이트 나도 찬성한다!

　　　　 자, 너희들은 서로 입 맞추며 화해하고 사랑하여라.

　　　　 너희가 원한다면,

　　　　 성령강림절에 결혼식이 거행될 것이다!

리히트 *(창문가에서)*

　　　　 자, 여러분, 저기를 보십시오.

　　　　 아담 판사가 마치 교수대에서 도망치듯이

　　　　 갈아 젖힌 겨울 밭고랑을 오르락내리락하며 밟고 지나갑니다!

발터 뭣이, 저 사람이 아담 판사라고?

리히트 물론입니다.

다수의 사람들 이제 그는 길거리로 나왔군요. 보라, 저기를 보라!

　　　　　　　 가발이 그의 등을 내리찍고 있어!

발터 서기, 빨리 뛰어가 그를 데려와.

　　　　 그가 부끄러움을 피하려는 생각으로 사태를 더욱 나쁘게 만들지 않도록 해라.

　　　　 그는 판사직에서는 정직되었으며,

　　　　 다음 결정이 있을 때까지는 자네를 이곳 후이줌에서 그

의 직무를 대행하라고 지명한다.

그러나 회계장부가 잘 정리 정돈되어 있다면, 나는 그
것이 그렇게 되어 있을 것이라고 믿지만, 그를 이 직(職)
에서 쫓아낼 생각은 없소.

어서 가서 그를 다시 데려와!

(리히트 퇴장)

마지막 장

리히트를 제외한 앞에 나온 사람들

마르테 부인   말씀해 주세요, 사법 고문관님, 우트레히트의 관청은
어디에 있습니까?

발터   왜 그러십니까, 마르테 부인?

마르테 부인   *(화를 내며)* 흠! 왜냐고요? 잘 모르긴 하지만. ─
거기서는 제 항아리에 대한 정당한 보상을 받을 수 있
지 않겠습니까?

발터   미안합니다! 당연히 그렇게 되어야 합니다.
관청은 시의 광장에 있습니다.
그리고 화요일과 금요일에 공판이 있습니다.

마르테 부인   알겠습니다! 일주일 후에 저는 그곳에 가겠습니다.

(일동 퇴장)

<깨어진 항아리> 제12장 변곡

<깨어진 항아리> 제12장 변곡*

루프레히트 아, 이브!

오늘 내가 당신에게 얼마나 심한 말을 했던가!

정말 벌을 받아야 할 짓을 했소, 어제도 그랬지.

아, 당신은 나의 귀중한 아가씨, 소중한 약혼자!

당신은 이번 일을 영원히 용서할 수 있겠소?

이브 가세요, 저를 혼자 있게 해 주세요.

루프레히트 아, 내가 얼마나 어리석은 사람인지!

내 손으로 나를 실컷 매질할 수 있다면.

자 이리 와요. 못 알아들었소?

자 제발 당신의 어여쁜 손을 내밀어 흔들어서

주먹으로 내 뺨을 한 대 때려주시오.

그렇게 해 주겠소?

정말이지, 나는 도저히 진정할 수 없어요.

이브 제 말을 이해하지 못하십니까? 저는 아무것도 듣고 싶
지 않습니다.

---

*   역주: 클라이스트는 1811년에 이 작품을 책으로 출간하면서 원래의 원고에서 12
장을 대폭 짧게 하였고, 부록에 처음의 긴 장을 그대로 첨부하였다. 이 장을 이른
바 제12장 변곡(Variant)이라고 한다.

루프레히트	아, 나는 참 어리석구나!
	내가 레프레히트를 범인이라고만 생각하다니,
	멍청한지고, 저 판사에게서 정당한 재판을 받으려고 했으니.
	그러나 내가 마주 보고 고소하는 자가 그 범인이오.
	그 자가 바로 범인이오.
	더군다나 그가 내 목에 쇠고랑을 채우는 판결을 내렸소.
발터	만약 저 아가씨가 어젯밤에 모든 사실을 어머니에게 숨김없이 털어놓았더라면,
	재판소의 체면을 더럽히지 않고 또 아가씨 자신의 명예에 대해서도 불쾌한 말을 듣지 않았을 텐데.
루프레히트	그녀는 부끄러워했습니다. 사법 고문관님, 그녀를 용서하십시오!
	어쨌든 그가 판사였으므로,
	그녀는 까놓고 말을 하지 않았습니다. ─
	자, 이제 집으로 가요. 그것은 분명해질 것이오.
이브	예, 부끄러워했습니다.
루프레히트	좋아, 그럼 뭔가 있었던 것이지요.
	당신의 가슴에 그것을 쌓아 두도록 해요. 우리가 그것을 알 필요가 있겠습니까?
	언젠가 망루 앞 라일락 벤치에서 저녁기도의 종소리를 들으며 내게 말해 주시오.
	자, 기분을 풀어요.
발터	우리가 그것을 알 필요가 없다고?

나는 그렇게 생각하지 않아. 만약 이브 아가씨가 자신의 결백을 우리에게 믿게 하려면,

그 항아리가 어떻게 깨어진 것인가 하는 사건의 경위에 대해 자세히 보고해야 마땅하지.

네가 대담하게 한마디 말해도,

내가 보기엔 그 판사의 유죄를 확정짓지는 못할 거야.

루프레히트 자, 그럼 용기를 내시오! 당신은 확실히 결백하오.

말발굽인 저놈이 당신에게 뭘 하려고 했는지 말해 보시오.

말 한 마리가 당신의 항아리를 깨뜨렸다 하더라도,

지금처럼 질투할 것이니!

이브 제가 지금 결백을 주장한다고 해도 무슨 소용이 있습니까?

우리 두 사람은 영원히 불행할 것입니다.

루프레히트 불행하다고, 우리가?

발터 왜 너희들이 불행하지?

루프레히트 그렇습니다, 그것은 징집이 관련되어 있기 때문입니다.

이브 *(발터의 발 밑에 몸을 엎드린다.)*

사법 고문관님,

만약 당신이 도와주시지 않는다면 저희들은 파멸할 것입니다!

발터 만약 내가 도와주지 않는다면 — ?

루프레히트 이게 대체 어떻게 된 일인가?

발터 일어나라, 젊은이.

이브	사법 고문관님, 당신의 얼굴에서 빛을 내고 있는 인간적 특성이 행동으로 실행되기 전까지는 일어서지 않겠습니다.
발터	사랑스런 아가씨! 만약 네가 너의 결백을 내가 의심하지 않도록 입증한다면, 나도 나의 인간성을 입증하겠네. 일어나거라!
이브	예, 사법 고문관님, 그렇게 하겠습니다.
발터	좋아, 그럼 말해 보아요.
이브	당신은 최근 징집명령서가 전달된 것은 아시죠? 각지에서 모인 100명의 장정 중 건장한 사람 10명이 올해 초에 무장을 하도록 명령을 받았습니다. 그 이유는 스페인 사람이 네덜란드 사람을 평화롭게 살도록 놔두지 않기 때문이지요. 그리하여 스페인 사람은 부러진 압제의 채찍을 다시 고쳐 휘두르려 했던 것입니다. 스페인이 우리나라로 파견한 함대를 우리나라 해안에 접근시키지 않기 위해, 행군하는 군대가 어느 길에서도 보였습니다. 그리고 민병대는 그 사이에 비워 둔 도시를 지키기 위해서 일어섰습니다.
발터	그런 일이 있었다니.
이브	예, 저는 그렇다고 알고 있습니다.
발터	그럼? 더 계속해서?
이브	어머니, 아버지, 루프레히트 그리고 저는 벽난로 가에 앉

아 금년 성령강림절에 결혼식을 올리면 좋을지 혹은 내년 성령강림절에 올리면 좋을지 의논하고 있었습니다.

그때 갑자기 신병 모집 위원회의 사람들이 방 안으로 들어와 루프레히트의 이름을 노트에 적었습니다.

그리고 우리들은 기쁘게 이야기하여 이의 없이 결론에 도달했습니다.

우리들은 성령강림절날에 결혼하기로 했지만 어느 해의 성령강림절이 좋을지는 신(神)만이 아는 것이 되었습니다.

발터	자, 젊은이. —
이브	알겠습니다. 알겠습니다.
발터	그것은 누구나 겪는 운명이지.
이브	저 역시 잘 알고 있습니다.
발터	루프레히트는 그것을 도저히 거부할 수 없었겠군.
루프레히트	저도 그걸 생각하지 않습니다.
이브	루프레히트도 그것을 생각하지 않습니다.

사법 고문관님, 그런데 제가 어떻게 그이의 마음을 어지럽히겠습니까.

자유를 사랑하는 우리 네덜란드인은 싸워서라도 지킬 가치가 있는 신성한 것을 가슴속에 품는 행운을 지녔습니다. 그 신성함을 지키기 위해서는 한 사람도 남김없이 자신의 가슴을 바치지 않으면 안 됩니다.

이 사람이 전투에서 적과 스스로 마주쳐야만 한다면, 저는, "가세요, 하느님이 당신과 함께하실 것입니다."

라고 말하겠습니다.

하물며 그이가 평화로운 우트레히트의 성벽을 어린이들이 놀 수 있도록 지켜야 하는데, 왜 제가 지금 그의 출병을 반대하겠습니까?

사법 고문관님, 그러므로 제게 화를 내지 마십시오. ─ 만약 제가 우리 정원 도처의 자작나무에서 성령강림절 잔치를 위해 울긋불긋 새싹이 트는 것을 보게 된다면, 눈물을 흘리지 않을 수 없을 것입니다.

그 밖에 생각해야 할 것을 생각하고 해야 할 일을 하겠습니다.

발터 그런 것은 화낼 일이 아니야.

계속 말해 보아라.

이브 어제 어머니께서 사소한 일로 저를 재판소의 아담 판사님에게 심부름을 보냈습니다.

제가 이 방으로 들어서자, "이브야, 안녕! 아이구 왜 그렇게 우울한 표정이니?"라고 그분이 물었습니다.

"너의 머리가 은방울꽃처럼 아래로 처져 있네. 확실히 알겠구나. 너의 루프레히트에게 문제가 생겼지, 맞니? 루프레히트 문제지?"

─ "예, 물론입니다, 루프레히트 문제입니다."라고 제가 말씀드리면서, "사람들은 사랑을 하게 되면, 이 세상에서 반드시 괴로움을 겪게 마련입니다"라고 덧붙였습니다.

그러자 그분께서 "불쌍한 것아! 흠! 내가 루프레히트를 민병대에서 빼내 네게 돌려주면, 너는 내게 무슨 사례를 하겠니?"라고 말씀하셨어요.

저는 "만약 당신께서 루프레히트의 징집을 면제시켜 주신다면? 아이고, 그 대가로 저는 당신에게 무엇이든 드리겠습니다. 당신이 어떻게 그 일을 하실 수 있습니까?"라고 여쭈었습니다.

그분은 대답하셨어요, "너는 바보로구나! 군의관과 내가 서명만 하면 모든 것이 끝나. 사람들은 숨겨진 신체의 질환을 보지 못하지, 그렇기 때문에 루프레히트가 아프다는 진단서 한 통을 가지고 [소집]위원회에 가면, 그의 징집을 면제시켜 준단다. 그것은 아주 쉬운 장사지." ―

제가 "그렇습니까 ― ?" 하고 말씀드렸습니다. ― "그렇단다!" ―

"그렇긴 하지만 그런 일은 하시지 마세요, 판사님" 하고 제가 말씀드렸습니다.

"하느님께서 신체의 결함이 없는 루프레히트를 제게 주신 것을 기뻐하며 저는 그 사실을 위원회의 사람들에게도 감추고 싶지 않습니다. 하느님은 제 가슴속의 상처도 보고 계십니다. 어떤 의사의 진단서도 하느님의 눈을 속이진 못합니다."

발터	정말 그렇다! 너 말 참 잘했구나!
이브	그분이 말씀하셨는데, "좋아, 네가 그렇게 원한다면 루프레히트는 자신이 가야 할 곳으로 가야겠구나.

그런데 내가 말하고자 하는 것은 —

그가 최근에 상속받았던 100굴덴을 그가 떠나기 전에 네게 양도한다는 증서를 받을 수 있겠니?" —

저는, "100굴덴의 유산이라고요?" 하고 여쭈었습니다.

"왜 제가 그런 일을 하겠어요?

그 돈이 루프레히트가 만날 위험과 무슨 관계가 있습니까? 그가 우트레히트보다도 더 멀리 갑니까?"

"그가 우트레히트보다 더 멀리 가느냐고?

그래, 그가 이번에 가는 곳을 알 수 없네.

그가 한번 북소리를 따라가 군인이 되면, 기수의 뒤를 따라가고, 기수는 또 중대장을 따르고, 중대장은 연대장을 따라서, 연대장은 사령관을, 사령관은 [네덜란드] 연합국을 다시 따르지.

그런데 연합국은, 제기랄, 터무니없는 계획으로 점점 행진을 계속해, 북가죽이 터질 때까지 북을 칠 거다."라고 그분이 말씀하셨습니다.

| 발터 | 파렴치한 사람! |
| 이브 | "그런 일은 일어나지 않습니다."라고 제가 말씀드렸습니다. |

"당신은 루프레히트의 이름을 기입할 때에 이미 그의 행선지와 임무를 분명히 알리셨습니다."—

"그래! 행선지와 임무를!" 그분은 말씀하시면서 "쥐를 잡기 위한 미끼였을 뿐이야!

만약 지방 민병대가 우트레히트에 들어가면, 그 덫은

뒤에서 꽝하고 닫히지.

너는 100굴덴을 양도한다는 증서를 받아 놓는 게 좋을 거야.” —

“그것이 사실입니까, 아담 판사님?” 하고 제가 여쭈었습니다.

“민병(民兵)을 정식으로 전쟁에 사용할 것입니까?”

“민병을 정식으로 전쟁에 사용할 것이냐? —

너는 이 비밀을 남에게 누설하지 않겠다고 확실히 내게 맹세할 수 있느냐?”

저는 말씀드렸습니다. “맹세합니다. 무슨 비밀입니까, 판사님? 당신은 왜 그렇게 저를 미심쩍게 보십니까? 그 비밀을 말씀해 주세요.”

발터 자, 그래서 어떻게 되었지?

이브 어떻게 되었느냐고요?

사법 고문관님, 그분은 이제 당신께서도 잘 아시는 바를 제게 말씀하셨습니다.

민병대는 이번에 배로 바타비아[1]로 가게 되고,

거기서 반탐인지, 자바인지, 자카르타인지 그리고 제가 잘 모르는 그곳 토착의 왕에게서 네덜란드 헤이그 상인들의 이익을 위해 약탈을 하러 가지요.

발터 뭐라고? 바타비아로 간다고?

---

1   1685년 반탐 전쟁을 말함. 네덜란드의 동인도회사가 인도네시아 자바 섬에서 식민지에 대한 주도권을 잡기 위하여 영국의 동인도회사와 한 전쟁

루프레히트	내가, 아시아로?
발터	나는 그런 일에 대해선 전혀 몰랐어.
이브	사법 고문관님,
	당신이 그런 식으로 말씀하실 의무가 있음을 저는 잘
	알고 있습니다.
발터	내 직를 걸고서라도 그런 일은 안 된다!
이브	좋습니다. 좋습니다. 당신의 직함을 거시니,
	이것이 어떤 진실을 우리에게 숨기는 것이지요.
발터	잘 들어 보아라. 만약 내가 —.
이브	죄송합니다. 저는 당신이 우트레히트에서 지방관청으
	로 내리신 문서를 보았습니다.
발터	어떤 문서였느냐?
이브	사법 고문관님, 그 문서는 우트레히트 인근 마을에서
	모집한 민병과 그 배치에 관한 비밀지령이었습니다.
발터	네가 그 문서를 가지고 있느냐?
이브	사법 고문관님, 제가 그것을 보았습니다.
발터	그 안에 무엇이 있더냐?
이브	그 안엔 이렇게 쓰여 있었습니다.
	민병은 국내의 치안유지를 위해서만 활동하고 또 3월
	까지는 유지된다고 믿게 했습니다.
	그리고 3월이 되면 배에 실려 아시아로 간다는 것이었
	습니다.
발터	네가 직접 문서에서 그것을 읽었느냐?
이브	제가 아닙니다. 저는 그것을 읽지 않았습니다. 저는 글

을 읽을 수 없습니다.

그러나 저분, 판사님이 그 문서를 제 앞에서 읽으셨습니다.

발터   그래. 판사인 그가.

이브   예, 한 자씩 한 자씩.

발터   좋아, 좋아, 자, 계속하거라.

이브   저는 "아 무슨 이런 일이! 한창 젊은 사람이 바타비아로 가다니!"라고 외쳤습니다.

"그 섬은, 어떤 배라도 그곳에 가까이 가면 배를 탄 선원들 중에서 절반은 죽고, 살아남은 절반의 사람이 그들을 묻어 준다는 무서운 곳입니다.

이것은 결코 공개된 진실한 모병이 아니라 기만입니다, 판사님.

네덜란드의 아름다운 젊은이들을 후추나 포도를 손에 넣기 위해 빼앗아 갔습니다.

이제 간계에 대해서는 간계를 부려서,

루프레히트를 위한 진단서를 만들어 주세요.

정당하게 원하시는 것이라면 판사님께 어떤 사례라도 하겠습니다."

발터   그것은 네가 잘못한 거야.

이브   간계에 대해서는 간계입니다.

발터   그것에 대해 판사는?

이브   판사님은 말씀하셨습니다.

"이제 알았다. 이브, 사례는 나중에 하고 지금은 그 진단서가 문제야. 루프레히트가 언제 가기로 되어 있지?”

— “며칠 안으로.”

“좋아, 좋아.” 저분이 말씀하시길. “마침 시기가 좋다.

왜냐하면 바로 오늘 군의관이 법원에 오시지.

그때 내가 그와 함께 잘 되도록 노력해 보겠어.

너의 정원은 몇 시까지 문이 열려 있지?”

제가 여쭈었습니다. “저의 정원요?”— “그래, 정원.”

저는, “10시까지입니다.”라고 말씀드리면서, “판사님

왜 물으세요?”라고 묻자,

“내가 어쩌면 그 진단서를 오늘밤에 네게 가져갈지도

모르기 때문이지.” —

“판사님이 그 진단서를 가지고 오신다고요? 아니, 왜

그런 생각을 하십니까?

제가 그 증명서를 받으러 내일 아침 일찍 갈 텐데요.”—

“아무렴 좋아, 아무래도 좋아. 그럼 네가 그것을 받으

러 오너라! 아침 8시 반에 나는 일어나니까.”라고 그는

말씀하셨습니다.

발터　　그래서?

이브　　글쎄. — 저는 어머니께서 기다리는 집으로 돌아와,

말할 수 없는 불안을 느끼며,

제 방에서 온 낮을, 그리고 밤 10시까지 루프레히트를

기다렸습니다.

그런데 그이는 오지 않았습니다.

언짢은 기분으로 10시에 계단을 내려가서 정원 문을

잠그려고 하는데,

문이 열리면서 저쪽의 멀리 떨어진 어둠 속에서 누군가가 보리수나무로부터 제가 있는 쪽으로 기어오는 것이 보였습니다.

그리고 저는 "루프레히트인가요?"라고 소리를 질렀지요. —

그러자, "이브야" 하는 나지막한 소리가 났습니다. —

"거기 누구세요?"라고 제가 물었습니다. —

"쉿! 누구겠니?" —

— "거기 계시는 분은 판사님이시죠?"— "맞았어, 기다리던 아담이야." —

루프레히트	벼락맞을 놈!
이브	그가 스스로 —
루프레히트	천벌 받을 놈!
이브	그랬습니다. 그리고 제게 와서는, 농담하며 제 턱을 꼬집었습니다. 그러고 나서 저의 어머니께서 잠자리에 들었는지 물어보셨습니다.
루프레히트	저 악당을 보세요!
이브	그리고 저는 "아이구 판사님, 이렇게 밤늦은 시간에 제게 무슨 용무이십니까?"라고 여쭈었습니다. "이, 바보."라고 그는 말씀하셨지요. — "솔직하게 말씀하세요, 당신은 밤 10시에 여기까지 오셨는데 제게 무슨 용무가 있으십니까?"라고 제가 말씀

드렸습니다.

"내가 10시에 네게 무슨 용무가 있느냐고?"

— 저는 말했습니다. "제게서 손을 떼십시오! 무엇을 원하십니까?"—

"네가 미쳤구나"라고 그분이 대답하셨습니다.

"너는 오늘 11시에 법원에 있는 내게 오지 않았니? 그리고 또 루프레히트를 위해 진단서를 얻고 싶어 했지?"

"제가? — 그렇죠. 예."— "자, 좋아, 내가 그것을 가져왔어."

"저는 그것을 받으러 가겠다고 말씀드렸는데"—.

"정말! 너 좀 이상하구나.

나는 내일 아침 5시에 여행길을 떠나지 않으면 안 되고, 언제 돌아올지 확실치 않아서,

그 진단서를 오늘 너에게 넘겨주려는 것이야.

그런데 너는 감사는커녕 나를 문전박대하고 내일 내게 그 진단서를 받으러 오려고 하다니." —

"만약 당신께서 아침 5시에 여행을 떠나셔야만 한다면 — 그것에 관해서 당신은 오늘 11시까지도 전혀 모르고 계셨잖아요?"

그분은 말씀하셨어요.

"이 아가씨가 정말 정신없는 말을 하네.

나는 오늘 12시에야 비로소 명령을 받았어." —

제가, "그것은 뭔가 다른 것이며, 저는 그 사실을 모릅

니다"라고 말하자,

그분은 "너는 그것을 알게 될 것이야"라고 말씀하셨어요. ― "좋습니다. 좋습니다, 판사님.

저는 충심으로 당신의 노고에 감사를 드립니다.

죄송합니다. 그 진단서는 어디에 있습니까?"라고 제가 여쭈었습니다.

발터 자네는 그런 출장명령에 대해서 알고 있나?

리히트 전혀 모릅니다.

오히려 그는 최근에 자기 직무에서 이탈하지 말라는 명령을 받았습니다.

그리고 당신은 오늘 집에서 그를 만나셨지요?

발터 그렇다면?

이브 여러분들, 만약 판사님이 거짓말을 하셨더라도 저는 그것을 입증할 수 없습니다.

저는 그분의 말씀을 믿어야만 했습니다.

발터 전적으로 옳아. 네가 그것을 입증할 수는 없지. 그 이야기를 계속해 보거라.

'그 진단서가 어디 있느냐?'고 네가 물었지?

이브 "여기 있어, 이브"라고 그분이 말씀하시면서 그것을 내놓으셨습니다. 그리고 계속해서,

"그런데, 들어보아라, 먼저 너는 분명히 내게 루프레히트의 성(姓)을 말해주어야 해.

그는 루프레히트 김펠이라고 불리지 않느냐?" ― "누구요? 루프레히트?"

"그래, 아니면 짐펠이니? 혹은 김펠이니?"

"어머나, 김펠도 아니고 짐펠도 아닙니다! 루프레히트의 성은 튐펠입니다."

"내가 참 어리석구나. 참, 그래 튐펠이다! 루프레히트 튐펠이지!"라고 그분이 말씀하셨지요. "나는, 죄 많게도, 혀끝에 뱅뱅 도는 이름과 숨바꼭질하지 않았겠니." —
제가 "아담 판사님께서는 모르셨어요?" 하고 여쭈었지요.

"정말 몰랐다!"라고 그분이 대답하셨습니다. —

"그러면 이 진단서에 그의 이름이 아직도 기록되지 않았습니까?"

"이 진단서에 아직 그의 이름이 적히지 않았느냐고?"
— "예, 이 진단서에는 아직."—

"나는 오늘 네가 어떻게 된 것인지 모르겠구나"라고 그분이 말씀하셨습니다.

"내가 오늘 오후 군의관과 더불어 우리 집에서 진단서를 만들 때까지도 루프레히트의 성을 찾았으나 그것을 보지 못했다는 말을 들었지?"

"그렇게 되면 진단서가 만들어질 수 없습니다."라고 제가 말씀 드렸지요. 이렇게 말씀드려도 화내지 마세요. 그것은 휴지조각입니다! 판사님, 제가 원하는 것은 정식으로 된 진단서입니다. —

"제기랄, 너 오늘 정신이 있느냐? 진단서는 이미 만들어져, 병명(病名)은 기록되었고, 서명되고, 날짜가 기입

되어, 날인되었지만, 중앙에 한 자리만 비워 두었어. 꼭 튐펠이라고 적을 수 있을 만큼.

내가 이제 잉크로 그 자리를 채우면 네가 필요로 하는 모든 규정에 맞는 진단서가 되지”라고 말씀하셨습니다. —

그래서 제가 “어떻게 판사님 당신이 밤에 배나무 아래에서 그 자리를 채워 넣을 수 있습니까?” 하고 물었습니다. 그러자 판사님은,

“불쌍한 어린것아! 어리석은 것아! 너의 방 안에는 등불이 있고, 나는 잉크와 펜을 가지고 왔어.

자, 가자. 2분이면 돼, 그러면 일이 되지.”라고 말씀하셨습니다.

루프레히트	에잇, 이 벼락맞을 놈!
발터	그리고 너는 그와 함께 방으로 갔지?
이브	저는 이렇게 말씀드렸습니다.

“판사님, 참 이상한 말을 하시는군요!

어머니께서 주무시는데

당신과 함께 제 방으로 가다니요?

그게 좋은 일이 아니란 것을 당신도 잘 아실 것입니다.”

“좋아, 네가 원하는 대로. 나는 그것에 만족한다.

그러면 그 일은 다음 기회까지 남아 있을 텐데.

사흘 내지 일주일이 지나야 내가 돌아와”라고 그분이 말씀하셨습니다. —

저는 놀라 이렇게 말했습니다. “하느님 맙소사, 그분이 일주일이 지나야 비로소 돌아오시다니!

그런데 사흘 이내에 루프레히트는 출발합니다."

발터   그럼, 이브, 결국. ―

이브   예, 사법 고문관님, 결국. ―

발터   너는 갔었지? ―.

이브   저는 방으로 갔습니다. 제가 그분을 방으로 안내했습
　　　　　　니다.

마르테 부인   아, 이브! 이브야!

이브   화내지 마십시오!

발터   자, 그리고 그다음은?

이브   우리는 방으로 들어갔습니다. ―

　　　　　　저는 방에 도착하기 전에 열 번이나 저의 어리석음을
　　　　　　저주했습니다.

　　　　　　그리고 제가 문을 조심스럽게 밀어서 닫자,

　　　　　　그분은 진단서, 잉크, 펜을 탁자 위에 놓으며, 무엇을
　　　　　　쓰기 위한 것처럼 의자를 가까이 당겼습니다.

　　　　　　저는 그분이 그 위에 앉을 것이라고 생각했는데,

　　　　　　그분은 문 앞에 가서서 빗장을 걸어 잠그셨습니다.

　　　　　　그리고 헛기침을 하시고서, 조끼를 벗으셨고,

　　　　　　가발을 격식을 갖추어 벗으신 후,

　　　　　　가발을 놓을 가발대가 없었기에 저쪽에 있는 항아리 위
　　　　　　에 걸어 두셨습니다.

　　　　　　그 항아리는 제가 반질거리게 닦기 위해 제 방의 장식
　　　　　　용 선반에 놓아 두었던 것입니다.

　　　　　　그리고 제가 이것이 무엇을 뜻하는지 묻자,

	그분은 이제 탁자의 의자에 자기 몸을 낮추시며,
	저를 두 손으로 잡으시고,
	빤히 쳐다보셨습니다.
마르테 부인	그러고 나서 너를 보았니 — ?
루프레히트	너를 보셨니 — ?
이브	2분 동안 침착하게 저를 응시하셨습니다.
마르테 부인	그리고 말씀하셨니 — ?
루프레히트	아무 말씀도 않으셨지 — ?
이브	"파렴치한 사람!" 하고 제가 말을 하자,
	그분은 "너는 나를 어떻게 생각하니?"라고 물으셨고
	그때 저는 그가 넘어지도록 그의 앞가슴을 세게 쳤습니다. —
	그리고 저는 "아, 큰일 났다! 제발 루프레히트가 왔으면!" 하고 소리를 질렀습니다.
	— 그 순간 저는 그이가 밖에서 문을 쾅쾅 두드리는 소리를 들었습니다.
루프레히트	자, 보세요! 바로 그때에 제가 갔습니다.
이브	"제기랄! 내가 속았구나"라고 말하면서 그분은 진단서, 잉크, 펜을 쥐고 창문 쪽으로 뛰어갔습니다.
	이제 그분은 "너! 현명하게 행동해라!"라고 하시면서 창문을 열고 외쳤어요.
	"그 진단서는 네가 내일 내게 와서 가져가거라. 네가 한마디라도 말을 하면, 나는 그것을 꺼내어 찢어버릴 테야. 그러면 그와 함께 누릴 네 인생의 행복은 산산이 깨지

고 말 것이다."

루프레히트 짐승 같은 사람!

이브 그리고 그는 비틀거리면서 거기에 있던 발판 위로 발을 올리더니,

발판에서 의자 위로, 의자에서 창문턱 위로 기어올라가,

뛰어내릴 수 있는 높이인지 살펴보았습니다.

그가 몸을 돌려 지금껏 잊고 있던 가발이 걸려 있는 장식용 선반 쪽으로 구부려서 그 가발을 잡고 항아리에서 낚아채자, 장식용 선반에서 그 항아리가 아래로 떨어져 거꾸로 처박히는 순간, 그는 뛰어내렸습니다.

그리고 그때 루프레히트가 문을 박차고 방 안으로 뛰어 들어 왔습니다.

루프레히트 천벌을 받을 놈!

이브 저는 이제, 저는 이제 말하고 싶습니다.

전지 전능하신 하느님은 제가 말하고자 하는 바를 알고 계십니다!

그러자 이 사람은 —

헐떡거리면서 방으로 날아들었으며,

그리고 밀었습니다. —

루프레히트 빌어먹을!

이브 제 앞가슴을 —

루프레히트 나의 사랑스런 이브!

이브 저는 정신을 잃고 비틀거리면서 침대로 갔습니다.

화이트 이 저주받을 성급한 놈!

이브	그런데도 저는 서 있었습니다.
	금빛과 초록빛 불꽃이 저를 빙 둘러서 에워쌌습니다.
	몸이 흔들거려, 저는 저 자신을 침대에 의지하였습니다.
	그 때 그는 창문에서 내리꽂히듯이 아래쪽으로 떨어졌습니다.
	저는 그가 더 이상 살아 일어나지 못할 것이라고 생각했습니다.
	저는 외쳤습니다. "구세주여, 도와주소서!" 그리고 펄쩍 뛰어서, 그에게로 몸을 기울이고, 그를 껴안아 일으켜 세우면서 말했습니다.
	"루프레히트! 사랑스런 사람! 아픈 데는 없으세요?"
	그러나 그이는 ─
루프레히트	뭐든 말해 보거라!
이브	노발대발 화를 내며 ─
루프레히트	내가 너를 발로 찼지?
이브	저는 깜짝 놀라서 피했습니다.
마르테 부인	세련되지 못한 놈!
루프레히트	내 발이 마비되었지!
마르테 부인	저 아이를 발로 차다니!
이브	이제 어머니가 나타나셔서,
	깜짝 놀라시며, 램프 불을 높이 들어 올렸다가 항아리가 깨어진 것을 보시고 화가 나,
	의심도 없이 루프레히트가 그것을 깬 범인이라고 보시고 그에게 욕을 퍼부었습니다.

그이는 격분하여, 말없이 그 자리에 서서, 결백을 말하려고 했습니다.

그런데 이웃 사람 랄프가 그 겉모습만 보고 속아, 그를 꾸짖었으며,

또 이웃 사람 힌쯔도 그를 꾸짖었습니다.

그리고 수제 아주머니와 리제 아주머니, 브리기테 부인 등이 함께 큰 소동을 피우며 몰려와, 그가 하는 변명에는 귀를 기울이지 않고, 그이를 모욕하고 욕하면서, 눈을 크게 뜨고 저를 쳐다보았습니다.

그때 그이는 입에 거품을 물고 저주를 퍼부으면서

자기가 아니고 이제 막 사라진 다른 놈이 그 항아리를 깨었다고 주장했습니다.

루프레히트   내가 바보로구나! 내가 왜 침묵하지 않았지! 다른 놈이 있었다고 말해버리다니!

사랑하는 이브, 용서를 바라오!

이브   창백해진 어머니가 두 입술을 떨면서 제 앞으로 오시더니, 두 손을 허리에 얹고서 물었습니다.

"다른 사람이 있었느냐?"

그리고 저는 무심결에 "요셉님과 성모 마리아님" 하고 부르고,

"어머니, 당신은 어떻게 생각하세요?"라고 물었습니다.

그리고 또 "무엇을 저 아이에게 물어봅니까?"라고 수제와 리제 아주머니께서 소리를 지르며 "루프레히트가 맞아요!"라고 했습니다.

그러자 모든 사람들이 "비열한 놈! 거짓말쟁이!"라고 소리를 질렀습니다.

그리고 저 — 저는 침묵했습니다, 여러분, 제가 거짓말을 한 것은 압니다.

그러나 제가 침묵한 것 이외에 다른 거짓말을 하지는 않았습니다.

저는 그것을 맹세합니다.

루프레히트   정말입니다. 그녀는 단 한 마디도 말을 하지 않았습니다. 틀림없습니다.

마르테 부인   저 아이는 말하지 않았고, 아니, 저 아이는 사람들이 루프레히트가 범인이었느냐고 물었을 때 그저 고개만 끄덕거렸습니다.

루프레히트   예, 고개를 끄덕거렸지요. 좋습니다.

이브   제가 고개를 끄덕거렸다고요? 어머니!

루프레히트   아니지?

그렇게 말해도 좋아!

이브   제가 언제 그랬나요 — ?

마르테 부인   글쎄? 수제 아주머니가 네 앞에 서서,

"이브야, 루프레히트가 범인이 아니었니?" 하고 물었을 때

그래 너는 정말 고개를 끄덕거리지 않았니?

이브   뭐라고요? 어머니? 사실입니까? 제가 고개를 끄덕거렸습니까? 그때 저는 —

루프레히트   네가 코를 풀 때였다,

네가 코를 풀 때였다, 이브! 그것을 인정해라.

너는 손수건을 잡고 그 안에 코를 세게 풀었다.

틀림없어.

네가 약간 고개를 끄덕거린 것처럼 보였단다.

이브   (당황하여) 그것은 그저 알아차리지 못하도록 그랬음에
틀림없습니다.

마르테 부인   그것은 알아차리기에 충분했어.

발터   이제 결론을 — ?

이브   오늘 아침까지만 해도 저는 무엇보다도 먼저 루프레히
트에게 모든 것을 털어놓으려고 생각했습니다.

왜 이런 거짓말을 하는지, 그 진실한 이유를 루프레히
트에게 이해시키면 그도 함께 거짓말을 할 것이고, "그
럼, 진흙 항아리를 제가 깨었습니다."라는 말을 하리라
생각했습니다.

그러면 그 진단서도 손에 넣을 수 있을지도 모른다고
생각했습니다. —

그런데 제가 어머니의 방으로 들어갔을 때

어머니는 그 항아리를 다시 잡고서

즉시 튐펠 아버지에게로 가는 자기를 따라오라고 명령
하셨습니다.

거기서 어머니는 루프레히트에게 법정에 나오라고 요
구하였으며,

저는 그에게 은밀히 말을 해 주려고 했으나 아무 소용
이 없었습니다.

156

제가 그에게 가까이 가면, 그는 저를 욕하고 비난하였
으며, 등을 돌렸습니다.

그는 제가 하는 말을 한마디도 들으려 하지 않았습니다.

루프레히트   미안해.

발터   그럼 내가 네게 한마디 충고를 하겠어, 잘 들어라.

너는 비난받아야 할 일들을 많이 했네.

— 비록 곧 용서받을 수 있는 일이라 하더라도 나는 이
렇게 말하지 않을 수 없구나 —

너는 비천하고 조잡한 기만에 속아 그릇된 길로 들어가
버렸구나.

이브   그래요? 사실입니까?

발터   민병대는 배에 실려 바타비아로 가지 않아.

그들은 국내에 머문다. 사실은 우리 네덜란드에 주둔하
는 거지.

이브   좋습니다. 좋습니다. 좋습니다. 그러면 판사님이 거짓
말을 했군요.

그렇지 않습니까?

그렇게 자주, 그리고 어제도 제게 거짓말을 했습니다.

그럼 어제 제가 본 그 문서는 위조된 것이군요.

그분은 제게 그것을 즉석에서 대충 읽어 주셨습니다.

발터   그렇다, 나는 그것을 확언할 수 있다.

이브   오, 사법 고문관님! —

오, 하느님! 당신이 어떻게 그렇게 해 주시겠습니까?

오, 말씀해 주시죠 —

발터	서기 리히트! 그 문서에는 뭐라고 적혀 있었나?
	자네는 틀림없이 그것을 알고 있겠지?
리히트	별다른 것은 없었습니다.
	도처에 잘 알려진 것처럼, 민병대는 국내에 주둔합니다.
	따라서 국내 민병대라고 합니다.
이브	오 루프레히트! 오 나의 운명이여! 이제 끝장입니다.
루프레히트	이브, 당신 역시 그렇게 생각했소?
	정신 차려요!
이브	제가 그렇게 생각했느냐고요? 당신은 이제 알게 될 것
	입니다.
루프레히트	정말 그렇게 적혀 있었나?
이브	당신이 들은 것 전부가 그대로 적혀 있었습니다.
	그들이 우리를 속였던 일도 전부 알았을 것입니다, 친
	구여.
발터	내가 네게 서약해야 하나. ―
이브	오, 사법 고문관님! 또 그런 말씀을. ―
루프레히트	그것은 사실입니다, 그것은 아마 처음 있는 일이 아닐
	것입니다. ―
이브	조용히 하세요! 말해도 아무 소용이 없습니다. ―
발터	그것이 처음 있는 일이 아니었다고?
루프레히트	7년 전에도 그와 비슷한 일이 이 마을에서 일어났다
	는 말을 들었습니다. ―
발터	만약 정부가 너를 속였다면,
	그것은 처음 있는 일일 텐데.

정부가 군인을 아시아로 보낼 때마다,

정부는 군인들한테 어디로 가야 하는지 미리 다 알려

주었어.

너는 ― 로 간다.

이브 당신은 가셔야 합니다. 자, 가세요.

발터 명령받은 곳으로.

우트레히트에 가면 너는 국내에 주둔하게 된다는 것을

알게 될 것이다.

이브 당신은 우트레히트로 갑니다. 자, 가세요. 거기서 당신

은 그것을 알게 될 것입니다.

자, 저를 따라오세요. 정부는 우리들에게 눈물을 흘릴

수 있는 마지막 이별의 시간을 줄 것입니다.

사법 고문관님께서는 그런 일로 화를 내시지 않을 것입

니다.

발터 무슨 말이냐! 네 마음속에는 신뢰가 그렇게 부족하느냐?

이브 오, 하느님! 하느님! 저는 이제 침묵하지 않겠습니다.

발터 나는 네가 하는 말 한마디 한마디를 전부 믿었다.

그러나 내가 너무 성급하게 믿었던 것 같다.

이브 저도 사법 고문관님이 말씀하시는 대로 확실히 믿습니

다. 자, 가시죠.

발터 잠깐만 있어라! 나는 내 약속을 이행하겠다.

너는 너의 얼굴표정으로 거짓없음을 증명했다.

나도 내 얼굴표정으로 거짓없음을 증명하겠다.

하지만 나는 반드시 네가 했던 것과 다른 방법으로 증

명해 보이겠다. 이 지갑을 가져라.

이브   제가 이것을 받아야 합니까? —

발터   이 지갑에는 20굴덴이 들어 있다!

그만한 돈이면 루프레히트를 징병에서 빼낼 돈으로 충분할 것이다.

이브   뭐라고요? 이 돈으로 — ?

발터   그래, 너는 그를 병역의무에서 빼낼 수 있을 것이야.

제발 그렇게 하도록 해라. 민병대가 배에 실려 아시아로 보내지면,

이 지갑을 선물로 주겠다. 결국 네 것이 될 것이야.

만약 민병대가 내가 아까 네게 말했던 대로 국내에 주둔한다면,

너는 너의 불신에 대한 벌을 받을 것이고,

당연한 것이지만 내게 4 퍼센트의 이자를 붙여 지갑을 기간 안에 돌려주지 않으면 안 된다.

이브   무슨 말씀을 하세요, 사법 고문관님? 만약 —

발터   내가 하는 말은 간단명료하다.

이브   만약 민병대가 아시아행 배를 타게 된다면,

제가 선물로 이 지갑을 가지겠습니다.

그러나 당신이 아까 제게 말씀하신 대로, 민병대가 국내에 머문다면,

저는 불신에 대한 벌을 받아야 하고,

당연한 것이지만 이자를 붙여서 지갑을 —

(그녀는 루프레히트를 쳐다본다.)

루프레히트	쳇, 그것은 진실이 아니야! 그것은 진실한 말이 아니야!
발터	뭐, 진실이 아니라고?
이브	이것을 가져가세요! 이것을 가져가세요!
	이것을 가져가세요!
발터	왜?
이브	가져가세요. 사법 고문관님, 제발 이것을 가져가세요!
발터	지갑을?
이브	오, 하느님!
발터	그 돈을? 왜 그러느냐?
	그것은 확실히 새로 주조한 굴덴이야.
	자, 보아라! 여기에 스페인 왕의 얼굴이 있지.[2]
	너는 왕이 너를 속인다고 생각하느냐?
이브	오, 사랑스럽고, 훌륭하고, 고상한 사법 고문관님,
	저를 용서해 주세요.
	― 오, 저주받을 판사!
루프레히트	아이고, 저 악당!
발터	내가 네게 진실한 말을 한다는 것을 이제 믿겠느냐?
이브	당신이 제게 진실한 말을 하신다고요? 오, 선명하게, 빛나는 신과 같은 얼굴이 찍혀 있군요. 아, 제가 이 돈을 알아보지 못했다니!
발터	좋다. 그럼 내가 네게 화해의 키스를 해 주겠어. 그렇게 해도 좋을까?

---

2 1648년 이전까지 네덜란드는 스페인 왕의 지배를 받았음

루프레히트	힘찬 키스를 해 주세요. 그래요. 그것은 좋습니다.
발터	그럼 너는 우트레히트로 가겠니?
루프레히트	저는 우트레히트로 가겠습니다.
	그리고 멋지게 성벽의 보초를 서겠습니다.
이브	저는 매 주일날 성벽에 서 있는 그이를 찾아가서,
	신선한 버터를 한 병에 담아 갖다 드리겠습니다.
	제가 그이를 장차 집으로 데려올 때까지.
발터	나는 민병대 중대장인 내 동생에게 루프레히트를 추천하여,
	그의 중대에 그를 데리고 있으라고 부탁하겠다.
	어떻게 생각하느냐?
이브	당신이 그렇게 해 주시겠습니까?
발터	내가 즉시 그렇게 주선해 주겠어.
이브	오, 훌륭하신 사법 고문관님! 당신이 얼마나 저희들을 행복하게 해 주시는지!
발터	그리고 루프레히트의 짧은 복무 연한이 지나가면 나는 내년 성령강림절에 자네들의 결혼식 손님으로서 참석할 것이네.
	너희들은 내년 성령강림절을 결혼식 날로 놓치지 않겠지?
이브	예, 놓치지 않겠습니다. 내년 봄 축제의 장식나무와 더불어 저희들의 행복이 활짝 꽃피게 될 겁니다.
발터	당신도 그것에 만족하세요, 마르테 부인?
루프레히트	이제 제게 더 이상 화내시지 않으시겠죠, 어머니. —

	아닙니까?
마르테 부인	왜 내가 자네에게 화를 내겠나, 어리석은 젊은이여?
	자네가 그 항아리를 장식용 선반에서 아래쪽으로 내팽
	개쳤나?
발터	자, 그럼. — 당신은 어떻습니까, 아버지?
화이트	충심으로 기쁩니다.
발터	그런데 그 판사는 어디로 갔을까?
리히트	그 판사? 흠! 사법 고문관님, 저는 정말 모릅니다. —
	저는 여기서 아까부터 이 창가에 서서,
	검은 법복을 입고, 갈아 넘긴 겨울 들판을 짓밟으며
	극형을 피하기 위해 도망치는 한 사람을 보았습니다.
발터	어디로?
리히트	자, 여러분 잠시 이쪽으로 오십시오. —
	(그들은 모두 창문 가로 간다.)
발터	저 사람이 판사인가?
리히트	예, 그렇습니다. 제 눈이 잘못 보지 않은 한 —.
루프레히트	저 망할 놈!
리히트	그가 범인입니까?
루프레히트	확실합니다!
	자, 이브, 제발. —
이브	그가 범인입니다.
루프레히트	그가 범인입니다! 그가 절뚝거리며 뛰어가는 것을 보면
	알 수 있습니다.
화이트	저기 가문비나무 골짜기 아래로 뛰어가는 저 사람이 판

사입니까?

마르테 부인 확실합니다. 보세요.

가발이 그의 등을 내리찍고 있습니다.

발터 서기, 빨리 가서 그를 데려오너라!

그가 괴로움을 피하기 위해 더 나쁜 일을 범하지 않게

해라!

나는 그의 직무를 일시 정지시키고,

다음 결정이 있을 때까지 자네를 그 직(職)의 직무대리

로 임명한다.

그렇지만, 바라던 대로 회계장부가 바르다면,

아마 그는 또 한 자리를 받을 것이다.

자, 가서 그를 다시 데려오너라.

(리히트 퇴장)

암피트리온

몰리에르*의 작품을 모방한 희극

Amphitryon

Ein Lustspiel nach Molière

---

*   몰리에르(1622~ 1673) 프랑스의 희극작가. 대표작으로는 「수전노」, 「타르튀프」, 「상상병 환자」 등이 있다.

등장인물

주피터 암피트리온의 형상으로

메르쿠르 조지아스의 형상으로

암피트리온 테베 군의 대장

조지아스 암피트리온의 하인

알크메네 암피트리온의 부인

카리스 조지아스의 아내

장군들

(장소는 테베의 암피트리온 성 앞이다.)

제1막

밤

제1장

조지아스   *(등불을 들고 등장한다.)*

저기, 저기 기어가는 자가 누구냐? 저기 — 날이 밝으면 좋을 텐데. 밤이니, — 어떻게 할까?

친구여, 우리들은 같은 길을 가고 있다 —

당신은 나 같은 착한 동료를 만났습니다.

맹세코, 나는 밝은 태양 아래서 가장 정직한 사람으로 — 아니 지금 달빛 아래에서 말하는데…… 그들은 악한이거나, 겁 많은 악당으로서 나를 공격할 용기가 없어. 아니면 바람이 나뭇잎 사이로 살랑거린 것일 거야.

어떤 소리도 여기 산 속에선 울리게 되지.

자 조심해! 천천히! —

이 투구를 쓴 내가 곧 테베에 도착하지 못하면

차라리 캄캄한 명부(冥府)로 가겠다.

에잇, 분하다! 내 주인님이 나의 용기와 나의 충성심을 다른 방법으로 시험할 수도 있었을 텐데, 온 세상의 사람들이 말하듯이, 주인님이 명예와 영광의 관을 이마에 썼는데도, 한밤중에 나를 보내시다니 이것은 결국 짓궂은 장난 아닌가.

주인님이 나를 조금만 더 사랑해 주시고 보살펴 주셨다면, 그것은 나에게 적들을 쳐부순 그분의 전술 전략보다 더 고마운 일이 될 텐데.

그분이 말씀하셨다. "어이, 조지아스여, 즉시 준비하여 테베로 가서 내가 얻은 승리 소식을 알려 주어라. 그리고 내 아내에게 내가 곧 개선한다고 알려 주어라."

그런데 그런 일이라면 내일 아침까지 기다릴 수 없으므로, 말 등에 안장을 얹고 달렸다!

그럭저럭 집을 볼 수 있다고 생각했다!

만세, 드디어 도착했다. 조지아스여 기뻐하라! 이제 적들은 걱정 없다.

자, 여보게, 이제 너의 임무를 잘 생각해라.

하인들이 너를 화려하게 부인 알크메네가 있는 곳으로 데려갈 거야.

너는 알크메네에게 웅변조로, 암피트리온이 적들을 쳐부수고 조국에 승리를 안겨 준 전투에 대해 자세히 보고해야 한다.

— 그런데, 제기랄, 내가 어떻게 한단 말이지?

내가 거기에 없었지 않은가? 아이참, 두 군대가 치고받고 싸울 때 나는 때때로 천막에서 내다보려고 했다.

아, 그래 문제없다. 나는 자신만만하게 치고받는 것에 대해, 화살이 나는 소리를 듣지 못한 사람들만큼 이야기할 수 있다.

그렇지만 그 역할을 연습하면 잘 되지 않을까?

좋다, 조지아스여. 연습해 보자.

여기가 관중석이라고 해 두고, 이 낡은 등불이 높은 자리에 앉아 나를 기다리고 있는 알크메네라고 하자.

(등불을 바닥에 놓는다.)

고상한 부인! 당신의 고귀한 남편이며 저의 주인이신 암피트리온님이 아테네 군대를 무찌른 승리의 기쁜 소식을 당신에게 전하도록 저를 보내셨습니다.

— 시작이 참 좋군! —

"아, 진실하고 성실한 조지아스여, 나는 너를 다시 만나니 나의 기쁨을 억누를 수가 없네."

존귀한 부인의 이 친절한 말씀이 비록 다른 사람들을 자랑스럽게 만들 수 있다 해도 저는 부끄럽습니다.

— 자, 봐라, 이것도 그리 나쁘지 않지! —

"그런데 내 사랑하는 암피트리온님은 안녕하신가?" —

마님, 제가 그것을 간단히 요약해 드리죠.

명예의 전장에서 늠름하게 공을 세운 용사(勇士)입니다!

— 원 참 녀석, 말재주를 보라! —

"그럼 그이는 언제 오시는가?"

틀림없이 그분의 직무가 허락하는 한 빨리 오실 것이지만, 그분이 원하는 대로 그렇게 빨리는 되지 않을 것입니다. — 야, 이건 어떤가. —

"조지아스여, 그이가 나에게 전할 무슨 말씀을 주시지 않았나?"

— 그분은 말수는 적고 행동은 많으며, 전 세계는 그분의 성함만 들어도 벌벌 떨고 있습니다.

— 아, 내 말이 어떻게 이토록 재치 있을까?

"자네 말에 의하면 아테네 군들이 물러났단 말인가?"

— 그렇습니다. 적장(敵將) 라브다쿠스가 죽었고, 파리사 시는 함락되었으며 모든 산에는 우리들의 승리의 함성이 울려 퍼졌습니다. —

"아, 믿음직한 조지아스! 자, 나에게 하나하나 자세히 이야기 좀 하게나."

— 존귀하신 마님, 잘 알겠습니다.

사실 저는 이 승리에 대해 자신 있게 자세한 정보를 드릴 수 있습니다.

잠시 이쪽으로 와 주시겠습니까?

(손바닥 위에 그 장소를 그린다.)

파리사라는 도시는, 당신도 알고 계시듯이, 거의 테베만큼 큰 도시라고 해도 과언이 아닙니다.

여기에 강이 흐릅니다. 우리 아군들은 강 이쪽 언덕에 전열을 갖추어 포진해 있었습니다.

적들은 저쪽 골짜기에 무리를 지어 있었습니다.

적들은 하늘을 향해 맹세를 보내고 전 세계를 전율에 빠뜨리며, 홍수처럼 우리에게 돌진했습니다.

주위에 적절한 명령이 내려지더니 그들이 돌진했습니다. 그들에게 조금도 뒤지지 않을 만큼 용감한 우리들은, 그들에게 퇴각하는 길을 가르쳐 주었습니다. — 당신은 어떻게 되었는지 곧 아시겠죠?

맨 처음 그들은 선봉군을 만났는데, 선봉군은 일보 후퇴했습니다.

그리고 나서 그들은 저쪽에서 궁사(弓射)들을 만났는데, 그 궁사들도 물러나고 말았습니다. 그러자 그들은 용기를 내서 경보병들을 공격했습니다. 그 경보병들 역시 전장에서 깨끗이 물러났습니다.

그리고 나서 이제 그들은 무턱대고 본대(本隊)에 접근하여 공격을 했습니다.

— 웬걸, 우리 본대는 엿장수 마음대로 되는 게 아니었습니다.

아, 저는 저기에서 무슨 소리를 들은 듯합니다.

제2장

메르쿠르가 조지아스의 형상을 하고 암피트리온의 집에서 나온다. 조지아스

메르쿠르　　(*혼자서*)

내가 저기 저 불청객 녀석을 이 집에서 제때에

물러가게 하지 못하면,

스틱스 강[1]에 맹세하건대,

1　하계의 강 이름

오늘 올림포스의 제우스가 암피트리온의 형상으로 지
상에 내려와 알크메네의 팔에 안겨 즐기는 행복은 위기
에 처할 것이다.

조지아스　*(메르쿠르를 알아보지 못하고)*

아무것도 없네. 안심이다.

그러나 이 모험을 피하기 위해,

어서 집으로 들어가서,

내 임무를 수행해야지.

메르쿠르　*(혼자서)*

친구여, 네가 이 메르쿠르를 이기거나 아니면 내가 너
의 승리를 막는 방법을 찾아야 한다.

조지아스　그런데 이 밤이 무한히 길구나.

내가 여기까지 찾아오는 데 다섯 시간이나 걸렸다.

테베의 해시계로 정확히 다섯 시간이다.

그렇지 않으면 그 해시계를 탑에서 한 조각씩 쏘아 쪼
개 버릴 텐데.

내 주인은 승리에 도취하여, 밤을 낮으로 착각하고 있
을 것이다.

아니면 단정치 못한 푀부스[2]일 것이다.

이유는 그가 어제 곤드레만드레 취했기 때문이지.

메르쿠르　저기 있는 저 악당이 얼마나 불경스럽게

신들에 대해서 말하고 있는가? 잠시 기다려라!

2　태양신 아폴로의 이름

여기 내 팔이 곧 그놈에게 신을 존경하는 법을 가르쳐
줄 것이다.

조지아스   *(메르쿠르를 쳐다본다.)*
아, 밤의 여신이여! 나는 망했다.
저기 한 노상강도가 이 집 주위를 어슬렁거리는데, 나
는 조만간에 그 녀석이 교수형 당하는 것을 볼 것이다.
— 나는 과감하고 자신감 있게 행동해야 한다.
(휘파람을 분다.)

메르쿠르   *(큰 소리로)*
저기 있는 저 버릇없는 자가 누구냐?
여기가 마치 제 집구석인 양 멋대로, 내 귓가에 휘파람
을 불어 대지?
그럼 내 몽둥이가 그 휘파람에 맞춰 춤을 추어야만 하
는가?

조지아스   그는 음악의 친구인 것처럼 보이지는 않는데.

메르쿠르   나는 지난주부터
뼈다귀를 부술 놈을 한 놈도 찾지 못했다.
내 팔이 너무 쉬어 뻣뻣해짐을 나는 느낀다.
내가 연습을 하기 위해 찾는 것은
너의 등만큼 넓은 등이다.

조지아스   제기랄, 누가 저기 저 녀석을 낳았는가?
나는 숨도 못 쉴 만큼 무서움을 느낀다.
지옥이 그 녀석을 내보냈더라도
내가 그의 모습을 보고 더 이상 무서워하지 않을 텐데.

— 하지만, 저 바보 녀석도 나와 똑같이 느낄 것이고,

그도 그저 나를 겁주려고 허풍선이 짓을 하는가 보다.

멈추어라, 이 녀석아.

나도 그렇게 할 수 있단다. 게다가 나는 혼자야.

그도 그렇지. 나는 두 주먹을 가졌다.

그런데 그는 없지 않나. 그런데 행운이 내 편을 들지 않

는다면 나는 차라리 안전하게 저기 숨어 있어야지. —

자, 그럼 진격하자!

메르쿠르   *(그의 길을 막아선다.)*

멈춰라! 저기 가는 사람은 누구요?

조지아스   나다.

메르쿠르   나라고 하는 누구냐?

조지아스   미안하지만, 나야. 그리고 이 나는 여기서 다른 사람처

럼 안전하게 드나들 수 있다고 생각한다. 용기를 내라,

조지아스!

메르쿠르   멈춰라! 너는 그런 가벼운 말로써 통과하지 못한다. 너

의 신분은?

조지아스   내 신분이라니?

너도 보듯이 두 발로 땅을 짚고 서 있지.

메르쿠르   내가 알고자 하는 것은 네가 주인이냐, 하인이냐 하는

것이다.

조지아스   네가 나를 보기에 따라 나는 주인도 되고 하인도 된다.

메르쿠르   됐다. 난 네가 어쩐지 싫다.

조지아스   하, 참 안됐군.

메르쿠르	배반자여, 간단히 말해,
	나는 네가 누구인지를 알고 싶다.
	이리저리 쏘다니는 쓸데없는 부랑자냐,
	왜 이곳을 어슬렁거리고 다니는 거지?
조지아스	나는 인간이고, 저 곳에서 왔다.
	이 길로 가서 내가 지루함을 참지 못해 이제 막 시작한
	일을 하련다.
	이것 말고는 너에게 대답해 줄 것이 없다.
메르쿠르	너 참 재미있구나.
	너는 잽싸게 나를 쫓아 버리려 하는군.
	그런데 나는 이제부터 너와 교제하고 싶다.
	첫 인연을 맺기 위해 난 내 손으로 네 따귀를 때리겠다.
조지아스	나를 때린다고?
메르쿠르	너, 지금 그걸 확실히 알아야 해.
	너는 지금 어떻게 할 거냐?
조지아스	제기랄!
	친구여, 네가 주먹으로 나를 쳤다.
메르쿠르	중간 정도의 주먹이지. 난 더 세게 치기도 한다.
조지아스	내가 만약 너와 같은 기분이었다면,
	우리들은 머리채를 거머쥐고 싸울 텐데.
메르쿠르	그것 참 좋은 일이야
	나는 그런 교제를 좋아해.
조지아스	그런데 나는 일 때문에 작별을 해야겠다.
	(가려고 한다.)

메르쿠르	*(그의 길을 막아선다.)*
	어디로 가는가?
조지아스	제기랄, 네가 상관할 일 아니야.
메르쿠르	내 너에게 말하는데, 네가 어디로 가는지 좀 알고 싶다.
조지아스	저 문을 열고 그 안으로 들어가고 싶다. 나를 가게 해 줘!
메르쿠르	네가 만약 뻔뻔스럽게도 저 성문으로 접근한다면, 몽둥이로 비 오듯이 너를 때려 주겠다.
조지아스	뭐라고? 내가 내 집으로 들어갈 수 없단 말인가?
메르쿠르	집으로 들어간다고? 한 번만 더 말해 봐.
조지아스	그래 좋아. 집으로 간다.
메르쿠르	너는 이 집이 너의 집이라고 주장하느냐?
조지아스	왜 안 되나? 이 집은 암피트리온의 집이 아니냐?
메르쿠르	이것이 암피트리온의 집이라고? 물론이지.
	이 녀석아, 이 집은 암피트리온의 집이야.
	테베군 대장의 성(城)이다.
	그래서 어쨌다는 말이냐? ―
조지아스	그래서 어쨌다는 말이냐고?
	나는 거기로 들어가야 한다. 나는 그의 하인이다.
메르쿠르	그의 하…?
조지아스	그의 하인이야.
메르쿠르	네가?
조지아스	그렇다. 내가.
메르쿠르	암피트리온의 하인이라고?
조지아스	테베군의 대장 암피트리온의 하인이다.

메르쿠르	너의 이름은?
조지아스	조지아스야.
메르쿠르	조…?
조지아스	조지아스야.
메르쿠르	네 뼈다귀를 모조리 부숴 버리겠다.
조지아스	너 제정신이냐?
메르쿠르	뻔뻔스런 놈아, 누가 네게 조지아스라는 이름을 사칭할 권리를 주었느냐?
조지아스	나는 사칭하지 않는다. 그것은 주어진 것이다.
	내 늙은 아버지께서 책임질 것이다.
메르쿠르	저런 뻔뻔스러움을 누가 들은 적이 있는가?
	너는 감히 부끄러움도 없이 내 얼굴에 대고
	네가 조지아스라고 말하는 건가?
조지아스	물론, 그렇다.
	정당한 이유는 위대한 신들이 그것을 원하기 때문이야.
	그 신들에 대항해서 싸울 힘이 나에게는 없다.
	나는 언제나 나이고 다른 누가 되고 싶지도 않다.
	왜냐하면 설혹 내가 암피트리온이거나 그의 사촌이나 처남이라고 열 번이나 생각해 봐도 나는 나이고 암피트리온의 하인이 되어야만 하기 때문이야.
메르쿠르	자, 기다려라! 내가 너를 변하게 해 보겠다.
조지아스	테베 시민들이여! 살인자다! 도둑이다!
메르쿠르	이 쓸데없는 놈아, 왜 소리를 지르느냐?
조지아스	뭐라고?

178

네가 나를 때리는데 난 소리도 못 지른다고?

메르쿠르 지금이 밤이라는 것을 너는 모르는가?

그리고 이 성 안에는 암피트리온의 부인 알크메네가 자고 있다는 것을 모르는가?

조지아스 빌어먹을 놈!

내가 졌다.

나는 너처럼 몽둥이를 쓸 손이 없다.

그런데 몽둥이를 맞지 않고도 때릴 수 있다면

그것이 영웅적인 일 아닌가?

나는 너에게 말해 줄 수 있다.

어떤 사람이 자신을 숨겨야 할 운명을 가진 사람에게 용기를 내보이는 것은 나쁜 일임을.

메르쿠르 자, 본론으로 가서. 넌 누구냐?

조지아스 (혼자서) 내가 만약 이 녀석의 손에서 빠져나갈 수만 있다면, 반병의 포도주를 땅에 부어 신에게 바칠 텐데.

메르쿠르 너 아직도 조지아스냐?

조지아스 제발, 나를 가게 해 줘.

너의 몽둥이는 나를 나 아닌 다른 것으로 만들 수 있다.

그런데 나는 나이므로, 내가 나 아니게 하지 말아라.

그 유일한 차이는 내가 느끼기에

나, 조지아스가 지금 매를 맞았다는 것이다.

메르쿠르 개 같은 녀석, 난 너를 때려 정신이 번쩍 들게 하겠다.

(그는 위협한다.)

조지아스 제발, 살려줘!

나를 더 이상 때리지 마.

메르쿠르 네가 [말을] 그칠 때까지는 멈추지 않겠다.

조지아스 좋다, 난 그친다.

난 한 마디도 말대꾸하지 않겠다. 네가 맞다.

네가 무슨 말을 하든 난 동의한다.

메르쿠르 너, 배반자여, 아직도 조지아스냐?

조지아스 아이고!

나는 지금 네가 원하는 사람이다.

내가 누가 되어야 할지 명령만 내려라.

몽둥이를 들고 하는 너의 명령대로 하겠다.

메르쿠르 너는 아까 조지아스라는 이름을 사용한다고 말했지?

조지아스 그렇다. 나는 바로 지금 이 순간까지도 그것이 맞다고

생각했다.

그런데 네가 몽둥이의 힘을 빌려 가르쳐 주었다.

어쨌든 지금 내가 틀렸다는 것을 알았다.

메르쿠르 내가 바로 조지아스라는 이름의 사람이야.

조지아스 조지아스라니 —?

네가 —?

메르쿠르 그렇다, 조지아스다. 이 몽둥이 앞에서

빈정거리는 자는 누구든 조심해야 해.

조지아스 (혼자서) 영원하신 신들이여! 이렇게 제가 자신임을 부
정해야만 합니까? 제가 저 사기꾼에게 제 이름을 빼앗
겨야 합니까?

메르쿠르 내가 들으니, 넌 중얼거리고 있군?

조지아스	아무것도 아니야, 어쨌든 너의 기분을 상하게 하는 말은 어떤 말도 하지 않았다.
	그런데 너와 나를 지배하는 그리스의 모든 신들에게 너를 탄원하여, 잠시 내가 너와 허심탄회하게 이야기할 수 있게 하겠다.
메르쿠르	말해 보아라.
조지아스	그런데 너의 몽둥이가 침묵을 지켜 주겠나?
	대화 중에 끼어들지 않을까?
	약속해 줘,
	자, 그럼 우리 휴전협정을 맺자.
메르쿠르	좋다.
	그 점에 동의한다.
조지아스	자, 그럼 말해 줘,
	뻔뻔스럽게도 내 이름으로 도망칠 기발한 생각이 너의 머리에 떠올랐느냐?
	내 이름이 외투라도 되느냐, 저녁 식사라도 되었더냐? 알고 싶구나.
	넌 그걸 덮어쓸 수 있느냐, 아니면 먹어 치울 수 있느냐? 마실 수 있느냐?
	혹은 그걸 저당 잡힐 수 있느냐?
	그 도둑질이 너에게 무슨 소용이 있는가?
메르쿠르	뭣이 어째?
	너 ― 감히 그런 말을 하다니?
조지아스	멈춰라, 멈춰라, 제발!

우리는 휴전협정을 맺었다.

메르쿠르   뻔뻔스런 사람!

나나나 비열한 사람!

조지아스   나는 그것에 반대하지 않는다.

나나나 나는 어떤 욕설이라도 참을 수 있다. 그래야 대화가 성
립될 수 있거든.

메르쿠르   넌 스스로를 조지아스라고 할 것이냐?

조지아스   그렇고말고, 내 고백하는데,

나나나 밑도 끝도 없는 소문이 나를 ―

메르쿠르   그만 됐어. 아니면 난 휴전협정을 깨뜨리고
아까 한 말을 취소하겠다.

조지아스   아, 지옥으로 꺼져라! 난 내 자신을 부정할 수 없고 또
변할 수도 없다. 내 껍질을 벗을 수도 없고, 내 껍질을
너의 어깨 위에 걸칠 수도 없다.

나나나 유사 이래 그런 일을 겪은 사람이 있는가?

나나나 내가 꿈을 꾸는가? 내가 평소보다도 너무 지나친 아침
식사를 한 건 아닌가?

나나나 내가 온전히 정신이 있는가?

나나나 암피트리온이 부인에게 자신의 개선(凱旋)에 대해 알려
주라고 나를 보내지 않았는가?

나나나 내가 그녀에게 그분이 승리를 거두었다는 것과

나나나 파리사 시가 어떻게 함락되었는지 알려주어야 하지 않
는가?

나나나 내가 이제 막 여기 도착하지 않았나?

나는 등불을 들고 있지 않는가?

내가 이 집 대문 앞에서 어슬렁거리는 너를 발견하지

않았느냐?

그리고 내가 문 쪽으로 다가가려고 하자 몽둥이를 손에

들고 아주 비인간적으로 내 등을 치지 않았느냐?

너는 뻔뻔스럽게도 내 얼굴에 대고 내가 암피트리온의

하인이 아니고,

네가 암피트리온의 하인이라고 했지?

그러나 난 이 모든 것을 유감스럽게도, 진실한 것으로

느낀다.

내가 미쳤다고 한다면 신들의 마음에 드는 일일까?

메르쿠르	악당아, 봐라.
	내 화가 순간적으로 마치 우박처럼 다시 너를 내리칠
	것이다.
	네가 말한 것은 모두 나에게 해당한다.
	단, 몽둥이를 제외하고는.
조지아스	너에게 해당한다고?
	― 맹세코, 여기 있는 이 등불이 나의 증인이다.
메르쿠르	내 말하는데, 배반자여, 넌 거짓말하고 있다.
	암피트리온이 나를 이리로 보냈어.
	바로 어제 테베의 장군인 그가
	아직도 전장의 흙먼지를 덮어쓴 채,
	전쟁신 마르스에게 제를 올린 사원에서 나오더니 나에
	게, 테베에 자신의 승리를 알리고,

적장 라브다쿠스가 자기 손에

살해되었다는 소식을 알리라는 명령을 주셨어.

왜냐하면, 내 너에게 말하는데,

내가 그의 신하이며, 착한 목자 다부스의 아들로

이 지역에서 났고,

타향에서 죽은 하르파곤의 동생이고,

카리스의 남편인 조지아스이기 때문이지.

카리스의 기분이 나를 화나게 한다.

나 조지아스는 감옥에 갇혀 있는데,

그들이 최근에 내가 너무 솔직했다는 이유로 내 등에

쉰 대의 매를 쳤네.

조지아스　　*(혼자서)* 그 점에선 그가 맞다. 만약 그 자신이 조지아스가 아니라고 하면 남들이 도무지 알 수 없는 것들을 그는 알고 있는 것처럼 보인다.

사실, 우리는 그를 어느 정도 믿어야 한다.

게다가 내가 그를 자세히 쳐다보니, 그의 모습, 키, 태도 그리고 악당 같은 얼굴 모습 모두 나를 고스란히 닮았네.

그에게 몇 가지 질문을 해 보자. 그러면 깨끗이 이해될 것이다.

(큰 소리로)

나에게 말해 보라.

적의 진영에서 발견한 전리품을 암피트리온이 어떻게 나눌 생각을 하고 있느냐? 그리고 그의 몫은 무엇이냐?

메르쿠르	그는 적장(敵將) 라브다쿠스의 천막에서 발견한 장식물을 가졌다.
조지아스	장식물에 무슨 세공(細工)을 했나?
메르쿠르	암피트리온의 이름 첫글자를 금박으로 새겨 넣었다.
조지아스	아마 그럼 그가 직접 그것을 몸에 걸고 있겠지 — ?
메르쿠르	아니, 알크메네에게 선물하려고 생각한다.
	알크메네는 그것을 전승 기념으로 가슴에 달게 될 거야.
조지아스	그런데 그 선물이 전장에서 그녀에게 보내졌는가 — ?
메르쿠르	금으로 된 상자 속에 넣어 두었고 암피트리온이 그 상자에 그의 문장(紋章)을 눌러 놓았어.
조지아스	(혼자서) 이 녀석이 모든 것을 안다. — 제기랄!
	참으로 나 자신이 의심되기 시작한다.
	그는 뻔뻔스러움과 몽둥이의 힘을 빌려 이미 조지아스가 되었다.
	이제 그는 합당한 이유를 갖다 대며 자신을 조지아스라 할 것이다.
	내가 비록 나를 손으로 만져보고 이 몸이 조지아스라고 맹세한다고 해도.
	— 어떻게 이 난관을 헤쳐 나갈까? —
	내가 행한 일은 모두 나 혼자 있을 때이다.
	아무도 보지 못한 일은 실제로 나와 똑같은 내가 아니라면 아무도 알지 못한다.
	— 좋다. 이 녀석에게 질문을 하면 사실이 분명히 밝혀질 것이다.

됐다. 이 녀석은 내 손에 걸려들 것이다.

자, 한번 볼까.

(큰 소리로)

적군과 아군이 서로 맞붙어 싸우고 있을 때,

너는 저 천막 안에서 무엇을 했는지 말해 보라.

넌 잽싸게 천막 안으로 도망쳤나?

메르쿠르   그래, 햄을 발견하고 —

조지아스   *(혼자서)* 이 녀석이 귀신처럼 알고 있네!

메르쿠르   천막의 귀퉁이에서 내가 본 햄의

기름기 많은 한가운데를 잘랐다.

그리고 밖에서 싸우고 있는 전투를 위해

용기를 돋우려고 솜씨 좋게 포도주 병을 열었다.

조지아스   *(혼자서)*

자, 이제 됐다. 비록 땅이 갈라져서 나를 이 자리에서

삼켜버린다고 해도, 난 상관없다.

왜냐하면 그때 나처럼 우연히 꼭 맞는 열쇠를 발견한

경우가 아니라면 포도주를 찾아 마실 수 있는 사람은

아무도 없기 때문이지.

(큰 소리로)

친구여, 나는 네가 이 지상에서 사람들이 필요로 하는

온전한 조지아스라는 것을 알았다.

그 이상을 요구하더라도 충분하다.

저 주제넘은 녀석과 노는 것은 나와는 거리가 먼 일이

니, 기꺼이 너에게 양보한다.

제발 나에게 친절하게 말해라.

내가 조지아스가 아니라면 나는 누구인가?

내가 무엇이 되지 않으면 안 된다. 너도 그것을 인정할 것이다.

메르쿠르   내가 더 이상 조지아스가 아니라면 네가 아마 그일 것이다.

그게 좋다. 나도 거기에 동의한다.

그러나 내가 조지아스인 동안에는 네가 그런 뻔뻔스런 생각을 가지면 너는 목숨을 걸어야 한다.

조지아스   좋다. 좋다. 내 머리가 빙빙 돌기 시작한다.

분명 나는 지금 일이 어떻게 되어 가는지 보겠다.

비록 즉시 내가 모든 것을 완전히 이해하지 못한다 해도, — 일이란 끝이 나게 마련이지.

그리고 끝을 내기 위한 가장 현명한 방법은 내 길을 가는 것이다. — 안녕.

(집을 향해 걸어간다.)

메르쿠르   *(그를 뒤로 밀친다.)*

이 깡패 녀석! 네놈의 뼈다귀를

모조리 부숴 버리겠다. *(그를 때린다.)*

조지아스   오, 정의로운 신들이여!

지금 당신들의 가호는 어디에 있는가? 비록 암피트리온이 나를 다시 때리지 않는다 해도 내 등은 몇 주일 안으로는 낫지 않을 것이다.

좋다! 나는 그럼 저기 저 악마 녀석을 피해 진영으로 돌아가련다.

이 지옥과 같은 밤이 아무리 어둡게 나에게 추파를 던
진다 해도. —

이것이 내게 명예로운 사자(使者)의 임무다!

조지아스여, 너의 주인양반이 어떻게 너를 맞이할
까?*(퇴장)*

제3장

메르쿠르　자, 이제 마침내 갔다. 왜 더 빨리 가지 않았지?

심하게 매를 맞지 않을 수도 있었을 텐데. —

저 바보 같은 녀석은 신의 손에 두들겨 맞은 것을 영광
으로 생각하지 않는다.

나는 그를 가장 훌륭한 형리가 죄수를 패듯이 쳤다.

좋다, 그건 그렇다고 치고. 그는 죄를 크게 지었기에,

오늘이 아니라도 매를 맞아야 마땅하다.

그 매를 미리 맞는다고 생각하는 것이 좋을 것이다. —

그 녀석이 산 채로 구이를 당할 것처럼 놀라 고함을 지
르는데 그것이 제발 사랑하는 두 사람의 단꿈을 방해하
지 않았으면 좋겠어 —

정말 제우스 신이 나타나셨네.

모든 신들의 아버지인 그가 나타났고, 알크메네는 마치
그가 사랑하는 남편 암피트리온인 것처럼 다정하게 함

께 걸어가고 있네.

제4장

암피트리온의 형상을 한 주피터, 알크메네, 카리스, 메르쿠르, 횃불을 든
종자들

주피터   사랑스런 알크메네여, 저기 저 횃불을 멀리 치워라.

그 불이 지상에서 가장 아름다운 꽃, 사랑스런 그녀의
얼굴을 환하게 비춰 주는 것은 사실이야.

그런데 올림포스의 신들도 이보다 더 아름다운 미녀를
보지 못했다.

― 내가 어떻게 말해야 하나?

하지만 그 불빛이 사랑스런 그 얼굴에 매혹되어 이곳까
지 온 사람의 정체를 드러낸다.

사랑하는 이여, 당신의 암피트리온이 여기 테베에 돌아
왔었다는 것은 비밀로 해 두는 것이 좋아.

내가 사랑에 바치는 이 순간들은 전쟁의 격무에서 잃어
버렸던 것이다.

세상 사람은 몰래 하는 이 도둑질을 터무니없이 오해할
지도 모른다.

하지만 내가 이렇게 해 주는 것에 대해 나에게 감사하
는 이 여인을 제외하고는 다른 목격자를 가지고 싶지

않다.

알크메네 암피트리온! 벌써 가시렵니까?

사랑하는 이여,

당신의 명성은 얼마나 거추장스러운가요!

당신이 전쟁에서 싸워 얻은 그 머리띠를

내가 비천한 오두막 근처에서 모은 오랑캐꽃 한 다발과

바꾼다면 얼마나 기쁠까요?

우리들은 서로 상대방만 있으면 되지 않습니까?

왜 우리들과는 무관한 그렇게 많은 일들이 당신을 짓누

릅니까?

영예의 관과 지휘봉이라는 것입니까?

비록 군중들이 당신에게 환호하고, 당신의 훌륭한 이름

에 열광하지만,

당신이 내 남편이라는 생각을 하면 기쁘기만 합니다.

그런데 이 순간적인 기쁨이, 격렬한 전투 중에 적의 화

살이 나의 사랑하는 사람을 겨눈다는 생각을 보상할

수 있을까요?

당신 없는 이 집은 얼마나 황량할까!

당신이 나에게서 멀리 떠나면 낮이 가져올 흥겨운 춤의

시간도 얼마나 지루하겠는가!

아, 조국이 나에게서 모든 것을 앗아감을 나는 비로소

오늘 느낍니다. 암피트리온이여,

나는 두 시간이라는 짧은 시간 동안 당신을 가질 뿐입

니다.

주피터	사랑하는 이여! 당신은 얼마나 나를 매혹시키는가!
	하지만 당신이 그렇게 말을 함으로써 나의 가슴에 하나 의 근심을 일으킨다오.
	비록 그 근심이 나에게 하찮은 것일지라도 당신에게 말 하겠소.
	당신은 부부가 되면 그 사이에는 지켜야 할 법이 있다 는 것을 알지요.
	그리고 또 해야 할 의무도 있음을 알지요. 그리고 아내 의 사랑을 얻지 못하는 남편은 법관 앞에서도 당당하게 그 사랑을 요구할 권리가 있다는 것도 알지요.
	보라, 이 법이 나의 최상의 행복을 방해하고 있소.
	사랑하는 이여, 나는 당신에게, 당신 가슴에, 당신이 주 는 모든 정(情)에 대해 감사하오.
	그런데 당신이 의무라고 생각하는 규칙에 묶여 있는 것 은 원치 않소.
	당신은 아주 쉽게
	나의 이 작은 의심을 떨쳐버릴 수 있소!
	제발 당신의 마음을 활짝 열고, 나에게 말해 주오.
	오늘 당신은 남편을 맞이했나요? 아니면 애인을 맞이 했나요?
알크메네	애인과 남편! 어떻게 그런 말을 하세요?
	저 혼자만이 당신을 맞이할 권리를 갖는데 이것은 신성 한 부부 관계가 아닙니까?
	우리의 관계를 전혀 구속할 수 없는 세속의 법이 어떻

게 당신을 괴롭힙니까?

오히려 우리들의 과감한 욕망을 일으키는 데에 장애가
되는 모든 장벽을 기쁜 마음으로 허물어 버려요.

주피터 사랑하는 알크메네여,

내가 당신을 생각하는 마음을 남편이 당신을 생각하는
마음과 비교할 수 있을까? 그것과 이것 사이에는 수억
만 리의 거리가 있소.

사랑하는 이여, 바라건대 지금 나를 남편으로 보기를
그만두고,

나와 남편을 별개의 것으로 생각하시오.

부끄럽게도 이것을 구별하지 못하는 것이 내 마음을 아
프게 하오.

당신에 대해서 권리가 있다고 자부하는 그런 바보 녀석
을 무분별하게도 당신이 맞이한 게 아닌가 하고 생각만
해도 나는 참을 수 없소.

사랑스런 빛과 같은 당신, 나의 소망은 내가 독자적인
존재로 당신에게 나타나 당신을 정복하는 것이라오.

그 이유는 위대한 신들이 당신을 정복하는 기술을 나에
게 가르쳐 주었기 때문이오.

그런데 왜 최근에 큰 집을 얻기 위해 부유한 왕후의 딸
에게 구혼한 우쭐한 테베의 장군과 나를 혼동하나요?

당신은 어떻게 대답하겠소?

어쨌든 당신의 정절은 세상 물정을 모르는 남자에게 넘
겨주어도 괜찮아요.

나는 당신의 마음에서 우러나오는 사랑만을 내 것으로
원하오.

알크메네   암피트리온님! 당신 어떻게 그런 농담을 하십니까?
당신이 그런 식으로 암피트리온을 험담하는 것을 이곳
시민들이 듣게 되면 틀림없이 그들은 당신을 암피트리
온이 아닌 다른 사람으로 생각할 것입니다.
누구라고 생각할지는 저도 모르겠습니다.
이 좋은 밤에, 저는 애인으로서의 당신을 남편으로서의
당신보다 더 좋아한다고
무심코 말할 그런 사람이 아닙니다.
그러나 신들이 저를 위해 그 둘을 당신 속에 하나로 만
들어 주셨기에,
비록 어느 한쪽이 내게 죄를 범했다고 하더라도, 나는
다른 한쪽을 기꺼이 용서합니다.

주피터   그럼 우리들의 재회를 축하하기 위해 연 오늘밤의 이
기쁜 축제를 잊어버리지 않겠다고 약속해 줘요.
사랑하는 이여, 우리들이 하늘에서 함께 보낸 것 같은
이 하룻밤을 평범한 당신의 일상 결혼생활과 혼동하지
않겠다고 약속해 줘요.
바라건, 언젠가 암피트리온이 돌아왔을 때, 당신이
오늘의 나를 기억하겠다고 약속해 줄 수 있겠소? —

알크메네   말할 것도 없습니다. 제가 어떻게 부정하겠습니까?

주피터   고맙군요!
이것은 당신이 생각하는 것 이상의 의미를 지닙니다.

안녕, 나는 할 일이 있어 떠납니다.

알크메네 꼭 떠나셔야만 합니까?

사랑하는 사람아, 수많은 날갯짓을 하여 날아온 우리들의 이 짧은 밤을 내 곁에서 다 허비해 버리지 않겠습니까?

주피터 당신은 이 밤이 평소보다 더 짧게 느껴지오?

알크메네 어머나!

주피터 달콤한 사람! 여명의 여신 오로라도

우리 둘의 행복을 위해 이 이상 더 도와줄 수 없습니다.

안녕, 이제부터 모든 밤은, 대지가 필요로 하는 것 이상 장시간 지속되지 않는다는 사실을 명심하겠소.

알크메네 저런 말을 하다니, 그가 취했나 보다.

나 역시 그렇구나. *(퇴장)*

제5장

메르쿠르, 카리스

카리스 *(혼자서)*

그것을 나는 부부의 정이라고 부르겠어! 그것은 부부의 진심이야!

부부가 오랫동안 헤어져 있다가 다시 만나면 그것은 황홀한 축제이지!

그런데 나와 부부가 된 저기 있는 저 촌놈은 어떤가?
정에 있어서 그는 나무토막 같아.

메르쿠르 (혼자서)
자, 나는 서둘러야만 한다. 밤의 여신을 재촉해, 시간의
운행에서 벗어나지 않기 위해, 물러가자고 해야 한다.
그 착한 뚜쟁이 여신이 오늘 열일곱 시간이나 테베의
우리 곁에 머물렀다.
이제 딴 곳에 가서서 또 다른 정사(情事)에 그 검은 베일
을 드리워야 할 시간이다.

카리스 (큰 소리로)
저기 온정도 감정도 없는 그 짐승 같은 녀석이 지나가
네.

메르쿠르 이제 주인 암피트리온을 따라다니지 말까?
주인 어른이 진영으로 돌아가면 나는 아내 곁에서 빈둥
거리며 지낼 수 있지 않을까?

카리스 당신은 무슨 말을 해도 좋습니다.

메르쿠르 뭐라고! 나중에 말할 시간이 충분히 있다. ―
당신은 당신이 하고 있는 말이 무리라는 것을 잘 알 것
이다.
자 그런 이야기는 그만하자. 나는 이 점에 대해 쓸데없
이 지껄이고 싶지 않다.

카리스 당신은 참 정이 없는 사람이군요.
당신은 이렇게 말해야 해요.
"사랑하는 사람아, 나를 꼭 껴안아 줘! 자 용기를 내어

라…"

메르쿠르 　제기랄, 당신은 무슨 생각을 하는 거야?

내가 심심풀이로 여기서 당신과 얼굴을 찌푸리고 있는 줄 알아?

십일 년간의 결혼생활에서 대화가 동이 났어.

나는 이미 오래전에 모든 것을 당신에게 말했다.

카리스 　배반자여, 암피트리온을 보세요.

그는 평범한 사람들처럼 정을 보여줍니다.

아내를 부드럽게 대하는 점과 부부의 정에 있어서는 상류사회의 남자가 당신을 훨씬 능가합니다. 부끄러워하세요.

메르쿠르 　이 사람아, 그분은 아직도 신혼의 단꿈에 빠져 있어.

모든 것이 잘 어울리는 나이가 있지.

저 젊은 두 연인들에게 잘 어울리는 짓을 우리들이 해야 한다면 나는 먼 거리에서 해 보고 싶어.

우리 같은 늙은 당나귀들이 그렇게 해 보려고 달콤한 말로 밀치고 당기면 그건 참 희한한 광경이 될 거야.

카리스 　무례한 사람! 무슨 말을 그렇게 합니까?

내가 벌써 그렇게 할 수 없단 말입니까?

메르쿠르 　나는 그렇게 말하지 않았어.

당신의 그런 결점은 누구라도 이해할 수 있지만 그냥 넘어간다.

그리고 밤이 되면 당신도 나이보다 젊어진다.

그러나 여기 사람들의 왕래가 많은 광장에서 내가 악마

	의 유혹에 빠져 당신에게 아양을 떨면 사람들이 금방 몰려들 거야.
카리스	배반자여, 내가 당신이 돌아오자마자 물가에 가지 않았나요?
	가서 몸을 깨끗이 씻고 머리를 빗고,
	깨끗이 세탁된 이 옷으로 갈아입지 않았나요?
	아, 이 모든 것이
	당신에게서 이런 냉대를 받기 위한 것이었나요?
메르쿠르	정말 산뜻한 옷으로 갈아입었네!
	당신이 태어날 때부터 받은 옷[3]도 갈아입을 수 있다면 나는 당신이 두르고 있는 더러운 앞치마는 상관하지 않겠어.
카리스	나에게 청혼할 때는 당신이 그것도 좋아하는 것 같았어요.
	내가 부엌에서 빨래를 하거나 건초를 말릴 때는 그것을 허리에 둘렀답니다.
	세월이 흘러 그런 얼룩이 생겼는데도 내 책임입니까?
메르쿠르	아니, 사랑스런 아내여.
	나는 당신의 옷에 헝겊을 대어 수선할 수 없어.
카리스	이 악당아, 당신은 이 품행 방정한 나를 아내로 가질 만한 자격이 없어요.
메르쿠르	난 당신이 명성이 좀 적은 여인이었더라면,

---

3 피부

또 계속 자질구레한 잔소리로 내 귀를 괴롭히지 않는다면 좋겠군.

카리스 뭐라고요?

그럼 당신은 내가 품행 방정함을 유지하는 것이 마음에 들지 않습니까?

메르쿠르 천만에! 몸을 정숙히 하라는 거지.

다만 온 길과 시장통을 딸랑거리며 돌아다니는 썰매 끄는 말처럼 하지는 말아요.

카리스 당신에겐 교활하고 사악한 음모를 꾸미고 있는 테베 여인이 잘 어울릴 거예요.

달콤한 말로써 당신을 사로잡아, 서방질을 한 것까지도 꾹 참을 수 있게 만드는 여인 말이죠.

메르쿠르 그것에 관한 한, 난 당신에게 솔직히 말하겠어.

사물을 나쁘게 생각하며 걱정하는 것은 바보들이나 하는 짓이다.

결혼의 의무를 대신 선불해 주는 친구를 가진 사람을 나는 부러워한다.

그럼 그는 나이를 먹어도, [정력이 남아서] 자손들의 몫까지 살게 되지.

카리스 당신은 나를 화나게 할 정도로 그렇게 부끄러움을 모릅니까?

당신은 밤에 내 뒤를 졸졸 따라다니는 저 테베 사람을 정부(情夫)로 친절히 맞이하라고

그렇게 뻔뻔스럽게 구는 건가요?

메르쿠르	제기랄, 그래. 당신이 잔소리를 좀 적게 하면 좋겠어. 내 생각으로는 죄를 범하고 가만히 있는 것이 정숙하다고 떠들어대는 것보다 나아. 그리고 내 좌우명은 여기 테베에서 "시정의 명예보다는 조용히 사는 것이야."
	─ 자 그럼 안녕, 내 사랑하는 아내 카리스여! 나는 가야 해.
	암피트리온님이 이미 진영에 도착해 계시겠군. *(퇴장)*
카리스	왜 내가 지금 이 비열한 자의 바람기를 벌하는 데 있어 이렇게 결단성이 부족한가? 오, 신들이여!
	나는 지금 이 세상이 나를 정숙한 여인으로 간주하는 것을 크게 후회한다!

제2막

낮

제1장

암피트리온, 조지아스

암피트리온	거기 서라, 도둑놈, 나는 너를 저주한다.
	이 악당아! 이 쓸데없는 놈아, 넌 네가 지껄이는 소리만

으로도 너를 교수대로 보낼 수도 있는 걸 아느냐?

몽둥이로 호되게 때려 주어도 내 화는 풀리지 않을 거라는 것을 아느냐?

조지아스   당신이 그런 어조로 말씀하신다면, 저는 아무 말도 하지 않겠습니다.

명령을 내려 주십시오. 그렇다면 꿈을 꾸거나 술에 취했더라도 좋습니다.

암피트리온   네가 그런 뻔뻔스런 거짓말로 나를 속이려 하다니!

유모들이 저녁에 아기들을 재우기 위해 귀에 대고 하는 그런 이야기네. ─

너는 내가 그런 허튼 짓거리를 믿을 것이라고 생각하느냐?

조지아스   천만의 말씀입니다!

당신은 주인이시고 저는 당신의 하인이니,

당신이 원하시는 것을 시킬 수가 있습니다.

암피트리온   그럼 좋다. 화를 억누르고,

참을성 있게 다시 한번 더 처음부터 사건의 전체를 듣겠다.

─ 나는 이 악마의 수수께끼를 나 스스로 풀어야만 한다.

그 전에는 집안에 발을 들여놓지 않겠다.

─ 자 너는 정신을 똑바로 차리고 나에게

정확하게 한 마디 한 마디 이야기를 해라.

조지아스   그런데 주인님, 용서해 주십시오.

제가 본론으로 들어가기도 전에

당신을 자극하지 않았나 걱정입니다.

제가 어떤 어조로 말씀드려야 좋을지 말씀해 주세요.

당신이 저를 잘 알고 계시듯이 정직한 사람답게,

제가 알고 있는 대로 양심에 따라 말씀드릴까요?

아니면 궁중에서 사람들이 보통 말하듯이 말씀드릴까요?

제가 당신에게 과감하게 진실을 말씀드릴까요?

아니면 궁중의 예절을 잘 아는 사람처럼 처신할까요?

암피트리온   어리석은 짓은 말거라. 나는 너에게 일어난 일을 숨김없이 보고하라고 명령한다.

조지아스   좋습니다. 그럼 제게 맡겨 주십시오. 원하시는 대로 하겠습니다.

당신은 저에게 묻기만 하시면 됩니다.

암피트리온   내가 너에게 명령을 내렸지 —?

조지아스   예, 저는 낮이 천 길이나 되는 깊이까지 가라앉은 듯이 지옥같이 깜깜한 길을 지나,

당신과 당신이 주신 명령을 저주하면서

테베에 있는 당신의 성(城)에 갔습니다.

암피트리온   이 악당아, 넌 무슨 얘기를 하는 거냐?

조지아스   주인님, 그건 사실입니다.

암피트리온   좋다, 계속해라.

너는 어두운 길을 따라갔지 —?

조지아스   저는 한 발을 다른 발 앞에 놓으며 계속 걸어가며 발자국을 제 뒤에 남겼습니다.

암피트리온	뭐라고!
	난 네게 무슨 일이 일어났는지 그게 알고 싶어!
조지아스	아무 일도 없었습니다, 주인님.
	죄송한 말씀입니다만, 저의 마음은 공포와 두려움에 꽉 찼습니다.
암피트리온	그리고 이곳에 도착했느냐?
조지아스	제가 전해드리기로 되어 있는 말씀을 약간 연습했습니다.
	그리고 우습게도 저는 등불을 주인님의 부인인 마님으로 생각했답니다.
암피트리온	그다음에는 —?
조지아스	저는 방해받았습니다. 드디어 시작합니다.
암피트리온	방해받았다고? 무엇 때문에?
	누가 너를 방해했지?
조지아스	조지아스입니다.
암피트리온	내가 그걸 어떻게 이해해야 하나?
조지아스	당신이 그것을 어떻게 이해하셔야 하냐고요?
	원, 참! 당신은 저에게 너무 많은 질문을 하십니다.
	제가 연습을 하고 있을 때, 조지아스가 방해했습니다.
암피트리온	조지아스라니? 어떤 조지아스냐?
	어떤 깡패 같은 악당 조지아스가 테베에서 너 이외에 너의 이름을 쓰면서 네가 연습할 때 너를 방해했느냐?
조지아스	조지아스입니다. 당신의 하인이며,
	어제 당신이 진영에서 당신의 개선(凱旋) 소식을 성에

알리라고 파견한 그 조지아스입니다.

암피트리온 너? 무슨 말이냐?

조지아스 예, 저라니까요. 작은 상자 안에 들어 있는 다이아몬드를 비롯하여 우리의 모든 비밀에 대해 알고 있는, 또 지금 당신과 이야기를 하고 있는 저를 완전히 닮은 또 다른 저였습니다.

암피트리온 그게 무슨 소리냐?

조지아스 저는 사실을 말씀드립니다.

주인님, 제가 당신에게 거짓말을 한다면 전 살아 있지 않겠다고 맹세합니다.

또 다른 제가, 이 저보다 먼저 도착했습니다. 결국 거짓이 아닌 것은, 제가 도착하기 전부터 저는 이곳에 있었다는 사실입니다.

암피트리온 이런 터무니없는 허튼 소리는 어디서 나온 것이냐?

꿈을 꾸었나? 술 취했나?

머리가 돈 건 아닌가? 혹 그건 농담이 아니냐?

조지아스 정말, 진심입니다. 주인님.

명예를 걸고 하는 저의 말을 제발 믿어 주십시오.

맹세코 말씀드리는데, 저는 혼자 진영을 출발했으나, 테베에 도착하여 보니 두 사람이 되었습니다.

제가 이곳에서 매서운 눈초리로 노려보고 있는 다른 저를 만났습니다.

지금 여기 당신 앞에 서 있는 저는 피곤함과 허기로 완전히 지쳐 있었습니다.

당신의 집에서 나온 다른 저는 매우 생기 넘치는 악마 같은 녀석이었습니다.

이 두 악당은 서로 질투를 하면서 당신의 명령을 수행하려고 하다가 이내 싸우기 시작했습니다.

그래서 저는 다시 진영으로 터벅터벅 돌아올 수밖에 없었습니다.

왜냐하면 다른 제가 도리를 모르는 악당이었기 때문입니다.

암피트리온　사람은 나처럼 될 수 있는 한 온화하고 부드러워야하며 극기심을 갖지 않으면 안 된다. 하인이 이런 식으로 계속 말하도록 하려면.

조지아스　주인님, 만약 당신이 화를 내신다면, 전 침묵하겠습니다. 우리 다른 것에 관해 이야기합시다.

암피트리온　좋아, 그럼 계속해라. 네가 보듯이 나는 자제하고 있다. 나는 인내심을 갖고 끝까지 너에게 귀를 기울이겠다.

그런데 너 양심을 걸고 한 점 부끄러움이 없도록 말해라. 나에게 진실하다고 말하려는 것이 그저 그럴 가능성만 있는 것 아니냐?

누가 그걸 이해할 수 있겠느냐? 직감적으로 알아차릴 수 있겠느냐?

누가 그걸 알 수 있겠느냐?

조지아스　천만의 말씀입니다!

누가 당신에게 그것을 요구했습니까?

저는 이 사건에 대해 어느 정도 이해한다고 말할 수 있는 자를 정신병원으로 보내고 싶습니다.

요괴가 등장하는 동화에서나 있을 수 있는 사건으로, 뭐가 뭔지 모르겠습니다.

그러나 그것은 태양 빛과 같이 명명백백한 사실입니다.

암피트리온 인간이 오관을 가졌다면 이 경우에 어떻게 그것을 믿을 수 있단 말인가?

조지아스 그렇습니다! 제가 그것을 믿게 되기까지 고통스러웠던 것처럼 당신에게도 큰 고통이 될 것입니다.

다른 제가 이곳, 이 광장 위에 서서 화를 내고 있는 것을 발견했을 때, 전 귀신에 홀린 것이라고 생각했습니다.

그리고 저는 오랫동안 제 자신을 사기꾼이라고 꾸짖었습니다.

그러나 결국 저는 저와 다른 저, 이 둘을 모두 인정해야만 한다는 사실을 깨달았습니다.

그는 여기 제 앞에 서 있는데, 마치 저를 에워싸고 있는 공기가 저를 비추는 거울이라도 된 듯이, 저와 똑같은 모습이었습니다.

행동에 있어서나 크기에 있어서 두 물방울조차도 이처럼 닮지 못할 것입니다.

게다가 그 녀석이 그렇게 무뚝뚝한 시골뜨기가 아니고 좀더 사교적이었더라면, 맹세컨대 저는 그것에 만족하였을 것입니다.

암피트리온 내가 참아야만 할 운명이구나!

― 그런데, 끝으로 넌 집 안에 들어가지 않았느냐?

조지아스	집 안으로? 무슨 말씀입니까?
	당신은 참 호인입니다!
	하지만 어떻게?
	제가 허락을 했습니까? 어디 제가 도리를 압니까?
	제가 문 안으로 들어가지 못하게 다른 제가 계속 완강
	하게 거절하지 않았습니까?
암피트리온	어떻게? 무엇을? 이 바보야!
조지아스	어떻게 된 거냐고요? 몽둥이를 휘둘렀습니다.
	제 등에 맞은 흔적이 남아 있습니다.
암피트리온	누가 너를 그렇게 때렸느냐?
조지아스	아주 억세게 쳤습니다.
암피트리온	누가 — 누가 너를 때렸지?
	누가 감히 그런 짓을?
조지아스	저입니다.
암피트리온	네가? 너를 쳤다고?
조지아스	예, 제가 그랬습니다.
	분명히! 여기 있는 저가 아니고
	집에서 나온 그 저주스러운 다른 저였습니다.
	그는 노 젓는 다섯 사람의 힘으로 저를 세게 쳤습니다.
암피트리온	나에게 그렇게 말하는 걸 보니 넌 운이 없었구나!
조지아스	주인님, 당신이 원하신다면 설명해 드릴 수도 있습니다.
	저의 믿을 만한 증인은 제 불운의 동반자인 제 아픈 등
	입니다.
	— 저를 여기서 쫓아낸 다른 저는 저보다 더 우위에 서서

마치 검투사처럼 큰 용기와 노련한 두 팔을 가지고 있
었습니다.

암피트리온 이게 마지막 질문이다. 너는 내 아내를 만났느냐?

조지아스 아닙니다.

암피트리온 못 만났다고? 왜?

조지아스 아, 그것은 충분한 이유가 있기 때문입니다.

암피트리온 배반자여, 누가 너의 의무를 그르치게 했느냐?
개 같은 쓸모없는 녀석!

조지아스 제가 수십 번 반복해서 말씀드려야 하나요?
제가 당신에게 말씀드렸지요. 저기 문 앞을 장악했던
악마 같은 저였습니다.
그놈은 자기 혼자만 저라고 주장하는 것이었습니다.
저기 집에서 나온 몽둥이를 잡은 제가 이 저를 반쯤 죽
도록 때렸습니다.

암피트리온 이 녀석은 원래 가지고 있던 약간의 기억조차 완전히
잃을 정도로 술을 마셨음이 틀림없다.

조지아스 제가 오늘 평소의 주량보다 더 많은 술을 마셨다면, 제
목을 내놓겠습니다.
명예를 걸고 맹세합니다. 당신은 저의 말을 믿으셔야
합니다!

암피트리온 — 아마 너는 지나치게 잠을 많이 잔 모양이구나?
— 혹시 꿈에서 나쁜 사건을 보고 그것을 지금 사실인
것처럼 나에게 이야기하고 있는 것 아니냐?

조지아스 아닙니다. 그게 아닙니다. 전 어제 이후로 한숨도 못 잤

습니다.

그리고 숲속에선 도저히 잘 기분이 아니었습니다.

저는 거기 도착했을 때 완전히 깨어 있었습니다.

그리고 다른 조지아스도 역시 잘 깨어 있었고 활기에 차 있었으며 저를 세게 때렸습니다.

암피트리온   입 닥쳐라. 상대하기도 싫다.

그런 터무니없는 소리를 들으니 내 머리가 돈다.

쓸모없는, 시시한 그런 수다는 사람의 감각과 이성을 완전히 빼앗는다.

자, 나를 따라오너라.

조지아스   *(혼자서)*

그럴 것입니다.

왜냐하면 그것을 제 입으로 말해야 하기 때문인데, 들을 만한 가치가 없는 시시한 것입니다.

그러나 위대한 사람이 이런 식으로 자신을 산산조각으로 때려부수면, 사람들은 '이것 참 이상한 일이네' 하고 소리를 지를 것입니다.

암피트리온   문을 열도록 하여라. — 저기 보아라!

내 아내 알크메네가 오고 있다.

말할 것도 없이 그녀는 나의 도착을 예상하지 못했기에 놀라게 될 것이다.

제2장

알크메네, 카리스, 앞에 나온 사람들

알크메네　카리스 이리와, 우리 제단에서 신들에게 감사의 제사를 올리자.

　　　　　멀리 있는 나의 가장 사랑하는 남편에게 웅대하고 성스런 신들의 가호가 있기를 기도하자.

　　　　　(그때 그녀는 암피트리온을 쳐다본다.)

　　　　　어머나! 암피트리온님이시네!

암피트리온　신이여, 내 아내가 나를 보고 깜짝 놀라지 않게 하소서!

　　　　　서로 헤어져 있었던 것도 잠깐 동안이었다.

　　　　　남편인 내가 돌아왔는데, 알크메네가 나를 평소보다 상냥하지 않게 맞이할 것이라고는

　　　　　조금도 걱정하지 않는다.

알크메네　당신이 이렇게 빨리 돌아오시다니? ―

암피트리온　뭣이! 이 말은 비록 신들이 그 소원을 들어주셨다고 해도 사실 나에겐 이중의 의미를 지닌 것 같소.

　　　　　"이렇게 빨리 돌아오시다니"라는 이 말은 맹세코 열렬한 사랑의 환영이 아니오.

　　　　　나는 바보였다! 나는 그 전쟁이 너무 오랫동안 나를 여기에서 멀리 떨어지게 한다고 생각했다. 나는 너무 늦게 돌아왔다는 것을 알았다.

　　　　　그런데 당신은 나의 예상이 빗나갔음을 가르쳐 주는

구나.

놀랍게도 나는 내가 하늘에서 떨어진, 당신에게 성가신 사람이라는 것을 압니다.

알크메네 무슨 말씀인지 전 모르겠습니다.

암피트리온 아니야, 알크메네, 용서해 주오.

당신은 이 말을 함으로써 나의 사랑의 불꽃에 찬물을 끼얹었소.

내가 당신에게서 멀리 떠난 이후로, 당신은 해시계를 단 한 번도 보지 않았소.

여기선 시간의 날갯짓이 들리지 않소.

그리고 이 성안에서는 도취적인 만족감에 빠져 다섯 달의 시간이 마치 오 초처럼 흘러가 버렸소.

알크메네 소중한 친구여, 나는 당신이 왜 나를 비난하는지 알 수 없어요.

내가 당신에게 냉담하다고 해서 당신이 비난한다면 당신이 보시듯이, 나는 몸둘 바를 모르겠습니다.

어떻게 내가 당신을 만족시켜 드릴까요?

어제 당신이 저녁 어스름에 나에게 오셨을 때

나는 당신이 나에게 알려준 그 빚을 이 따뜻한 가슴으로 충분히 갚았습니다.

당신은 더 많은 것을 소망하고

더 많은 것을 갈망합니까?

그럼 내가 부족하다고 고백하겠습니다.

왜냐하면 나는 내가 가진 모든 것을 당신에게 이미 바

첐기 때문입니다.

암피트리온 뭐라고?

알크메네 당신 아직도 더 물을 것이 있나요?

어제 내가 내 방에서 온갖 세상일을 잊고 길쌈에 몰두하고 있을 때 당신이 몰래 방에 숨어 들어와 내 목에 살짝 입맞춤을 했지요. 그때 내가 당신의 가슴속에 날듯이 뛰어가 안기지 않았습니까?

사랑하는 사람을 만나 이보다 더 기쁜 사람이 있을까요?

암피트리온 당신 무슨 얘기를 하는 거요?

알크메네 그런 질문을 하시다니!

당신은 자신이 그렇게 사랑받는 것을 알고 억누를 수 없는 기쁨으로 가득 차 있었습니다.

그리고 내가 웃었을 때,

또 웃다가 눈물을 흘리기도 했는데 당신은 나에게

아주 이상하고 무서운 맹세를 했답니다.

주피터 신조차도 그의 아내 헤라에게서 그런 행복을 맛보지 못했을 것이라고.

암피트리온 영원하신 신들이여!

알크메네 그 후 날이 밝았고,

내가 아무리 당신에게 간청해도 더 이상 당신을 내 곁에 머물게 할 수 없었습니다.

당신도 해가 뜨기를 기다리지 못하겠다고 했어요.

당신은 떠났고, 나는 혼자 침대에 누워 있었지요.

아침 햇살이 뜨거워 나는 잠을 이루지 못했습니다.

내 가슴은 크게 고무되었고, 나는 신들에게 제물을 바치려고 했습니다.

그런데 이 집 앞마당에서 당신을 만났습니다!

사실 나는 당신이 내게 설명을 해 주셔야 한다고 생각합니다.

당신이 여기로 다시 돌아오셔서 나는 깜짝 놀랐으며, 보시다시피 크게 당황하고 있습니다.

당신이 나를 꾸짖거나 내게 화를 낼 이유가 없습니다.

암피트리온   알크메네여, 혹시 당신의 꿈에 내가 나타나기라도 한 겁니까?

혹시 당신이 잠결에 나를 맞이했습니까?

당신이 나에게 사랑의 요구를 이미 충족시켰다고 착각하는 것은 아닙니까?

알크메네   암피트리온, 악령이 당신의 기억력을 앗아갔습니까?

신이 당신의 밝은 감각을 혼란시켰지요?

그래서 당신은 당신 아내의 순결한 사랑을 모욕적으로 벗겨 보고자 하는 것이지요?

암피트리온   뭐라고? 당신이 감히 나에게 내가 어제 저녁 어스름에 여기에 숨어들었다고 말합니까?

내가 장난을 치며 당신 목덜미에 키스를 했다고? — 에 잇 더러운 것!

알크메네   뭐라고요?

그렇다면 당신은 어제 저녁 어스름에 여기에 숨어든 사

실을 부정합니까?

당신이 남편으로서 가질 수 있는 권리를 그렇게 나에게 행사해 놓고서 이제 와서 부정합니까?

암피트리온 — 당신 농담하고 있군요. 우리 다시 좀 진지해지자고요. 이런 지나친 농담은 어울리지 않아요.

알크메네 바로 당신이 농담하시고 있군요. 자, 우리 다시 진지해집시다.

이 농담이 너무 지나치고 가슴이 찢어집니다.

암피트리온 — 내가 남편으로서 가질 수 있는 권리를 당신에게 행사했다니? —

내가 한 말이 맞아요? —

알크메네 가세요. 이 고상하지 못한 이여!

암피트리온 아이고! 이건 정말 큰 충격이다!

여보게, 조지아스여!

조지아스 광기를 낮게 하는 알약 다섯 개가 필요합니다.

그녀는 머리가 아주 이상합니다.

암피트리온 알크메네! 나는 신에 맹세하고 말한다.

당신은 당신이 한 말이 어떤 결과를 초래할지 생각하지 못했군요.

자, 정신 차려요. 잘 생각해 봐요.

지금부터 난 당신이 하는 말을 믿겠어요.

알크메네 암피트리온이여,

내 말이 어떤 결과를 가져온다고 하더라도

당신이 나를 믿어 주시길 바랍니다. 당신은 나에게 그

런 농담을 해도 된다고 생각하시면 안 됩니다.

당신은 내가 그 결과에 대해 얼마나 태연한지 아실 겁니다.

당신은 진지하게 내 얼굴에 대고 어제 당신이 성에 모습을 드러냈다는 사실을 부정할 수 있습니다.

만약 신들이 당신을 죽을 정도로 끔찍하게 벌주지 않는다면 다른 모든 것들은 나에게 문제가 되지 않는 시시한 겁니다.

당신은 나의 내적 평화를 방해할 수 없습니다.

이 세상에서 내가 얻은 명성도 잃게 할 수 없을 것입니다.

내가 제일 사랑하는 사람이 나를 끔찍하게 모욕하고자 하기 때문에 나는 가슴이 찢어지는 아픔을 느끼게 될 것입니다.

암피트리온 불행한 여인이여! 이게 무슨 말인가! ― 그럼 당신은 그렇게 말하는 증거를 가지고 있어요?

알크메네 그런 것은 들어본 적이 없습니다. 이 성의 하인들이 전부 나의 증인입니다. 당신이 발로 밟은 문간의 돌멩이도 정원의 나무도 당신의 무릎 앞에서 꼬리를 흔든 개도 있습니다. 이런 모든 것들이 가능하다면 내 증인이 되어 줄 수 있을 것입니다.

암피트리온 하인들이 전부 증인이라니? 그런 일은 있을 수 없어요.

알크메네 당신은 이해할 수 없는 사람이군요!

그럼 내가 지금 당신에게 결정적인 증거를 제시해 볼

까요?

내가 매고 있는 이 머리띠를 누구로부터 받았을 것 같아요?

암피트리온 뭐라고, 머리띠를? 당신이? 이미? 나한테서 받았는가?

알크메네 당신이 말하길, 이건 당신이 마지막 전투에서 살해한 라브다쿠스의 장식물이라고 했답니다.

암피트리온 저기 있는 배반자여!

내가 이 말을 어떻게 이해해야 하나?

조지아스 저를 혼자 있게 해 주세요. 그것은 끔찍한 속임수입니다.

저는 그 머리띠를 제 손에 쥐고 있습니다.

암피트리온 어디에?

조지아스 여기입니다. (호주머니에서 작은 상자를 꺼낸다.)

암피트리온 봉인이 아직 상하지 않았는데!

(알크메네의 가슴에 있는 머리띠를 쳐다본다.)

그렇지만 ─ 내 모든 감각이 나를 속이지 않는다면 ─

(조지아스를 향해)

빨리 그 자물쇠를 열어라.

조지아스 맙소사, 상자가 텅 비었습니다.

악마가 그걸 훔쳐 갔습니다.

적장 라브다쿠스의 장식물을 찾을 수가 없습니다.

암피트리온 이 세상을 통치하는 전지전능하신 신들이여!

나에게 어떤 벌을 내리신 겁니까?

조지아스 무슨 벌이냐고요? 당신이 두 명이 되는 벌입니다.

몽둥이를 휘두르는 암피트리온이 여기에 있었습니다.

그래서 저는 정말 당신이 행운이라고 말씀드리고 싶습니다.

암피트리온   입 닥쳐라, 이 악당아!

알크메네   *(카리스를 향해)*

대체 뭣 때문에 그이는 저렇게 발끈했나?

무엇 때문에 그이는 깜짝 놀라며, 그이가 익히 아는 돌멩이를 보고 왜 저렇게 정신을 잃지?

암피트리온   나는 이제까지 기적에 대해서 들은 적이 있다.

또 이 세상에는 다른 세계로부터 이리로 날아 들어온 초자연적인 것이 있다는 것도 들었다.

그러나 오늘 저 세계에서 온 이상한 실이 내 명예를 졸라매어 교살시킨다.

알크메네   *(암피트리온을 향해)*

이상한 친구여, 당신은 이런 확실한 증거를 가지고 있는데도, 나에게 나타난 사실과

내가 아내로서 당신에게 해야 할 일을 다했다는 사실을 여전히 부정합니까?

암피트리온   아니야, 그런데 당신은 그 사건의 전말을 전부 이야기해야 해.

알크메네   암피트리온!

암피트리온   내가 당신을 의심하지 않고 있음을 들었지요?

장식물을 부정하지 않겠소.

나는 확실한 이유를 가지고 당신이 나에게

내가 성에 머물렀다는 사실을 자세히 이야기해 줄 것을

바라는 바이오.

알크메네   여보, 당신 오늘 어디 편찮은가요?

암피트리온   아프냐고? — 아프지 않지.

알크메네   아마 전쟁에 대한 걱정이 당신의 머리를 무겁게 짓눌러, 명랑한 정신적 활동을 과도하게 사로잡은 것은 아닐까요? —

암피트리온   사실 그래요. 난 머리가 몽롱해요.

알크메네   이리 오셔서, 좀 쉬세요.

암피트리온   관두세요.
서두르지 말아요. 내 소원은 이미 말했듯이
이 집에 발을 들여놓기 전에,
어제 내가 돌아왔다는 설명을 듣는 것이오.

알크메네   그건 아주 간단합니다.
저녁 어스름이 내렸을 때, 나는 내 방에 앉아 베를 짜고
물레의 소리를 들으면서 꿈을 꾸었는데, 내가 무기를 들
고 전사들 가운데 섞여 전쟁터로 나가는 것이었습니다.
바로 그때 멀리 대문에서 나는 환호성을 들었습니다.

암피트리온   누가 환호했지?

알크메네   우리 하인들입니다.

암피트리온   그래서?

알크메네   재빨리 그것을 잊었습니다.
나는 꿈에서도 착한 신들이 나에게 기쁨을 내려 주셨다
는 생각을 하지 못했습니다.
막 내가 실의 가닥을 다시 잡았을 때, 나의 온몸은 전율

을 느꼈습니다.

암피트리온 난 알겠어요.

알크메네 당신은 벌써 알았습니까?

암피트리온 그러고 나선?

알크메네 그다음은 많은 잡담이 있었고, 농담이 계속 이어졌으며 질문이 오고 가고 했답니다.

우리는 자리에 앉았지요. — 그리고 그때부터

당신이 투사의 목소리로 나에게 이야기했습니다.

최근 파리사 시에서 무슨 일이 있었고, 적장 라브다쿠스가 어떻게 죽었는지 — 그리고 피비린내 나는 모든 전투의 장면까지 이야기했지요.

그리고 나서 훌륭한 머리띠를 선물로 주셨고 나는 그것을 키스하며 받았지요.

우리들은 그것을 촛불 앞에서 자세히 관찰했지요.

그리고 당신이 손수 그것을 내 가슴에 걸어 주셨어요.

그래서 나는 장식띠처럼 그것을 걸고 있습니다.

암피트리온 *(혼자서)*

비수에 찔린다고 해도 이보다 더 아플 수가 있을까.

알크메네 곧 저녁 식사가 준비되었으나, 당신도 나도 모두 앞에 놓인 멧새 요리를 먹지 않고, 포도주도 거의 마시지 않고, 당신은 농담조로 내 사랑의 감로(甘露)를 먹고 산다고 말했으며 또 당신이 신이라고 말했지요.

그리고 그 밖에도 당신은 온갖 음탕한 말을 입에 담았답니다.

암피트리온	― 온갖 음탕한 말을 입에 담았다니?
알크메네	예, 음탕한 말을. ― 그다음에는 ― 그런데 왜 그렇게 얼굴빛이 검어지세요?
암피트리온	그리고 그다음은?
알크메네	우리들은 식탁에서 일어섰으며, 그 뒤에는 ―
암피트리온	그다음은 ― ?
알크메네	우리가 식탁에서 일어선 후에는
암피트리온	너희들이 식탁에서 일어선 후에는 ― ?
알크메네	그리곤 [침대로] 갔지요.
암피트리온	[침대에] 갔다니?
알크메네	예, 우리는 [잠 자러] 갔습니다! 그런데 왜 당신은 얼굴이 붉어집니까?
암피트리온	아, 잔혹한 비수가 내 심장을 찌르네! 아니야, 아니야, 부정한 여자여, 그건 내가 아니야! 암피트리온으로 어제 저녁 어스름 때 이곳에 숨어든 놈, 그놈이야말로 가장 비열한 악당이야!
알크메네	흉악한 사람!
암피트리온	정숙하지 못한, 뻔뻔스런 년! ― 이제 내 자제력을 걷어치우자! 지금까지 내 정의를 마비시킨 사랑이여 안녕, 아름답던 추억도, 행복도 희망도 다 집어치워라. 지금부터 난 분노에 찬 복수를 감행하겠다.
알크메네	고상하지 못한 남편인 당신도 가시오, 당신 때문에 내

가슴도 찢어져 피가 나고 있어요.

나를 격분시키는 당신의 그 속임수가 역겨워요.

만약 당신의 사랑이 다른 여인에게로 향했다면,

만약 큐피드의 사랑의 화살을 맞았다면,

당신이 나에게 점잖게 고백했더라면

이 비열한 간계가 쉽게 이루어지듯 당신의 소망은 아주 쉽게 이루어졌을 텐데요.

나는 당신의 흔들거리는 마음을 묶고 있는 그 끈을 잘라버리려고 결심했어요.

그리고 밤이 찾아 들기 전에 당신은 당신을 묶고 있는 모든 구속을 벗어나 자유의 몸임을 아십시오.

암피트리온 나에게로 향한 이 모욕이 얼마나 수치스러운가!

하지만 이것은 피 흘리는 내 명예가 요구할 수 있는 가장 최소한의 것이야.

비록 내 판단력이 그 저주스러운 그물을 파악할 수는 없지만 여기에 하나의 기만이 있었다는 것은 분명하다.

나는 이 기만의 그물을 갈기갈기 찢어 줄 증인을 부르겠다.

나는 당신의 오라비와 내 장군들을 부르고, 테베의 군대를 남김없이 나에게로 불러 그들과 함께 머물며 오늘이 낮이 저물기 전에는 물러나지 않겠다.

그리고 나는 이 수수께끼의 근원을 알아내겠다.

그러면 나를 속인 녀석에게 큰 고통이 있을 것이다.

조지아스 주인님, 제가 뭔가 [속였다는 말씀입니까]?

암피트리온	입 닥쳐라, 난 알고 싶지 않다.
	넌 여기 서서 내가 돌아올 때까지 머물러 있어라.
	(퇴장)
카리스	마님, 부르셨습니까?
알크메네	입 닥쳐라, 난 알고 싶지 않다.
	나를 따라오지 마. 나는 혼자 있고 싶다
	(퇴장)

제3장

카리스, 조지아스

카리스	그것 참 희한한 부부싸움이네!
	그분이 어젯밤 진영에서 잤다고 계속 주장하신다면 그분은 미친 거야.
	마님의 오빠가 돌아오시면 그것은 밝혀질 것이다.
조지아스	이것은 내 주인에겐 큰 타격이야.
	― 나에게도 이와 비슷한 일이 있었다면 어떻게 될까?
	그걸 슬쩍 물어봐야겠어.
카리스	*(혼자서)* 무슨 일인가? 그는 저기서 뻔뻔스럽게도 나에게 입을 삐죽거리면서, 또 등을 돌리고 있네.
조지아스	이제부터 내가 까다로운 문제를 다루어야 한다고 생각하니 정말이지 등골이 오싹한다.

나는 내 호기심을 채우는 일을 거의 포기했어.

그것은 만약 누군가가 아주 가까이서 조사하지 않으면 —

결국은 문제되지 않을 것이야.

자, 주사위를 던져 보자, 난 그것을 반드시 알아야만 한다!

— 어이, 카리스 잘 있었소?

카리스 뭐라고? 당신이 내 곁에 온다고요?

당신은 배반자야! 뭐라고요? 당신은 내가 당신을 화나게 한다고 내 얼굴에 대고 감히 뻔뻔스럽게도 말하지 않았던가요?

조지아스 허 참, 이 여편네야, 대체 뭐가 문제인지 말 좀 해 봐라!

사람이 헤어졌다 다시 만나면, 다정히 인사하는 게 도리 아닌가?

왜 당신은 아무 이유도 없이 곧장 깃털을 곤두세우고 화를 내지?

카리스 당신, '아무 이유도 없이'라고 말했어요? 이유가 없다고요?

뭣이 어째, 이유 없다고요? 이 비열한 사람아!

조지아스 사실을 말하자면, 내가 '아무 이유도 없이'라고 한 것은 산문으로 말해도 별것 아니고 운문으로 말해도 별것 아닌 그런 거야.

당신도 알다시피 아무 이유도 없다는 것은 그저 없거나 최소한 많지 않은 거야.

카리스	아, 왜 내 손을 마음대로 움직일 수 없는지 알았으면 좋겠다!
	당신의 눈을 후벼파고 싶은 간질간질함을 참을 수가 없어요.
	그리하여 당신에게 여자가 화를 내면 얼마나 무서운지 보여 주겠어요.
조지아스	아, 내게 하느님의 가호가 있기를! 이게 무슨 발작이냐?
카리스	당신은 어떻게 그렇게 뻔뻔스럽게 '아무 이유도 없이'라고 하면서 나를 대할 수가 있습니까?
조지아스	대체 내가 어떻게 했소? 무슨 일이 일어났지?
카리스	무슨 일이라니요? 시치미를 뚝 떼고 있는 이 사람을 잘 보세요!
	이제 그는, 자기 주인이 그랬듯이, 테베에 돌아와 있지 않았다고 주장할 겁니다.
조지아스	그 점에 있어서는, 글쎄, 내 말 들어봐요!
	난 이상한 짓거리를 꾸밀 줄 몰라요.
	내 생각에는, 우리들이 기억을 모두 앗아가는 악마의 포도주를 마신 것 같군요.
카리스	당신은 그런 설명으로 나에게서 빠져나갈 수 있다고 믿습니까?
조지아스	아니지, 카리스. 내 명예를 걸고 말하겠소. 내가 어제 여기에 도착하지 않았다면 악당이라도 되겠어.
	그런데 여기에 무슨 일이 있었는지 난 전혀 모르겠소.
	온 세상이 나에겐 완전히 혼란에 빠져 있는 것 같네.

카리스	당신이 어제 저녁 집에 와서
	나를 어떻게 대했는지를 전혀 모르다니요?
조지아스	허 참, 정말 아무 생각도 나지 않아요.
	당신도 알다시피 난 착한 가장이오, 제발 이야기해 줘요.
	만약 내가 잘못했다면, 내가 먼저 그걸 인정하겠어요.
카리스	당신 참 시시한 사람이군요! 한밤중이었어요.
	젊은 두 부부는 이미 오래전에 잠자리에 들었고, 당신은 아직 암피트리온의 궁성에 머물면서,
	당신의 집에는 코빼기도 보이지 않았어요.
	마침내 당신 아내는 스스로 당신을 찾아 길을 나섰답니다.
	그리고 내가 발견한 것이 무엇인지, 또 당신을 찾아낸 장소가 어디인지 알기라도 합니까? 이 의무를 망각한 사람아!
	내가 당신을 찾아내니, 당신은 방석 위에서 마치 그곳이 집이라도 되는 듯이 사지를 쫙 뻗고 누워 있었답니다.
	난 걱정이 되어 부드럽게 불평을 했더니 ─
	주인 암피트리온이 이것을 명령하셨다면서 당신은 출발시각을 놓쳐서는 안 된다고 말했습니다.
	그분은 일찍 테베를 출발하려 하신다고 하면서
	그 밖에도 상스런 소리를 많이 했어요.
	당신의 입에서는 단 한 마디의 다정한 말도 흘러나오지 않았어요.
	그때 내가 몸을 굽혀 다정하게 입을 맞추자

당신은 야속하게 벽을 향해 돌아누웠고,

잠을 자도록 가만히 놔두라는 말을 내게 했어요.

조지아스   참 잘했어, 늙고 착한 조지아스여!

카리스   뭐라고요?

지금 자화자찬합니까? 당신이 잘했다니요?

조지아스   그렇다. 당신은 내가 한 일을 믿어 줘야 해.

카리스, 사실 나는 절인 무를 먹고 있었네.

그래서 난 내 입냄새를 딴 데로 돌리려고 그랬던 거야.

카리스   뭐라고요? 나는 그런 냄새 맡지 못했어요.

게다가 우리는 점심때에 절인 무를 먹었어요.

조지아스   그랬던가, 글쎄, 난 잘 모르겠다.

당신도 그것을 맡지 못했을 텐데,

카리스   그런 술책은 내겐 안 통해요.

조만간에 당신이 나를 대할 때 보여 준 박정함에 대하
여 앙갚음을 할 것입니다.

아침이 밝을 무렵에 거기서 당신에게서 들었던 잡담이
내 뼈에 사무쳐, 난 그걸 도저히 삭혀 낼 수가 없어요.

그리고 분명히 말씀드립니다.

당신이 나에게 멋대로 하라고 말했으니 난 멋대로 할
수 있습니다.

조지아스   내가 당신에게 멋대로 하라고 했소?

카리스   당신은 아내의 바람기를 걱정하지 않는다고 말했고, 그
때는 정신이 아주 온전했어요.

그리고 또 이곳에서, 당신도 아는, 내 꽁무니를 뒤쫓는

테베 사람과 내가 심심풀이로 즐긴다고 해도, 당신은 상관하지 않겠다고 했어요.

좋아요, 이 사람아. 당신의 뜻이 그렇다면 나도 내 멋대로 하겠어요.

조지아스 그건 당나귀가 당신에게 한 말이지, 나는 그런 말을 하지 않았어.

자, 농담은 그만두지. 난 그런 말을 한 적이 없어.

그 점에서 당신은 얌전히 행동할 거요.

카리스 그렇게 할 수 있을지 나도 모르겠습니다.

조지아스 이제, 조용히 해요. 대장 부인 알크메네께서 오신다.

제4장

알크메네, 앞에 나온 사람들

알크메네 카리스, 무슨 불행한 일이 내게 있었지?

나에게 무슨 일이 일어났지? 말해 봐. 이 보석 좀 봐.

카리스 마님, 이게 웬 보석입니까?

알크메네 이건, 적장 라브다쿠스의 장식물인데…

암피트리온 장군에게서 온 귀한 선물로 여기엔 그의 이름자가 새겨져 있지.

카리스 이것이?

이것이 적장 라브다쿠스의 장식물인가요?

여기엔 암피트리온의 이름자가 없는데요.

알크메네 불쌍한 여인아, 넌 그렇게 감각이 없니?

여기에 쓰여 있지 않니, 손가락으로도 짚어 알 수 있을

정도로 큰 A⁴라는 글자가 금박이 입혀져 있지?

카리스 그런 것은 분명히 없습니다, 마님.

어떤 착각을 하십니까?

여기엔 전혀 다른 글자가 조각되어 있습니다.

J⁵라는 글자가 조각되어 있군요.

알크메네 J라니?

카리스 J입니다. 틀림없습니다.

알크메네 슬프다! 내 신세야! 나는 망했다.

카리스 마님께 그렇게 충격을 주는 것이 무엇입니까?

설명해 보세요.

알크메네 카리스, 난 설명할 수 없는 것을 설명하기 위해 무슨 말
을 해야 할지 모르겠어.

나에게 다른 사람이 나타났다는 뻔뻔스럽고 미친 주장
을 듣고 내가 깜짝 놀라 집에 돌아갔을 때,

나는 비몽사몽간에 있었어.

그럼에도 불구하고 나는 암피트리온의 뜨거운 고통을
헤아렸어.

그의 마지막 말은 내 오빠한테 가겠다는 것이었어.

---

4   암피트리온의 약자
5   주피터의 약자

너, 생각해 봐, 내 오빠한테 가서 그를 나에게 불리한 증인으로 부르겠다니!

그때 난 내가 속은 것인지 자문했어.

이유는 우리 둘 중에 하나는 속고 있는데, 나도 거짓말을 하지 않고, 그 역시 그러지 않고 있기 때문이지.

그리고 내가 지금 그 이중적인 농담을 다시 기억한다면, 카리스 네가 혹시 들었는지는 모르지만,

암피트리온이 자신을 나의 애인이라고 하면서 내 앞에서 남편 암피트리온을 경멸하는 것이었어.

내가 얼마나 놀라 떨고 경악에 빠졌는지, 나는 모든 감각을 잃어버렸어.

오, 카리스, 나는 이 보석을 유일한 값진 담보로 잡고 내 순결의 확실한 증거로 삼았어.

지금 나는 그것을 잡고, 감동적으로 매혹된 내 입술로 내 사랑하는 사람이 하고 있는 거짓말을 밝혀 줄 증거인 그의 고상한 이름자 위를 눌러 주고 싶어.

내가 눈으로 본 것은 전혀 다른 글자였으므로,

벼락을 맞은 듯이 서 있었다. ―

J 자였다!

카리스	무섭습니다! 그럼 당신이 속았다는 것입니까?
알크메네	내가 속았다니!
카리스	아닙니다. 여기 있는 이 글자를 잘못 보셨다는 뜻으로 말했습니다.
알크메네	아 그래, 넌 글자를 잘못 보았다고 말했지.

— 그건 다분히 그럴 수 있지.

카리스 그렇다면 — ?

알크메네 뭐 그렇다면, 이라고 — ?

카리스 진정하세요.

모든 것이 잘될 것이라 믿습니다.

알크메네 아, 카리스, 차라리 난 내 자신을 다른 사람이라고 생각
하고 싶다!

비록 어머니의 젖을 먹을 때부터 내 것이 된 내적 감정
이 내가 알크메네임을 말해 주고 있음에도 불구하고 난
차라리 파르터인[6]이나 페르시아 사람이었으면 좋겠다.

이 손은 내 손인가? 이 가슴은 내 가슴인가?

거울에 비친 이 모습은 내 모습인가?

이 모습은 내 자신의 것이라기보다는 모르는 사람의 것
이 아닌가!

내 눈을 빼어 버린다 해도, 난 들어서 그를 알 수 있고,

내 귀를 벤다 해도, 난 촉감으로 그를 알 수 있어.

나의 느낌이 사라진다 해도, 난 냄새로 그를 알 수 있어.

내 눈과 귀와 감각과 후각과 오관을 다 앗아가도 내 마
음만은 남겨둬요.

이 넓은 세상에서 내가 그를 찾아내는 데

꼭 필요한 종(鐘)인 내 마음만은 남겨둬라!

카리스 물론입니다!

---

6 고대 이란의 유목민

제가 어떻게 당신을 의심하겠습니까, 마님?

어떻게 아내가 그런 경우에 잘못 볼 수 있단 말입니까?

옷가지를 잘못 집거나, 가재도구를 잘못 잡을 수는 있어도, 남편이라면 어둠 속에서도 바로 알 수 있습니다.

게다가 그분은 우리 모두에게 모습을 드러내셨지 않습니까?

그분이 모습을 드러내었을 때 모든 하인들이 대문간에서 그분을 기쁘게 맞이했지 않습니까?

아직도 낮이었습니다. 그분을 보지 못했다면 성에 있는 수천의 눈들이 한밤중같이 가려졌을 것입니다.

| 알크메네 | 그런데 여기 있는 이 이상한 글자는! |

왜 내가 이 이상한 글자를 알아보지 못했던가?

아무리 눈이 나쁘더라도 잘못 볼 수 없는 이 이상한 글자를 왜 내가 첫눈에 알아보지 못했던가?

사랑하는 카리스여, 말해 보아라.

이렇게 서로 다른 두 이름의 첫 글자를 구별하지 못했던 것이 사실이라고 하더라도

그 글자들이 결코 내가 쉽게 구별하지 못하는 두 사람의 이름이 될 수 있겠는가?

카리스　　그런데 마님, 아직도 확신을 하십니까? ─

알크메네　　아, 나는 내 마음이 깨끗하고 내 몸이 순결함을 믿는다!

그렇지 않으면 넌 내가 그이를 오늘보다 더 매력적으로 뵌 적이 없다는 내 감동을 오해할 것이다.

나는 그 사람을 그의 초상으로 간주할 정도였다.

보아라, 위대한 예술가의 손에 의해 생생하게 신의 모습으로 그려져 있는 그분의 초상화를, 나도 모르는 사이에 그이는 마치 꿈속에처럼 내 앞에 섰어.

그이가 어제 위대한 승리자로서 빛을 내며 파리사에서 다가왔을 때, 난 지금껏 느껴 보지 못한 이루 말할 수 없는 행복감에 사로잡혔다.

그 사람이 바로 신의 아들 암피트리온이었어!

그이가 나에게는 그저 하늘에 계신 신들 중의 하나로 여겨졌어.

그래서 난 그이에게 별나라에서 내려오셨는지 묻고 싶었어.

카리스   그것은 상상입니다. 마님, 사랑의 환각입니다.

알크메네 아, 카리스여, 그리고 그이는 나에게 거듭해서 자신과 남편 암피트리온을 구별하라는 이해할 수 없는 농담을 했어.

내가 몸을 맡긴 이가 암피트리온인데

왜 그분은 계속 자신을 애인이라고 했던가?

나에게서 잠시 즐거움을 훔친 도둑이었던가?

이 농담을 가볍게 생각하고 미소로 답했으니, 내 자신이 저주스럽다.

이 농담이 남편의 입으로만 발설되지 않았다면!

카리스   너무 섣부른 의심으로 자신을 괴롭히지 마십시오.

오늘 마님께서 암피트리온님께 그 장식물을 보여드렸을 때 그분은 그 글자를 알아보시지 못했지요?

틀림없이 여기엔 하나의 실수가 있습니다. 마님.

그분이 이 이상한 글자를 보고 의심하시지 않았다면 자
연히 글자는 처음부터 그 보석에 새겨져 있는 것일 테
지요.

게다가 어제 우리는 속았고 눈이 멀었지만

오늘은 모든 것을 제대로 알아보게 되겠지요.

알크메네   만약 어제 그분이 그것을 잠깐 쳐다보시고,

오늘은 모든 장군들을 데리고 돌아와

여전히 어제 집 대문을 들어서지 않았다는 주장을 되풀
이하신다면!

내 정체가 모든 증거들에 의해 드러날 뿐 아니라

나에게 불리한 이 보석 하나로도 드러나겠지!

완전히 혼란에 빠진 나는, 뭐라고 대답할까?

만약 그들이 의심스런 눈길로 그것을 자세히 점검하면

고통과 파멸을 피해 나는 어디로 갈까?

나는 이 글자가 암피트리온의 이름 글자가 아니라는 것
을 인정하지 않을 수 없지 않는가?

또 그런 이상한 글자를 새긴 선물이 그로부터 나에게
선사되지 않았다고 할 수 없지 않는가?

더구나 제단에서 그가 나에게 바로 그 보석을 어제 넘
겨주었고, 나도 여기 있는 그 글자를 어제 그로부터 받
았다고 맹세하는 것이 더 안전하지 않을까?

말 좀 해 줘.

카리스   진정하십시오. 여기에 바로 그분이 계십니다.

이제 모든 것이 풀릴 것입니다.

제5장

주피터, 앞에 나온 사람들

알크메네	내 주인이며 남편이신 당신! 내가 무릎 꿇고 이 보석 상자를 당신에게 되돌려 드림을 용서해 주세요.

알크메네   내 주인이며 남편이신 당신! 내가 무릎 꿇고 이 보석 상자를 당신에게 되돌려 드림을 용서해 주세요.
삼가 내 생명을 당신의 발 밑에 둡니다.
잘 보십시오. 낯선 사람의 이름 글자가 새겨져 있는 이 보석이 당신이 내게 주신 것이라면 그 보석 위에 나는 기쁨의 입맞춤을 하고 눈물을 흘리겠어요.
만약 내게 이것을 준 사람이 당신이 아니라고 하고, 이 보석을 모른다고 하고, 그리고 그 선물을 주시지 않았다고 하시면, 난 죽고 말겠습니다.
그리하여 캄캄한 밤이 내 치욕을 묻어 버리게 하겠습니다.

주피터   내 사랑하는 아내여!
이렇게 값진 보석 같은 당신이 내 발 밑에 놓인다니, 어디 한번 만져 봐도 되나요?
일어나시오. 당신은 무엇을 원합니까? 진정하세요.

알크메네   내가 아까 너무 자신 있게 말을 해서 당신의 기분을 상하게 했군요.

그 말을 할 때, 나는 나의 결백을 믿고 힘을 얻었습니다.

하지만 이 이상한 글자를 본 뒤부터

나는 나의 내적 감정을 불신하게 되었습니다.

당신이 나에게 그렇다고 계속 확언하신다면 나는 나에게 다른 사람이 나타났음을 믿겠습니다.

주피터　소중한 내 아내여!

그 말을 들으니 내가 부끄러워진다!

어떻게 그와 같은 진실하지 못한 말이 당신 입에서 흘러나왔는가?

어떻게 당신에게 다른 사람이 나타날 수 있는가?

아, 당신, 오로지 한 사람, 단 한 사람만을 생각하고 있는 당신의 영혼 앞에 누가 다가섰는가?

성자 같은 당신은 접근의 유혹을 막아내는 다이아몬드 띠를 단단히 두르고 있었다.

비록 당신이 맞이한 행운아라도

당신을 더럽히지 못했다.

당신은 결백하고 당신 몸은 깨끗하다.

그리고 당신에게 다가가는 것은 암피트리온밖에 없다.

알크메네　아, 여보! 그럼 당신은 나에게

그게 바로 당신이었는지 아닌지를 말씀해 주실 수 있습니까?

바로 당신 자신이었다고 말씀해 주세요.

주피터　그래요, 나였어요.

누구였다고 해도 문제되지 않아요.

당신이 무엇을 보았고, 접촉했고, 생각했고, 느꼈더라
도 그건 나였으니 진정하시오. 제발.

사랑하는 이여, 나 말고 누가 있을 수 있습니까?

누군가가 당신의 문지방을 넘어왔다고 하더라도 그는
당신이 맞이한 나였소. 사랑하는 이여.

비록 당신이 그에게 무슨 호의를 베풀었다고 해도 그것
을 받을 사람은 나이며, 난 그것에 대해 감사해요.

알크메네   아닙니다. 나의 암피트리온님.

당신은 착각하고 계십니다.

사랑하는 사람, 이젠 영원히 작별합시다. 안녕

나는 이런 일을 각오하고 있습니다.

주피터   알크메네여!

알크메네   안녕, 안녕!

주피터   당신 무슨 생각을 합니까?

알크메네   가세요, 가세요, 가란 말입니다.

주피터   내 소중한 사람이여!

알크메네   나는 당신에게 가라고 말하고 있습니다.

주피터   내 말 들어 봐요.

알크메네   나는 아무것도 듣고 싶지도 않고, 살고 싶지도 않아요.

만약 내 마음이 순결하지 못하다면.

주피터   내 사랑하는 아내여, 당신은 무슨 말을 하고 있소?

성자 같은 당신이 무슨 잘못을 범했단 말이오?

악마가 어제 당신에게 나타나

지옥에서 나온 끈적끈적한 죄의 군침을 당신에게 잔뜩

홀린 건 아니지요?

그는 내 아내의 순결한 가슴에

흔적 한 점을 남기지 못했소!

당신은 얼마나 어리석은 착각에 빠진 것인가!

알크메네 내가 한심스럽게 속은 여인입니다!

주피터 그가 바로 속은 자이다. 나의 우상 같은 여인아!

그의 사악한 술수가 그를 속인 것이지 당신을 속인 게 아니오.

당신의 감정은 현혹될 수 없어요!

만약 그가 팔에 당신을 안고 있다고 공상을 한다면, 당신은 사랑하는 암피트리온의 가슴에 안겨 있는 것이고, 만약 그가 키스를 꿈꾼다면, 당신은 사랑하는 암피트리온의 입술에 당신의 입술을 갖다 댄 것이오.

아, 그는 사랑에 불타는 가슴속에 독침을 지니고 있는데, 내 말을 믿어 주오.

신들의 지혜를 다 동원해도 그 독침을 그에게서 뽑을 수 없네.

알크메네 만약 그 남자라면, 차라리 제우스 신이 그를 내 발 아래로 무릎꿇게 하면 좋겠다!

아 신이여! 우리는 영원히 헤어집시다!

주피터 당신이 그에게 해 준 키스가, 이제까지 당신의 마음속에 불타고 있는 나에 대한 모든 사랑보다도 더 강하게 나를 당신에게 묶어 줍니다.

계속 바쁘게 돌아가는 시간의 바퀴 속에서 어제와 같은

날을, 마치 내가 공중에서 까마귀 한 마리를 쏘아 떨어뜨렸듯이, 아예 없던 것으로 해 버릴 만한 힘을 가졌다 하더라도, 사랑하는 아내여, 나는 올림포스 산에 있는 신들의 행복을 걸고서 또 불멸의 신 제우스의 목숨을 걸고서 그런 짓은 하지 않을 것이오.

알크메네 난 열 번이라도 죽겠습니다.

자 가세요!

당신의 집에선 나를 다시 보지 못할 것입니다.

당신은 더 이상 나를 이곳 그리스에서 다른 여인에게 소개할 필요가 없을 것입니다.

주피터 알크메네여, 난 당신을 올림포스의 모든 신들에게 소개하겠어요. ―

무슨 그런 말을 하는가! 나는 당신을 빛을 발하는 신들의 무리 속으로 데리고 가겠소.

그리고 내가 만약 제우스라면, 당신이 조용히 신들이 둘러싸고 있는 가운데를 걸어 나갈 때, 저 영원한 여신 헤라[7]도 당신 앞에 일으켜 세우겠어요. 그리고 저 위엄 있는 아르테미스[8]로 하여금 당신을 환영케 하겠어요.

알크메네 가세요, 당신의 호의가 나를 괴롭힙니다. 나는 사라지겠습니다.

주피터 알크메네!

---

7 제우스의 아내
8 수렵과 순결의 여신

알크메네	나를 가만 놔두세요.
주피터	나의 사랑하는 아내여!
알크메네	암피트리온이여, 당신은 들었습니까? 나는 지금 떠나고 싶습니다.
주피터	이 팔이 당신을 놓아 주기를 바랍니까?
알크메네	그렇습니다. 암피트리온이여. 당신은 나를 가게 해 주셔야 합니다.
주피터	당신이 먼 나라로 날아간다고 해도, 사막의 무서운 동물에게로 간다고 해도, 바닷가까지 당신을 따라가 키스하고 울겠어요. 그리고 당신을 높이 안아 올려 의기양양하게 당신을 내 침대로 데려오겠어요.
알크메네	그게 당신의 소원이므로, 오히려 나는 이렇게 맹세하겠습니다. 만약 나의 이 맹세가 거짓이라면 모든 신들은 제게 벌을 주십시오. 내가 이 가슴으로 숨을 쉬고 있는 한, 당신의 침대에 들어가느니 차라리 내 무덤 속으로 들어가겠습니다.
주피터	나는 태어날 때부터 가진 힘으로 그 맹세를 부수겠어요. 그 조각들을 공중에 집어 던지겠어요. 당신에게 나타났던 자는 죽을 운명을 타고난 인간은 아닙니다. 뇌신(雷神) 제우스가 직접 당신을 방문했습니다.
알크메네	누구요?
주피터	주피터죠.

알크메네	제정신이 아닌 사람아. 누구란 거죠?
주피터	그는 주피터요.
알크메네	그가 주피터라니요?
	당신은 감히 주피터라고 말합니까? 비열한 자여!
주피터	나는 그가 주피터라고 말했소.
	그 말을 반복해요. 그를 제외하고는 아무도 지난밤에
	당신에게 나타나지 않았어요.
알크메네	불경스런 사람아!
	당신은 감히 올림포스 산의 신에게 그 나쁜 죄를 씌웁
	니까?
주피터	내가 올림포스 신에게 그 나쁜 죄를 씌운다고요?
	그런 말은 그만둬요! 지각 없는 사람아!
	당신 입으로 다시는 그런 말을 하지 말아요.
알크메네	그런 말을 더 이상 하지 말라는 겁니까?
	당신은 그게 죄가 아니라는 말입니까?
주피터	침묵하시오, 명령이오.
알크메네	이 망할 사람아!
주피터	당신이 불사(不死)의 신들에게 올라가는 명예에 무관심
	하다고 하더라도 나는 결코 그렇지 않소.
	나의 그런 마음을 이해해 주시오.
	만약 당신이 빛나는 명예를 얻은 칼리스토,[9] 미모의 에

---

9 Kallisto: 제우스와 정을 통했기 때문에 헤라의 질투를 받아 곰이 된 님프

우로페[10]와 레다[11]를 부러워하지 않는다면 그럼 나는 이렇게 말하겠어.

나는 틴다레오스 같은 이를 선망하고

그의 아들들[12]과 같은 훌륭한 아들을 낳아 주기를 기원 한다고.

알크메네 내가 칼리스토와 에우로페 같은 여자들을 부러워하느 냐고?

온 그리스에서 소문난 그런 여인들을?

주피터가 애인으로 뽑은 그런 높은 여인들을?

영원한 세계에 사는 그런 여인들을 부러워하느냐고?

주피터 그렇다! 왜 당신은 그들을 부러워하는가?

죽음을 면치 못하는 한 인간이 당신의 발밑에 엎드려 있 는 것을 보는 것만으로도 영광이 완전히 충족되었는데.

알크메네 왜 그런 이상한 말씀을 하십니까?

나 스스로 그런 생각을 하면 안 됩니까?

그런 훌륭한 여인들의 빛을 쬐면 나의 그림자도 엷어지 는 것 아닙니까?

만약 주피터가 여기 계셨다면, 나는 이 뜨거운 가슴에

---

10 Europa: 테베의 창시자 카드모스(Cadmus)의 누이. 흰 황소의 모습을 한 제우스 의 유혹을 받아 세 아들을 낳음

11 Leda: 스파르타의 왕인 틴다레오스(Tyndarus)의 아내였으나, 백조의 모습으로 찾아간 제우스의 사랑을 받아 카스토르(Kastor), 폴룩스(Pollux) 그리고 헬레나 (Helen)를 낳음

12 카스토르와 폴룩스를 말함

생명의 기쁨을 느낄 수도 있겠지요?

나는 그런 은총을 받을 자격이 완전히 없단 말입니까?

결국 나는 죄인이란 말입니까?

주피터   은총을 받을 자격이 있는지 없는지 묻는 당신의 물음은 당신이 대답할 것이 아니오.

당신은 주피터가 당신을 총애하는 것을 그대로 인정해야 합니다.

앞을 내다보지 못하는 여인이여! 당신은 인간의 마음속을 훤히 아는 그를 감히 지배하려고 하는가?

알크메네   좋습니다. 됐습니다.

암피트리온님. 난 당신을 이해합니다.

그리고 당신의 관대함이 나를 울립니다.

나는 당신이 내 걱정을 모두 지워 버리기 위해 이런 말을 하신 줄 압니다.

그러나 내 영혼은 고통스런 그 생각으로 돌아갑니다.

사랑하는 이여, 나의 전부인 당신이여, 가세요.

그리고 다른 아내를 찾아 행복하게 사세요.

내가 당신을 행복하게 해 드리지 못하는 것을 알았으므로 나는 지금부터 남은 인생을 울면서 보내겠어요.

주피터   내 소중한 아내여! 얼마나 나를 감동시키는가!

당신이 손에 쥐고 있는 그 보석을 봐요.

알크메네   오 신들이여! 나를 착각으로부터 보호하소서!

주피터   이것은 그의 이름이 아니지? 어제 그것은 내 이름이 아니었지?

여기 우리 주변에서 일어난 모든 것은 기적이 아니지?

오늘 내가 이 머리띠를 상자 속에 넣고 자물쇠를 채워

두지 않았던가?

내가 그 장식물을 당신에게 건네주기 위해 그것을 열

었을 때 솜 같은 천에 찍힌 텅 빈 자국을 발견하지 않

았던가?

그리고 내가 그것이 당신 목에 걸려 반짝이고 있는 것

을 보지 않는가?

알크메네 내가 그렇게 생각해야만 하는 것이지요?

그게 주피터였지요?

영원한 신과 인간들의 아버지였지요?

주피터 황금저울같이 정확하고 즉시 균형을 잡는 당신의 마음

을 대체 누가 속일 수 있단 말입니까?

주위의 것에 대해 매우 민감한 감각을 갖고 있는 여자

다운 당신의 마음, 마치 가슴속의 종(鍾)처럼 숨을 쉴

때마다 속삭이듯이 울리는 그런 당신의 마음을 대체 누

가 속일 수 있단 말입니까?

알크메네 그가 바로 주피터 신이오! 그가 신이오!

주피터 오직 전지전능한 신들만이 이 낯선 자처럼 과감하게 당

신에게 올 수 있소.

그리고 나는 그와 같은 연적(戀敵)을 갖고 있음을 자랑

스러워해요!

전지전능한 신들이 당신의 가슴으로 가는 길을 찾는 것

을 나는 기꺼이 관찰하고 싶소.

그리고 온 천지에 편재하는 신들이 어떻게 당신에게 다가가는지를 기꺼이 보고 싶소.

게다가, 사랑하는 이여, 그들이 당신으로부터 영접 받기 위해서 그들 자신이 반드시 암피트리온이 되어야만 하고 또 암피트리온의 가면을 훔쳐 써야만 되는 게 아니지 않나요?

알크메네   그래요. 과연 그렇군요. *(그에게 키스한다)*

주피터   천사 같은 당신!

알크메네   난 행복합니다!

아, 기쁩니다. 내가 행복하여 더욱 기쁩니다.

만약 우리들 사이의 모든 것이 예전처럼 좋아진다면, 주피터가 나에게 준 고통까지도 난 기뻐할 것입니다.

주피터   내가 무엇을 생각하는지 당신에게 말해 줄까요?

알크메네   해 보세요.

주피터   그런데 나는, 만약 신의 출현이 없었더라면 우리는 어떻게 되었을까 하는 기분이 들어요.

알크메네   자, 계속 말해 보십시오.

당신은 나를 무섭게 만듭니다. ―

주피터   만약 당신이 그의 화를 돋우었다면 뭐라고 말하겠어요?

― 무서워하지 마세요!

알크메네   주피터를? 내가? 화나게 했다고요?

주피터   그분이 오신 것을 당신은 잊었습니까?

당신은 위대한 그의 작품인 이 세계를 느낍니까?

저녁 노을을 받으며 세계가 고요한 덤불 속으로 떨어질

때 당신은 그 희미한 빛 속에서 그를 봅니까?

나이팅게일이 지저귀는 소리와 졸졸 흐르는 시냇물 소리를 들으며 당신은 그의 소리를 듣습니까?

하늘을 향해 솟은 산이 당신에게 그에 대한 이야기를 공연히 한 게 아니지요?

바위에 부딪혀 흘러내리는 폭포수도 당신에게 공연히 그에 대한 이야기를 한 게 아니지요?

높이 뜬 태양이 그의 신전을 비추고 모든 피조물이 기쁨의 맥박을 고동치며, 그를 찬양할 때,

당신은 가슴속으로 깊이 들어가

당신의 우상을 숭배하지 않았어요?

알크메네   무서운 사람! 당신은 무슨 말을 합니까?

그럼 주피터를 더 경건하게 또 더 순진하게 숭배해야 합니까?

내가 그의 제단 앞으로 나가 내 삶을 위해, 이 마음을 위해, 그리고 당신을 위해 감사드리기 위해 경배하지 않은 날이 단 하루라도 있습니까?

내가 바로 몇 시간 전 별이 총총한 밤에 그분 앞에서 깊이 머리 숙이고, 번제(燔祭)의 연기와 함께 내 가슴속에서 치솟는 열렬한 기도의 말을 하늘로 올려보내지 않던가요?

주피터   왜 당신은 얼굴을 바닥에 대고 기도를 했소?

그것은 당신이 잘 알고 있는 암피트리온의 첫 글자를 반짝하는 빛 속에서 알아보았기 때문이지요?

알크메네	아, 무서운 사람!
	당신은 어떻게 그것을 알아내었습니까?
주피터	당신은 주피터 제단 앞에서 누구를 위해 기도 했습니까?
	구름 위에서 살고 있는 주피터 아닙니까?
	노예처럼 사로잡힌 당신의 감각으로 과연 신을 파악할 수 있습니까?
	자신의 보금자리에만 익숙해진 당신의 감정이 하늘 높이 비상할 수 있습니까?
	당신이 엎드려 숭배한 이는 결국 언제나 당신의 사랑하는 사람 암피트리온이지요?
알크메네	아, 난 불쌍한 여자야. 당신이 나를 얼마나 혼란케 하는지!
	무심결에 한 동작도 잘못된 것입니까?
	나는 그럼 대리석의 흰 벽에 대고 기도해야 합니까?
	나는 신을 생각하기 위해 그의 형상이 필요합니다.
주피터	당신은 이해합니까?
	내가 방금 그것을 말하지 않았어요?
	그런 우상숭배가 신의 마음을 상하게 한다고 말한 것을 믿지 않습니까?
	신은 당신의 아름다운 마음이 자신에게 향하지 않은 것을 좋아할까요?
	신도 당신으로부터 열렬히 숭배받고 있는 것을 기쁘게 여긴다고 생각하지 않나요?
알크메네	아, 물론 그도 그렇게 생각할 것입니다.

가령 죄인이라고 하더라도 그가 열심히 숭배하면 기뻐하지 않을 신들이 어디 있겠습니까?

주피터 물론입니다! 주피터가 당신에게 내려왔다면 그건 오직 당신에게 자신을 생각하도록 강요하기 위해서입니다. 그리고 당신이 자기를 잊었음에 대해 복수하기 위해서 온 것입니다.

알크메네 아, 무섭습니다!

주피터 무서워하지 말아요. 주피터는 당신이 받아야 할 만한 벌 그 이상은 당신에게 주지 않을 것입니다.

그러나 앞으로 당신은 제단에서 밤에 당신에게 나타난 그만을 생각해야 합니다. 결코 나를 생각하지 말아요. 내 말 알아듣습니까?

알크메네 알았습니다! 나는 그렇게 하겠다고 당신에게 성스럽게 맹세합니다!

나는 어젯밤 그의 모습을 구석구석 기억합니다.

그를 당신과 혼동하지 않겠습니다.

주피터 그렇게 하세요.

그렇지 않으면 그가 돌아올 수도 있을 것입니다.

당신이 머리띠에 새겨진 그의 이름 첫 글자를 볼 때마다, 당신은 그의 출현을 마음속 깊이 생각할 것이며 그 사건 하나하나를 자세히 기억할 것입니다.

물레의 막대기 앞에서 실을 짜고 있을 때 죽음을 초월한 신과 마주치고 전율을 느꼈지요.

당신은 그로부터 그 보석 상자를 받을 당시 상황을 기

억할 것입니다.

그리고 그 띠를 두를 때 당신을 도와준 이가 누구였는지 기억할 것입니다.

멧새 요리를 앞에 두고 무슨 일을 했는지도 기억할 것입니다.

그리고 당신 남편이 당신의 명상을 방해하자, 당신은 남편에게 다정하게 한두 시간 혼자 있게 해 달라고 요청한 것을 기억할 겁니다.

알크메네 좋습니다. 맞습니다. 당신의 원대로 하겠습니다.

이제는 매일 이른 시간에 당신에 대해선 조금도 더 생각하지 않겠습니다.

그다음에 나는 주피터를 잊겠습니다.

주피터 그런데 당신이 그렇게 마음을 고쳐먹은 데에 감동된 구름을 흔드는 영원하신 신이 찬란한 빛을 발하며 모습을 드러내면, 사랑하는 이여, 말해 주세요!

당신은 어떻게 하겠습니까?

알크메네 아, 그것은 틀림없이 소름끼치는 순간이 될 것입니다!

그가 당신과 너무 닮았다는 이유로 제단에서 언제나 그만을 생각한다는 것은.

주피터 알크메네, 당신은 아직도 신의 얼굴을 한 그를 보지 못합니다.

만약 당신이 그를 보면, 당신의 마음은 수천 가지 기쁨으로 활짝 열릴 것입니다.

그에 대한 당신의 감정은 타오르는 불꽃이 될 것입니다.

당신이 암피트리온 대해 갖는 감정은 차디찬 얼음이 될 것입니다.

만약 그가 당신의 가슴을 감동시킨다면 그는 당신을 떠나 올림포스 산으로 돌아갈 것입니다.

그럼 당신은 믿지 못할 경험을 할 것이고, 그의 뒤를 따라갈 수 없어 울 것입니다.

알크메네 아닙니다. 아닙니다. 난 결코 그렇게 생각하지 않습니다, 암피트리온님.

만약 내가 하루만 시간을 되돌려 어제를 다시 한 번 산다면, 그리고 모든 신들과 반신(半神)들이 나타난다고 해도 내 방을 단단히 걸어 잠그고 그들의 접근을 막을 수 있으면 그럼 나는 기쁠 것입니다.

주피터 진정입니까? 당신은 진정 그렇게 하겠습니까?

알크메네 내가 그렇게 할 수만 있다면 진심으로 좋을 텐데요.

주피터 *(혼자서)*

나를 여기로 불러들인 착각이 저주스럽다!

알크메네 무슨 일입니까? 당신 화났습니까? 사랑하는 이여, 내가 한 말이 당신을 불쾌하게 했습니까?

주피터 내 경건하고 소중한 사람아, 당신은 엄청나게 큰 그의 존재를 그를 위해서 달콤하게 해 주고 싶지 않습니까?

이 세계를 통치하는 그의 머리가 휴식을 취하고자 당신의 가슴을 찾으면 당신은 그에게 그 가슴을 거부하렵니까?

아, 알크메네여! 올림포스 산도 사랑 없이는 황량합니다.

땅에 엎드려서 드리는 이 세상 사람들의 기도는 사랑에 목말라 있는 가슴에 무엇을 줄 수 있습니까?

그는 사랑 받기를 원하는 것이지, 맹목적 숭배를 원치 않소.

영원히 베일에 싸여, 그는 스스로 한 영혼 속에 투영되거나, 아니면 기쁨의 눈물 속에 투영되는 자신의 모습을 보고 싶어 합니다.

사랑하는 이여, 알아두시오! 얼마나 많은 기쁨을 그는 하늘과 땅 사이에 끝없이 쏟아 내었던가?

당신은 지금 운명적으로 선택되어 그 덕택으로 창조된 수없이 많은 존재에 대해 단순히 미소로만 감사를 다한다고 가정해 보자,

그럼 당신은 아마 — 아, 생각할 수도 없어.

제발 생각하지 않게 해 줘요. 제발.

알크메네 신들의 위대한 결정에 거역하고 싶은 생각은 조금도 없습니다.

만약 내가 그런 성스런 일을 하라고 뽑혔더라면 나를 창조하셨고 지배하시는 신의 생각대로 하겠습니다.

하지만 —

주피터 하지만이라니요? —

알크메네 내가 그것을 선택할 수 있습니까?

주피터 당신이 그것을 선택할 수 있느냐고?

알크메네 그런 선택을 한다면, 경외하는 마음은 신에게로 향하고, 사랑하는 마음은 당신 암피트리온에게 둡니다.

주피터 만약 당신 앞에 있는 내가 그 신이라면 —?

알크메네 만약 당신이 — 대체 어떻게 하면 좋을까요?

만약 내 앞에 있는 당신이 그 신이라면 —,

나는 모릅니다. 내가 당신 앞에 무릎을 꿇어야 하나요?

그렇게 하지 말아야 합니까?

당신이 신입니까? 당신이 정말 신입니까?

주피터 당신 스스로 그것을 결정하세요.

어쨌든 나는 암피트리온이오.

알크메네 암피트리온님이라고 —

주피터 그래 당신에겐 암피트리온이지.

그런데 내가 한 가지 묻겠는데, 만약 내가 당신을 사랑하여 올림포스 산에서 내려온 그 신이라면 그럼 당신은 어떻게 하겠소?

알크메네 사랑하는 사람아, 만약 당신이 나에게 그 신이라면, 그럼 나는 내 암피트리온이 어디에 갔는지 알려고 하지 않을 것이고, 당신이 어디로 가든 당신을 따라가겠어요.

에우리디케[13]가 지하로 내려갔듯 지옥이라도 따라가겠어요.

주피터 좋아, 당신은 암피트리온이 어디에 갔는지 알려고 하지 않겠다는 것이지요.

그런데 만약 지금 암피트리온 장군이 여기에 나타난다면 어떻게 하겠소?

---

13 오르페우스의 아내

알크메네	만약 그가 나에게 나타나면, — 아, 당신은 나를 괴롭힙니다.
	바로 지금 내 팔이 암피트리온을 이렇게 안고 있는 이때, 대체 어떻게 또 암피트리온이 나에게 나타날 수가 있습니까?
주피터	그럼에도 불구하고, 당신은 그가 암피트리온이라고 믿고 있으므로, 쉽게 그 신을 당신 팔에 안을 겁니다.
	그럼 왜 당신의 감정이 당신을 놀라게 합니까?
	만약 내가 신으로서 당신을 내 팔에 껴안고 있는 바로 지금 당신 남편 암피트리온이 나타난다고 가정하면 당신은 무슨 말을 하게 되는지요?
알크메네	당신이 신으로서 이렇게 나를 껴안고 있는 바로 지금 암피트리온이 나에게 나타난다면, 그럼 나는 매우 슬퍼질 것이며, 그가 나의 신이기를 바랄 것이고 당신이 나의 암피트리온으로, 사실 그렇듯이, 나에게 남아 있기를 빌겠습니다.
주피터	사모하고 사랑하는 나의 당신!
	당신이 나를 얼마나 기쁘게 해 주었는지!
	신의 마음과 꼭 닮았구나!
	모습에서도 크기에서도 울려 퍼지는 마음에서도, 무한한 시간의 흐름 속에 결코 내 손에서 생겨나지 않은 것이다!
알크메네	암피트리온!
주피터	진정하세요. 제발 좀!

모든 것이 당신의 승리로 끝날 것입니다.

신은 당신에게 모습을 드러내기를 간절히 바랐어요.

별들의 윤무가 아직도 고요한 밤하늘에 떠오르기 전에

당신의 가슴이 누구를 위해서 애를 태우고 있는지 분명

히 밝혀질 것입니다. ―

조지아스!

조지아스 예!

주피터 자 이제 가자! 내 성실한 하인아,

우리 이날을 축하하자!

알크메네가 나와 사랑하는 마음으로 화해를 했다.

그리고 넌 진영으로 가거라.

거기서 만나는 모든 손님들을 잔치에 초대하여라!

(두 사람 모두 퇴장)

제6장

카리스, 조지아스

카리스 *(혼자서)* 불쌍한지고, 내가 무슨 이야기를 들었던가?

그들은 올림포스 산에서 이곳으로 내려온 신들이었

던가?

그리고 여기 이 사람이 내 조지아스라고 하는데

혹시 그가 불사(不死)의 신(神)이 아닌가?

아폴로이거나 헤르메스[14]나 가니메드[15]가 아닐까?

조지아스   *(혼자서)* 아마 번개신 제우스였을 것이다.

카리스   *(혼자서)* 내 자신이 부끄럽구나. 얼마나 어리석게 행동했던가.

조지아스   *(혼자서)* 과연 그는 좋은 하인을 두었구나.

그 녀석은 만용을 부리며 주인을 위해 마치 표범처럼 싸웠다.

카리스   *(혼자서)* 그런데 내가 잘못 생각하는지도 모른다.

그에게 물어봐야겠다.

(큰 소리로) 조지아스여, 이리 오세요. 우리 화해합시다.

조지아스   다른 때 합시다. 지금은 그럴 시간이 아니오.

카리스   지금 어디 가세요?

조지아스   나는 장군들을 불러 모아야 해요.

카리스   여보, 잠시 내 말 좀 들어 보십시오.

조지아스   여보라니 — ? 좋다, 어디 보자.

카리스   당신은 어제저녁 어스름에 주인 마님과 그녀의 충실한 하녀인 나에게 두 위대한 신들이 올림포스 산에서 내려왔음을 들었습니까? 구름의 신 제우스가 여기 있었고, 훌륭한 태양의 신 푀부스가 그를 호위했음을 들었습니까?

---

14 Hermes: 그리스 신화에 나오는 신들의 사자. 로마 신화의 메르쿠르(Merkur)에 해당한다.

15 Ganymed: 제우스가 신들의 술 시중을 들게 하기 위해서 데려간 트로이의 미모의 청년.

조지아스	그래요, 그런데 그게 사실이라면 내가 그걸 들었던 게 유감스럽소.
	카리스, 나는 그런 종류의 결혼에 대해선 늘 반대했소.
카리스	반대라니? 왜요? 난 그 이유를 모르겠습니다.
조지아스	흠! 내가 당신에게 솔직히 말을 하겠는데,
	그것은 말이 당나귀와 결혼하는 것과 같소.
카리스	말이 당나귀와 결혼하다니!
	신과 주인 마님! *(혼자서)* 그는 틀림없이 올림포스 산에서 오지 않았어! *(큰 소리로)* 당신은 당신의 시시한 하녀와 농담하기를 좋아하는군요.
	우리에게 있었던 이번과 같은 승리는 테베에서는 들어본 적이 없습니다.
조지아스	그 승리가 나에겐 좋은 게 아니오.
	정도껏 망신을 당하더라도, 내 두 어깨를 장식하는 전승 기념품보다 좋을 거야.
	그런데 서둘러야겠다.
카리스	내가 말하고자 하는 것은 — 그런 손님들을 맞이할 거라고 누가 꿈엔들 생각했습니까?
	어리석은 인간의 육체에 두 불사의 신들이 숨어 있었음을 누가 믿었겠습니까?
	분명 우리는 자신도 모르는 사이에 내면에 많은 장점을 가지고 있습니다. 우리는 그 장점들을 지난번보다 더 많이 외부에 보여줄 수 있었을 것입니다.
조지아스	정말 그렇군.

나도 그렇게 했더라면 좋았을 텐데, 카리스!

왜냐하면 당신은 나를 마치 들고양이처럼 부드럽게 대해 주었기 때문이야.

당신이 방법을 바꿔요.

카리스   나는 내가 당신을 그렇게 모욕한 줄 몰랐습니다.

도가 좀 지나쳤나 봅니다 —

조지아스   나를 모욕한 줄 몰랐다고?

오늘 아침 당신이 나에게 했던 말을 기억하지 못해?

일찍이 어떤 여인도 맞아 보지 못한 그런 매를 한 대 때리지 않고서는 내 직성이 풀리지 않소.

카리스   어떻게 그런 말씀을?

— 대체 내가 무슨 일을 했습니까?

조지아스   무슨 일을 했느냐고? 이 멍청아! 내가 방금 집에서 밖으로 집어 던진 그 테베의 악당을 당신이 데려올 거라고 말하지 않았나?

내 이마에 뿔이 나게[16] 하겠다고 말하지 않았나?

뻔뻔스럽게도 나를 간부(姦婦)의 서방이라고 했지?

카리스   원, 참. 농담이었습니다! 정말입니다!

조지아스   그래, 농담이지.

만약 당신이 나에게 다시 한번 그런 농담을 한다면, 나는 당신을 힘껏 때려주겠어.

만약 그렇게 하지 못하면 내 목을 내놓겠어! —

---

16   서방질하다의 뜻

카리스	오 하느님, 이게 어찌된 일인가요?
조지아스	이 암퇘지!
카리스	그렇게 화를 내며 쳐다보지 마세요! 내 가슴이 산산이 찢어지는 것 같습니다.
조지아스	퉤, 부끄러워하여라. 신을 모독한 여인아! 신성한 결혼의 의무를 그렇게 조롱하다니! 가라, 더 이상 그런 죄를 짓지 말고! 이것이 너를 위한 내 충고이다. — 내가 다시 여기 돌아 오면, 양배추와 구운 소시지를 먹고 싶다.
카리스	당신이 원하는 대로 하겠습니다. 내가 왜 머뭇거릴까? 내가 왜 꾸물거리고 있는 것일까? 그가 아닌가? 그가 아닌가?
조지아스	내가 누구냐고?
카리스	땅에 엎드려 있는 나를 보세요!
조지아스	당신 어디 아파?
카리스	당신 앞에 엎드려 뉘우치고 있는 나를 봐 주세요.
조지아스	당신 정신이 있어?
카리스	아, 당신이군요! 당신이군요!
조지아스	그럼 내가 누구요?
카리스	아, 당신은 왜 몸을 숨기고 계십니까?
조지아스	오늘 모든 사람이 미쳤나?
카리스	내가 당신의 눈에서 흘러나온 분노의 빛을 보지 않았던 가요?

그것은 강력한 태양신 아폴로의 빛이지요?

조지아스   내가 아폴로? 당신 귀신한테 홀렸소?

누구는 나를 개 취급하고, 또 누구는 나를 신으로 보고.

나는 잘 알려진 늙은 당나귀, 조지아스다! *(퇴장)*

카리스   조지아스? 뭐라고요? 당신이 나에게 잘 알려진 늙은 당
나귀 조지아스라고요?

악당아, 좋다. 잘 알았다.

그럼 오늘 저녁에 따스한 소시지는 기대하지 않는 게
좋을 거다. *(퇴장)*

제3막

제1장

암피트리온   장군들의 얼굴은 얼마나 나에게 거북스러운가, 각자 나
의 승리를 축하해 주지만, 나는 차례로 그들을 껴안아
주어야 한다.

그들을 모두 지옥으로 보내고 싶은 기분이다.

나는 밀폐된 보석함에서 봉인을 뜯지 않고 보석을 훔쳐
간 것에 대해 누구에게도 내 마음을 털어놓지 못한다.

좋다. 요술쟁이가 비록 멀리 떨어져 있지만 내 손에서

그것을 앗아갈 수 있다. 그러나 그가 어느 남자의 옷차림과 태도를 감쪽같이 훔쳐, 그 남자의 아내에게 해야 할 결혼의 의무를 대신해 버리면 그것은 악마의 소행임에 틀림없다.

촛불로 밝혀진 방 안에선, 건강한 오관을 가진 사람은 친구로 오인된 적이 아직까지 없다.

눈덩이의 안구가 탁자 위에 내려졌고, 몸에서 분리된 사지와 손가락, 귀가 박스 속에 포장되어 있었다고 하더라도, 남편을 알아보기에는 충분할 텐데.

지금부터 세상의 모든 남편은 낙인 찍힌다. 그들은 숫양처럼 목에 방울을 달지 않으면 안 된다.

내 아내가 사악한 기만에 속지 않은 것은 그녀가 키우는 비둘기와 같다. 나는 내 아내의 부정을 생각하기보다는 차라리 처형대에서 도망친 악당의 성실함을 믿겠다.

— 그녀는 미쳤고, 날이 밝으면 꼭 의사를 부를 테야.

— 그녀와 말을 주고받을 실마리를 발견했으면 좋겠는데.

제2장

발코니에 메르쿠르 등장, 암피트리온

메르쿠르 (혼자서) 늙은 아버지 주피터, 이 지상에서 사랑의 모험에 당신을 따른다는 것은 메르쿠르가 당신에게 바치는 희생적 우정의 봉사입니다.

스틱스 강에 맹세코! 전 진실로 싫증납니다.

이유는 저 하녀 카리스에게 필요 이상 속이면서 남편을 연기하는 것은, 저에겐 그리 신나는 일이 아닙니다.

— 저는 여기서 저의 모험을 시도하렵니다.

저기 아래에 있는 저 질투심 강한 얼간이 녀석을 미치게 만들겠어요.

암피트리온	대체 왜 낮에 집 문을 잠가 놓았는가?
메르쿠르	거기 누구요? 기다려요! 누구입니까?
암피트리온	나다.
메르쿠르	누구요? 나라니?
암피트리온	아, 문 열어라.
메르쿠르	문 열라니? 이 녀석아! 대체 누구냐? 그렇게 시끄럽게 나타나, 나에게 말을 거는 자는?
암피트리온	자넨 나를 모르나?
메르쿠르	알고말고, 나는 문고리에 손을 대는 자를 알아. — 진정 내가 그를 아는가!
암피트리온	테베 사람들 모두 오늘 이성을 잃게 하는 약초라도 먹었단 말인가?— 조지아스! 어이, 조지아스!
메르쿠르	예 맞습니다. 저는 조지아스입니다! 제 이름입니다. 저 악당이 내가 내 이름을 잊어버릴까

봐 큰소리로 내 이름을 부르네.

암피트리온　이게 어찌된 일인가! 이 녀석아, 내 얼굴이 보이지 않니?

메르쿠르　잘 보입니다.

무슨 일입니까?

암피트리온　이 악당아! 무슨 일이라니?

메르쿠르　아무 일도 없나요? 자, 할 말이 있으면 빨리 말하시오.

암피트리온　이 개자식, 기다려라!

이 몽둥이를 가지고 저 위로 올라가서 네가 어떻게 내게 말을 걸어야 할지를 알려주마.

메르쿠르　어허, 저 아래쪽에는 뻔뻔스런 얼간이 녀석이 있어.

오해하지 말아요.

암피트리온　제기랄!

메르쿠르　진정하시오.

암피트리온　거기 누가 집에 없는가?

메르쿠르　필립푸스! 카르미온! 너희들 어디 있느냐?

암피트리온　이 비열한 놈아!

메르쿠르　어쨌든 나는 당신의 분부대로 해야지요. 안 그래요?

그런데 당신은 그들이 나타날 때까지는 참고 있어야 합니다.

만약 당신이 문고리에 다시 손을 대기만 하면, 나는 여기 높은 곳에서 저기 낮은 곳으로 붕 날아가 당신을 실컷 때려 주겠어요.

암피트리온　저 뻔뻔한 놈! 부끄러움을 모르는 녀석!

내 발길로 너를 짓밟아 놓겠다. 내 마음이 내키면, 막대

260

기에 못박아 두겠다. ―

메르쿠르 자, 말 다했소? 나를 눈여겨보았소?

당신은 두 눈으로 뚫어지게 바라보고 나를 머리부터 발

끝까지 재었소? 얼마나 그가 노려보는가!

단지 쳐다보는 것만으로 사람을 물 수 있다면,

그는 나를 갈기갈기 찢어 놓았을 텐데.

암피트리온 조지아스여, 그런 식으로 말을 하여 원하는 것이 무엇

인지를 생각하면, 나는 전율을 느낀다.

너 얼마나 호되게 맞고 싶은 거냐?

― 이쪽으로, 내려서라, 내 갈 길을 열어라.

메르쿠르 드디어 도전해 왔다!

암피트리온 나를 더 기다리게 하지 말아라. 난 바쁘다.

메르쿠르 좋습니다. 당신이 무얼 원하는지 알았습니다.

문을 열어 드릴까요?

암피트리온 그래라.

메르쿠르 그럼 좋습니다.

당신은 그 말을 좀 더 정중하게 할 수도 있었는데요. 그

런데 누구를 찾으세요?

암피트리온 내가 누구를 찾느냐고?

메르쿠르 누구를 찾으세요?

제기랄, 당신 귀 먹었소?

당신 누구를 만나려고 하세요?

암피트리온 내가 누구를 만나려고 하느냐고?

개자식, 이 문이 열리면 너의 뼈다귀를 짓밟아 버리

겠다.

메르쿠르 저기 친구여, 내 말 듣고 가거라. 나에게 더 이상 골을
내지 말고, 즉시 가라, 가거라.

암피트리온 이 비열한 놈아. 너 같은 하인이 주인을 놀리면 어떻게
되는지를 알려주겠다.

메르쿠르 주인이라니?
내가 내 주인을 놀렸다고? 당신이 내 주인이라도 된단
말인가? ―

암피트리온 이놈 아직도 그것을 부정하느냐?

메르쿠르 나의 주인은 오직 한 사람뿐이다.
그는 암피트리온이다.

암피트리온 그럼 나 이외에 누가 암피트리온인가?
이 눈 먼 악당아, 낮과 밤도 구분하지 못하니?

메르쿠르 암피트리온이라고?

암피트리온 물론 암피트리온이다.

메르쿠르 하, 하, 테베 사람들이여. 이리 좀 와서 보게.

암피트리온 아 이런 수치를 당하다니. 대지여 나를 삼켜 버려라.

메르쿠르 저기 착한 친구여.
내 말 듣게나. 자네가 그렇게 기분 좋도록 술을 마신 술
집을 일러다오!

암피트리온 오 하느님!

메르쿠르 그 술이 새로 갓 담은 건가, 아니면 오래 묵은 포도주
인가?

암피트리온 오 신들이여.

메르쿠르	왜 한 잔 더 마시지 않나?
	한 잔 더 마셨더라면, 자네는 이집트의 왕이라고도 할 수 있었을 텐데.
암피트리온	이제 나는 모든 게 끝장이네!
메르쿠르	가라, 젊은 친구.
	참 안됐다. 가서 실컷 자고 잊어라.
	여기에 테베의 장군 암피트리온이 살고 있다.
	가거라. 그의 휴식을 방해하지 말아라.
암피트리온	뭐라고, 이 집안에 암피트리온이 있다니?
메르쿠르	그렇다.
	여기 이 집안에 알크메네와 함께 계신다.
	한 번 더 말해 두는데 가거라.
	그리고 두 연인의 행복을 방해하지 않도록 조심해.
	그가 몸소 나타나 너의 무례함을 벌주기를 원치는 않지? *(퇴장)*

제3장

암피트리온	불행한 나에게 이 무슨 날벼락인가! 암피트리온이여!
	그 벼락은 너무나 치명적이어서 난 이제 끝장이야.
	나는 이미 무덤에 묻혔고 홀로된 내 아내는 벌써 다른 남자와 결혼했어.
	그렇다면 어떤 태도를 취하는 게 좋을까?

내 가문에 닥친 수치스런 일을 온 세상에 알릴까? 아니면 숨겨둘까?

에잇, 여기서는 관대하게 봐야 할 게 하나도 없다. 내 마음속에 오직 복수하고 싶은 생각을 뜨겁게 떠올리는 수밖에 없구나.

그리고 내 유일한 관심사는 저 사기꾼이

살아서 도망가지 못하게 하는 것이야.

제4장

조지아스, 지휘관들, 암피트리온

조지아스　주인 나리, 제가 황급히 모을 수 있는 모든 손님들이 여기 모였습니다.

비록 당신의 식탁에 초대를 받지 못한다 하더라도, 맹세하건대, 그 음식을 먹을 만한 일을 했습니다.

암피트리온　아, 네놈이었구나.

조지아스　그런데 장군님?

암피트리온　개 같은 놈, 죽여 버리겠어.

조지아스　제가? 죽는다고요?

암피트리온　지금 당장 내가 누군지 말해 주겠다.

조지아스　허참, 제가 모른다는 말입니까?

암피트리온　배반한 놈, 너는 알지?

(칼을 뽑아 든다.)

조지아스 여러분들, 제발 도와주세요.

지휘관 1 죄송합니다.

장군님. *(암피트리온의 팔을 붙잡는다.)*

암피트리온 방해하지 말아요.

조지아스 장군님, 제가 뭘 잘못했습니까?

암피트리온 감히 그런 질문을 하느냐? ─ 비켜라, 내 정의의 복수를 감행하겠다.

조지아스 남의 목을 매달기 전에 그 이유를 말씀하셔야죠.

지휘관 1 그렇게 해 주십시오, 장군님.

지휘관 2 그가 무슨 잘못을 저질렀는지 말씀해 주세요.

조지아스 아, 예, 대장님들, 바라옵건대 계속하시죠.

암피트리온 뭐냐하면, 이 녀석은 조금 전에 내가 왔는데도 문을 열어 주지 않고,

나에게 계속 무례한 잡담을 했어.

그 말 한마디 한마디는 모두 십자가에 못 박을 만한 거였어.

죽어라, 이 개자식아!

조지아스 저는 거의 반 죽었습니다. *(무릎을 꿇는다.)*

지휘관 1 진정해라!

조지아스 아, 여러분.

지휘관 2 무슨 일이냐?

조지아스 그가 칼로 저를 찌르려고 하지 않습니까?

암피트리온 비켜라, 다시 한번 말하겠다! 그는 반드시 대가를 치러

야 해.

방금 나에게 행한 모욕의 대가를 충분히 치러야 해.

조지아스 그런데 저에게 무슨 잘못이 있다는 겁니까.

저는 정확히 지난 아홉 시간 동안 당신의 명령을 받고 진영에 있지 않았습니까?

지휘관 1 사실입니다.

그는 우리들을 만찬에 초대했습니다.

그가 진영에 온 것은 두 시간 전입니다.

그리고 한 번도 우리 눈 밖으로 나가지 않았습니다.

암피트리온 누가 너에게 명령을 내렸느냐?

조지아스 누구라니요? 당신! 바로 당신입니다!

암피트리온 언제? 내가?

조지아스 당신이 알크메네와 화해하고 난 후, 당신은 기뻐서 곧 온 성에 축제를 준비하라고 명령했습니다.

암피트리온 이게 어찌된 일이냐? 시시각각 내가 발걸음을 걸을 때마다 나는 점점 더 깊은 미궁으로 빠져들어 간다.

친구들이여, 내가 이것을 어떻게 생각해야 하나?

여기서 일어난 일에 대해 너희들은 들었나?

지휘관 1 여기 이 자가 우리에게 이야기하는 것은 이해하기 어렵습니다.

지금 이 순간 당신이 해야 할 일은 과감하게 수수께끼의 그물을 잡아 찢는 것입니다.

암피트리온 자 그렇게 하자! 여러분의 도움이 필요하다. 여러분들이 나에게 온 것은 내겐 행운이었다. 나는 내 운(運)을,

내 전 인생의 운을 시험할 것이다. 아! 이 가슴은 진상을 밝히고 싶어 불타고 있다. 그런데 아! 나는 그것이 마치 죽음처럼 두렵다. *(문을 두드린다.)*

제5장

주피터, 앞에 나온 사람들

주피터　　나를 내려오게 하는 소음은 무엇인가?
　　　　　　누가 대문을 두드리는가? 내 지휘관들인가?

암피트리온　자네는 누군가? 전지전능한 신들이여!

지휘관 2　내가 무엇을 보고 있는가? 어이구,
　　　　　　두 암피트리온이라니!

암피트리온　충격으로 전 영혼이 모두 굳어 버렸다!
　　　　　　가슴 아프다. 수수께끼는 이제 풀렸다!

지휘관 1　두 사람 중 어느 쪽이 암피트리온일까?

지휘관 2　사실이다!
　　　　　　둘이 서로 너무 닮아서 인간의 눈으로는 도저히 구별할 수 없다.

조지아스　여러분, 여기 이분이 암피트리온이고, 저기 있는 저 사람은 실컷 두들겨 맞아야 할 악당입니다.
　　　　　　(주피터 옆에 가 선다.)

지휘관 3　*(암피트리온을 가리키면서)*

	믿을 수 없습니다! 여기 이분이 가짜라니?
암피트리온	무례한 요술은 이것으로 충분하다!
	내가 그 비밀을 풀겠다.
	(칼에 손을 갖다 댄다)
지휘관 1	멈추십시오!
암피트리온	나를 막지 마!
지휘관 2	뭘 하시려는 겁니까?
암피트리온	난 지금 비열한 기만을 벌하려고 한다.
	자 비켜라.
주피터	진정하세요. 흥분할 필요가 없습니다.
	자신의 이름에 대해 저렇게 걱정하는 사람은 그 이름을
	가질 이유가 없습니다.
조지아스	저도 그렇게 생각합니다.
	그는 욕심으로 가득 찼고, 얼굴을 색칠하여
	주인인 것처럼 보이려고 하는 악당입니다.
암피트리온	배반자여!
	네놈의 역겨운 잡담은 세 사람이 교대로 때리는 삼백
	대의 매를 맞을 것이다.
조지아스	어허, 제 주인은 용기 있는 분이라서 당신에게 자기 하
	인을 때리는 방법을 가르칠 것입니다.
암피트리온	더 이상 막지 마라.
	저 악당의 심장의 피로 내 치욕을 씻어 버리겠다.
지휘관 1	실례합니다!
	우리는 암피트리온이 암피트리온과 싸우는 이 싸움을

보고 있을 수 없습니다.

암피트리온 뭐라고? 너희들이? — 보고 있을 수 없다고?

지휘관 1 당신은 진정하셔야 합니다.

암피트리온 제군들이여,

이것이 나에 대한 그대들의 우정인가?

이것이 그대들이 나를 도와주기로 한 약속인가?

내 명예 회복을 위해 복수를 도와주지 않고 제군들은

사기꾼의 거짓을 지지하느냐?

그리고 복수라는 정의의 칼을 막느냐?

지휘관 1 당신은 지금 매우 격앙되어 계십니다.

만약 냉정하게 판단하신다면 우리들의 태도를 인정하

실 것입니다.

여러분 둘 중에서 누가 암피트리온입니까?

당신입니다. 좋습니다.

저분도 역시 암트리온입니다.

저희들에게 그 진위를 가리켜 줄 신의 손가락은 어디

있습니까?

어느 가슴속에 — 당신들은 꼭 닮았습니다. —

기만이 숨어 있을까요?

만약 그것을 안다면, 저희들은 틀림없이 복수의 목표도

알 수 있습니다.

그러나 지금 이 순간은 화가 나서 칼날을 무모하게 휘

두르게 될 것이므로,

칼집에 꽂아 두는 것이 좋을 겁니다.

자, 침착하게 진상을 조사해 봅시다.

그런데 당신이 진짜 암피트리온이라고 느끼면, 저희들도 그렇게 되기를 희망하지만, 이 이상한 경우에는 틀림없이 의심스러운 점도 있을 겁니다.

그러나 당신은 저 사람에 비해 별로 어렵지 않게 결정적인 증거를 우리들에게 제시할 수 있을 것입니다.

암피트리온   내가 암피트리온이라는 증거를 너희에게 제시해야 돼?

지휘관 1   타당한 근거를 지니지 않고는 저희들은 아무 일도 할 수 없습니다.

주피터   포디타스여, 네 말이 맞아.

우리 둘은 사실 닮았다.

그러므로 네가 나를 선택함에 머뭇거리는 것도 무리는 아니다.

나와 그를 비교하려 해도 나는 화를 내지 않겠네.

겁쟁이들처럼 칼로써 결정하지 말자.

내 스스로 모든 테베 사람들을 불러모아서

군중집회를 열고 내 조상에 대해 말을 하겠다.

저기 있는 저 녀석도 내 조상이 얼마나 고상한지 인식할 것이고 또 내가 테베의 대장이란 사실도 인정할 것이다.

그는 내 앞에 얼굴을 바닥에 대고 엎드릴 것이다.

그리고 그는 테베의 넓은 들판도, 목장에 가득 찬 가축들도, 이 집도, 또 그 각각의 방에 살고 있는 부인들도 모두 나의 것이라고 할 것이다.

그러면 나는 암피트리온에게 아무런 수치도 닥치지 않았음을 온 천하에 알릴 것이다.

저 바보가 일으킨 터무니없는 의심을 없앨 자는 바로 여기 있는 나다.

곧 테베 사람들이 이리로 몰려올 것이다.

그 사이에 내 하인 조지아스가 초대한 식사에 와 주기 바란다.

조지아스 역시 제가 생각했던 대로입니다.

— 여러분들, 이 말씀이 시원한 한 줄기 바람처럼 아직도 남아 있는 모든 의혹을 말끔히 씻어 줄 겁니다.

저분이 진짜 암프트리온이며, 그의 집에서 여러분들은 곧 점심을 얻어먹게 될 겁니다.

암피트리온 영원하신 정의의 신들이여!

한 인간이 이처럼 굴욕을 당할 수 있습니까?

저는 아내와 명예와 통치권과 이름까지도 흉악한 사기꾼에게 빼앗겼습니다!

그리고 친구들이 제 손을 묶었습니다.

지휘관 1 가령 당신이 어떤 인물이라도 참으세요.

몇 시간 이내에 우리들은 진상을 알게 될 겁니다.

그러면 그때 우리들은 바로 복수를 감행하겠습니다.

복수를 당할 사람에게는 고통이 있을 거라고 말씀드립니다.

암피트리온 꺼져라, 너희들 비겁한 자들! 사기꾼을 존경하라!

나는 너희 둘 이외에도 다른 친구가 있다.

나는 테베에서 사람들을 만날 것이다.

그들은 내 가슴의 고통을 함께 나눌 것이다.

그리고 그놈에게 복수하는 나를 주저치 않고 도와줄 것이다.

주피터 자 이제! 가서 너의 친구들을 불러오너라.

나는 그들을 기다리겠다.

암피트리온 이 사기꾼 같은 악당! 그 사이에 너는 뒷문을 통해 도망갈 테지.

그렇지만 내 복수를 피할 수는 없어!

주피터 너는 가서 네 친구들을 나에게로 불러오너라.

그때 나는 단 두 마디 말만 하겠어.

암피트리온 구름의 신, 제우스님께 맹세한다.

네가 말하는 것이 맞다.

왜냐하면 너의 정체를 밝혀내는 일이 내 운명이라면, 짐승 같은 놈아, 내 복수의 칼날이 너의 목을 베기 전까지 너는 두 마디 이상의 말은 할 수 없어.

주피터 너의 친구들을 나에게 불러오너라.

나는 아무 말도 않겠다. 네가 원한다면 나는 눈으로만 말하겠다.

암피트리온 그가 도망치기 전에 빨리 가자!

오, 신이여, 바로 오늘 이놈을 저승으로 보내 나에게 기쁨을 주십시오!

나는 친구들을 데리고 다시 오겠다.

그들을 무장시켜 내 집을 포위시키고, 나는 그의 가슴

속에 침을 쏘아 넣어,

마치 말벌처럼, 그의 피를 빨아먹겠다.

내가 이 일을 끝내면 그의 마른 뼈다귀는 바람에 딸랑

딸랑 소리를 내겠지.(퇴장)

제6장

주피터, 조지아스, 지휘관들

주피터	여러분들, 제발, 이 집으로 들어오십시오.
지휘관 1	그런데 이것은 아무리 생각해 봐도 이해할 수 없는 사건이다.
조지아스	이제 더 이상 놀라지 말고 들어가서 내일까지 먹고, 실컷 마셔요.
	(주피터와 그 밖의 지휘관들은 사라진다.)

제7장

조지아스	지금 내가 의자에 앉는 것은 놀라운 일이야!
	다른 사람들이 전쟁에 관해서 이야기하면 나는 용감하게 말하겠다.
	우리가 승리한 파리사의 백병전(白兵戰)에 관해 이야기

하고 싶어 죽겠어.

내 평생 굶주린 이리처럼 그렇게 굶은 적이 없었어.

제8장

메르쿠르, 조지아스

메르쿠르 너, 부끄러움을 모르는 부엌 개야.

코를 처박고 어디로 가는가? 어디에 코를 처박고 싶지?

조지아스 아, 아닙니다! 제발!

메르쿠르 내 말하는데 가라, 저리 꺼져라!

그러지 아니하면 너를 혼내 주겠다.

조지아스 아니, 뭐라고? 관대하고 고상한 분이여,

진정하세요! 조지아스 님, 이 불쌍한 조지아스를 좀 봐
주세요!

어째서 자기를 보자마자 곧 화를 내며 마구 때리려고만
합니까?

메르쿠르 너는 너의 묵은 간계를 다시 쓰느냐?

너, 쓸모없는 놈, 나에게서 이름을 앗아가는가?

너는 조지아스란 이름을 나에게서 빼앗고 싶나?

조지아스 아니, 무슨 말이냐? 당치 아니하는 소리요.

당신은 제가 그렇게도 당신에게 인색하고 악의를 품고
있다고 생각하시나요?

가져가세요. 이 이름의 반을.

가지세요, 쓸데없는 것. 원하신다면 전부 가지세요.

그것이 비록 카스토르나 폴룩스의 이름이라고 하더라도, 당신하고 나누어 갖는 것이 아깝지 않겠어요.

당신이 내 주인님의 집에 있는 것은 참고 있겠어요.

당신도 나에 대해 형제의 정으로 참아 주셔야죠.

저 시기심에 찬 두 암피트리온이 서로 목을 부러뜨리겠다고 하는 사이에 두 조지아스는 합의하여 식탁에 앉아 술잔을 서로 부딪치고 오래 살기를 원하지 않아요?

메르쿠르   아니, 아니! — 그건 난센스네, 이 사람아!

그 사이에 내가 굶주림에 시달려야 하나?

그 식탁은 오직 한 사람을 위해 준비됐어.

조지아스   어쨌든 좋다! 한 어머니의 배에서 우리는 태어났고, 한 지붕 밑에서 우리는 자랐어.

한 침대 속에서 잠을 잤고 우리는 형제로서 옷 한 벌로 나눠 입었고, 같은 운명을 가졌는데, 우리 둘이 왜 한 접시의 식사를 나누지 못하는가?

메르쿠르   나는 그런 공동생활에 대해서 모른다.

어릴 적부터 난 나 혼자였어.

나는 침대도, 옷도, 빵 한 조각도 누구와 나누지 않았다.

조지아스   잘 생각해 봐. 우리는 쌍둥이야.

네가 형이고, 내가 동생임을 알아.

무슨 일에서든 네가 나보다 먼저 해야 해.

첫째 숟가락은 네가 먹고, 둘째 숟가락은 내가 먹지,

셋째는 네 숟가락, 넷째는 내 것이지.

메르쿠르 아니, 아니. 난 내 완전한 몫을 필요로 한다.

내가 남기는 것은 나중을 위해 남기는 거야.

위대한 신들에 맹세하건대, 내 접시에 손대는 자를 혼내 주겠다.

조지아스 그렇다면 나는 최소한 네가 먹고 있는 의자 뒤로 드리우는 그림자가 되어 참겠다.

메르쿠르 네가 모래 위의 내 발자국이 되는 것도 안 돼!

꺼져라.

조지아스 아 인정 없는 사람! 무쇠를 모루와 해머로 때려 만든 놈아.

메르쿠르 넌 어떻게 생각하니? 내가 떠도는 녀석처럼 성문 앞 초원에 누워 푸른 하늘의 공기를 마시고 살아야 하나?

맹세코, 오늘의 그런 풍성한 식사는 나를 제외한 어떤 말(馬)에게도 주어지지 않았어.

내가 진영으로부터 여기로 온 것도 밤이었지?

손님들을 식탁으로 불러모으기 위해 아침까지 진영으로 돌아가야 하지 않았던가?

이 악마의 여행에서 내 늙은 다리로 허벅지까지 닳게 할 정도로 바쁘게 달리지 않았던가?

오늘은 소시지와 데운 양배추가 있다.

난 그것들을 내 기운을 돋우기 위해 필요로 한다.

조지아스 네 말이 맞다. 한 녀석이 저주스런 숲의 뿌리를 꼬아 가며 길을 만들어 나가다가 다리와 목을 부러뜨렸어.

메르쿠르	자, 그래서 어떻게 되었지?
조지아스	― 하느님으로부터 버림받은 나를 불쌍히 여겨라!
	그래서 카리스는 소시지를 먹는다고? ―
메르쿠르	그렇다, 그것도 신선한 것들을.
	그러나 그것들은 너를 위한 것이 아니야. 돼지 한 마리
	를 잡았어.
	나는 카리스와 화해를 했어.
조지아스	좋아 좋아. 나는 무덤 속으로 들어가고 싶다. 그리고 또
	양배추도 먹었다고?
메르쿠르	그렇지, 게다가 데운 것을. 입에 침을 굴리는 자는 나와
	카리스가 그의 뒤에 있다는 것을 고려해야만 해.
조지아스	너희들이 나보다 먼저 질식할 때까지 양배추를 먹어라!
	내가 왜 너의 소시지를 필요로 하겠니?
	하늘의 새들에게 먹이를 주는 신이, 내 생각에는, 늙고
	정직한 조지아스를 먹여 줄 거야.
메르쿠르	이 거짓말쟁이야, 너는 아직도 그 이름을 사용하느냐?
	이 천박한 똥개. 네가 감히 ― ?
조지아스	아, 아니야! 나를 의미하는 게 아니라
	늙은 친척 조지아스 이야기야.
	옛날에 그는 여기서 늘 근무를 했었지 ―.
	그는 늘 다른 하인들을 때렸어.
	그런데 어느 날 한 녀석이 마치 하늘의 구름에서 떨어
	지듯 내려와,
	마침 식사시간에 그를 집 밖으로 던졌어.

메르쿠르	조심해. 더 이상 말하지 않겠다.
	내 말해 두는데, 너 더 살고 싶으면 조심해.
조지아스	*(혼자서)* 내가 감히 어떻게 너를,
	뻔뻔스럽게 오만으로 한껏 부푼 너,
	사생아인 악당 같은 너를 집어 던질까?
메르쿠르	너 지금 뭐라고 했지?
조지아스	뭐라고?
메르쿠르	내가 듣기로는 네가 무슨 말을 했는데 ― ?
조지아스	내가?
메르쿠르	그래 너다.
조지아스	나는 한 마디도 하지 않았다.
메르쿠르	내가 듣기로는 네가 집어 던진다고 했는데,
	내가 잘못 들었나?
	뭐 사생아라고?
조지아스	그럼, 앵무새들이 있었음이 틀림없다.
	날씨가 좋으면 앵무새가 지저귀지.
메르쿠르	아마 그럴 테지.
	자 잘 가거라, 만약 등이 가려우면 이 집에 있는 나에게
	찾아와도 좋다.
	(퇴장)

제9장

조지아스   오만한 악마여!

그들이 도살한 돼지처럼 너도 죽어 버려라.

"그는 그의 접시에 손을 대는 자에게 예절을 가르칠 것이다."라고 했지?

나는 한 그릇의 밥을 그와 나누어 먹느니 차라리 사냥개와 식사를 나누겠다.

그는 부식한 이빨 사이에 끼어 있는 것 이상은 주지 않고 자기 아버지도 굶겨 죽게 할 것이다.

그렇다! 자업자득이다.

만약 내가 두 손에 소시지를 가졌더라면 내 입안에 하나도 넣지 않겠어.

다수의 힘에 밀려 자기 집에서 쫓겨난 내 불쌍하고도 좋은 주인이 곤경에 처해 있는 것을 내가 어떻게 못 본 체하겠는가?

저기 그가 건장한 자기 친구들과 함께 온다.

— 저쪽에서 다른 군중들이 이리로 다가온다.

무슨 일이냐?

제10장

암피트리온은 대장(隊長)들과 함께 한쪽에 있다.

군중이 다른 쪽에 있다.

암피트리온 친구들이여, 안녕! 누가 너희들을 이곳으로 불러모았나?

군중 한 사람 전령이 온 시내를 다니면서, 우리들을 당신의 성 앞에 모이라고 했습니다.

암피트리온 전령이? 어떤 목적으로?

같은 사람 우리들은 증인이 된다는 말을 들었습니다.

당신의 입에서 결정적인 말이 나와,

전 도시를 혼란케 해 온 수수께끼가 풀릴 것이라고 했습니다.

암피트리온 *(대장들을 향해서)*

저 녀석, 참 뻔뻔스럽네!

이보다 더 뻔뻔스런 짓을 할 수 있을까?

대장 2 결국 꼬리가 드러날 것이다.

암피트리온 그렇다, 반드시 그렇게 될 것이다.

대장 1 걱정 마세요.

여기 아르가티폰티다스가 당신 곁에 있습니다.

제 눈으로 그 녀석을 보자마자 이 칼로 그의 목을 치겠습니다.

암피트리온 *(군중을 향해)*

테베 시민들이여, 내 말 들어 보세요!

나는 이곳으로 몰려온 여러분을 마음으로부터 환영합니다.

그러나 여러분을 부른 것은 내가 아닙니다.

그놈이 여러분을 이리 불렀습니다.

지옥에서 온 그 거짓말쟁이는 나를 테베에서, 내 아내의 마음에서 그리고 세상 사람들의 기억에서 몰아내려고 합니다.

게다가 될 수 있으면 내가 나라고 믿는 굳은 신념의 요새에서 나를 추방하려고 합니다.

따라서, 여러분은 지금 정신을 차리십시오.

여러분 하나하나는 백 개의 눈을 가진 아르고스[17]가 되어 밤중에 모래에서 그 발자국을 보고 귀뚜라미를 찾아낼 수가 있더라도, 이 문제에 수고를 아끼지 말고 한낮에 태양을 찾는 두더지처럼 눈을 크게 뜨세요. 여러분의 모든 눈길을 거울 속으로 던져 넣고, 그 반사광을 전부 나에게로 돌려주시오.

나를 머리부터 발끝까지 비추고 나서 말해 주시오, 내가 누구인지를 설명하고 말해 주시오.

테베 군중 당신이 누구라니? 물론 암피트리온입니다!

암피트리온 맞았어. 암피트리온이다. 여러분의 말대로.

저기 저주받은 암흑의 아들, 그의 머리카락은 모두 나처럼 곱슬곱슬한, 저 괴물이 나타나면 보고 속기 쉬운

---

17 거인, 망보는 사람

것이 그대들의 눈이다.

낳은 자기가 아이들을 알아보는 데에는 어머니도 표식이 필요한데, 그 정도 표식도 없을 경우에는 속아 넘어가지.

그리하여 여러분이 나와 그를 두고 결정을 해야 한다면, ― 두 물방울처럼 너무 닮았으나, 하나는 달콤하고 순수하고 참되고, 은으로 된 것이고, 다른 하나는 독으로, 기만으로, 간계로 되었으며, 살인이요 죽음인 것이다. ―

자, 테베 시민들이여, 여러분들은 이렇게 투구의 장식 깃을 구부리고 있는 내가 암피트리온임을 반드시 기억해야 합니다.

군중	아, 아니! 이게 대체 무슨 짓입니까? 당신이 우리 눈앞에서 활짝 빛나고 있는 동안 그 깃털 장식은 손대지 마세요.
대장 2	당신은 우리들도 ― 할 것이라고 의심하십니까?
암피트리온	친구들이여. 방해하지 말라. 나는 내 의식이 있으며, 내가 지금 무엇을 하고 있는지 안다.
대장 1	마음대로 하세요. 하지만 제발, 그런 어리석은 일을 저를 위해 연출하진 마십시오. 원숭이를 닮은 녀석이 나타났을 때, 당신의 장군들이 모두 머뭇거렸어도 저 아르가티폰티다스는 그렇게 하지 않았습니다.

명예가 문제 되고 있는 한 친구가 우리에게 도움을 구한다면 우리는 곧 투구를 눌러 쓰고 적을 향해 돌진하겠습니다.

적의 허풍을 들어주는 일은 늙은 부인들에게 잘 어울립니다.

저는 당장 일을 해치우겠습니다.

이 경우에는 쓸데없는 소리 하지 않고 단도직입적으로 친구의 적을 칼로 찌르면 좋습니다.

간단히 말해, 아르가티폰티다스는 오늘 싸울 용기를 보여 드리겠습니다.

그리고 전쟁 신 아레스에 걸고 맹세하건대, 다른 누구의 손을 빌리지 않고 제 손으로 이 악당을 반드시 처치하겠습니다.

암피트리온 자 그럼 시작해라!

조지아스 우선 저로 하여금 당신 발 앞에 엎드리게 하소서.

나의 고상하고 순수하며 불쌍한 주인님, 저는 완전히 다 알게 되었습니다.

그리고 저는 이제 벌을 받을 준비가 되어 있습니다.

때리고, 따귀를 치고, 매질하여 저를 밀어내고 짓밟아서 죽여 주세요.

맹세코 저는 이의를 말하지 않겠습니다.

암피트리온 일어나라, 무슨 일이냐?

조지아스 그들은 준비된 식사의 냄새를 맡는 일조차 제게 허락하지 않았습니다.

또 다른 제가 또 다른 당신을 시중들고 있는데, 그것은 완전히 새로 귀신들린 것입니다.

간단히 말씀드려, 당신이 암피트리온을 잃은 것처럼 저는 조지아스를 잃었습니다.

암피트리온　여러분들은 들었습니다. 시민들이여!

조지아스　테베의 시민들이여!

여기 계신 이분이 진짜 암피트리온입니다.

저기 식탁에 앉아 있는 이는 효수(梟首)되어 까마귀의 먹이가 되어야 할 놈입니다.

자, 여러분 힘을 모아 당장 저 집을 습격합시다.

아직도 양배추는 따뜻하게 데워져 있을 것입니다.

암피트리온　나를 따라오너라.

조지아스　보세요! 그가 그녀와 함께 오고 있습니다.

제11장

주피터, 알크메네, 메르쿠르, 카리스, 지휘관들, 앞에 나온 사람들

알크메네　끔찍한 사람!

당신은 그를 역시 인간이라 말했어요.

당신은 나를 그의 눈에 띄게 해서 내게 창피를 주렵니까?

군중　영원하신 신들이여, 이게 무엇인가?

주피터　사랑하는 아내여!

당신의 남편 암피트리온을 제외하고는 어느 누구도 당신의 마음에 접근할 수 없음을 온 세계는 알아야만 한다.

암피트리온 아, 이게 어찌된 일이냐! 불행한 아내여!

알크메네 사실 아무도 없습니다.

당신은 한번 정해진 운명을 당신 힘으로 바꿀 수 있습니까?

대장들 아, 올림포스의 신들이여! 저기 보시오.

암피트리온입니다!

주피터 충직한 여인아,

그대가 여기서 참는 것은 그대 자신을 위해서이고 또 나를 위해서이다.

내 생명의 원천인 그대는 참지 않으면 안 돼. 그리고 참을 것이다.

자, 정신 차려라. 승리가 그대를 기다리고 있다.

암피트리온 제기랄! 이런 장면을 내가 봐야만 하나?

주피터 테베 사람들이여, 환영합니다.

암피트리온 살인마 짐승아! 그들은 너를 죽이려고 왔어!

자 돌격! *(칼을 뽑는다.)*

지휘관 2 *(그를 막아서면서)*

멈춰요!

암피트리온 자, 돌격. 테베 시민들이여!

지휘관 1 *(암피트리온을 가리키면서)*

테베 시민들이여, 저 배반자를 체포하시오.

암피트리온 아르가티폰티다스!

대장 1	내가 마법에 걸린 것이 아닐까?
군중	사람의 눈으로 이를 구별할 수 있을까?
암피트리온	죽음이여, 악마여! 화가 치미는데도 복수를 못 하다니! 이미 끝났다!
	(조지아스의 팔에 넘어진다.)
주피터	어리석은 자, 잠시 내 말 좀 들어 주세요.
조지아스	아뿔싸! 그는 듣지 못할 것입니다. 그는 죽었습니다.
대장 1	이 순간 투구의 구부러진 깃털 장식이 무슨 소용이 있는가?
	― "두 눈을 두더지처럼 크게 떠라"
	영부인(令夫人)이 알아보는 자, 그가 진짜 암피트리온이다.
지휘관 1	대장님들, 암피트리온이 여기 서 있습니다.
암피트리온	*(깨어나면서)*
	이 부인은 누구를 알아보는가?
대장 1	그녀는 그를 알아봅니다.
	그녀가 그를 데리고 집에서 나왔습니다.
	남편 암피트리온을 제외하고 그녀가 포도덩굴처럼 의지하기 위해 달라붙는 자가 누구겠습니까?
암피트리온	내가 아직 힘이 남아 있다면, 저렇게 말하는 혓바닥을 뽑아서 먼지 속으로 짓밟아 버릴 텐데!
	내 아내는 저 녀석이 누구인지를 알아보지 못한다!
	(일어선다.)
지휘관 1	당신은 거짓말을 하고 있다!

당신은 이런 일들을 눈으로 보고 있는 시민들의 판단을 흐리게 할 수 있다고 생각합니까?

암피트리온 내 거듭 말한다. 내 아내는 저 녀석을 알아보지 못해!
만약 그녀가 저 녀석을 남편으로 인정한다면
나는 절대로 내가 누구인지 더 묻지 않겠어.
그리고 그를 암피트리온이라고 부르겠어.

지휘관 1 동의합니다. 그럼 부인에게 말하게 하세요.

지휘관 2 부인, 지금 당신의 신분을 밝히세요.

암피트리온 알크메네, 내 사랑하는 아내여.
당신의 생각을 밝혀요.
당신의 밝은 눈빛을 다시 한번 내게 보내 주오.
당신이 저놈을 남편으로 생각하고 있다고 말하시오.
그러면 생각보다 빨리 이 칼을 움직여 당신이 내 모습을 보지 못하게 베어 버리겠소.

지휘관 1 됐습니다. 결정이 곧 내려질 것입니다.

지휘관 2 당신은 저 사람을 압니까?

지휘관 1 당신은 저기 저 낯선 이를 압니까?

암피트리온 당신이 그렇게 자주 귀를 기울였던 이 가슴을 모른다니 어떻게 된 것이오?
사랑의 설렘으로 얼마나 많은 두근거림이 있었던가요?
당신은 그 소리 하나하나를 모를 리가 없소.
그것이 큰 소리가 되기도 전에 언제나 눈치 빠르게 내 입술에서 읽어 버린 당신 아닌가요?

알크메네 나를 영원한 밤으로 사라지게 하소서!

암피트리온	나는 그것을 안다. 테베 시민들이여,
	가령 빠르게 흐르는 페네우스[18] 강이 역류(逆流)하고,
	보스포러스[19] 해협이 이다[20] 산 위로 흘러도, 또 낙타
	가 대양을 건너간다고 해도 그녀가 저 수상한 녀석을
	남편이라고 할 리는 없다.
군중	그런 일이 가능할까요?
	그가 암피트리온이라고요?
	부인이 우물쭈물 말을 하지 못합니다.
지휘관 1	말해 보세요. 부인!
지휘관 2	말하세요!
지휘관 3	우리에게 말해 주세요!
지휘관 2	부인, 한 말씀만 하십시오!
지휘관 1	만약 부인이 계속 침묵하면 우리는 파멸합니다.
주피터	여보, 진실을 이야기해요!
알크메네	여러분, 여기 계신 이 사람이 암피트리온입니다.
암피트리온	저기 저 사람이 암피트리온이라니!
	아, 이게 어찌된 일이냐!
지휘관 1	됐다. 당신의 운명의 주사위는 던져졌습니다.
	여기서 떠나세요.
암피트리온	알크메네!

---

18 그리스 강 이름
19 유럽과 소아시아 사이의 해협
20 크레타 섬의 높은 산 이름

지휘관 2	사기꾼아, 여기서 당장 떠나라! 떠날 생각이 없다면 우리는 판결을 강제집행 하겠다.
암피트리온	사랑하는 사람아!
알크메네	비열하고 수치를 모르는 사람!

감히 그런 식으로 친하게 나를 불러요?

당신이 아무리 미쳐 날뛰어도 위엄 있는 남편의 얼굴이 있는 한 그런 정욕에서 내가 안전하다는 것을 모릅니까? 괴물 같은 사람아! 늪에 사는 보기 흉한 것보다도 더 보기 싫은 것아!

내가 네게 무슨 일을 하였는데, 너는 칠흑 같은 밤을 이용하여 일부러 나에게 와서 내 날개 위에 독을 뿌렸느냐? 나쁜 사람아, 게다가 너의 눈 속으로 불빛을 비춰 넣어 준 사람이 내가 아닌가?

나는 지금 비로소 내가 큰 착각에 빠져 있었음을 알았다. 비천한 녀석의 몸과 왕손의 위엄을 가진 사람을, 그리고 황소와 사슴을 구별하는 데에는 밝은 태양 빛이 필요하다.

이처럼 나를 기만시킨 내 오관을 저주한다.

그렇게 거짓되게 고동친 내 심장을 저주한다.

사랑하는 사람을 알아보는 데에 아무런 역할을 하지 못한 내 정신을 저주한다.

내 가슴의 순결을 보호해 줄 보호자가 없다면, 나는 올빼미도 나를 찾아오지 못하는 죽음의 황야로, 산꼭대기로 날아가련다. ─

	가거라! 너의 야비한 간계가 이겼다.
	내 가슴의 평화가 영원히 사라졌다.
암피트리온	이 불쌍한 여인아! 그럼 내가 어젯밤에 당신에게 나타 났단 말인가?
알크메네	이것으로 충분합니다! 여보, 저를 보내 주세요.

가거라! 너의 야비한 간계가 이겼다.

내 가슴의 평화가 영원히 사라졌다.

암피트리온　이 불쌍한 여인아! 그럼 내가 어젯밤에 당신에게 나타 났단 말인가?

알크메네　이것으로 충분합니다! 여보, 저를 보내 주세요.

제 삶의 가장 쓰라린 시간을 좀 짧게 줄여 주세요.

마치 몽둥이로 내리치듯 저를 쳐다보는 수천의 눈길을 피하게 해 주세요.

주피터　당신은 성스럽군! 태양보다도 더 밝구나!

테베 왕후의 딸들이 한 번도 이루지 못한 그런 승리가 당신을 기다린다.

좀 더 오래 남아 있어라.

(암피트리온에게)

너는 지금도 내가 암피트리온이라고 믿느냐?

암피트리온　내가 너를 암피트리온이라고 생각하느냐고?

네가 인간인가? ― 말로 다 표현할 수 없는 무서운 존 재여!

지휘관 1　배반자! 뭐, 당신이 지금 질문한 것에 대해 부정한다고?

지휘관 2　여전히 부정하지?

지휘관 1　당신은 영부인이 우리를 속였다는 것을 증명하려고 합 니까?

암피트리온　아닙니다, 그녀의 말은 모두 사실입니다.

열 번이나 정화된 순금도 그것만큼 순수하지 못합니다.

번개가 번쩍이고 천둥이 치는 캄캄한 밤에 내가 신탁을

읽었다고 해도 그 신탁보다는 거짓을 모르는 그녀의 입에서 나오는 말을 더 믿겠다.

나는 지금 제단에 나아가 맹세하고 그리고 일곱 번이라도 죽겠다고 내 확고한 신념을 토로하겠다.

그가 그녀의 진짜 암피트리온이다, 라고.

주피터   자 됐어! 당신이 암피트리온이다!

암피트리온   나라니!

    — 그럼 너는 누구냐, 무서운 영(靈)아?

주피터   암피트리온이다!

    나는 네가 그 사실을 알았으리라 생각했다.

암피트리온   암피트리온! 인간은 아무도 그것을 모른다.

    우리에게 좀 설명해 줘.

알크메네   무슨 얘기입니까?

주피터   암피트리온! 어리석은 사람! 당신은 아직도 의심하세요? 나는 아르가티폰티다스이다. 포디다스이고. 카드무스[21]가 축성한 성채이며, 그리스 반도, 불빛, 에테르, 강물의 흐름이다. 일찍이 존재했던 것, 지금도 존재하는 것 그리고 앞으로도 존재할 그런 것이다.

암피트리온   친구여, 여기로 내 주위로 모여라.

    그리고 어떻게 수수께끼가 풀리는지 잘 보아라.

알크메네   어이구 끔찍해라!

지휘관들   이 광경을 어떻게 생각해야 좋을까?

---

21   테베의 창시자

주피터	(알크메네에게)
	당신은 암피트리온이 당신 곁에 나타났다고 생각합니까?
알크메네	아, 나를 영원히 이 착각 속에 빠져 있게 하소서.
	당신의 빛이 내 영혼을 영원히 암흑으로 덮어 버리지 않기 위해서입니다.
주피터	아, 당신이 나에게 준 행복이 저주스럽구나.
	내가 영원히 당신과 함께 있을 수 없다니!
암피트리온	저기 있는 사람아, 자, 말해 보아라,
	넌 누구냐?
	(번개, 천둥, 무대는 구름으로 덮인다. 독수리가 구름으로부터 천둥을 몰고 온다.)
주피터	넌 그것을 알고 싶으냐?
	(번개를 붙잡는다. 독수리가 날아간다.)
군중	신들이여!
주피터	그럼 나는 누구인가?
지휘관들 및 대장들	저 사람이 그 무서운 주피터 신이다.
알크메네	하늘의 신들이여, 저를 보호해 주세요.
	(암피트리온의 팔에 안기며 쓰러진다.)
암피트리온	나는 땅에 엎드려 당신에게 경의를 바칩니다.
	당신이 바로 위대하신 천둥의 신입니다.
	내가 가진 모든 것이 당신의 것입니다.
군중	그는 주피터 신이시다! 엎드려라! 땅바닥으로 엎드려라!
	(암피트리온을 제외하고 모두가 땅바닥에 엎드린다.)

주피터	암피트리온이여, 제우스 신이 너의 집 방문을 좋아하여 자신의 만족을 표시할 증표를 너에게 주겠다고 한다.
	자, 어두운 근심은 버려라.
	그리고 승리에 대하여 너의 마음을 열어라.
	내가 너의 가면을 쓰고 너에게 행한 일은, 영원한 존재인 내가 보는 한, 네게 해가 되지 않을 것이다.
	만약 네가 나의 신세진 것을 너를 위한 보상으로 생각하면 좋을 것이다.
	나는 다정하게 말로써 인사하고 헤어지련다.
	지금부터 너의 명성이 내 구역의 별들에게까지 퍼질 것이다.
	만약 네가 이렇게 감사해야 할 일에 만족하지 못한다면, 나는 너의 소중한 소원을 들어주겠다.
	그리고 그것을 지금 표현할 수 있게 해 주겠다.
암피트리온	아버지이신 제우스 신이여. 저는 만족하지 못합니다!
	이제 저의 가슴의 욕망을 표현할 수 있습니다.
	당신이 틴다레오스에게 했던 것과 같은 일을 암피트리온에게도 해 주십시오.
	틴다레오스의 위대한 아들들에게 뒤지지 않는 아들을 주십시오.
주피터	그렇다고 하자, 너에겐 헤라클레스라는 한 아들이 태어날 것이고 전세(前世)의 어떤 영웅도 명성에서 그와 견줄 수 없을 것이며, 내 영원한 쌍둥이 아들들보다도 더 위대할 것이다.

열두 개의 위대한 과업으로 그는 불멸의 기념비를 세울
것이다.

그리고 지금 금자탑이 완성되어,

탑이 구름에까지 치솟는다면

그는 그 계단을 타고 하늘까지 오를 것이다.

그때 나는 올림포스 신전에서 그를 신으로 영접할 것
이다.

암피트리온 신이여, 감사합니다. ― 그러나 당신은 이 여자를 저에
게서 앗아가지 않겠지요?

그녀는 숨도 쉬지 않습니다. 보세요.

주피터 그녀는 너를 위해 남을 것이다.

그러나 그녀가 살아서 남아 있기를 원하면 그녀를 쉬게
하여라! ―

가자, 헤르메스여!

(그는 구름 속으로 사라진다. 구름은 그 사이에 상부가 열리더
니 올림포스 신들이 거주하는 올림포스 산꼭대기를 볼 수 있
도록 흩어진다.)

알크메네 암피트리온!

메르쿠르 신이여, 저는 즉시 당신을 따라갑니다. ―

저는 저 멍청한 녀석에게 한마디 해줘야 합니다.

그의 못난 얼굴을 쓰고 다니는 일에 싫증이 났으니까요.

그래서 이제 저는 달콤한 신의 음식을 가지고 제 얼굴
을 닦아 올림포스 신과 같은 얼굴로 돌려놓겠습니다.

저에게 두들겨 맞았다는 것은 저 남자의 큰 명예로 자

자손손 칭찬 받게 될 것입니다.

이렇게 말하는 저는 다름 아닌 헤르메스입니다.

날개 달린 발을 가진 하늘의 사신(使神)입니다.

(퇴장)

조지아스   당신이 나를 영원히 칭찬받지 않게 놔두었더라면 좋았을 텐데!

나는 일생 동안 저 악마 같은 녀석의 몽둥이를 맞아 보지 못했다.

지휘관 1   사실입니다! 이 같은 승리는 —

지휘관 2   그런 훌륭한 명예 —

대장 1   우리가 아연실색했음을 당신은 보셨지요. —

암피트리온   알크메네!

알크메네   아! *(긴 탄식)*

홈부르크 공자(公子)

샤우슈필*

Prinz Friedrich von Homburg

Ein Schauspiel

---

* 비극적 결말이 없는 진지한 극

시인은 범인들이 겪는 사건의 소용돌이 속에서 경건하게 하늘을 바라보면서 자신의 수금(竪琴)을 켭니다.
그의 노래는 그들에게 때때로 위안을 주기도 하고 슬픔을 주기도 합니다.
그렇지만 시인은 자신의 노래에 대한 그들의 반응에 기뻐할 수 없습니다.
그는 자신의 내밀한 감정을 바칠 수 있는 한 여성이 군중 속에 있다고 생각합니다.
그녀는 이 시인에게 줄 상품을 두 손에 쥐고 있습니다.
만약 그녀가 이 시인의 이마에 그것을 씌워 준다면, 온 세상 사람들도 그렇게 하는 것입니다.

등장인물

프리드리히 빌헬름 브란덴부르크 선제후

선제후 부인

나탈리에 폰 오라니엔 공녀 선제후의 질녀(姪女), 용기병(龍騎兵)의 명예
  연대장

원수 되르플링

프리드리히 아르투르 폰 홈부르크 공자 기병대장

코트비츠 대령 오라니엔 공녀의 연대

헤닝스
트루크스 백작 ─┘ 보병대령

호엔쫄러런 백작 선제후의 수행원

골츠
게오르크 폰 슈파렌 백작
스트란츠 기병대위
지그프리트 폰 뫼르너
로이스 백작

상사

장교들, 하사들, 기병대원, 시동기사, 호종, 경호원

하인들, 남녀 노소의 일반사람들

[시간: 1675년 6월 9~12일]

제1막

장면: 페르벨린, 옛 프랑스 풍의 정원, 뒤쪽에 성이 있고
거기로부터 경사로가 나 있다. 초여름 밤

제1장

홈부르크 공자는 떡갈나무 밑에서 투구를 벗고, 반쯤 가슴을 열고 앉아
비몽사몽간에 화환을 엮고 있다. — 선제후와 선제후 부인, 나탈리에 공녀와
호엔쫄러런 백작, 골츠 기병 대위 및 다른 사람들이 몰래 성에서 나와
경사로 난간에서 그를 내려다본다. — 횃불을 든 시동들

호엔쫄러런 백작 우리의 용감한 홈부르크 공자는 기병대의 선두에서
            도주하는 스웨덴 병사들을 사흘 동안 용감하게 추격하
            여, 오늘에야 비로소 숨도 쉬지 않고 페르벨린의 본부
            로 돌아왔구나!
            전하께서는 공자에게 명령을 내리셨습니다. 말에게 먹
            이를 먹이는 3시간 정도만 여기에 머물고, 즉시 린 강
            가에 진을 친 브랑겔 백작을 공격하기 위해 하켈베르크
            까지 돌진하라는 것입니다.
선제후   그럼 그렇지.
호엔쫄러런   공자는 기병 중대의 모든 중대장들에게 계획대로 오늘
            밤 10시 종이 칠 때 정식으로 시(市) 밖으로 말을 타고

나가라고 훈령을 내렸고, 마치 숨찬 사냥개처럼 짚단 위에 녹초가 된 몸을 던져 우리가 새벽에 치를 전투를 앞두고 잠시 피곤해진 사지를 쉽니다.

선제후 나도 그렇게 들었다. 그런데 지금은?

호엔쫄러런 막 시계가 울리자 모든 기병들이 말 등에 올라 성문 앞 들판으로 달려갔습니다.

그런데 빠진 사람이 한 사람 있습니다. 그게 누구일까요? 그들의 지휘관인 공자가 보이지 않습니다.

횃불, 촛불, 등불을 들고서 그 용사를 찾아야 합니다.
— 어디에서 찾았을 것 같습니까?

(한 시동의 손에서 횃불을 빼앗는다.)

저기 저 벤치 위를 보십시오.

몽유병자가 되어, 전하께선 믿지 않으시겠지만,

이것이야말로 우리 후세에 남겨야 할 것이라고 할 수 있는 것처럼 영예의 화관(花冠)을 꿈꾸듯이 엮는 데 여념이 없습니다.

선제후 뭣이!

호엔쫄러런 사실입니다! 저기 아래를 보십시오.

그가 앉아 있습니다.

(경사로에서 횃불을 공자에게 비춘다.)

선제후 잠에 빠졌다고? 그것은 있을 수 없는 일이야!

호엔쫄러런 그는 잠에 빠졌습니다!

그의 이름을 불러 깨우세요, 그럼 그가 넘어질 겁니다.

(사이)

선제후 부인	나는 저 젊은이가 몸이 아픈 것이라고 확신한다.
나탈리에 공녀	그는 의사의 도움이 필요합니다 ― !
선제후 부인	우리들이 그를 도와줘야 해요.
	그를 조롱하는 것에 시간을 허비해서는 안 된다고 생각합니다!
호엔쫄러런	*(횃불을 다시 넘겨주면서)*
	동정심 많은 여인들이여, 그는 건강합니다.
	맹세코, 그는 저보다 더 건강합니다. 아프지 않습니다!
	우리들이 내일 전장에서 만날 스웨덴 군대는 그가 건강하다는 것을 알 것입니다.
	다만 그가 약간의 정신 착란에 빠진 것이라는 제 말을 믿어 주세요.
선제후	글쎄! 나는 그것을 그저 지어낸 이야기라고 믿는다. 자, 가자, 나를 따라오너라.
	좀 더 가까이 가서 그를 한번 관찰해 보자.
	(그들은 경사로를 내려간다.)
시동기사	*(시동에게)*
	횃불을 들고 물러서라!
호엔쫄러런	아니, 아니, 그들도 와서 보게 하십시오. 그건 문제가 되지 않습니다!
	페르벨린 전체가 화염에 휩싸인다고 해도 그는 손가락에 끼워진 다이아몬드만큼이나 무감각하게 느낄 것입니다.
	(그들은 공자를 빙 둘러싼다. 시동들이 불을 비춘다.)

선제후	*(공자에게 몸을 구부리고)*
	엮고 있는 나뭇잎이 대체 뭐냐? — 버드나무 잎이냐?
호엔쫄러런	뭐라고요! 전하, 버드나무 잎! —
	그것은 월계수입니다. 선조들의 초상화를 걸어 놓은 베를린 병기고의 초상화 속 영웅들 이마에서 본 것입니다.
선제후	내 마르크[브란덴부르크]의 모래땅 어디에서 그가 월계수를 찾았는지 제발 말해다오.
호엔쫄러런	그것을 아는 자는 오직 정의로운 신들뿐입니다.
시동기사	아마 뒤쪽 정원 안에서일 겁니다.
	정원사가 그곳에서 온갖 종류의 낯선 식물들을 키우고 있습니다.
선제후	정말 이상해!
	그런데 나는 이 바보 같은 젊은이의 마음을 사로잡는 것에 대해 알고 있다.
호엔쫄러런	전하, 무슨 말씀을 하십니까? 내일의 전투입니다, 전하!
	내기하건대 그는 이미 점성술사가 태양으로 승리의 관을 엮어 자기에게 줄 것이라 생각할 것입니다.
	(공자는 월계관을 바라본다.)
시동기사	이제 그는 월계관을 완성했습니다!
호엔쫄러런	아, 정말 유감스럽습니다.
	이 근처에 거울이 없다니!
	그는 마치 꽃으로 장식한 모자를 쓴 소녀처럼 거울 앞에 서서 월계관을 이쪽저쪽으로 써 보고는 우쭐해할 것입니다.

선제후	그렇다! 나는 저 친구가 얼마나 지나치게 행동하는지 반드시 보아야겠다!
	(선제후는 공자의 손에서 월계관을 빼앗는다. 공자는 얼굴을 붉히며 그를 쳐다본다. 선제후는 자신의 목걸이를 그 월계관에 걸고 그것을 공녀에게 준다. 공자는 격하게 일어선다. 선제후는 월계관을 높이 쳐든 공녀와 함께 물러난다. 공자는 두 팔을 뻗은 채 그녀를 뒤따른다.)
홈부르크 공자	*(속삭이면서)*
	나탈리에! 아가씨! 나의 신부여!
선제후	빨리! 자, 가자!
호엔쫄러런	대체 저 바보 같은 젊은이가 무슨 말을 했습니까?
시동기사	그가 무슨 말을 했느냐고요?
	(모두 물러서며 경사로를 올라간다.)
홈부르크 공자	프리드리히! 선제후! 아버지![1]
호엔쫄러런	평범한 말이 아닙니다!
선제후	*(뒤로 물러서면서)*
	문 좀 열어 줘!
홈부르크 공자	아, 어머니!
호엔쫄러런	그는 실성했습니다!
선제후 부인	그가 누구를 부르는 것입니까?
홈부르크 공자	*(월계관에 손을 뻗으면서)*

---

1 양친을 잃은 공녀 나탈리에는 선제후를 아버지라고 부르고 선제후 부인을 어머니라고 부르고 있는데 공녀를 애모하기 때문에 공자의 입에서 이 말이 나온다.

오! 사랑하는 이여! 왜 도망을 칩니까? 오! 나탈리에!

(공녀의 손에서 장갑 한 짝을 낚아챈다.)

호엔쫄러런 무례합니다! 그가 잡은 것이 무엇입니까?

시동기사 월계관입니까?

나탈리에 공녀 아닙니다, 아닙니다!

호엔쫄러런 *(문을 열면서)*

이쪽으로 빨리 들어오세요, 전하!

그러면 그가 꿈에 본 것이 모두 사라질 것입니다!

선제후 홈부르크 공자여, 허무의 세계로 돌려라!

허무의 세계로! 네가 원한다면 우리는 전장에서 다시

만날 수 있어!

꿈속에선 그런 것을 얻을 수 없어!

(모두 퇴장, 공자 앞에서 문이 꽝 닫힌다.)

(사이)

제2장

홈부르크 공자 *(놀라 잠시 문 앞에 서 있다. 그리고는 생각에 잠긴 채 장갑을 쥐고 있는 손을 이마에 대고 경사로를 내려온다. 그는 내려오자마자 몸을 돌려 위쪽 문을 쳐다본다.)*

제3장

호엔쫄러런 백작이 밑에서 정원 문을 지나 올라온다. 시동이 그를 따라온다.
— 홈부르크 공자

시동	*(낮은 소리로)* 백작님, 잠시 들어 보세요! 백작님!
호엔쫄러런	*(화를 내면서)*
	조용히 해라, 이 매미 같은 녀석아! — 자, 무엇이냐?
시동	제가 이곳에 온 것은 — !
호엔쫄러런	너의 재잘거림으로 제발 공자님을 깨우지 마라!
	자, 말해 봐, 뭐냐?
시동	선제후 전하의 심부름으로 저는 이리로 왔습니다!
	공자님이 일어나시면, 전하께서 방금 공자에게 하신 농
	담 한마디도 누설하지 말라고 분부하셨습니다.
호엔쫄러런	*(속삭이면서)*
	알았다. 그럼 밀밭에 누워서 낮잠이나 푹 자거라! 그런
	것쯤은 벌써 알고 있다! 가거라!
	(시동 퇴장)

306

제4장

호엔쫄러런 백작과 홈부르크 공자

호엔쫄러런	(*호엔쫄러런은 공자 뒤에 약간 떨어져 서 있고, 공자는 아직도 여전히 경사로를 바라보고 있다.*)
	아르투르!
	(*공자가 넘어진다.*)
	저기에 그가 누워 있다. 총알도 이보다 더 잘 명중시키 지는 못했을 것이야!
	(*공자에게 다가간다.*)
	왜 여기에서 잠을 잤는가를 설명하기 위해 그가 둘러대 는 이야기,
	그것을 나는 듣고 싶다
	(*공자에게 몸을 굽힌다.*)
	자, 아르투르, 내 말 들어! 악마에게 홀렸나? 여기서 뭘 하고 있나?
	이 밤중에 어떻게 여기까지 왔나?
홈부르크 공자	이보게, 친구……!
호엔쫄러런	자, 사실대로 말을 하겠다!
	자네가 지휘하는 기병대는 이미 한 시간 전에 진격했다.
	그런데 자네는 이곳 정원에 누워 잠을 잤다.
홈부르크 공자	어떤 기병?

호엔쫄러런   이집트의 기병대2여!

이 사람은 자신이 마르크 브란덴부르크의 기병대 대장임을 망각하고 있음에 틀림없다.

홈부르크 공자 *(일어서며)*

내 투구, 빨리 줘! 갑옷도!

호엔쫄러런   글쎄! 그것들이 어디 있을까?

홈부르크 공자   하인츠여, 오른쪽 걸상 위에.

호엔쫄러런   걸상 위라니? ― 어떤 걸상?

홈부르크 공자   내가 그 위에 놓아둔 것 같은데. ―

호엔쫄러런   *(공자를 물끄러미 쳐다본다.)*

그럼 자네가 직접 걸상에서 그것들을 가져오게!

홈부르크 공자 *(손에 든 장갑을 쳐다보며)*

― 이게 무슨 장갑인가?

호엔쫄러런   그걸 내가 어찌 알겠나? ―

(혼자서)

쳇! 아까 나탈리에 공녀의 손에서 몰래 빼낸 것인데!

(화제를 바꾸어서)

자, 빨리 가자! 왜 여기서 꾸물거리지? 가자!

홈부르크 공자 *(장갑을 집어던진다.)*

당장 간다! 당장! ―

프란츠! 이 나쁜 놈, 나를 깨웠어야지!

---

2   여기서는 풍자적으로 이야기한 것임. 홈부르크의 착란에 대해 아이러닉하게 쓰인 말이다.

호엔쫄러런 *(공자를 쳐다보며)*

드디어 완전히 실성했군!

홈부르크 공자 하인리히야, 사실 내가 어디 있는지 모르겠다.

호엔쫄러런 페르벨린에 있어, 정신이 혼미해진 몽상가여!

성 뒤로 뻗친 정원의 옆길에 있어.

홈부르크 공자 *(혼자서)*

이 밤이 나를 삼켜 버렸더라면 좋았을 텐데!

나는 나도 모르게 달빛 속에서 이리저리 돌아다녔네!

(정신을 차리면서)

용서하게! 이제 기억이 난다.

자네도 알다시피, 어젯밤은 너무 더워 잠을 잘 수가 없

었네.

그래서 나는 피로에 지쳐 이 정원으로 살짝 나왔어.

이 밤이 금발 머리로 부드럽게 나를 감싸고 좋은 향내

로 완전히 취하게 했기 때문이지.

아, 페르시아 신부가 신랑을 맞이하듯이,

나는 그만 밤의 품에 안겨 잠이 들었다.

— 지금 몇 시일까?

호엔쫄러런 11시 반이다.

홈부르크 공자 기병대대가 모두 출발을 했다고 말했지?

호엔쫄러런 물론이지! 계획된 대로 10시에

오라니엔 공녀의 연대는 그들의 선두에 서서

이미 하켈비츠 고지에 도착했을 것이라고 믿어 의심치

않네.

거기서 그들은 내일 브랑겔 백작에게 대항하는 군대의 조용한 행군을 엄호해야 한다.

홈부르크 공자 사실, 그것은 문제 되지 않는다!

이 전략의 의도를 잘 아는 늙은 코트비츠가 그들을 지휘하고 있네.

게다가 나는 내일 2시까지 본부에 돌아와야 해.

왜냐하면 거기서 작전명령을 하달받게 되어 있다.

그래서 나는 이 자리에 머물러 있었지.

자, 이제 가자! 선제후께서는 이것에 대해 모르시지?

호엔쫄러런 그럴 거야! 전하는 진작 잠자리에 드셔서 주무신다.

(그들은 막 가려고 한다. 공자가 잠시 멈춰 서서 몸을 돌려 장갑을 집어 든다.)

홈부르크 공자 참 이상한 꿈을 꾸었네!

금빛과 은빛을 발하는 왕궁이 나에게 갑자기 열리는 것 같았어.

그리고 대리석 경사로에서 내게 아주 소중한 선제후 전하와 선제후 부인,

그리고 — 또 한 사람,

모두가 떼를 지어 나에게로 내려왔었지.

— 대체 그녀의 이름이 뭔가?

호엔쫄러런 누구?

홈부르크 공자 *(기억을 더듬으면서)*

내가 말하는 여자의 이름은 — !

벙어리라도 그녀의 이름을 댈 수 있을 텐데!

호엔쫄러런	시녀 플라텐일까?
홈부르크 공자	아니다!
호엔쫄러런	라민일까?
홈부르크 공자	아니, 그녀가 아니다. 하인리히!
호엔쫄러런	보르크일까 아니면 빈터펠트일까?
홈부르크 공자	아, 아니다. 아니다. 제발 관두게!

홈부르크 공자 자네는 반지만 보고 거기에 박아 놓은 진주를 보지 못하네!

호엔쫄러런 허 참, 누군지 말하게! 그럼 내가 자네 얼굴을 보고 그것을 알아맞힐까?

─ 여자 누구를 두고 말하는 거지?

홈부르크 공자 아, 상관 말게! 그것은 조금도 중요하지 않다.

내가 잠을 깬 후로 그 이름은 완전히 내 머리에서 사라졌다.

어쨌든 지금 내 말을 이해하는 데에는 그것을 몰라도 좋다.

호엔쫄러런 그럼 좋다! 계속 말해 보게!

홈부르크 공자 가만히 듣고만 있게! ─

그런데 제우스처럼 엄한 이마를 가진 선제후님은

손에 월계수의 관을 들고 계셨어.

내 얼굴 앞으로 바짝 다가오셔서는,

내 마음속에 불을 지르듯이,

자신의 목에 걸고 있던 목걸이를 월계관에 감더니 내

이마 위에 얹어 주라고 누군가에게 넘겨주셨어…….

　　　　　　　　— 하인리히, 아!

호엔쫄러런 　누구에게?

홈부르크 공자 아, 하인리히!

호엔쫄러런 　자, 누구인지 말하게!

홈부르크 공자 — 플라텐 양이었음이 틀림없어!

호엔쫄러런 　뭐라고, 플라텐 양이라고? 그녀는 지금 동프로이센에
　　　　　　　　가 있지?

홈부르크 공자 플라텐 양이다. 정말이다. 아니면 라민 양일 거야.

호엔쫄러런 　아이참, 라민 양이라니! 붉은 머리카락을 가진 라민 양
　　　　　　　　이었나? —
　　　　　　　　아니면 보라색의 장난꾸러기 같은 눈을 가진 플라텐 양
　　　　　　　　이었나?
　　　　　　　　우리들은 자네가 그녀를 좋아한다고 알고 있네.

홈부르크 공자 나는 그녀를 좋아하지. —

호엔쫄러런 　자, 그런데 그녀가 자네에게 그 화관을 주었다고?

홈부르크 공자 그녀는 꼭 명예의 수호신처럼 목걸이가 감겨 흔들거리
　　　　　　　　는 월계관을 높이 쳐들고,
　　　　　　　　무훈 있는 용사의 머리에 그 관을 씌워 줄 것 같았어.
　　　　　　　　나는 말할 수 없는 감동으로, 그 관을 받으려고 두 손을
　　　　　　　　뻗쳤네.
　　　　　　　　또 그녀의 발밑에 엎드리려고 했네.
　　　　　　　　그러나 계곡을 가득 채운 꽃향기가 신선한 바람에 흩어
　　　　　　　　지듯이 그들이 경사로를 올라가며 나에게서 물러났다.
　　　　　　　　그 경사로는 내가 그 위에 발을 딛자,

하늘의 문까지 뻗었다네.

나는 소중한 사람들 중에서 한 사람이라도 붙잡으려고 좌우로 손을 뻗었으나 허사였어!

갑자기 궁성의 대문이 열리고, 그 깊숙한 곳에서 번갯불이 번쩍하며 그들을 삼켜 버렸네. 이어 대문은 찰카닥 소리를 내면서 다시 닫혀 버렸어. 부지런히 따라가, 사랑스런 꿈에서 본 형상의 팔에서 이 장갑 한 짝을 낚아챘네.

그리고 눈을 떠보니, 아 이게 어찌된 것인가, 장갑 한 짝이 내 손에 들어 있었네.

호엔쫄러런 원 참, 그렇게 되다니! ─ 그런데 그 장갑이 그녀의 것이라고 믿나?

홈부르크 공자 누구의 것이라고?

호엔쫄러런 그럼, 플라텐 양의 것일까!

홈부르크 공자 그래, 플라텐 양의 것이다. 아니면 라민 양의 것이다. ─

호엔쫄러런 (웃으면서) 그런 별별 생각들을 하다니, 장난꾸러기 같구나!

여기서 실제로 여인과 밀회(密會)의 시간을 가졌는지는 아무도 모르지만,

잠을 자지 않고 있었던 기념으로 그 장갑이 자네 수중에 있네!

홈부르크 공자 뭐라고, 내 손에? 내 사랑하는 여자와 ─ !

호엔쫄러런 이런 빌어먹을, ─

나에겐 아무 상관없는 일 아닌가?

플라텐 양이건 라민 양이건 그건 문제 되지 않는다!

다음 일요일에는 우편마차가 동프로이센으로 가네.

그때 자네는 자네 애인에게 이 장갑을 잃어버리지 않았
는지 편지로 물어보는 것이 제일 빠른 방법이네. ―

이젠 그만! 12시다. 왜 우리가 여기서 잡담하고 있지?

홈부르크 공자 *(꿈꾸듯이 앞을 쳐다보면서)*

― 자네 말이 옳다. 자러 가세.

그런데 하인리히, 내가 묻고 싶은 것은

선제후 부인과 그녀의 질녀가 아직 여기에 계신가? 최근
에 우리 진영에 도착한 매력적인 나탈리에 공녀 말이다.

호엔쫄러런 왜 그런 말을 하지? *(혼자서)* 아마 이 바보 같은 사람이
공녀를 사랑하고 있는가 봐!

홈부르크 공자 왜냐하면 ― 자네도 알다시피, 30명의 기병을 보내어
그들을 전장에서 격리시키기로 되어 있네.

그래서 이 일을 위해 라민에게 명령하지 않을 수 없었네.

호엔쫄러런 무슨 말이야! 그들은 벌써 떠났어! 떠났거나 아니면 이
제 막 출발할 거야!

출발 준비를 완전히 한 라민이 밤새 문 앞에 서 있다.

자, 가자! 이제 12시다. 전투가 시작되기 전에, 나는 잠
시 쉬고 싶네.

(두 사람 퇴장)

장면: 같은 곳, 성안의 홀, 멀리서 총성이 울린다.

제5장

선제후 부인과 나탈리에 공녀가 여행 복장으로 시동기사의 안내를 받으며 들어서고, 두 사람은 한쪽 옆에 앉는다. 궁녀들. 그 후 선제후와 원수 되르플링, 홈부르크 공자 승마조끼에 장갑을 꽂고 그 뒤로 호엔쫄러런 백작 및 트루크스 백작, 헤닝스 대령, 골츠 대위 및 다른 장군들, 대령들 및 장교들이 들어온다.

선제후　　누가 사격하고 있는가? — 괴츠인가?

원수 되르플링　예, 전하, 대령 괴츠입니다.

　　　　　그는 어제 선봉대를 데리고 앞서 출발했습니다.

　　　　　그는 이미 장교 한 사람을 우리에게 보내어,

　　　　　전하께서 작전의 전개에 대해 미리 놀라지 마시라고 알렸습니다.

　　　　　천 명 정도의 스웨덴 전위병들은 하켈베르크까지 전진했습니다.

　　　　　그러나 괴츠 대령은 그 산지 일대의 안전을 전하에게 보장하고 있으므로

　　　　　전하께서는 그의 선봉대가 이미 그들을 점령한 것으로 보시고

　　　　　모든 작전을 펼치셔도 좋을 것이라고 저에게 말을 전해 주었습니다.

선제후	(장교들을 향해)
	귀관들이여, 원수가 작전 계획을 알고 있소.
	연필을 꺼내어 그의 설명을 잘 받아 적어 두시오.
	(장교들은 선제후 반대편 원수 주위로 모여들고 각자 메모장을 꺼낸다.)
선제후	(시동기사를 향해 몸을 돌려)
	라민이 마차를 문 앞에 대기시켰지?
시동기사	잠깐만 기다려 주십시오, 전하. — 그들은 지금 마구를 준비하고 있습니다.
선제후	(선제후 부인과 나탈리에 공녀 뒤의 의자에 앉는다.)
	라민이 건장한 30명의 기병을 뒤에 이끌고 엘리사 당신을 호위할 거요.
	행선지는 하펠 강 건너 하펠 산 근처에 있는 내 재상 칼쿤의 성이요.
	그곳에서 당신은 스웨덴 병사의 그림자조차 볼 수 없을 거요.
선제후 부인	나룻배가 다시 운행 중이지요?
선제후	하펠베르크에? — 그렇소, 모든 조치를 다해 놓았소.
	게다가 당신들이 그곳에 도착하기 전에 날이 밝을 거요.
	(사이)
	사랑스런 나탈리에, 넌 왜 말이 없지?
	— 내 귀여운 딸아, 무슨 일이니?
나탈리에 공녀	큰아버님, 저는 두렵습니다.
선제후	내 어린 딸아, 조금도 걱정하지 말거라, 엄마 품에 안겨

있는 것보다 더 안전하단다.

(사이)

선제후 부인 언제 우리들이 다시 만나리라고 생각하십니까?

선제후 신이 나에게 승리를 내리신다면, 아마 며칠 내로 만날 거라고 의심치 않아요.

(시동이 와서 귀부인들에게 아침식사를 바친다. 원수 되르플링이 작전 계획을 장교들에게 받아쓰게 한다. ― 홈부르크 공자는 손에 연필과 수첩을 들고 여인들을 응시한다.)

원수 연대장 제군, 전하께서 생각하신 작전 계획은 그 목적이 도망치는 스웨덴 군을 완전히 섬멸하는 것이며 린 강에 진을 치고서 그들의 배후를 엄호하는 적군을 교두보에서 차단하는 것입니다.

헤닝스 대령 ― !

헤닝스 대령 예! 여기 있습니다. (적는다.)

원수 전하의 뜻대로 오늘 우리 군대의 우익(右翼)을 지휘하며, 하켈 숲의 저지를 통과해 몰래 적의 좌익(左翼)을 우회할 것이다. 용감하게 적과 세 다리 중간을 파고들어 트루크스 백작의 군대와 힘을 합해야 한다. ―

트루크스 백작!

트루크스 백작 예! 여기 있습니다. (적는다.)

원수 그럼 트루크스 백작의 군대와 합류하고 ―

(잠시 말을 중단한다.)

그는 그 사이에 브랑겔 군에 맞서, 고지에 진지를 만들고 대포를 배치해 두어야 한다. ―

트루크스 백작	*(적으면서)*
	진지를 만들고 대포를 배치해 두어야 한다. —
원수	잘 알아들었지?
	(말을 계속한다.)
	스웨덴 군을 그들 우익 뒤에 있는 늪으로 몰아내야 해.
	(헝가리식 제복 입은 하인이 들어온다.)
하인	마님, 마차가 준비되었습니다.
	(여인들이 일어선다.)
원수	홈부르크 공자 —
선제후	*(마찬가지로 일어서면서)* — 라민 대위가 준비되었나?
하인	그는 이미 저 아래 대문에서 말을 타고 기다리고 있습니다.
	(서로 작별 인사를 나눈다.)
트루크스 백작	*(적는다.)*
	"그들의 우익 뒤에 있는 늪으로······."
원수	홈부르크 공자 —
	홈부르크 공자는 어디 있습니까?
호엔쫄러런	*(은밀히 속삭이며)* 아르투르!
홈부르크 공자	*(움찔 놀라며)* 예, 여기 있습니다!
호엔쫄러런	자네, 제정신인가?
홈부르크 공자	원수님, 명령이 무엇입니까?
	(얼굴을 붉히면서, 연필을 잡고 수첩에 적는다.)
원수	공자는 전하로부터 라테노브 전투에서와 똑같이 마르크의 기병 연대 전체를 지휘하라는 영광을 받았습니다.

— *(말을 멈춘다.)*

그러나 코트비츠 대령에겐 체면 상하는 일은 아니지만,

대령은 옆에서 공자에게 조언을 해야 하는데 —

(낮은 목소리로 골츠 대위에게)

코트비츠가 여기 있나요?

골츠 대위   아닙니다, 원수님, 보시다시피,

대령님은 본인 대신에 저를 이곳에 보내어 원수님의 명령을 받아 오라고 했습니다.

(공자는 다시 여인들을 쳐다본다.)

원수   *(말을 계속하면서)*

— 하켈비츠 마을 근처의 평지에, 적군의 우익 맞은편 대포 사격이 닿지 않는 곳에 포진해야 한다.

골츠 대위   *(적는다.)*

대포 사격이 닿지 않는 곳에

(선제후 부인이 나탈리에 공녀의 목에 스카프를 묶어 준다. 공녀는 장갑을 끼려고 하면서 마치 무엇을 찾으려는 듯이 둘러본다.)

선제후   *(공녀에게로 가며)*

얘야, 무슨 일이니? —

선제후 부인   너 무엇을 찾고 있니?

나탈리에 공녀   큰어머님, 제 장갑을 어디 두었는지 모르겠습니다. —

(그들 모두 주위를 둘러본다.)

선제후   *(궁녀들에게)*

여인들이여, 여러분들이 찾아보겠소?

선제후 부인	*(공녀에게)*
	애야, 네가 그걸 들고 있네.
나탈리에	예, 오른쪽 장갑은 있는데 왼쪽은 없습니다.
선제후	아마 네 침실에 있겠지?
나탈리에	보르크 양!
선제후	*(이 처녀를 향해)*
	어서 가 보아라!
나탈리에	벽난로 위에!
	(궁녀 물러난다.)
홈부르크 공자	*(혼자서)*
	이게 어찌된 일인가? 내가 정확히 들었나?
	(승마용 재킷에서 장갑을 꺼낸다.)
원수	*(손에 든 서류를 자세히 본다.)*
	대포 사격이 미치지 않는 곳에 포진하십시오.
	(계속한다.)
	공자 저하께서는 ―
홈부르크 공자	공녀가 장갑을 찾고 있다. ―
	(장갑과 공녀를 반복해서 쳐다본다.)
원수	우리 군주의 엄한 명령에 따라 ―
골츠 대위	*(적는다.)*
	우리 군주의 엄한 명령에 따라 ―
원수	전투의 상황이 아무리 바뀐다 해도 자기에게 지정된 진지에서 떠나지 말라 ―
홈부르크 공자	― 자, 빨리, 나는 지금 혹시 이것이 그녀의 장갑인지

알아봐야겠다!

(장갑과 자신의 손수건을 동시에 바닥에 떨어뜨린다. 그러고 나서 손수건을 다시 집어 올리고 장갑은 모든 사람이 볼 수 있도록 그대로 놔둔다.)

원수   *(놀라며)*

공자 저하, 지금 뭘 하십니까?

호엔쫄러런   *(몰래 속삭이면서)*

아르투르!

홈부르크 공자   예, 여기 있습니다!

호엔쫄러런   자네 정신 차리고 있나?!

홈부르크 공자   원수의 명령이 무엇이지?

(연필과 수첩을 다시 꺼낸다. 원수가 그를 한동안 심문하듯이 쳐다본다. — 사이)

골츠 대위   *(다 적고 나서)*

자기에게 지정된 진지에서 떠나지 말아라 —

원수   *(계속한다.)*

헤닝스와 트루크스 병사의 추격에 의해 ——

홈부르크 공자   *(골츠가 적어 놓은 수첩을 보면서 그에게 귀엣말한다.)*

누구? 골츠! 뭐라고? 내가?

골츠 대위   예, 공자님입니다. 그 밖에 누구겠습니까?

홈부르크 공자   진지에서 떠나서는 안 된다지 — ?

골츠 대위   네, 그렇습니다.

원수   그런데? 공자님은 적어 두셨죠?

홈부르크 공자   *(큰소리로)*

나에게 지정된 진지에서 떠나서는 안 된다 —

(적는다.)

원수   헤닝스와 트루크스 군의 추격에 의해 ——

(그는 잠시 멈춘다.)

적의 좌익이 괴멸되기를 기다렸다가 우익으로 돌진하고, 모든 전투대원이 동요되어 목장 방면으로 패주할 때까지는 지정된 진지에서 물러서지 말아야 한다.

다수의 배수구가 교차하는 목장의 늪,

바로 그곳에 적을 몰아넣어 섬멸하는 것이 우리 작전계획의 핵심이다.

선제후   시동들아, 불을 비춰라! 사랑하는 여인들아, 팔을 이리 다오!

(선제후 부인, 공녀와 함께 출발한다.)

원수   그런 다음 전하께서는 진격의 나팔을 불라고 하실 것입니다.

선제후 부인   (몇몇 장교들의 작별인사에 답을 하며)

안녕히 계세요, 여러분! 방해가 되지 않기를 바랍니다!

(원수도 선제후 부인과 공녀에게 인사를 한다.)

선제후   (갑자기 멈춰 서서)

저기 봐! 공녀의 장갑! 빨리 집어라! 저기 있네.

시동기사   어디에 있습니까?

선제후   저기 내 조카 공자의 발 옆에!

홈부르크 공자   (기사답게)

내 발 옆에요 — ? 뭐라고! 이것이 공녀 것이라고요?

	(그것을 집어 들어 공녀에게 갖다 준다.)
나탈리에	고귀한 공자님, 감사합니다.
홈부르크 공자	*(당황하며)* 이것이 공녀님 장갑입니까?
나탈리에	예, 그것은 제가 잃어버렸던 것입니다.
	(장갑을 받아 손에 낀다.)
선제후 부인	*(떠나면서 공자에게)*
	안녕! 안녕! 행운과 축복을 빈다! 우리 곧 기쁘게 다시 만나자!
	(선제후는 여인들과 함께 퇴장, 호위병과 시동이 뒤따른다.)
홈부르크 공자	*(벼락이라도 맞은 듯이 잠시 거기 서 있다. 그리고는 당당한 걸음으로 장교들에게 돌아간다.)*
	그런 다음 전하께서 진격의 나팔을 불라고 하실 것이다!
	(적는 체한다.)
원수	*(자신의 종이를 쳐다보며)*
	그런 다음 전하께서 공격 개시의 나팔을 불라고 하실 것입니다. —
	그러나 전하께서는 오해하여 너무 일찍 돌격하지 않도록 하기 위해 공자님께 —
	(말을 잠시 중단한다.)
골츠 대위	*(적는다.)*
	오해하여 너무 일찍 돌격하지 않도록 하기 위해 —
홈부르크 공자	*(크게 흥분하여 호엔쫄러런 백작에게 귀엣말한다.)*
	오, 하인리히!
호엔쫄러런	*(언짢은 듯이)*

뭐라고! 무슨 일이야? 자네 뭘 하려고 하나?

홈부르크 공자 뭐냐고? 보지 못했나?

호엔쫄러런 그래, 아무것도 못 보았다! 제발 조용히 하게! 이런 젠장!

원수 (*계속한다.*)

전하께서는 수행원 중 한 장교를 공자에게 보내어 적을
공격하라는 명령(*이것을 명심시키며*)을 전하실 겁니다.
그 전에 전하께서는 진격의 나팔을 불라고 하시지 않을
겁니다.

(*공자는 꿈속에 푹 빠진 듯이 서 있다.*)

― 적어 두셨어요?

골츠 대위 (*적는다.*)

― 하기 전에는 전하께서 진격의 나팔을 불라고 하시지
않을 것이다.

원수 (*목소리를 높여서*)

공자 저하, 적어 두었습니까?

홈부르크 공자 뭐라고요, 원수님?

원수 적어 두었습니까?

홈부르크 공자 ― 나팔 어쩐다고요?

호엔쫄러런 (*귓엣말로, 언짢은 듯한 어조로*)

나팔입니다! 원 참! ― 전하께서 명령을 전하기 전에
는…… 안 된다!

골츠 대위 (*똑같은 방법으로*)

전하께서 직접…….

홈부르크 공자 (*그들의 말을 가로막으며*)

예, 물론입니다! — 명령을 하시기 전에는 안 됩니다.
그러나 그런 다음 전하께서는 진격의 나팔을 불라고 하
실 겁니다.

(적는다. — 사이)

원수	골츠 남작, 다음은 잘 기억해 두게. 나는 교전이 시작되기 전에 가능하다면 직접 의논하고 싶다고 코트비츠 대령에게 전해 주게.
골츠 대위	*(의미 깊게)* 그 말씀을 잘 전하겠습니다. 안심하십시오. *(사이)*
선제후	*(돌아온다.)* 자, 장군들, 연대장들, 날이 밝아 온다! — 모두들 적어 두었지?
원수	끝났습니다. 전하, 전하의 작전 계획은 정확히 지휘관 들에게 전달되었습니다.
선제후	*(모자와 장갑을 잡으면서)* 홈부르크 공자는 침착하게 행동하는 게 좋겠다! 잘 알고 있듯이, 자네는 최근 라인 강 전투에서 경솔하 게 행동하여 나에게 돌아올 승리를 두 번이나 놓쳤다. 오늘 세 번째의 승리를 놓치지 않도록 잘 행동하게. 오늘의 전투에는 나의 제국과 왕관이 걸려 있다. *(장교들에게)* 나를 따라오너라! — 어이 프란츠!
한 마부	*(들어오며)* 예, 부르셨습니까!

선제후   빨리! 백마를 준비해라!

— 해가 떠오르기 전에 전장으로 가겠다!

(퇴장. 장군들, 대령 및 장교들이 선제후를 뒤따른다.)

제6장

홈부르크 공자 *(무대 앞으로 나오면서)*

오, 엄청난 힘을 가진 운명의 여신이여!

오늘 당신의 베일 한 자락을 바람결이 닻처럼 걷어 올
렸는데 구(球)를 타고 이리 오시지요. 아, 행운이여,

당신은 내 머리카락을 이미 쓰다듬어 주셨다.

운명의 여신이여, 당신은 휙 지나가면서 미소 지으며
당신의 손에 있는 풍요의 뿔에서 행복의 보증수표[3]를
나에게 던져 주셨다.

신들의 딸이여, 나는 오늘 전장에서 발 빠르게 달아나
는 당신을 찾을 거야.

당신을 붙잡고 당신의 모든 축복을 내 발에 쏟아 붓게
하겠다.

설사 당신이 일곱 겹의 쇠고리로 스웨덴군의 개선마차
에 묶였다고 하더라도.

(퇴장)

---

3   손에 넣은 장갑의 뜻

제2막

장면: 페르벨린 전장

제1장

코트비츠 대령, 호엔쫄러런 백작, 골츠 대위, 다른 장교들이
기병대의 선두에서 등장

코트비츠 대령 *(무대 밖에서)*

기병들, 여기서 멈추고 말에서 내려라!

호엔쫄러런과 골츠 *(등장)*

멈춰라! 멈춰라!

코트비츠 대령 친구들이여, 누가 나를 말에서 내리도록 도와주겠는가?

호엔쫄러런과 골츠 늙은이, 우리가 갑니다!

(그들은 다시 무대 밖으로 퇴장)

코트비츠 대령 *(무대 밖에서)*

감사합니다! ― 아, 이 늙은 몸!
당신들 두 사람도 내 나이에 이르면 착한 아들한테서
도움을 받게 되길 빕니다!
*(무대 위로 등장, 호엔쫄러런과 골츠, 다른 사람들이 따라 나
온다.)*
아, 그렇다, 나는 말을 타고 있을 때에 젊음을 느낀다.

말에서 내리면, 영혼과 육체가 서로 싸워 두 동강이 나 듯이 심한 격투가 시작된다.

(주위를 둘러본다.)

우리들의 총지휘관이신 공자 저하는 어디 계신가?

호엔쫄러런   공자님은 곧 이리로 오실 겁니다.

코트비츠 대령   그는 어디 계십니까?

호엔쫄러런   우리들이 말을 타고 지나온, 나무숲에 가려진 마을로 갔습니다. 그는 곧 오실 것입니다.

한 장교   나는 그가 어젯밤에 말에서 떨어졌다고 들었는데 그게 사실입니까?

호엔쫄러런   나도 그렇게 들었어요.

코트비츠 대령   그가 낙마했다고?

호엔쫄러런   *(몸을 돌려)* 그리 중대한 일은 아닙니다!
그가 탄 가라말이 물레방아를 보고 놀라 멈춰 섰기 때 문에 그저 옆으로 미끄러졌을 뿐 아무런 상처도 입지 않았습니다.
조금도 걱정할 만한 것이 아닙니다.

코트비츠 대령   *(언덕을 오르면서)*
아, 참 좋은 날씨로구나!
이 하루는 우리 주 하느님이 싸우지 말고 더 좋은 일을 하라고 주신 것이다!
태양은 구름 사이로 붉게 빛을 발한다.
인간의 감정은 종달새와 더불어 노래하며 공중으로 솟 아오른다. ―

골츠 대위   되르플링 원수님을 찾아내셨습니까, 대령님?

코트비츠 대령 *(앞으로 나오며)*

그를 찾지 못해서 참으로 안타깝다!

원수님은 나를 어떻게 생각하실까?

내가 새(鳥), 화살, 번개라도 된다고 생각한단 말인가?

온 전쟁터를 이리저리 돌아다니게 만드셨다.

나는 하켈 고지의 전위 부대가 있는 곳에 가 보았으며

하켈 골짜기의 후위 부대가 있는 곳에도 가서 물어보았다.

그런데 어디서도 원수님을 찾아내지 못했다!

그래서 나는 나의 기병대로 돌아왔다.

골츠 대위   원수님도 아마 매우 유감스럽게 생각하실 것입니다.

원수님은 중요한 일을 당신과 의논하실 모양입니다.

한 장교   저기 우리들의 지휘관이신 공자 저하께서 오신다!

제2장

흠부르크 공자가 왼손에 검은 붕대를 감고 등장, 앞에 나온 사람들

코트비츠 대령 어서 오십시오, 젊고 고상한 공자님!

공자님께서 마을에 가 계신 동안 제가 골짜기에 기병들을 배치시켰으니 보십시오.

제가 한 일에 만족하시리라 믿습니다!

홈부르크 공자 코트비츠 대령님, 안녕하세요! —

안녕들 하세요, 전우들!

당신이 하신 일은 무엇이든 내가 칭찬하고 있음을 아십시오.

호엔쫄러런 아르투르, 자네는 마을에서 무슨 일을 했는가?

— 표정이 아주 진지해 보이는데!

홈부르크 공자 나는 — 예배당에 가 있었어.

그 첨탑은 고요한 숲에서 밝게 빛나고 있었지.

우리가 마을 옆을 지나갈 때, 마침 예배를 알리는 교회 종이 울렸거든.

그때 나는 제단 앞에 몸을 굽혀 기도하고 싶은 강한 충동을 느꼈다네.

코트비츠 대령 경건한 젊은 양반이라고 하지 않을 수 없군요!

기도와 더불어 시작한 일은 축복과 명성과 승리로 끝나게 된다고 믿고 있습니다!

홈부르크 공자 하인리히, 자네에게 묻고 싶은 게 있었네. —

(호엔쫄러런 백작을 약간 앞으로 데리고 간다.)

어제 되르플링 원수가 명령을 내릴 때 나와 관련된 것은 도대체 무엇이었지?

호엔쫄러런 — 자네는 방심하고 있었어. 내가 다 보았네.

홈부르크 공자 방심하고 있었다 ……. 그래, 마음이 둘로 나뉘어져 있었지.

왜 그랬는지는 나도 모르지만.

명령을 받아 적을 때 완전히 뒤죽박죽으로 적었네.

호엔쫄러런	— 다행스럽게도, 이번에 자네에게 내린 명령은 별로 중요하지 않다네. 보병들을 이끌고 있는 트루크스와 헤닝스는 적을 먼저 공격하라는 임무를 받았어. 그리고 자네에게 부과된 임무는 공격 명령이 있을 때까지 기병을 이끌고 전투준비를 하여 여기 골짜기에 남아 있으라는 것이었네.
홈부르크 공자	*(잠시 꿈꾸듯이 앞을 바라본 뒤)* — 이상한 일이야!
호엔쫄러런	친구여, 무슨 일인가? *(공자를 쳐다본다. — 포성이 들린다.)*
코트비츠 대령	자, 들어봐 제군들! 마구를 얹고 말에 올라타라. 저것은 헤닝스의 사격이다. 전투가 시작되었다! *(모두 언덕으로 올라간다.)*
홈부르크 공자	저게 누구라고? 무엇을?
호엔쫄러런	아르투르, 헤닝스 대령은 브랑겔 군대의 배후로 몰래 파고들었다! 이리 오게, 여기서 모든 것을 볼 수 있네.
골츠 대위	*(언덕 위에서)* 그가 린 강변에 무서운 기세로 자신의 병력을 배치하는 것을 보십시오!
홈부르크 공자	*(손으로 햇빛을 가리며)* — 우리의 우익(右翼) 저기가 헤닝스입니까?
장교 1	그렇습니다, 공자 저하.

홈부르크 공자	이게 어떻게 된 건가!
	그는 어제까지 아군의 왼쪽에 주둔했는데.
	(멀리서 포성이 울린다.)
코트비츠 대령	큰일 났다! 보라! 브랑겔군의 열두 대포가 저기 헤닝스 의 병사들에게 불을 뿜는구나!
장교 1	저것이 소위 스웨덴 식의 성벽입니다!
장교 2	저런, 그들 뒤에 있는 마을 교회 첨탑만큼 높이 벽을 쌓 았네!
	(가까이에서 포성이 들린다.)
골츠 대위	이것은 트루크스의 포성입니다!
홈부르크 공자	트루크스의 포성이라고?
코트비츠 대령	그렇습니다, 트루크스입니다.
	그는 지금 전면에서 헤닝스를 지원하러 갑니다.
홈부르크 공자	트루크스의 부대가 어떻게 오늘 중앙까지 왔는가?
	(격렬한 포격 소리)
골츠 대위	아, 저런, 저기 좀 보세요! 마을이 불에 타고 있는 것 같 습니다!
장교 3	틀림없이, 마을이 불탄다!
장교 1	마을이 탄다! 마을이 탄다!
	화염이 이미 교회 탑에서도 치솟는다!
골츠 대위	보라, 스웨덴의 전령들이 좌우로 흩어지네!
장교 2	그들이 움직이기 시작한다!
코트비츠 대령	어디?
장교 1	우익에! —

장교 3	그렇군! 열을 지어! 3개 연대로! 그들은 좌익을 보강하려는 것이 틀림없다.
장교 2	기병들이 우익의 진격을 엄호하기 위해서 전진하는 게 틀림없다!
호엔쫄러런	*(웃으며)* 하하, 우리가 이곳 골짜기에 숨어 있는 것을 보면, 그놈들은 다시 전장에서 퇴각할 것이다! *(소총 사격 소리)*
코트비츠	보아라, 전우들아, 저기를 보아라!
장교 2	귀를 기울여 보아라!
장교 1	소총 사격 소리다!
장교 3	그놈들이 이제 보루에 집결해 있다! ―
골츠 대위	사실, 저는 이런 뇌성벽력 같은 총성을 평생 들어 본 적 이 없습니다!
호엔쫄러런	쏘아라! 쏘아라! 쏘아 땅바닥에 넓은 구덩이를 파라, 그게 너의 시체를 묻는 묘지가 된다! *(사이 ― 멀리서 승리의 함성)*
장교 1	높은 곳에 계신 전쟁의 신이 승리를 내려 주신다. 브랑겔의 군대는 물러난다!
호엔쫄러런	정말인가?
골츠 대위	정말입니다, 여러분! 저기 왼쪽 언덕을! 그는 보루에서 야포를 철수시킵니다.
일동	만세! 만세! 만세! 승리는 우리 것이야!
홈부르크 공자	*(언덕에서 내려오며)*

자, 코트비츠 대령, 나를 따라 오세요!

코트비츠 대령 젊은이들, 침착하게 침착하게!

홈부르크 공자 자, 이리로 오세요! 진격의 나팔을 울리세요. 나를 따라 오세요!

코트비츠 대령 제발 침착하세요.

홈부르크 공자 *(화를 내며)*

지금 무슨 소리 하는 거요?

코트비츠 대령 전하의 어제 지시에 의하면 우리들은 명령이 있을 때까지 기다려야만 합니다.

골츠, 공자님께 그 명령들을 읽어 드려.

홈부르크 공자 명령이 있을 때까지! 원 참, 코트비츠 대령! 당신은 왜 그렇게 천천히 말을 몹니까?

당신은 공격하라는 마음의 명령에 따르지 않습니까?

코트비츠 대령 무슨 명령 말입니까?

호엔쫄러런 *(공자에게)* 제발!

코트비츠 대령 마음의 명령에 따르라고 하셨습니까?

호엔쫄러런 아르투르, 제발 주의해서 귀를 기울이게!

골츠 대위 대령님, 제 말씀 들어 보세요!

코트비츠 대령 *(기분이 상하여)*

공자님, 왜 그런 식으로 말을 합니까? 공자님이 탄 말을 급한 경우엔 내 말의 꼬리에 묶어 끌고 가겠어요!

여러분들 진격합시다! 나팔수여, 전투 개시의 신호 나팔을 불어라! 돌격!

늙은 코트비츠도 나간다!

골츠 대위	*(코트비츠에게)*
	아닙니다, 그러지 마세요, 대령님, 멈추시오!
장교 2	헤닝스의 병사들은 아직 린 강까지 도착하지 못했습니다!
장교 1	공자님의 칼을 빼앗아라!
홈부르크 공자	내 칼을 빼앗는다고?
	(그 장교를 뒤로 민다.)
	아이고, 성급한 젊은이, 너는 마르크 브란덴부르크 장교가 지켜야 할 10계명도 모른다!
	내가 너의 칼과 칼집을 빼앗겠다.
	(장교의 칼과 검대(劍帶)를 벗긴다.)
장교 1	*(비틀거린다.)*
	공자님, 이런 행위는 틀림없이 ― !
홈부르크 공자	*(장교에게 다가가며)*
	아직도 입을 열고 있어 ― ?
호엔쫄러런	*(장교에게)*
	입 다물고 있어라! 너 미쳤니?
홈부르크 공자	*(그 장교의 칼을 넘겨주면서)* 전령!
	이 장교를 본부로 연행해 가서 가둬 두게.
	(코트비츠와 다른 장교들을 향해)
	자, 여러분, 이것은 내 명령이오. 지휘관을 따라 전장으로 가지 않는 자는 이처럼 감옥행이다!
	― 여기에 남고 싶은 자가 있다면 말해 보시오!
	(잠시 침묵이 흐른다.)

코트비츠 대령 보시는 바와 같이 남고 싶은 자는 아무도 없습니다. 왜
그렇게 화를 냅니까?

호엔쫄러런 *(공자를 달래면서)*
명령이 있을 때까지, 라고 말했던 것은 오로지 자네를
위한 충고였네.

코트비츠 대령 공자님, 책임을 지십시오. 저는 공자님을 따르겠어요.

홈부르크 공자 *(누그러지면서)*
내가 책임을 집니다. 자, 전우들이여, 나를 따라오세요!
(모두 퇴장)

장면: 어느 마을 농가의 방

제3장

시동기사가 박차 달린 장화를 신고 등장, 한 농부와 그의 아내가
탁자에 앉아 일을 한다.

시동기사 안녕하십니까, 성실한 사람들!
당신네 집에 손님들이 묵어도 좋을 방이 있습니까?

농부 예, 기꺼이 드리겠습니다.

부인 묵을 사람이 누구입니까?

시동기사 존귀하신 국모(國母) 전하입니다!

국모님이 타신 마차가 마을 입구에서 축이 부러졌습니다.
그런데 우리는 전투에서 승리했다고 들었기 때문에
이 여행을 더 계속할 필요가 없습니다.

농부 부부   *(일어서며)*
전투에서 승리했다고요? ― 아, 기쁘다!

시동기사   당신들은 그걸 몰랐습니까?
스웨덴 군이 대패했습니다.
영원한 것은 아닐지라도 최소한 일 년 동안 우리 브란덴
부르크는 그놈들의 칼과 대포에서 안전할 수 있습니다!
― 자, 보세요. 국모님이 이미 오셨습니다.

제4장

선제후 부인이 창백하고 당황한 모습으로 들어오고, 그 뒤에 나탈리에 공녀와
궁녀들이 따라 들어온다. ― 앞에 나온 사람들

선제후 부인   *(문으로 가며)*
보르크, 빈터펠트 이리 와! 나를 좀 부축해 줘!

나탈리에   *(그녀에게로 급히 다가가며)*
아, 어머니!

궁녀들   큰일났습니다. 얼굴이 창백합니다! 쓰러질 것 같습니다!
(그들은 선제후 부인을 부축한다.)

선제후 부인   나를 의자 있는 데로 데려다 줘, 좀 앉아야겠다.

— 전사하셨다, 라고 사자(使者)가 말했다. 정말 전사하셨을까?

나탈리에　　아, 어머니!

선제후 부인　　내가 직접 그 나쁜 소식을 갖고 온 자를 만나고 싶다.

제5장

뫼르너 대위가 다친 몸으로 두 기병의 부축을 받으며 들어온다.
— 앞에 나온 사람들

선제후 부인　　공포의 사자여, 자네는 무슨 소식을 갖고 왔는가?

뫼르너　　마님, 저의 이 두 눈으로 영원한 고통을 보았습니다.

선제후 부인　　자, 그럼 말해 보게!

뫼르너　　선제후 전하는 이제 살아 계시지 않습니다!

나탈리에　　오, 하느님,
　　　　　　이런 날벼락이 우리에게 닥치다니!
　　　　　　(손으로 얼굴을 가린다.)

선제후 부인　　그이가 어떻게 최후를 맞았는지 자세히 말해보게!
　　　　　　— 번개가 여행자를 내리칠 때도 마지막 한 순간은 그
　　　　　　여행자 주위를 환하게 비추어 주듯이 자네의 말도 그렇
　　　　　　게 되길 바라네. 자네가 말을 끝내면 밤의 어둠이 내
　　　　　　머리 주위를 감싸도 좋아.

뫼르너　　*(두 기병에 끌려 선제후 부인 앞에 나온다.)*

트루크스한테 심하게 쫓긴 스웨덴 적군이 동요를 일으키자마자,

홈부르크 공자님은 평원에 있는 브랑겔 부대를 향해 돌진하셨습니다.

그는 기병을 이끌고 적의 전열을 돌파하길 두 번,

도망가는 그들을 따라가 전멸시켰습니다.

그때 그는 보루와 마주쳤으며 여기로부터 살인적인 저항을 받았고 그의 기병들은 마치 밭의 작물이 베어지듯 넘어졌습니다.

그러자 그는 흩어진 기병들을 재정비하기 위해 숲과 언덕 사이에서 정지하지 않을 수 없게 되었습니다.

나탈리에	*(선제후 부인을 향해)*
	어머니, 진정하세요!
선제후 부인	괜찮다, 얘야!
뫼르너	전장의 먼지가 걷히는 순간, 우리는 트루크스 대령 군대의 기수를 따라 적을 향해 나아가는 전하의 모습을 볼 수 있었습니다.

승리의 길을 비춰 주는 태양의 광선을 받으면서 위풍당당하게 흰 말 등에 앉아 계셨습니다. 이 광경을 바라보면서 우리는 모두 언덕의 경사진 곳에 집결해 있었습니다.

전하께서 적의 포화에 노출되신 것에 대해 매우 염려하고 있는데 그때 갑자기 전하께서 말과 함께 우리들이 보고 있는 앞에서 땅바닥으로 가라 앉으셨습니다.

두 기수가 전하 위에 몸을 던지며 옥체(玉體)를 기로 덮

었습니다.

나탈리에   오, 어머니!

첫째 궁녀   오, 하느님!

선제후 부인   계속해라! 계속해!

뫼르너   끔찍한 광경을 보신 공자님의 고통은 말할 수 없는 것이었으며,

화가 나고 복수심에 불타 마치 난폭해진 곰처럼 그는 우리와 함께 적의 보루를 향해 돌진했습니다.

보루를 지키는 참호와 흙벽을 뛰어넘어 돌격했습니다.

수비병들을 베어 넘기고 몰아내어 사방으로 흩어지게 했으며 거의 전멸시켰습니다.

스웨덴군의 대포, 깃발, 꽹과리와 군기 그리고 그들의 군용 배낭을 빼앗았습니다.

만약 린 강에 쌓은 교두보가 우리들의 살육 행위를 막아주지 않았더라면, 적은 고향으로 돌아가 조상이 물려준 화롯가에서 페르벨린의 패전을 이야기하고 영웅이 쓰러지는 것을 보았노라고 말할 수 있는 사람이 하나도 없었을 것입니다!

선제후 부인   그 승리는 너무 비싼 대가를 치렀구나!

나는 그런 비싼 승리를 거부한다.

오, 승리를 위해 치른 대가를 나에게 돌려다오!

(기절한다.)

첫째 궁녀   하느님 도와주세요! 선제후 부인께서 기절하셨습니다.

(나탈리에는 운다.)

제6장

홈부르크 공자 등장 — 앞에 나온 사람들

홈부르크 공자 오, 내 소중한 나탈리에!

  (감동하여 나탈리에의 손을 잡고 자기 가슴에 갖다 댄다.)

나탈리에 그럼 그것이 사실입니까?

홈부르크 공자 아, "그건 헛소문이다"라고 대답할 수 있다면!

  만약 나의 이 충실한 가슴의 피로써 전하의 가슴에 다시 생명을 돌려줄 수만 있다면! —

나탈리에 *(눈물을 닦으면서)*

  그러면 그들이 유해를 찾았습니까?

홈부르크 공자 아, 그 순간까지 내 임무는 오로지 브랑겔에게 복수하는 것이었어요,

  어떻게 내가 그런 일을 할 수 있었을까요?

  그러나 나는 병사들을 보내어 전사자들이 산더미처럼 쌓인 들판에서 유해를 찾아내게 했어요.

  해가 지기 전에는 틀림없이 이곳에 도착하게 될 것입니다.

나탈리에 이 몸서리치는 싸움에서 누가 스웨덴군을 제압할지 말해 보세요?

  큰아버지의 행복과 명성을 빼앗아 간 적으로부터 이 세상의 누가 우리를 보호할 것입니까?

홈부르크 공자 *(나탈리에의 손을 잡고)*

아가씨, 내가 그 일을 떠맡겠어요!

나는 이글거리는 칼을 가진 미카엘 천사 같은 수호천사
로서

후견인을 잃은 당신 옥좌를 옆에서 지키겠어요.

선제후께서는 이 해가 가기 전에

마르크(브란덴부르크)인들이 해방되는 것을 보고자 하
셨어요.

좋습니다! 내가 그런 유지의 실현자가 되렵니다.

나탈리에   내 사랑하는, 사촌오빠!

(손을 뺀다.)

홈부르크 공자   오, 나탈리에!

(한동안 말을 멈춘다.)

지금 당신은 당신의 미래에 대해 어떻게 생각하세요?

나탈리에   이런 날벼락을 맞고 내 발 밑의 땅이 갈라져 버린 지금
나는 무엇을 해야 합니까?

내 아버지와 어머니는 암스테르담 묘지에서 쉬고 계십
니다.

내 집안의 유산인 도르트레히트 영지는 완전히 잿더미
가 되었고

내 사촌 모리츠 폰 오라니엔은 스페인 독재자의 군대에
내쫓겨 자신의 아이들을 어디에 피신시켜야 좋을지 몰
랐습니다.

그리고 지금 내 행복의 덩굴을 지탱하던 마지막 버팀목
은 부러졌으며,

나는 오늘 다시 한 번 고아가 되었습니다.

홈부르크 공자 *(나탈리에의 허리를 팔로 안으며)*

오, 친구여, 지금 이 시간이 애도의 시간이 아니라면,

나는 이렇게 말하겠어.

너의 덩굴손으로 여기 내 가슴둘레를 감아라.

이 가슴은 몇 년 전부터 외롭게 꽃을 피우면서

너의 달콤한 꽃향기를 그리워한다.

나탈리에 사랑하는 사촌오빠!

홈부르크 공자 너는 그렇게 하겠니? 너는 — ?

나탈리에 그 가슴 깊은 곳까지 내가 감아도 좋습니까?

(공자의 가슴에 기댄다.)

홈부르크 공자 뭐라고, 그게 무슨 뜻이니?

나탈리에 자, 저쪽으로 가시죠!

홈부르크 공자 *(나탈리에를 계속 잡고서)* 이 가슴 깊은 곳으로!

내 마음의 내면 속으로, 나탈리에.

(키스한다. 나탈리에는 뿌리치고 도망친다.)

아, 하느님, 만약 우리들이 애도하고 있는 그분이 여기
에 살아 계셔서,

이 결합을 보신다면 얼마나 좋을까!

우리들은 그분에게 말을 더듬으면서, "아버지, 저희를
축복해 주십시오!"라고 말할 수 있을 텐데!

*(두 손으로 낯을 가린다. 나탈리에는 다시 선제후 부인 곁으로
돌아간다.)*

제7장

기병상사가 급히 뛰어 나온다. — 앞에 나온 사람들

기병상사   공자님, 맹세코 저는 감히 지금 떠돌고 있는 소문을 전

해 드릴 수 없습니다!

— 선제후 전하께서 무사하십니다!

홈부르크 공자 전하께서 무사하시다니!

기병상사   하늘에 맹세하건대 사실입니다!

슈파렌 백작이 방금 그 소식을 가져왔습니다.

나탈리에   오, 하느님! 어머니, 들으셨습니까?

(선제후 부인 앞에 무릎을 꿇고 선제후 부인의 허리를 껴안

는다.)

홈부르크 공자 나는 그것을 믿을 수 없네! 누가 그 소식을 전했지?

기병상사   게오르크 폰 슈파렌 백작입니다.

그는 하켈비츠에서 트루크스 병사들과 함께

아주 건강하고 안전하게 계시는 전하를 자기 두 눈으로

똑똑히 보았답니다!

홈부르크 공자 늙은이여, 속히 가서 그 백작을 이리로 데리고 오세요!

(기병상사 퇴장)

제8장

게오르크 폰 슈파렌 백작과 기병상사가 등장 — 앞에 나온 사람들

선제후 부인 나를 두 번 다시 절망의 나락으로 빠뜨리지 마라!

나탈리에 그게 아닙니다, 어머니!

선제후 부인 프리드리히가 무사히 잘 계신다고?

나탈리에 *(선제후 부인을 두 손으로 부축하며)*

어머님은 행복의 절정에 다시 한번 서 계십니다!

기병상사 *(앞으로 나온다.)*

그 장교를 데리고 왔습니다.

홈부르크 공자 슈파렌 백작!

당신은 하켈비츠에서 트루크스 병사들과 함께 건강하

게 잘 계신 전하의 모습을 보셨다지요?

슈파렌 백작 그렇습니다, 공자 저하. 저는 목사관에서 전하가 참모

들에게 둘러싸여

양측의 전사자들을 정중하게 묻으라고 명령하시는 것

을 보았습니다!

궁녀들 오, 하느님!

(그들은 서로 껴안는다.)

선제후 부인 아, 내 딸아!

나탈리에 아, 이건 너무나 큰 행운입니다!

(큰어머니의 무릎에 얼굴을 묻는다.)

홈부르크 공자 그런데 나는 내 기병의 선두에 서서, 저 멀리 그분이 대

포에 맞아 분해되어 말과 함께 땅바닥으로 굴러떨어지
는 것을 보았습니다.

슈파렌 백작 예, 말과 그 말 등에 탄 사람이 함께 쓰러진 것은 물론
사실입니다.

그러나 공자님, 그 말에 탄 사람은 전하가 아니었습니다.

홈부르크 공자 뭐, 전하가 아니었다고?

나탈리에 참 잘됐다!

(일어나서 선제후 부인 곁에 선다.)

홈부르크 공자 말해 보세요! 자세히 이야기해 보세요!

당신의 말은 내게 천금보다 더 소중합니다!

슈파렌 백작 자, 지금까지 들어 본 적이 없는 가장 감동적인 사건을
들어 보세요!

전하께서는 모든 간언을 듣지 않으시고,

프로벤이 최근에 영국에서 구입했던 빛을 발하는 흰색
말을 다시 타셨습니다.

그래서 이번에도 늘 그랬던 것처럼 적의 포격 목표가
되었습니다.

전하의 수행원들 중 어느 누구도 100보 이내로 가까이
다가갈 수 없었습니다.

유탄, 총알, 산탄이 죽음의 강물처럼 그에게로 빗발쳤으
며, 거기에 있던 모든 이들은 강둑으로 물러났습니다.

오직 전하만이 용감한 수영선수처럼 동요하지 않으시
고 동료들에게 계속 신호를 보내면서 용감하게 손발을
움직여 강의 원천 쪽으로 거슬러 올라가셨습니다.

홈부르크 공자 아, 정말! 그것을 보는 것은 무서웠겠습니다.

슈파렌 백작 마술교관 프로벤은 수행원들 중에서 그를 가장 가까이서 따르다가 저에게 말을 걸었습니다.

"빌어먹을, 최근에 런던에서 비싼 값으로 사 온 저 흰말이 번쩍번쩍 빛을 내네!

내가 그 말을 회색으로 바꿀 수만 있다면 기꺼이 금화 50냥을 지불할 텐데"

그는 두려운 마음으로 전하에게 다가가서 말씀을 드렸습니다.

"전하, 전하의 말이 겁을 냅니다, 제가 이 말을 다시 한 번 더 훈련시킬 수 있게 허락해 주십시오!"

이 말을 하면서 그는 자기 적갈색 말에서 뛰어내려 전하의 말고삐를 잡았습니다. 전하께서도 역시 말에서 내려 조용히 미소 짓고는 말씀하시길, "늙은이, 당신이 말에게 가르치려는 기술을 그 말은 낮에는 배우지 않을 거야! 바라건대, 그 말의 결점을 적들이 볼 수 없는 저 언덕 뒤로 몰아가게."

그리고 전하는 프로벤이 타고 온 갈색 말에 올라앉아 직무를 수행할 곳으로 돌아가셨습니다.

그런데 프로벤이 그 백마에 올라앉자마자, 갑자기 치명적인 탄환이 야전 보루에서 날아와 말과 기수 모두를 바닥으로 넘어뜨렸습니다. 충성의 제물이 된 그는 먼지 속에 가라앉았고, 그의 입에서 말 한마디 듣지 못했습니다.

(잠시 사이를 두고)

홈부르크 공자 그의 죽음은 정말 멋지다! — 내 생명이 열 개라도 이보다 더 멋지게 쓸 수 없을 텐데.

나탈리에 용감한 프로벤! —

선제후 부인 존경스런 군인!

나탈리에 신분이 낮은 사람에게도 눈물을 흘리지 않을 수 없군요! (여성들은 운다.)

홈부르크 공자 됐어, 이제 본론으로 들어가서, 전하는 어디 계시나요? 하켈비츠에 본부를 두었습니까?

슈파렌 백작 용서하십시오! 전하께서는 베를린으로 가셨으며, 모든 장교들에게 거기로 따라오라고 명령하셨습니다.

홈부르크 공자 뭐라고요? 베를린으로? — 그럼 전쟁은 끝났단 말인가요?

슈파렌 백작 그렇습니다. 그런데 이 사실을 당신이 모르고 계셨다니 놀랍습니다! — 스웨덴 장군인 호른 백작이 진영에 도착했으며, 그가 도착하자마자, 휴전이 공포되었습니다. 되르플링 원수에게서 들은 말이 틀리지 않는다면, 교섭은 이미 시작되었습니다. 곧 평화가 회복될 것입니다.

선제후 부인 오, 하느님, 모든 일이 얼마나 잘 풀리는가! (일어선다.)

홈부르크 공자 자, 우리도 즉시 전하를 따라 베를린으로 갑시다! — 조금이라도 더 빨리 도착하기 위해 마마의 마차에 동석을 해도 되겠습니까?

― 코트비츠에게 급히 두어 줄 편지를 쓰고 나서 곧바로 마마의 마차에 타겠어요.

(앉아서 편지를 쓴다.)

선제후 부인 기꺼이 그렇게 하겠네!

홈부르크 공자 (편지를 접어서 기병상사에게 건네준다. 그리고 나서 선제후 부인에게로 몸을 돌려 부드럽게 나탈리에의 허리에 팔을 얹는다.)

저는 당신에게 말씀드리기 어려운 소망이 있습니다만, 그것을 길을 가면서 말씀드리려고 합니다.

나탈리에 (공자의 팔에서 급히 몸을 빼면서)

보르크! 빨리! 내 스카프를 줘!

선제후 부인 자네가? 나에게 하나의 청이 있다고?

첫째 궁녀 공녀님, 스카프는 공녀님의 목에 감겨 있습니다!

홈부르크 공자 (선제후 부인에게)

뭔지 전혀 알아맞히지 못하십니까?

선제후 부인 그래, 전혀 알아맞히지 못하겠다!

홈부르크 공자 전혀 눈치채지 못합니까?

선제후 부인 (잠시 말을 중단하고)

염려 말아라! 오늘 누가 어떤 탄원을 하더라도, 나는 결코 '아니오'라고 말하지 않겠다.

그리고 너는 더욱이 전투에서 승리를 거둔 사람이다!

― 자, 가자!

홈부르크 공자 오, 어머니! 그게 무슨 말씀입니까?

그 말씀을 제게 유리하게 해석해도 되겠습니까?

선제후 부인 자, 가자! 더 자세한 것은 마차 안에서 이야기하자!

홈부르크 공자 자, 당신의 팔을 주세요!

　　　　— 오, 신과 같은 시이저여! 나는 당신의 별로 올라가는
　　　　행복의 사다리를 놓은 것 같다!

　　　　(여인들을 데리고 공자 퇴장. 모두가 그 뒤를 따른다.)

　　장면: 베를린. 옛 성 앞의 정원, 그 뒤로 성 교회와 계단이 있고 종소리가
울리며 교회가 밝게 조명된다. 프로벤의 유해가 들려 들어오는 것이 보이고
　　　　　　　　멋진 관대(棺臺) 위에 안치된다.

제9장

　　선제후, 원수 되르플링, 대령 헤닝스, 트루크스 백작, 그리고 다른 대령과
　　장교들이 등장. 급보(急報)를 든 장교들이 반대쪽에서 등장, 교회 안과
　　　　　　　　광장에는 남녀노소의 사람들이 있다.

선제후　　　전투 당일에 기병대를 지휘했던 자가 누구냐.
　　　　　　　헤닝스 대령이 적의 다리를 완전히 파괴하기 전에,
　　　　　　　내 명령도 기다리지 않고,
　　　　　　　멋대로 돌격을 감행하여 적을 도망치게 했다.
　　　　　　　사형 받을 죄를 범했기에 그가 누구라도
　　　　　　　나는 그를 군법회의에 회부시킬 것임을 선언한다.
　　　　　　　— 기병대를 지휘했던 자가 홈부르크 공자 아닌가?

트루크스 백작 아니, 그렇지 않습니다. 전하!

선제후	누가 그것을 증명해 줄 수 있는가?
트루크스 백작	그것을 보증해 줄 기병들이 있습니다.
	그들은 전투 개시 전에 제게,
	공자님이 낙마(落馬)하셔서
	머리와 대퇴부에 심한 부상을 입고
	어느 교회 안에서 붕대에 감기는 모습을 보았다고 했습니다.
선제후	아무래도 좋다! 오늘의 승리는 빛나는 거야!
	내일 제단 앞에서 신에게 감사를 올리겠다!
	그러나 이 승리가 10배나 크다고 해도, 그 책임자를 용서하지 못한다.
	그의 실수로 인해 이번 승리는 내게 우연히 찾아온 거야.
	나는 앞으로도 여러 번 전투를 하지 않으면 안 된다.
	그래서 나는 군율이 엄수되는 것을 원한다.
	다시 한 번 말을 하건대, 전장에서 기병대를 지휘했던 자는 그가 누구이든지 간에 오늘 목이 잘릴 것이다.
	나는 그를 군사법정에 소환한다.
	― 자, 여러분 나를 따라 교회로 가자!

제10장

홈부르크 공자는 세 개의 스웨덴 군기(軍旗)를 손에 들고, 코트비츠 대령은 두 개의 군기를 들고, 호엔쫄러런, 골츠 대위, 로이스 백작 등은 각각 하나의

군기를 들고, 다른 장교들, 하사들, 기병들은 깃발, 꽹과리 및 군기를 들고
등장

되르플링 원수 *(공자를 보자마자)*

홈부르크 공자이시다! — 트루크스! 당신은 어째서 그
런 말을 했습니까?

선제후 *(깜짝 놀라며)*

공자, 어디서 왔어?

홈부르크 공자 *(앞으로 몇 걸음 걸어 나가며)*

전하, 페르벨린에서 왔습니다.

전리품들을 가지고 왔습니다!

(세 군기를 선제후 앞에 내려놓는다. 장교들, 하사들 그리고 기
병들이 차례로 군기를 내려놓는다.)

선제후 *(당황하며)*

그대가 부상을 입었다고 들었는데, 심하지는 않은가?

— 트루크스 백작, 당신이 그렇게 말하지 않았소?

홈부르크 공자 *(쾌활하게)* 황송하오나, 그렇지 않습니다!

트루크스 백작 정말, 놀라운 일입니다!

홈부르크 공자 전투가 시작되기 전에, 제 갈색 말이 넘어졌습니다.

이 손을 군의관이 붕대로 묶어 주었는데,

부상이라고 할 만한 것은 아닙니다.

선제후 그런데 그대가 기병을 지휘했느냐?

홈부르크 공자 *(선제후를 쳐다보고)*

저요? 물론 그렇습니다. 그것을 반드시 저한테서 듣고

	싫으십니까?
	— 여기 전하 발밑에 증거를 내려놓았습니다.
선제후	이 자의 칼을 빼앗고 감옥에 가두어라!
원수	*(깜짝 놀라며)*
	누구의 칼을 —?
선제후	*(깃발 속으로 걸어가며)*
	코트비츠, 환영하네!
트루크스 백작	*(혼자서)* 큰일 났다!
코트비츠 대령	정말, 뭐가 뭔지 모르겠다 —!
선제후	*(코트비츠를 쳐다보며)* 무슨 말을 하는가 —?
	보라, 우리들의 명예를 위해 얼마나 훌륭한 수확인가!
	— 이것은 스웨덴 호위병의 깃발 아닌가?
	(하나의 깃발을 집어 들고, 펼쳐서 이를 쳐다본다.)
코트비츠 대령	전하?
원수	전하?
선제후	확실하다! 그것은 구스타프 아돌프[4]의 시대로부터 유래한 것이다.
	— 거기에 새겨 놓은 글자를 읽어 보게!
코트비츠 대령	제 생각으로는 —
원수	Per aspera ad astra[5]
선제후	페르벨린 전투에서는 이 글자대로 되지 않았어.

---

4 Gustav Adolf (1594-1632) 스웨덴 국왕
5 고난의 길을 지나 별에 도달하다, 즉 전쟁을 거쳐 승리에 이른다는 뜻

(사이)

코트비츠 대령 *(머뭇거리면서)*

전하, 한 말씀만 드리게 해 주십시오! —

선제후 무슨 말이냐 — ?

이 깃발, 꽹과리, 군기들을 모두 갖고 가서

교회 기둥에 걸어라.

내일 승리의 축제 때 이것들을 사용하겠다.

(선제후는 급사들에게로 몸을 돌리고, 그들에게서 급보를 받아 열고 읽는다.)

코트비츠 대령 *(혼자서)* 맹세코, 이것은 너무 지나치다!

(대령은 잠시 머뭇거리다가 자신이 갖고 온 두 깃발을 집어 든다. 다른 장교들과 기병들이 똑같이 따라한다. 마지막으로 공자가 갖고 온 세 깃발이 남는다. 코트비츠가 이것을 집어 올려, 이제 그는 다섯 개의 깃발을 들고 있다.)

한 장교 *(공자 앞으로 나서며)*

공자님, 실례입니다만 칼을 넘겨주십시오.

호엔쫄러런 *(깃발을 들고 공자의 옆으로 가며)*

정신을 차리게!

홈부르크 공자 내가 꿈을 꾸나? 깨어 있나? 살아 있나? 제정신인가?

골츠 대위 공자님, 충고하오니, 칼을 그에게 넘겨주세요! 그리고 침묵하세요!

홈부르크 공자 내가 체포된 것인가?

호엔쫄러런 그렇습니다!

골츠 대위 들으신 대로입니다!

홈부르크 공자 그 이유가 무엇입니까?

호엔쫄러런 *(강한 어조로)* 지금은 안 돼!

— 우리가 그때도 말했듯이, 자네는 너무 일찍 전장으로 돌진했네.

명령은 지시가 있을 때까지 현 위치에서 이동하지 말라는 것이었어!

홈부르크 공자 친구들, 나를 도와주게! 난 미치겠다!

골츠 대위 *(끼어들며)* 조용히 하세요! 조용히 하세요!

홈부르크 공자 그럼 브란덴부르크군이 전투에 패했단 말입니까?

호엔쫄러런 *(발을 동동 구른다.)*

그런 것은 아무 상관없어! — 군율에 복종하지 않으면 안 돼.

홈부르크 공자 *(빈정대며)*

아 — 그래, 정말, 그렇지!

호엔쫄러런 *(공자 곁을 떠나며)*

걱정하지 말게! 너의 목이 달아나지는 않을 거야.

골츠 대위 *(마찬가지로 공자의 곁을 떠나며)*

아마 내일 아침 석방될 것입니다.

(선제후는 급보를 접고, 장교들 무리 속으로 돌아간다.)

홈부르크 공자 *(칼을 풀어낸 뒤에)* 내 친척 프리드리히 선제후께서는 늙은 브루투스[6] 역을 하려고 하신다.

---

6 전설에 의하면 로마 공화정의 창시자인 Lucius Junius Brutus는 두 아들이 국가에 반역했다고 해서 처형당하게 했다.

아마포 위에 그려진,

자신이 로마 재판관의 의자에 앉아 있는 초상화를 보고

황홀해하신다.

스웨덴 군기가 전면에 배치되어 있고,

책상 위에는 브란덴부르크의 군율이 놓여 있다.

맹세코, 선제후께서는 나를

형리의 도끼 밑에서 아버지를 찬탄하는 아들이라고

생각하시지 않는다.

옛날식의 독일 혼을 가진 나는 관대함과 자비에 익숙해

져 있다.

그런데 바로 이 순간 선제후께서 고대 로마인처럼 냉정

한 태도로 나를 다루신다면 참 유감스럽다.

난 선제후님을 불쌍히 여긴다!

(칼을 그 장교에게 넘겨주고 퇴장)

선제후   그를 페르벨린의 본부로 데려가거라.

그곳에서 군사법정을 열고 그를 재판하여라!

(선제후는 교회 안으로 들어간다. 그 뒤를 따라 장교들이 깃발
을 들고 들어간다. 선제후와 부하들이 프로벤의 관 앞에서 무
릎을 꿇고 조의를 표하는 사이에 그 깃발들은 교회 기둥에 걸
린다. 장송곡)

제3막

장면: 페르벨린. 감옥

제1장

홈부르크 공자 — 무대 뒤에서 호위하는 두 기병 — 호엔쫄러런 백작 등장

홈부르크 공자 아! 하인리히!

잘 왔네! — 그런데 내가 다시 풀려났단 말인가?

호엔쫄러런 *(놀라면서)*

만약 그렇게 된다면 신을 찬양하겠어!

홈부르크 공자 무슨 말을 하는가?

호엔쫄러런 풀려났다고?

칼을 돌려받았는가?

홈부르크 공자 내가? 아니다.

호엔쫄러런 아니라고?

홈부르크 공자 아니다!

호엔쫄러런 — 그럼 어떻게 풀려났단 말인가?

홈부르크 공자 *(잠시 사이를 둔 후)*

나는 자네가 그 소식을 갖고 오는 걸로 생각했네. — 아무래도 좋다!

호엔쫄러런 — 나는 아무것도 모른다네.

홈부르크 공자   아, 좋다. 상관없다. 잘 알아들었나?

그렇다면 다른 사람을 보내어 그 소식을 전해 줄 것이다.

(몸을 돌려 두 개의 의자를 갖고 온다.)

앉게! ― 자, 무슨 일이 있었나?

― 전하께서는 베를린에서 돌아오셨지?

호엔쫄러런   *(방심하여)*

그래, 어제 저녁에 돌아오셨네.

홈부르크 공자   거기에선 계획한 대로 승리의 축제가 열렸는가?

― 물론이다!

― 전하께서도 교회에 오셨지?

호엔쫄러런   전하와 선제후 부인님, 나탈리에 공녀님도 ―.

교회는 훌륭하게 불을 밝혔으며 포병대는 성 광장에서 감사의 기도를 올리는 동안 장엄하게 축포를 쏘았고 스웨덴 국기와 군기 등의 전리품은 교회 기둥에 걸려 바람에 휘날렸네.

전하의 특별한 명령으로 승리자인 자네 이름이 설교단에서 거명되었네.

홈부르크 공자   이미 들었어! ― 자, 그 밖에 다른 소식 없어?

― 자네 안색이 좋지 않아 보이네!

호엔쫄러런   ― 벌써 누구를 만났나?

홈부르크 공자   자네도 알다시피, 바로 조금 전 심문을 받으러 성안으로 갔을 때, 골츠를 만났네.

(사이)

호엔쫄러런   *(의아한 눈초리로 공자를 쳐다본다.)*

아르투르, 자네 신상이 어떻다고 생각하는가?

상황이 이상하게 변했네.

홈부르크 공자 내가 어떻게 생각하느냐고?

자네와 골츠가 생각하는 것과 같으며, — 재판관이 생각하는 것과 같다.

선제후께서는 의무가 명하는 대로 반드시 해야 할 일을 하셨다.

그러나 이제 전하는 마음의 소리에 귀를 기울일 것이다. "너는 군율을 위반했다"라고 진지한 어조로 말씀하시고, 나에게 사형 아니면 금고형을 내리실 거야. "그러나 나는 자네를 다시 풀어준다"고 하실 거야. —

그리고 자신에게 큰 승리를 갖다 준 칼의 둘레에 자비의 장식을 감아 줄 거다.

만약 그렇게 하지 않더라도 좋다. 나는 그것을 받을 자격이 없기 때문이다!

호엔쫄러런 아, 아르투르!

(잠시 멈춘다.)

홈부르크 공자 무슨 일이야?

호엔쫄러런 — 자네는 그것을 확신하는가?

홈부르크 공자 그렇네, 그렇게 생각하네. 내가 전하에게 친아들처럼 소중하다는 것을 알고 있네.

전하께서 나를 사랑하는 마음은 내 어릴 적부터 여러 가지로 증명되었네. 믿지 못하겠나? 젊은 내 명예가 커지는 것을 보시고 전하께서는 자신의 일인 듯이 기뻐하시지 않았던가?

오늘의 나는 모든 점에서, 전하의 덕택 아닌가?

그의 손으로 키운 식물이 단지 약간 이르게 그리고 너무 무성하게 꽃을 피웠다고 해서, 그것을 무정하게 스스로 뽑아 미워하며 쓰레기 속에 집어던진단 말인가?

전하의 불구대천 적이 그렇게 말한다고 해도 믿지 않을 텐데,

하물며 전하를 잘 아는 사랑하는 자네가 그런 말을 한다면 어떻게 그것을 믿을 수 있겠는가?

호엔쫄러런   (의미 있게)

아르투르, 자네는 군법회의에서 재판을 받고 있다.

그런데 아직도 그렇게 생각하고 있는가?

홈부르크 공자   내가 재판을 받고 있기 때문이다! ─

신에 맹세하건대, 만약 사면해 주실 것을 계획하지 않았더라면, 어떻게 그런 일을 하셨을까?

저기 법정의 피고석이 내 신뢰를 회복하는 바로 그곳이네.

명령이 하달되기 조금 전에 스웨덴 군을 쳐부순 것이 사형을 받을 만한 죄가 되나?

그 밖에 내가 어떤 죄를 지었지?

어떻게 나를 무정하게 언제나 총살의 만가(輓歌)만을 노래하는 올빼미 같은 재판관들의 책상 앞으로 불러낼까?

전하는 군주의 말로써 명쾌한 판결을 가지고 신처럼 그들의 무리 속으로 들어가 나를 구해 줄 의도가 없단 말

인가?

아니, 친구여, 전하께서는 짙은 구름을 내 머리 위에 모아두고 마치 태양처럼 구름을 관통하는 빛을 발하며 나를 쬐어 주시려는 것인가?

만약 이것이 기쁨이라면, 나는 기꺼이 전하께 기쁨을 바치겠어!

호엔쫄러런 그런데도 군법회의가 판결을 내렸다고 하더군.

홈부르크 공자 그래, 나도 들었어. 사형이다.

호엔쫄러런 *(깜짝 놀라)* 알고 있었나?

홈부르크 공자 판결이 내려진 법정에 가 있던 골츠가 결과를 나에게 알려 주었네.

호엔쫄러런 그런데도, ─ 어이쿠! 상황이 그런데도 자네는 동요하지 않는가?

홈부르크 공자 내가 동요한다고? 전혀 아니다.

호엔쫄러런 정말 이해할 수 없는 사람!

그런 확신의 근거는 어디에 있나?

홈부르크 공자 전하는 틀림없는 분이라고 믿기 때문이지!

(일어선다.)

제발 나를 혼자 있게 해 줘!

왜 내가 그런 바보 같은 의심으로 괴로워해야 하나?

(잠시 생각하며 다시 앉는다. ─ 사이)

군법회의는 사형을 선고하지 않을 수 없었다.

사건을 재판하는 법에는 그렇게 되어 있다.

그러나 전하께서 그 판결을 집행시키기보다는, 또 충심

으로 전하를 사랑하는 이 가슴을 여기서 수건 한 장을
떨어뜨리는 신호로 총알 앞에 내놓기보다는,
오히려 전하께서 스스로 가슴을 열고 피를 흙 속에 뚝
뚝 흘리는 쪽을 선택할 것임에 틀림 없네.

호엔쫄러런   그런데 아르투르, 내 말 좀 들어 보게! —

홈부르크 공자   *(불쾌한 듯이)* 도대체 무엇을!

호엔쫄러런   사실은 원수가 —

홈부르크 공자   *(마찬가지로 불쾌한 듯이)* 쓸데없는 소리하지 마!

호엔쫄러런   한마디만 더 들어 주게!
만약 이 말이 자네에게 해당되지 않는다면, 나는 입을
다물겠네.

홈부르크 공자   *(그에게로 다시 얼굴을 돌리면서)*
이미 말했듯이, 나는 모든 것을 알고 있네.
— 그런데 그건 뭐지?

호엔쫄러런   아주 이상스럽게도, 원수님이 방금 성에 계신 전하께
사형선고를 갖다 드렸더니,
사면하는 것은 전하의 재량임에도 불구하고, 그렇게 하
시지 않고 판결문에 서명을 하기 위해 그것을 가져오라
고 명령하셨다고 하네.

홈부르크 공자   거듭 말하건대, 그건 문제되지 않는다.

호엔쫄러런   문제되지 않는다고?

홈부르크 공자   서명을 하기 위해서?

호엔쫄러런   결코 그것은 거짓말이 아니네. 맹세할 수 있네.

홈부르크 공자   판결에? — 아니, 재판기록이지 — ?

호엔쫄러런   사형선고이네.

홈부르크 공자   ─ 누가 그런 말을 했는가?

호엔쫄러런   원수 그가 직접!

홈부르크 공자   언제?

호엔쫄러런   조금 전.

홈부르크 공자   전하를 뵙고 물러날 때?

호엔쫄러런   전하를 뵙고 나서 궁중계단을 내려올 때였네! ─
깜짝 놀란 나를 보고, "내일도 있으니 공자의 사면에
대한 희망을 완전히 포기해서는 안 될 것입니다"라는
말을 덧붙였네.
그러나 그의 창백한 입술은 자신이 하는 말을 부정하며
'아마 사면은 되지 않을 것입니다'라는 본심(本心)을 말
하고 있었네.

홈부르크 공자   (일어서며)
만약 전하께서 사면을 안 된다고 하신다면, 아니 그런
끔찍한 생각을 가슴속에 품을 수 있겠는가?
전하께서 최근에 받은 다이아몬드에 렌즈로 겨우 알아
볼 수 있는 작은 흠이 있다고 해서 그것을 바친 사람을
짓밟을 수 있겠는가? 그렇다면 알제리의 잔인한 폭군
도 무구한 선인이다. 사르다나팔루스[7]에게 세라핀 천
사와 같은 은색의 날개를 달아 주는 격이다.

---

7   기원전 7세기 아시리아의 폭군

고대 로마의 폭군들[8]을 어머니의 가슴에 안겨 죽었던
죄 없는 아이들처럼, 신의 오른쪽으로 올려 보내는 짓
이 아닌가?

호엔쫄러런 (마찬가지로 일어서며)

그러나 친구여, 자네는 그것을 인정하지 않으면 안 되네.

홈부르크 공자 원수는 침묵했고 그 이상은 아무 말도 하지 않았다는
건가?

호엔쫄러런 그가 무슨 말을 했겠는가?

홈부르크 공자 아, 하느님! 내 희망이여!

호엔쫄러런 알고 했든 모르고 했든 간에, 혹시 선제후의 자존심을
건드리는 어떤 일을 하지 않았는지?

홈부르크 공자 결코 그런 일 없었네!

호엔쫄러런 잘 생각해 보게!

홈부르크 공자 맹세코, 한 번도 없다! 전하의 머리 그림자조차 나에겐
신성했다.

호엔쫄러런 아르투르, 내가 자네 말을 의심한다고 해서 화내지 말게.
스웨덴의 공사인 호른 백작이 도착했다네.

그의 왕 칼 구스타프와 나탈리에 공녀의 혼사를 협상하
기 위해서라네.

그러나 선제후 부인께서 하신 말들은 전하에게 심한 상
처를 드렸다네.

젊은 공녀는 이미 상대를 선택했다는 거야.

---

8   Nero, Caligula 등을 말함

자네는 이것과 관련이 있지 않는가?

홈부르크 공자 아니, 무슨 말을 하는가?

호엔쫄러런 관련이 있지? 그렇지?

홈부르크 공자 아, 그렇다. 이제 모든 것이 분명하다.

스웨덴 측의 청혼이 나를 파멸로 빠뜨리네.

고백하건대, 그녀가 이 결혼을 거부하는 것은 내 책임
이네.

왜냐하면 공녀는 나와 약혼했기 때문이지!

호엔쫄러런 어리석은 사람아! 무슨 말을 하는가?

충실한 내가 얼마나 자주 간언(諫言)을 하던가?

홈부르크 공자 아, 친구여. 나를 구해 줘! 나는 망했어.

호엔쫄러런 그래, 이 궁지에서 어떻게 빠져나갈 수가 있겠는가?

큰어머님인 선제후 부인을 만나 보겠나?

홈부르크 공자 (몸을 돌려)

이리와, 경비병!

기병 (무대 안쪽에서)

예!

홈부르크 공자 가서 너의 장교를 불러오너라! ―

(급히 벽에 걸려 있는 코트를 집어 들고 책상 위에 있던 깃털모
자를 쓴다.)

호엔쫄러런 (공자의 옷 입는 동작을 도와주면서)

이번 면담이 잘 되면, 목숨을 건질 수 있을 것이네.

― 다만 조금 전에 말한 조건으로 선제후 전하께서 스

웨덴의 칼 대왕[9]과 평화의 조약을 체결하면, 그의 마음
도 자네와 화해할 것이며,
그러면 틀림없이 몇 시간 이내에 자네는 자유의 몸이
될 거야.

제2장

장교 등장 — 앞에 나온 사람들

홈부르크 공자 *(장교에게)*

스트란츠, 나는 자네의 감시 하에 있네! 내가 급한 일로
이곳을 한 시간 정도 떠나 있게 허락해 주게.

장교　　　　공자님, 저는 당신을 감독하고 있지 않습니다. 제가 받
은 명령에 의하면 당신은 당신이 가시고자 하는 곳에
어디든 자유로이 가실 수 있습니다.

홈부르크 공자　참으로 이상한 말이다. — 그럼 내가 갇힌 자가 아니지
않은가?

장교　　　　죄송합니다만, 당신의 말씀 그 자체가 속박입니다.

호엔쫄러런　*(떠나면서)*

그것도 좋다! 아무래도 좋다! —

홈부르크 공자　그럼 — 안녕!

9　Karl XI세, 1655-1697

호엔쫄러런   그 속박은 공자님의 발을 따라갈 것이네!

홈부르크 공자   나는 성에 계신 내 큰어머님만 만나 보고,

　　　　　잠시 후 여기로 돌아오겠네.

　　　　　(모두 퇴장)

장면: 성안에 있는 선제후 부인의 방

제3장

선제후 부인과 나탈리에 등장

선제후 부인   이리 와, 내 딸! 이리 와! 운명의 시간이 됐다.

　　　　　스웨덴 공사 구스타프 호른 백작과 모든 손님들이 성을

　　　　　떠났어.

　　　　　너의 큰아버지 사무실에는 불이 켜져 있구나.

　　　　　스카프를 감고 몰래 그에게로 가서 네가 공자의 목숨을

　　　　　구할 수 있는지를 알아보아라.

　　　　　(그들은 가려고 한다.)

제4장

궁녀 등장 — 앞에 나온 사람들

궁녀	마님, 홈부르크 공자님이 문 앞에 계십니다!
	— 제가 사람을 잘못보지 않았는지 모르겠습니다.
선제후 부인	*(깜짝 놀라)* 그럴 리가 없다!
나탈리에	공자님이 친히?
선제후 부인	그는 갇혀 있지 않니?
궁녀	그는 코트를 입고 깃털모자를 쓰고 밖에 서 계십니다.
	크게 놀라시며, 급히 알현(謁見)을 간청합니다.
선제후 부인	*(화를 내며)*
	사려 깊지 못한 사람! 약속을 어기고서!
나탈리에	급한 용무가 있는지도 모르겠습니다.
선제후 부인	*(잠시 생각한 후에)* — 그를 들어오게 해라!
	(자리에 앉는다.)

제5장

홈부르크 공자 등장 — 앞에 나온 사람들

홈부르크 공자	아, 어머니!
	(선제후 부인 앞에 무릎을 꿇는다.)
선제후 부인	공자, 무슨 용무로 여기 왔느냐?
홈부르크 공자	아, 어머니, 당신의 무릎을 껴안게 해주세요!
선제후 부인	*(감동을 억제하면서)*

공자, 너는 갇힌 몸 아닌가, 그런데 이리로 오다니!

너는 묵은 죄 위에 또 새로운 죄를 만드느냐?

홈부르크 공자 *(다급하게)*

제 몸에 무슨 일이 일어났는지 당신은 알고 계십니까?

선제후 부인 나는 모든 것을 알고 있다!

그렇지만 가련한 여인인 내가 너를 위해 무엇을 할 수 있겠니?

홈부르크 공자 아, 어머니, 그런 말씀 마세요.

만약 당신도 저처럼 죽음 앞에서 전율하신다면!

당신은 하늘의 힘으로 저를 구해 주실 듯이 보입니다.

당신과 공녀, 그리고 이곳에서 저를 둘러싼 당신의 귀부인들 모두가 그렇게 보입니다.

말을 돌보는 하찮은 마부의 목에 매달려 "저를 구해 주세요!"라고 간청하고 싶어요.

저는 저 혼자이고, 하느님의 넓고 넓은 대지에서 도움받을 데 없는 버림받은 자이며, 아무것도 할 수 없기 때문입니다!

선제후 부인 너는 완전히 제정신이 아니구나! 도대체 무슨 일이 있었니?

홈부르크 공자 아, 저는 여기로 오는 길에 횃불 아래에 열려 있는 무덤을 보았습니다.

그 무덤이 내일 제 몸을 맞이할 것입니다.

큰어머니, 당신을 바라보는 이 두 눈을 보세요.

그들은 제 눈을 어둡게 가리려 하며,

제 가슴에 치명적인 총알을 관통시키려 합니다.

시장터에서 이 무서운 광경을 내려다볼 수 있는

창문 달린 집은 모두 예약이 되었습니다.

그리고 오늘은 삶의 정상에서 요정의 세계 같은 미래를

내다보는 사람이 내일은 좁은 관속에서 썩은 시체 냄새

를 피우며 누워 있을 것입니다. 그리고 묘지석이 그런

사람이 있었노라고 말해 줄 것입니다.

(멀리서 지금까지 궁녀의 어깨에 기대서 있던 공녀는 이 말을

듣고 충격을 받아 탁자 옆에 앉아 운다.)

선제후 부인   내 아들아! 만약 그것이 하늘의 뜻이라면,

너는 용기와 자제심을 가져라!

홈부르크 공자   아, 어머니, 신의 세계는 너무 아름답습니다!

저는 간청합니다. 임종의 시간이 되기 전에 저를

저 검은 그림자의 세계로 내려가지 않게 해 주세요!

만약 제가 잘못을 범했다면, 전하께서 저를 다른 방법

으로 벌하게 하십시오.

왜 하필 총살되어야만 합니까?

그들이 제 직을 빼앗아도 좋을 것입니다.

만약 법률이 그러하다면 저를 파면시켜 군에서 추방시

켜도 좋을 것입니다.

하느님, 제 무덤을 본 이래로, 저는 그저 살고 싶은 생

각뿐입니다.

이렇게 하는 것이 명예로운지 어떤지는 결코 묻지 않겠

습니다!

선제후 부인　일어서라! 내 아들아, 일어서! 너는 무슨 말을 하니?

　　　　　　　너는 지나치게 흥분했구나. 정신을 차려라.

홈부르크 공자　아닙니다. 큰어머님. 당신이 저에게 약속하시기 전에

　　　　　　　먼저 전하 앞으로 나아가시어 무릎 꿇고 저의 생명을

　　　　　　　구해 달라고 간청하십시오!

　　　　　　　당신의 어린 시절의 친구 헤드빅[10]이 홈부르크에서 돌

　　　　　　　아가실 때 당신에게 저를 넘겨주면서 말했지요.

　　　　　　　"내가 죽더라도 제발 이 아이의 어머니가 되어 줘!"

　　　　　　　그때 당신은 무릎 꿇고 그녀의 임종을 지켜보면서 깊이

　　　　　　　감동하여 그녀의 손에 입을 맞추고 대답하셨지요.

　　　　　　　"내 아들과 똑같이 생각하고 키우겠어!"

　　　　　　　자, 지금 당신의 그 약속을 잘 기억해 보세요!

　　　　　　　지금 가십시오, 마치 당신이 저를 낳은 듯이, 그리고 전

　　　　　　　하께 말씀드리세요.

　　　　　　　"자비를 간청합니다. 자비를 주세요! 저 사람을 풀어

　　　　　　　주세요!"

　　　　　　　그러고는 다시 돌아오셔서 "너는 석방되었다!"라고 말

　　　　　　　씀해 주세요.

선제후 부인　*(울면서)* 내 소중한 아들! 나는 이미 그렇게 했어!

　　　　　　　그러나 내가 간청한 것은 모두 허사였어!

홈부르크 공자　저는 행복에 대한 요구를 전부 포기합니다.

　　　　　　　저는 나탈리에를 더 이상 갈망하지 않습니다.

10　공자의 친어머니

이 점을 선제후 전하께 꼭 전해 주십시오.

저 가슴속에 있는 그녀를 향한 모든 애정은 사라졌습니다.

그녀는 황야의 사슴처럼 다시 자유로워졌습니다.

이제 제가 살아 있지 않은 것처럼 그녀는 마음대로 결혼할 수 있습니다.

만약 그녀가 스웨덴 왕 칼 구스타프를 선택한다고 해도 저는 그녀의 행동을 칭찬하겠습니다.

저는 라인 강가의 제 영지로 돌아가겠습니다.

거기서 땀 흘리며 처자식만을 위해서 씨 뿌리고 추수하며 혼자서 즐기려고 생각합니다.

추수를 한 뒤에도 새로 씨앗을 뿌리기를 거듭하면서

인생의 수레바퀴를 따라 돌다가 어느 날 황혼을 맞이하여 죽겠습니다.

선제후 부인   알았다! 자 이제 너의 감옥으로 돌아가거라. 이것이 내 호의의 첫 번째 요구다!

홈부르크 공자   *(일어서서 공녀에게로 몸을 돌려)*

가련한 아가씨, 당신은 울고 있네!

오늘 태양은 당신의 모든 희망이 무덤으로 가는 길을 비추네!

당신은 처음부터 열심히 나를 사랑해 주었으며,

당신의 얼굴은 순금처럼 정숙하게 빛을 발하며,

결코 다른 남자에게는 몸을 바치지 않겠다고 말합니다.

아, 더없이 가련한 내가, 당신을 위로하기 위해 무엇을 해야 할까?

마인 강변의 수녀원에 들어가서 당신의 사촌 투른과 합류하시오.

그리고 산에서 나를 꼭 닮은 금발의 어린아이를 찾아서 은과 금을 주고 그를 사서,

아이를 가슴에 끌어안고 당신을 "어머니"라고 부르도록 가르치세요.

그리하여 그 아이가 크면, 죽어 가는 사람이 어떻게 눈을 감았는지를 들려 주세요.

이것이 바로 당신이 기대할 수 있는 행복의 전부입니다!

나탈리에 *(용기를 내어 분발하며 일어서면서 공자의 손을 잡는다.)*

자, 가세요. 젊은 영웅, 당신의 감옥으로!

돌아가는 길에 당신을 향해 입을 벌린 그 무덤을 다시 한 번 더 침착하게 잘 쳐다보세요!

그것은 당신이 지금까지 전투에서 수천 번 보았던 무덤들보다도 더 어둡지도 더 넓지도 않습니다!

그 사이에 나는 죽는다 해도 변함없는 정절을 지키며 큰아버님께 당신을 살려달라는 한 말씀을 드리겠습니다.

아마 큰아버님의 마음을 움직일 수 있을 것이라고 생각합니다.

그러면 당신을 모든 근심에서 구할 수 있을 것입니다!

(사이)

홈부르크 공자 *(두 손을 기도하듯이 모으고, 황홀하여 정신을 잃고 그녀를 쳐다본다.)*

아가씨, 만약 당신 어깨에 두 개의 날개가 있다면,
나는 틀림없이 당신을 천사라고 생각할 텐데.
아, 하느님, 제가 들은 말이 틀림이 없나요? 당신이 나
를 위해 말씀을 드린다고?
사랑하는 아가씨,
오늘날까지 감히 전하 앞에 그런 일로 맞설 용기와 웅변
의 화살통을 어디에 숨겨 두었나요?
— 아, 희망의 빛이 갑자기 나에게 생기를 준다!

나탈리에 하느님께서 그의 마음을 쏘아 맞힐 화살을 주실 겁니다!
그러나 만약 전하께서 법의 판결을 바꾸실 수 없다면,
그것이 안 된다고 거절하시면,
더 이상 어쩔 수 없습니다.
그러면 용감한 당신은 제발 용감하게 복종해 주세요.
그리하여 살아 있는 동안 수천의 승리를 거둔 당신은
죽음의 공포도 뛰어넘을 것입니다!

선제후 부인 자, 가거라! — 좋은 시간이 흘러가고 있다!

홈부르크 공자 모든 신들이 당신을 지켜 주시길!
안녕히 가세요! 안녕히! 어떤 일을 이루더라도 그 결과
를 나에게 알려 주시오!

(모두 퇴장)

제4막

장면: 선제후 방

제1장

선제후가 불을 켜 놓은 책상 위에 서류들을 앞에 두고 서 있다. 나탈리에가
중앙 문으로 들어오고 약간 떨어져서 선제후 앞에 앉는다.

(사이)

나탈리에　*(무릎을 꿇고)*
　　　　　고상하신 큰아버님, 프리드리히 폰 데어 마르크!

선제후　　*(서류들을 치우면서)*
　　　　　나탈리에!
　　　　　(나탈리에를 일으켜 세우려 한다.)

나탈리에　그대로 두세요! 그냥 놔 두세요!

선제후　　얘야, 대체 무슨 일이니?

나탈리에　당신 발밑에 엎드리는 일은 저에게 잘 어울리는 일입
　　　　　니다.
　　　　　제발 사촌 오빠 홈부르크에게 자비를 내려 주시기를 빕
　　　　　니다!
　　　　　저는 저 자신을 위해서 그의 생명을 구하려 하지 않습
　　　　　니다. —

마음으로 그를 사랑하며, 이 사실을 고백합니다.

하지만 저는 저 자신을 위해서 그의 생명을 구하려 하지 않습니다. ―

그가 어떤 여자와 결혼해도, 그것은 그의 마음입니다.

큰아버님, 저는 그가 살아 있기를 원합니다. 제 마음에 드는 꽃처럼, 아무에게도 의지하지 않는 자유롭게 독립한 한 사람으로 살아 있기를 원합니다.

높으신 군주이고 친구라고 할 수 있는 당신에게 간청합니다.

그리고 당신께서는 저의 이 간청을 들어주시리라 생각합니다.

선제후   *(나탈리에를 끌어올리며)*

내 딸아! 너는 무슨 말을 하니?

― 너도 알지, 네 사촌 홈부르크가 최근에 무슨 죄를 범했는지를?

나탈리에   아, 사랑하는 큰아버님!

선제후   글쎄? 그가 죄를 범하지 않았다고?

나탈리에   아, 이 실수, 푸른 눈을 가진 금발의 자식 같은 이의 실수를 "제발 용서해 주세요!" 하고 중얼거리기 전에 당신의 사면으로 땅바닥에서 그를 일으켜 세워 주시면 좋겠습니다.

당신은 그것을 냉정하게 일축하시지 못할 것입니다!

그를 낳은 어머니를 대신해서 그 실수를 당신 가슴에 움켜쥐고 "자, 울지 마! 너는 나에게 충성심 그것처럼 소중한 자식이다!"라고 말씀하세요.

전투의 순간에 법의 한계를 벗어나도록 그를 유혹한 것은 당신의 명예를 높이기 위한 열정이 아니었던가요?

아, 그가 한때 젊은 기분으로 그 한계를 넘었고

남자답게 스웨덴 사람의 머리를 밟지 않았습니까?

우선 그의 머리에 승리의 왕관을 씌우고

그런 다음 그의 머리를 자르는 일은

아, 분명 역사가 요구하는 일이 아니랍니다.

고상하신 큰아버님,

그것은 너무나 지나치게 고압적이라고 생각하고

사람들이 "비인간적이다"라고 말할 것입니다.

하느님도 당신보다 더 인정 깊은 일을 하시지 못할 것입니다.

선제후   내 소중한 딸! 보라! 만약 내가 폭군이라도 네 말은 내 가슴에 파고들어 철석같이 굳은 마음을 녹였을 것이야. 그런데 내가 네게 묻노니, 법원이 내린 그 판결을 내가 묵살해도 좋을까? ─

만약 그런 일을 한다면 어떤 결과가 되리라고 생각하지?

나탈리에   누구를 위해서? 당신을 위해서입니까?

선제후   나를 위해서라고? 아니란다 ─ 뭐? 나를 위해서라고?

애야, 나보다 더 귀중한 것이 있다는 것을 알지 못하느냐?

군대에서 조국이라 부르는 신성한 것을 너는 전혀 모르느냐?

나탈리에	아, 전하께서는 무엇을 걱정하고 계십니까?
	이 조국! 사실 그것은 전하의 마음에 자비의 마음이 생겨났다는 이유로 해서 곧 산산조각 나서 멸망하는 것은 아닙니다.
	전장에서 자라신 전하께서는, 재판관의 선고를 자의적으로 파기할 경우를 오히려 무질서라고 부르시겠지요.
	하지만 저에게는 이것이 최상의 규율이라고 생각됩니다.
	저도 군율이 시행되지 않으면 안 된다는 것은 잘 알고 있습니다.
	그러나 부하를 사랑하는 마음씨도 없어서는 안 됩니다.
	전하께서 세우신 이 조국은, 말하자면 굳건한 성처럼 서 있습니다.
	큰아버지.
	그것은 이번의 군율을 어긴 승리뿐만 아니라,
	이후의 다른 모진 폭풍우도 견뎌낼 것입니다.
	그것은 미래에도 훌륭하게 축성되어, 손자들의 손에서 확장되고 장식되어 화려하고 아름다운 첨탑의 모습으로, 아군들에게는 기쁨이요, 모든 적들에게는 공포의 대상이 될 것입니다.
	그러므로 큰아버지께서 평화롭고 훌륭한 인생의 가을을 지내기 위해서는 친구의 피로 만든 차고 황량한 접착제는 필요하지 않습니다.
선제후	네 사촌 홈부르크 역시 그렇게 생각하니?
나탈리에	제 사촌 홈부르크도?

선제후	그는 법이 지배하든, 자의가 지배하든 우리 조국엔 상관없다고 생각하니?
나탈리에	아, 이 젊은이는 ——11 !
선제후	그럼 그는 ——12 ?
나탈리에	아, 큰아버님!
	당신의 이 물음에 오직 눈물로밖에는 대답할 수 없습니다.
선제후	(깜짝 놀라며)
	왜 그러니 내 딸아? 무슨 일이 일어났니?
나탈리에	(머뭇거리면서)
	그가 지금 생각하는 것은 오로지 생명을 구하는 것뿐입니다!
	사수의 어깨에 걸린 총신이 그를 무섭게 노리고 있어서, 놀라고 충격을 받아 살고 싶다는 소원 이외의 다른 말은 하지 않습니다.
	브란덴부르크의 전 영토가 천둥을 맞고 가라앉는 것을 보더라도, 무슨 일이 일어났는지 묻지 않을 것입니다.
	아, 당신은 영웅의 마음을 산산이 부수어 버렸습니다!
	(얼굴을 돌려 운다.)
선제후	(크게 놀라)
	아니, 나탈리에, 그것은 있을 수 없어! — 그가 자비(慈

---

11 '그런 일까지는 생각하지 않습니다'를 넣어서 읽으면 좋다.
12 '벌을 받지 않고 자유의 몸이 되어도 좋다고 말하는가'를 보충하면 좋다.

悲)를 빌었다고?

나탈리에 아, 당신이 사형의 선고를 내리시지만 않는다면!

선제후 아니, 말해 봐. 그가 정말 자비를 요청했다고? 하느님, 맙소사!

무슨 일이 일어났나, 내 사랑 하는 딸아? 왜 우니? — 너는 그를 만나 보았니?

모든 것을 나에게 말해 줘! 너는 그와 이야기를 나누었니?

나탈리에 *(선제후의 가슴에 기대며)*

예, 방금 큰어머니의 방에서 만났습니다.

그가 외투를 입고 깃털모자를 쓰고, 야음을 틈타 몰래 왔는데, 정신이 없고 조심조심 타인의 눈을 삼가고, 경솔하게 보이고, 슬프고 무서운 모습이었습니다!

역사에서 미래의 영웅이라고 칭찬받은 그가 그런 가련한 상태에 빠져드는 것을 믿지 못하겠습니다.

보세요, 저는 벌레가 제 발 옆에 너무 가까이 다가오면 움찔 뒤로 물러서는 여인입니다. 그런데 죽음이 무서운 사자의 모습으로 습격해 온다고 해도 그렇게 무기력하고, 몹시 놀라 제정신을 잃지는 않을 것입니다!

— 아, 인간의 위대함과 인간의 명예란 도대체 무엇일까요!

선제후 *(당황하여)*

좋다, 나는 천지신명께 맹세한다!

내 딸아 용기를 가져라, 그렇다면 나는 그를 풀어주겠다!

380

나탈리에	전하! 무슨 말씀을 하셨습니까?
선제후	그는 사면을 받았다! 곧 필요한 조치를 내리겠다.
나탈리에	오, 전하! 그것이 사실입니까?
선제후	방금 말한 대로이다!
나탈리에	그를 사면하신다고 말씀하셨지요? 그는 이제 죽지 않아도 된다는 것이지요?
선제후	그것은 맹세코 약속한 것이다! 내가 어떻게 그런 용사의 의견에 반대하겠어!
	너도 잘 알다시피, 나는 그의 감정을 마음속 깊이 존경하고 있단다. 만일 그가 판결을 부당하다고 생각한다면, 나는 그것을 파기하겠다. 그를 풀어주겠다! ―
	(공녀에게 의자를 권하며)
	잠시 의자에 앉아 있거라.
	(책상으로 가서 앉아 쓴다.)
	(사이)
나탈리에	*(혼자서)*
	아, 심장이여, 가슴속에서 왜 이렇게 두근거리는가?
선제후	*(적으면서)*
	공자는 아직 여기 성안에 있는가?
나탈리에	아닙니다! 그는 그의 감옥으로 돌아갔습니다. ―
선제후	*(편지를 다 써서 봉하고, 그 편지를 들고 다시 공녀에게로 돌아온다.)*
	정말, 내 딸, 내 조카가 울고 있네!
	그녀를 기쁘게 할 책임을 지고 있는 내가 그녀 눈앞의

푸른 하늘에 먹구름을 모았구나!

(공녀의 몸에 손을 얹는다.)

이 편지를 네가 직접 그에게 전해 주겠니? —

나탈리에 뭐, 감옥으로 말입니까?

선제후 (공녀의 손에 편지를 쥐어 준다.)

그렇다. — 거기 누구 없는가?

(하인들 들어온다.)

즉시 마차를 준비해!

공녀가 홈부르크 대령이 있는 곳에 급한 용무로 간다!

(호위병들 다시 물러난다.)

그럼 그는 자기 생명을 구해 준 너에게 즉시 감사할 것이다.

(공녀를 껴안는다.)

내 사랑하는 딸아! 나에 대해 좋지 않은 너의 기분이 나아졌니?

나탈리에 (잠시 사이를 두고)

아, 전하 당신의 호의를 그렇게 빨리 일깨운 것이 무엇인지 저는 모르겠습니다.

또 꼬치꼬치 캐묻지 않겠습니다.

하지만 전하, 저는 제 가슴속에 당신이 저를 비열하게 조롱하시지 않으리라 느낍니다.

이 편지의 내용은 무엇인지 모릅니다만, 사면이 틀림없지요? — 감사합니다!

(선제후의 손에 입을 맞춘다.)

선제후	물론이지! 내 딸아! 틀림없어!
	홈부르크가 바라던 대로 사면이다. 그건 확실하다!
	(퇴장)

장면: 공녀의 방

제2장

나탈리에 공녀 등장 ─ 두 궁녀들과 기병대위 로이스 백작이 따라 나온다.

나탈리에	*(급히 서두르며)*
	백작, 무슨 용무입니까? ─ 내 연대의 일입니까?
	그것은 중요한 용건입니까? 내일 들으면 안 될까요?
로이스 백작	*(공녀에게 서류를 넘겨주면서)*
	저하, 코트비츠 대령이 보낸 편지입니다!
나탈리에	어서 이리 주세요! 그 내용이 무엇입니까?
	(편지를 연다.)
로이스 백작	탄원서입니다.
	보시듯이, 우리들의 지휘관 홈부르크 공자의 사면을 얻기 위해 솔직하면서도 경외하는 마음으로 전하께 바치는 탄원서입니다.
나탈리에	*(읽는다.)*
	"폰 오라니엔 공녀의 연대가 최대의 존경을 바치면서

올리는 탄원"—

(사이)

누가 이 탄원서를 작성했는가?

로이스 백작   그 휘갈겨 쓴 필체가 말해주듯이 코트비츠 대령입니다.
—

그리고 그의 이름이 맨 처음에 있어요.

나탈리에   그 뒤에 이어진 30개의 서명은 — ?

로이스 백작   그렇습니다. 장교들의 이름입니다. 그들의 계급에 따라 하나씩 계속됩니다.

나탈리에   그런데 왜 이것을 나에게 보냈어요?

로이스 백작   공녀님, 이 연대의 장으로서, 비워 둔 그 맨 첫자리에 당신 이름을 적어 주실 수 있는지 여쭈어 보러 왔습니다.

(사이)

나탈리에   내 사촌 공자는 우리 전하의 자유의지에 의해 사면되었다고 들었습니다.

따라서 이런 조치는 필요하지 않습니다.

로이스 백작   *(만족해하며)*

뭐라고요? 사실입니까?

나탈리에   그럼에도 불구하고 나는 서명하길 거절하지 않겠소.

이 종이쪽지를 우리가 잘 이용하면,

전하께서 결정을 내리실 때 유리하게 작용할 것입니다.

아마 사건을 최종 결정할 때 도움이 된다면 전하께서도 환영하실 것입니다.

당신들의 뜻에 따라, 내 이름을 맨 앞에 적겠습니다.

	(가서 서명하려 한다.)
로이스 백작	우리들은 큰 은혜를 입었습니다!
	(사이)
나탈리에	*(다시 백작에게 몸을 돌려)*

<table>
</table>

	(가서 서명하려 한다.)
로이스 백작	우리들은 큰 은혜를 입었습니다!
	(사이)
나탈리에	*(다시 백작에게 몸을 돌려)*
	로이스 백작, 여기에 내 연대만 있어요? 봄스도르프의 근위기병 연대는 어디 있으며 괴츠와 용기병 안할트 플레스 연대는 왜 참가하지 않아요?
로이스 백작	아마도 당신이 염려하는 것처럼,
	공자를 염려하는 그들의 마음이 우리들의 마음보다 미온적이기 때문은 아닙니다. ―
	불행하게도 코트비츠가 멀리 아른슈타인에 주둔하여 이 도시에 숙영하고 있는 다른 연대에서 떨어졌기 때문입니다.
	때문에 이 탄원서를 여기저기 돌려서 그 효력을 쉽고 확실하게 할 수가 없었습니다.
나탈리에	그런데다가 이 탄원서가 좀 가벼운 감이 있어요. ―
	백작님, 만약 당신이 가서 이곳에 모여 있는 장교들에게 말을 하면 어떻습니까? 모두들 이 탄원에 동참하리라고 확신합니까?
로이스 백작	공녀님, 여기 이 도시 말입니까?
	전 기병대가 한 사람도 빠짐없이 이 탄원에 참가했습니다.
	맹세하건대, 저는 브란덴부르크 전군에 이르기까지 서명운동이 전개되리라고 믿습니다!

나탈리에	*(잠시 사이를 두고)*
	왜 당신은 장교들을 파견하여 이 숙영지에서 그 일을 하게 하지 않습니까?
로이스 백작	용서하십시오! —
	코트비츠 대령이 그것에 반대했습니다.
	— 그는 모반의 오명을 뒤집어쓸지도 모르는 행동은 하고 싶지 않다고 했습니다.
나탈리에	아주 이상한 사람! 대담하기도 하고 또 겁이 많은! — 아, 생각납니다.
	다행스럽게도, 다망하신 전하께서 제게 위임하셨습니다. 코트비츠에게 아른슈타인은 너무 좁기 때문에 이곳으로 이동해 오라는 명령을 내리라고 요구하신 일이 있었습니다! —
	저는 즉시 자리에 앉아 쓰겠습니다.
	(앉아서 쓴다.)
로이스 백작	공녀님! 진실로 원하지도 않은 행운입니다! 탄원서를 받아 주신다면 이보다 더 좋은 행운은 없습니다!
나탈리에	*(적으면서)*
	로이스 백작님, 이것을 최대한 이용하십시오.
	(접어서 봉인을 하고 일어선다.)
	자, 당분간 이 서류를 당신의 지갑에 넣어 두세요.
	제가 더 자세한 지시를 내려 줄 때까지는 아른슈타인으로 달려가 코트비츠에게 이것을 넘겨줘서는 안 됩니다!
	(서류를 넘겨준다.)

하인	(등장)
	공녀님, 전하의 명령으로 준비된 마차가 왔습니다.
	마구를 갖추고 마당에서 기다리고 있습니다!
나탈리에	그럼 현관으로 나오너라! 곧 내려가겠다!
	(사이. 사색에 잠기면서 책상 옆으로 걸어 나와 장갑을 낀다.)
	저는 홈부르크 공자를 보러 갑니다. 백작님, 당신이 저와 함께 가시겠습니까?
	마차에는 당신의 자리가 비어 있습니다.
로이스 백작	공녀님, 진실로 영광입니다 — !
	(공녀에게 팔을 내밀며)
나탈리에	(궁녀들에게) 자, 가자. 모두들! —
	(로이즈 백작에게) 편지를 보낼지는 그를 만나면 결정하겠다!
	(모두 퇴장)

장면: 공자의 감옥

제3장

홈부르크 공자는 모자를 벽에 건다.
그리고 바닥에 퍼져 있는 방석 위로 풀썩 앉는다.

홈부르크 공자 회교의 수도승은 인생을 하나의 여행,

하나의 짧은 여행이라 부른다. 그게 사실이지!

지상의 두 자(尺) 높이에서 지하 두 자 사이의 여행길이다.

그런데 나는 중간에서 주저앉은 격이다!

오늘은 아직 머리를 어깨 위에 이고 다니지만, 내일이면 떨면서 몸뚱이에 그 머리가 매달리고, 모레면 그 머리가 발뒤꿈치에 떨어진다.

내가 들은 바로는, 물론 저세상에서도 태양은 비치고 또 그 태양이 비치는 들판은 이 세상 것보다 더 아름답다는 것이다.

나도 그것을 믿고 있지. 그러나 이러한 장관을 바라보아야 할 눈이 죽음과 더불어 썩어 버려야 하니 유감이 아닐 수 없다.

제4장

나탈리에 공녀, 기병대위 로이스 백작의 호의를 받으며 등장,

궁녀들이 뒤따라 나온다.

횃불을 든 시동이 그들 앞으로 나온다. — 홈부르크 공자

시동　　　오라니엔 공녀님이 오십니다!

홈부르크 공자 (일어서며)

　　　　　나탈리에가?

시동	이미 여기에 와 계십니다.
나탈리에	*(백작을 향해 절을 한다)*
	잠시 우리들만 있게 해 주세요!
	(로이스 백작과 시동 퇴장)
홈부르크 공자	내 소중한 아가씨!
나탈리에	사랑하는 당신!
홈부르크 공자	*(나탈리에를 무대 앞으로 끌며)*
	자 말해 봐, 좋은 소식 갖고 왔어? 말해 봐! 나는 대체 어떻게 되었나?
나탈리에	잘 되었습니다. 제가 먼저 말씀드렸던 대로 당신은 사면을 받았습니다.
	자유의 몸이 되었습니다. 전하께서 쓴 편지인데 이것이 그 증거입니다.
홈부르크 공자	그건 있을 수 없는 일이야! 아니! 그것은 꿈에 지나지 않아!
나탈리에	이 편지를 읽어 보세요! 그럼 당신은 이해하실 것입니다.
홈부르크 공자	*(소리내어 읽는다.)*
	"공자 홈부르크에게, 나는 귀하가 너무 일찍 공격을 했기 때문에 투옥시켰는데,
	그것은 오직 나의 의무를 다한다고 믿었던 것에 지나지 않아, 또 귀하도 찬동을 하리라고 기대했네.
	만약 귀하가 이 조치를 부당하다고 생각하면,
	간단히 내게 말하게 ―
	나는 즉시 귀하의 칼을 돌려 줄 것이네."

(나탈리에의 얼굴이 창백해진다. 공자는 잠시 동안 묻는 듯이 그녀를 쳐다본다.)

나탈리에   *(갑자기 기쁨의 표정을 하며)*

자, 이제 보셨지요! 단 한 줄만 쓰면 돼요 ─ !

아, 사랑하는 당신!

(공자의 손을 꽉 쥔다.)

홈부르크 공자   공녀!

나탈리에   아, 축복의 순간이 왔습니다! ─

자, 여기 펜이 있습니다. 이것을 잡고 쓰십시오!

홈부르크 공자   그런데 이 서명은?

나탈리에   F라는 글자는 큰아버님의 사인입니다! ─

아, 보르크 너도 기뻐해라! ─ 아, 전하의 관대함은 바다처럼 끝이 없군요. ─

전부터 알고 있던 대로입니다.

여기에 의자를 갖다 놓으세요. 그가 앉아서 즉시 답장을 써야 합니다.

홈부르크 공자   큰아버님께서는, 내가 이 조치를 부당하다고 생각하는지를 물으신다지 ─ ?

나탈리에   *(말을 가로막으며)* 물론입니다!

자, 빨리! 앉으세요! 제가 문구를 당신에게 불러 드리겠습니다.

(의자 하나를 공자에게 밀어 준다.)

홈부르크 공자   ─ 그 편지를 다시 한번 훑어보겠소.

나탈리에   *(공자의 손에서 편지를 빼앗으며)*

왜 그런 일을? —

당신은 묘지에서 큰 입을 벌리고 당신을 삼키려고 하는 무덤을 이미 보시지 않았습니까? —

일분일초가 급합니다. 여기 앉아서 답장을 쓰세요!

홈부르크 공자 *(미소를 지으면서)*

정말 공녀는, 저 무덤이 표범이라도 되어 당장 내 목을 향해 달려들기라도 하는 것처럼 말을 하는군요.

(앉으며 펜을 든다.)

나탈리에 *(몸을 돌려 운다.)*

저를 화나게 하지 않으려면 제발 쓰세요!

(공자는 종을 울려 하인을 부른다. 하인 등장)

홈부르크 공자 종이와 펜, 풀과 인장(印章)을 갖다 줘!

(하인은 그런 물건들을 그에게 갖다 주고 물러난다. 공자는 쓴다. 사이)

홈부르크 공자 *(쓰기 시작한 편지를 찢고는 책상 밑으로 던지며)*

시작이 서툴렀다.

(다른 종이를 집는다.)

나탈리에 *(찢어진 편지를 집어 올리며)*

뭐라고 말했습니까? —

어머나, 이것은 아주 잘됐어요. 아주 훌륭합니다!

홈부르크 공자 *(혼자 중얼거리며)*

흥! — 이것은 거의 악당의 어투이다. 공자의 말은 아니야. — 다른 표현법을 생각해 내야겠다.

(사이 — 공녀가 손에 들고 있는 선제후의 편지를 낚아챈다.)

이 편지에는 도대체 무엇이 적혀 있나?

나탈리에 *(편지를 빼앗기지 않으려고 하면서)*

아무것도 없어요. 아무것도 없어요!

홈부르크 공자 보여 줘!

나탈리에 당신은 이미 한 번 읽었습니다!

홈부르크 공자 *(그 편지를 와락 뺏는다.)* 읽기는 했지만!

어떻게 답을 해야 좋을지 그걸 알고 싶어.

(접은 편지를 펴서 대강 훑어본다.)

나탈리에 *(혼자서)*

아, 하느님! 이제 그는 끝장입니다!

홈부르크 공자 *(깜짝 놀라)*

저기 봐라! 내가 살아 있다는 것이 참 이상하구나!

— 당신은 이 구절을 못 보고 지나쳤지?

나탈리에 아닙니다! — 어느 구절입니까?

홈부르크 공자 큰아버님께서는 이 사건의 최종 결정을 내 자신에게 맡

겨 놓으셨어!

나탈리에 그렇습니다!

홈부르크 공자 정말 고상하고 품위 있는 분이시다!

정말 마음이 넓은 분이 하실 일이다!

나탈리에 아, 그분의 관대함은 끝이 없어요!

— 이제 당신이 할 수 있는 일을 하세요. 그분의 희망대

로 편지를 쓰세요.

당신도 알듯이, 그것은 구실입니다.

있어야 할 외적 형식입니다.

그분이 중요한 한 마디 말만 손에 넣게 되면 즉시 모든 싸움은 끝납니다!

홈부르크 공자 *(그 편지를 내려놓으며)*

아니, 그렇지 않아!

이 일을 내일까지 깊이 생각해 보겠어.

나탈리에 이해할 수 없는 사람! 마음이 변했습니까? — 갑작스레 왜 그러십니까? 무엇 때문입니까?

홈부르크 공자 *(감정을 억제하지 못한 채 의자에서 일어나면서)*

제발, 나에게 묻지 마!

당신은 그 편지의 내용에 대해 잘 헤아려 보지 않았어!

그분의 이 조치가 부당하다고 쓰는 것이 조건이라면 그런 답을 나로서는 쓸 수 없어.

그런데도 당신이 현재의 내 기분을 그대로 답장에 쓰라고 강요한다면,

나는 '전하께서는 저를 정당하게 다루었습니다'고 쓸 수밖에 없어.

(다시 책상에 앉아, 팔짱을 낀 채, 편지를 쳐다본다.)

나탈리에 *(창백해져서)*

당신은 미쳤군요! 어찌 그런 무서운 말을 하세요?

(흥분하여 공자에게 몸을 구부린다.)

홈부르크 공자 *(나탈리에의 손을 잡으면서)*

잠시만 기다려 줘! 내 생각엔 —

(생각에 잠기며)

나탈리에 무엇입니까?

홈부르크 공자 내가 어떻게 적어야 좋을지 곧 알게 될 거야.

나탈리에 *(고통스러워하며)*

홈부르크!

홈부르크 공자 *(펜을 잡는다)*

그래 듣고 있어! 무엇이니?

나탈리에 사랑하는 친구여!

당신의 마음을 사로잡고 있는 감동을 나도 훌륭하다고 생각합니다.

그런데 당신에게 맹세합니다만,

사실은 내일 당신의 죽음을 애도하기 위해 화해의 의식이 열리게 되어 있어요. 그 사이 연대는 묘지 위에서 총을 발사하라는 명령을 받았습니다.

당신처럼 고상한 사람은, 큰아버님 편지에서 요구하는 것처럼 그 판결에 거역하여 그것을 취소할 수도 없습니다.

지금 이 편지에서 그분이 요구하는 대로 행동하세요.

자, 확실히 말씀드리는데, 큰아버님도 사건을 있는 그대로 받아들여 고상하게 행동할 것이며, 마음으로 동정하면서 그 판결을 내일 당신에게 집행할 것입니다!

홈부르크 공자 *(쓰면서)*

아무 상관없어!

나탈리에 상관없다고요?

홈부르크 공자 큰아버님은 원하시는 대로 행동하시도록 놔둬.

나는 여기서 의무가 명하는 바에 따라 행동하는 것이

좋을 듯해!

나탈리에　　*(깜짝 놀라 공자에게 다가가며)*

아, 이상한 사람! 나는 당신이 쓰고 있다고 생각했어요.

홈부르크 공자　*(끝내면서)*

"페르벨린 이 달 12일, 홈부르크 드림." — 자 이제 끝났어.

— 프란츠!

(편지 봉투에 넣고 봉한다.)

나탈리에　　오, 하늘에 계신 신이여!

홈부르크 공자　*(일어서며)*

이 편지를 성안에 계신 전하께 갖다 드려라!

(하인 퇴장)

내 앞에 그렇게 위엄 있게 서 있는 그와 비열한 내가 마주 서지 않겠어!

내 가슴속에는 무거운 죄가 숨어 있다.

그것을 이제야 비로소 잘 알겠다.

그분과 논쟁을 해야만 그분의 용서를 받게 된다면, 결코 나는 그분의 자비를 원치 않겠어.

나탈리에　　*(공자에게 키스한다.)*

이 키스를 받아줘요! 비록 지금 당장 열두 발의 총알이 당신을 관통해 쓰러뜨린다고 해도 나는 환호하며, 눈물을 흘리며 "나는 당신이 좋아요!"라는 말을 하지 않을 수 없어요.

— 그 사이에 당신이 당신 마음의 명령에 따르는 것을

보니, 나도 내 마음에 따를 수 있게 되었군요.

— 로이스 백작!

(하인이 문을 연다. 로이스 백작 등장)

로이스 백작 부르셨습니까?

나탈리에 자, 조금 전에 건네준 편지를 갖고 아른슈타인의 코트비츠 대령님께 가세요!

연대는, 전하께서 명령하신 대로, 이곳으로 진격해야 합니다.

자정이 되기 전에 여기에 도착하기를 기대합니다!

(모두 퇴장)

제5막

장면: 성안의 홀

제1장

선제후는 반쯤 군장을 벗고 옆방에서 나온다. 그 뒤를 이어 트루크스 백작,
호엔쫄러런 백작 및 기병대위 골츠가 따라나온다. — 불을 든 시동들

선제후 코트비츠 대령이? 공녀의 용기병들을 이끌고?

이 시내에 들어왔는가?

트루크스 백작 *(창문을 열면서)*

그렇습니다, 전하!

그는 여기 성 앞에 정렬해 있습니다.

선제후　　자, 그럼, 귀관들이 이 수수께끼를 설명해 주겠나?

── 누가 그를 이리 오게 했는가?

호엔쫄러런　저는 모릅니다, 전하.

선제후　　내가 그에게 정해 준 주둔지는 아른슈타인이야!

누가 빨리 가서 코트비츠를 이리 데려와!

골츠 대위　전하, 그는 곧 어전(御前)에 나타날 것입니다!

선제후　　그는 지금 어디 있느냐?

골츠 대위　시청에 있다고 들었습니다.

전하의 가문에 봉사하고 있는 장교들이 모두 거기에 모여 있답니다.

선제후　　무슨 이유로? 어떤 목적으로 모였는가?

호엔쫄러런　── 저는 모릅니다.

트루크스 백작　전하, 저희들도 잠시 거기에 들러도 됩니까?

선제후　　어디로? 시청으로?

호엔쫄러런　장교들이 모여 있는 곳 말입니다!

저희들도 출석하겠다고 약속했습니다.

선제후　　*(잠시 사이를 두고)*

── 가도 좋다!

골츠 대위　자, 여러분 갑시다!

(장교들 퇴장)

제2장

선제후 — 잠시 후에 두 하인

선제후   참 이상하다! — 만약 내가 투네시아의 폭군이라면 이렇게 수상한 일이 생겼을 때 야단법석을 떨겠지. 차라리 명주실[13]을 책상 위에 준비하고, 문 앞에 바리케이드를 치고서 대포와 곡사포를 배치할 일이다.

그러나 프리그니츠 출신의 한스 코트비츠가 허락도 받지 않고 제멋대로 나에게 왔으므로, 나는 브란덴부르크에서 하는 방식대로 처리하겠다.

그 녀석이 머리에 기르고 있는 은발 머리카락 세 다발 중에서 한 다발을 움켜쥐고 조용히 끌어당겨 그의 열두 중대원들과 더불어 그의 본영인 아른슈타인으로 되돌려 보내겠다.

왜 잠자는 도시를 깨우는가?

(잠시 창문 쪽으로 다시 걸어갔다가, 책상으로 돌아와 벨을 누른다. 두 하인이 등장)

선제후   뛰어 내려가서, 시청에서 무슨 일이 일어나고 있는지 마치 네가 알고 싶다는 듯이 물어보아라.

하인 1   즉시 가겠습니다, 전하! *(퇴장)*

---

13   위험 시에 자기 자신을 처형하는 모반의 용구

선제후	(다른 하인을 향해)
	너는 가서 내 옷을 갖다 줘!
	(하인이 가서 옷을 갖고 온다. 선제후는 옷을 입고 그 위에 후 위(侯位) 표시의 장신구를 걸친다.)

제3장

원수 되르플링 등장 ─ 앞에 나온 사람들

원수	반란입니다, 전하!
선제후	(여전히 옷을 입으면서)
	차분하게, 차분하게! ─
	자네도 잘 알다시피, 난 내 방에 누가 예고 없이 들어오 는 것을 아주 싫어 해.
	─ 무슨 일인가?
원수	전하, 황송합니다!
	아주 중요한 사건으로 제가 왔습니다.
	코트비츠 대령이 전하의 명령도 받지 않고 군대를 시내 로 행진시켰습니다.
	100명 이상의 장교들이 시청의 장교회관에서 그를 에 워싸고 있습니다.
	한 장의 서류가 그들 사이에 돌았는데,
	전하의 권리를 침해하기로 획책하는 것입니다.

선제후	그런 것이라면, 이미 잘 알고 있다! — 군사법정에서 사형을 선고받은 공자의 생명을 구하기 위한 소동 이외에는 아무것도 아닐 거야.
원수	과연 그렇습니다! 정확히 맞히셨습니다!
선제후	좋다! — 내 마음은 그들 가운데에 있다.
원수	소문에는, 저 미친 사람들이 오늘 성으로 와서 탄원서를 전하께 제출하려고 한답니다. 그리고 만약 전하의 분노가 여전히 가라앉지 않고 그 판결의 집행을 끝까지 고집하신다면 — 감히 이런 말씀을 전하께 전할 수도 없습니다. — 그들은 공자를 강제로 감옥에서 석방시키려 한답니다!
선제후	(얼굴빛이 검게 변하며) 누가 너에게 그런 말을 했니?
원수	누가 제게 말을 했느냐고요? 전하께서 믿을 수 있는 제 아내의 일가인 레트조브 부인입니다! 그녀는 어젯밤 자기 큰아버지인 폰 레트조브 군수 댁에 가 있었는데, 병영에서 온 장교들이 모여 공개적으로 그 뻔뻔스런 음모를 논의한 것을 들었답니다.
선제후	남자가 한 말을 듣기 전에는 믿을 수 없다! 그런 젊은 장교들로부터 공자를 보호하기 위해서 내 장화를 그의 감옥 문밖에 두어야겠다!
원수	전하, 애원합니다. 공자를 사면하고자 하는 의지가 있

으시면, 불상사가 일어나기 전에 그렇게 하십시오!

전하께서도 아시다시피, 군인들은 자기들의 대장을 열렬히 사랑합니다.

이 작은 불꽃이 온 사방을 집어삼키는 치명적인 대화재로 번져 가지 않게 하소서.

코트비츠와 그를 에워쌌던 무리들은 아직도 제가 전하께 충성스런 간언을 한 사실을 모릅니다.

코트비츠가 이곳에 오기 전에 공자에게 칼을 돌려주십시오.

결국 공자는 그것을 가질 만한 자격이 있습니다.

전하는 그렇게 하심으로써 고상한 행위가 더 많고, 좋지 못한 행위는 적다는 소문을 내셔야 합니다.

선제후 그런데 나는 먼저 공자에게 물어보지 않으면 안 돼.

자네도 잘 알다시피, 자의(恣意)로 그를 감옥에 넣고, 또 자의로 석방시킬 수도 없어. —

장교들이 오면 그들을 만나서 이야기해 보겠다.

원수 (혼자서)

빌어먹을! — 전하는 모든 화살을 막아 내는 갑옷을 입으셨네.

제 4 장

두 하인 등장, 그들 중 하나는 손에 편지를 들고 있다. 앞에 나온 사람들

하인 1	전하, 대령 코트비츠, 헤닝스, 트루크스 그리고 다른 사람들이 알현을 청합니다!
선제후	*(첫째 하인의 손에서 편지를 뺏으면서, 다른 하인을 향해)* 홈부르크 공자가 보낸 것이냐?
하인 2	예, 그렇습니다. 전하.
선제후	누가 그것을 네게 주었느냐?
하인 2	문에서 감시하고 있는 스위스 사람인데, 그는 공자의 하인한테서 그것을 받았답니다.
선제후	*(책상에 앉아서 읽는다. 읽기를 끝내고 나서 몸을 돌려 하인을 부른다.)* 프리트비츠! — 사형판결을 갖고 와! 그리고 또 스웨덴 공사 호른 백작의 여권도 갖고 와! *(하인 퇴장, 첫째 하인을 향해)* 코트비츠와 그 일행을 여기로 들어오게 해라!

제5장

대령 코트비츠, 대령 헤닝스, 트루크스 백작, 호엔쫄러런 백작 및 슈파렌,
로이스 백작, 골츠 기병대위 그리고 스트란츠 및 다른 대령들과 장교들이
등장 — 앞에 나온 사람들

코트비츠 대령 *(탄원서를 내밀며)*

존엄하신 전하, 제가 모든 군인들의 이름으로

이 서류를 당신께 제출함을 제발 허락해 주세요!

선제후 코트비츠, 내가 그것을 받기 전에, 대답해라.

누가 자네를 이 시내로 오라고 명령했느냐?

코트비츠 *(선제후를 빤히 쳐다보며)*

용기병을 이끌고 오라고 하셨습니까? ―

선제후 그렇다. 용기병 연대를 이끌고! ―

나는 자네에게 아른슈타인을 주둔지로 지명해 주었다.

코트비츠 전하! 전하의 명령에 따라 이리로 왔습니다.

선제후 뭐라고? ― 그 명령서 보여 줘!

코트비츠 여기 있습니다, 전하!

선제후 *(읽는다.)*

"나탈리에, 페르벨린에서 큰아버지인 프리드리히의 위

임에 의해."―

코트비츠 맹세코, 전하 이 명령을 모른다고 하지 마십시오.

선제후 아니, 아니야! 내가 뜻하는 것은 ―

누가 이 명령서를 자네에게 전해 주었니?

코트비츠 로이스 백작입니다!

선제후 *(잠시 사이를 두고)*

자, 좋다, 잘 왔다! ―

내일 자네가 지휘하는 12중대를 이끌고, 판결을 받은

홈부르크 대령에게 최후의 경의[14]를 표하기 위해서 선

---

14 형장에 도착할 때까지의 경호

발되었구나!

코트비츠   (깜짝 놀라며)

무슨 말씀이세요, 전하?!

선제후   (코트비츠에게 명령서를 돌려주면서)

자네 연대는 아직도 밤의 어둠에 싸여 그 성문 앞에 있
느냐?

코트비츠   밤의 어둠 속에 있습니다, 용서하세요. —

선제후   왜 그들은 진영으로 이동하지 않느냐?

코트비츠   전하, 이미 그들은 이동했습니다. 그들은, 전하의 명령
대로 이 도시의 진영으로 이동 완료했습니다.

선제후   (창문을 향해 몸을 돌려)

뭐라고? 조금 전까지도 —?

글쎄, 너는 재빨리 마구간을 찾았구나! —

그럼 더욱 좋지! 다시 한 번 수고했다고 말한다!

말해 봐, 무슨 용무로 여기 왔나? 무슨 새 소식이라도
있느냐?

코트비츠   전하, 충성을 맹세한 전하의 군대가 이 탄원서를 가져
왔습니다.

선제후   이리 줘!

코트비츠   그러나 전하께서 방금 하신 말씀이 제 모든 희망을 꺾
어 버립니다.

선제후   그러면 나의 다른 말이 그 희망을 다시 끌어올릴 것이다.

(읽는다.)

"탄원서. 이번에 사형판결을 받은 우리들의 지휘관 공

자 프리드리히 폰 홈부르크에게 우리들 일동은 깊은 자비를 빕니다."

(장교들에게) 홈부르크 공자, 실로 고귀한 이름이다. 여러분들이 그를 위해 이렇게 많이 모일 만한 가치 있는 이름이다!

(다시 그 탄원서를 본다.)

누가 이 탄원서를 작성했느냐?

코트비츠　제가 작성했습니다.

선제후　공자는 그 내용을 알고 있나?

코트비츠　아닙니다, 전혀 모릅니다!

그것은 저희들 중에서 착상되었으며 오직 저희들에 의해서만 작성되었습니다.

선제후　잠시 기다려라!

(책상으로 가서 그 탄원서를 훑어본다. — 긴 사이)

흠! 이상하다! — 노련한 군인, 공자의 행위를 변호하는가?

명령을 받지 않고 브랑겔군에 돌진한 그의 성급한 공격을 정당하다고 생각하는가?

코트비츠　그렇습니다, 전하, 이 코트비츠가 바로 그렇게 생각합니다!

선제후　전장에서 자네는 그렇게 생각하지 않았어.

코트비츠　예, 전하. 저는 잘못 판단했습니다!

전쟁을 잘 아는 공자에게 저는 말없이 복종했어야만 좋았을 것입니다.

스웨덴군은 좌익이 동요했고, 우익을 보강하기 위해 증원군을 출정시키기 시작했습니다.

만약 그때 공자가 전하의 명령을 기다렸더라면, 적들은 계곡에서 진형(陣形)을 다시 정비할 수 있었을 것입니다.

그랬더라면 전하께서는 결코 그 같은 승리를 쟁취하시지 못했을 것입니다.

선제후   그렇군! ─ 자네로선 그렇게 가정할 수도 있을 거야!

자네도 알듯이 나는 바로 그 시점에 헤닝스 대령을 급파하여 브랑겔군의 배후를 엄호하던 스웨덴의 교두보를 빼앗으려고 했지.

그때 너희들이 그 명령을 배반하지 않았더라면, 헤닝스의 돌격은 성공할 수 있었을 텐데.

두 시간 안에 그는 그 다리에 불을 지를 수 있었을 것이고, 린 강가에 자리를 잡았을 것이다.

그랬더라면 브랑겔군은 배수구와 늪에 처박혀 전멸했을지도 모른다.

코트비츠   전하, 완전무결한 승리를 얻으려고 하는 일은 미숙한 자의 일이며,

전하와 같은 분이 하실 일이 아닙니다.

전하는 오늘까지도 언제나 운명이 제공하는 것만을 받으셨습니다.

우리 브란덴부르크를 뻔뻔스럽게 겁탈했던 적들은 지금 이마에 피를 흘리며 쫓겨났습니다.

단 하루만에 이보다 더 큰 성과를 거둘 수가 있습니까?

적들이 지쳐서 2주일 동안 모래 속에 누워 있는 것과 상처를 치유하고 있는 것이 전하에겐 어떤 차이가 있습니까?

이제 우리는 그들을 정복하는 기술을 배웠습니다.

그리고 그 기술을 더 연습하기를 갈망하고 있습니다.

우리로 하여금 다시 한번 더 브랑겔군과 맞대고 싸우게 해주세요.

그러면 우리는 그 과업을 끝낼 것입니다.

우리들은 스웨덴군을 발트해로 쫓아버리겠습니다!

로마는 하루아침에 세워지지 않았다는 말이 있지요.

선제후   바보 같은 사람아, 어떻게 그런 일을 바랄 수 있느냐?

어느 누가 우리 전쟁마차의 말고삐를 내 손에서 제멋대로 빼앗아 갈 수 있느냐?

자네는 행운이란 것이 최근처럼 불복종하는 사람에게 승리의 관으로 영원히 씌워지는 것이라고 생각하느냐?

나는 우연히 생겨난 사생아처럼 찾아오는 승리를 원치 않는다.

내가 원하는 것은 내 왕관의 모태인 군율을 유지하는 것이다!

그것이야말로 일련의 승리를 차례로 갖다 주는 것이다.

코트비츠   전하, 최고 최상의 법이란 전하의 부하 장수들의 가슴 속에서 움직이는 것이지 전하의 의지를 종이 위에 기록해 놓은 것은 아닙니다.

그것은 조국이며, 왕관을 머리에 이고 계신 전하 자신

이기도 합니다.

적이 자기들의 군기를 내동댕이치고 전하 앞에 무릎을 꿇은 이상, 적을 격파하기 위한 규칙 같은 것은 문제가 되지 않습니다.

적군을 격파한 규칙이 바로 최고의 규칙입니다!

전하께 열렬한 충성을 바치는 군인들을 금혁대에 매달린 생명 없는 칼과 같은 무용한 도구로 취급하기를 원하십니까?

운명의 섭리를 알지 못한 채 최초로 이 같은 법규를 만든 사람이야말로 무엇보다도 가련한 정신의 소유자입니다.

일의 진행 중에 감정이 한번 위험함을 드러내 보였다는 이유로, 오직 감정만이 해결할 수 있는데도 다른 10개의 감정을 잊어버리는 것은 얼마나 미숙하고 근시안적인 통치술입니까!

제가 전하를 위해 전투의 날에 피를 쏟아붓는 일이 있더라도 그것은 돈과 명예, 보수를 요구하지 않습니다. 당치도 않습니다!

그러기에는 제 피가 너무 비쌉니다! 아, 아닙니다.

저는 기쁨과 즐거움을 누구에게도 신세 지지 않고 독자적으로 가지며, 말할 필요도 없이, 그것을 전하의 우수함과 위대함으로부터, 전하의 명성과 이름이 점점 성장함으로부터 얻습니다!

전하, 그것이 바로 제 마음을 바쳐 얻은 보수입니다.

만약, 전하께서 이 예상하지 않은 승리 때문에 지금 공자에게 사형을 집행하신다면, 저도 내일 제 부대원을 데리고 마치 목동처럼 숲과 바위 사이를 떠돌다가 우연히 예상치 않은 승리와 마주치면 공자와 똑같이 되겠지요. 맹세코, 만약 제가 그렇게 되지 않으면, 저는 악당 같은 놈이 될 텐데요.

그리고 만약 전하께서 손에 법전을 들고 "코트비츠, 자네는 목이 잘릴 것이다!"고 말씀하신다면 저는 다음과 같이 말하겠습니다.

"전하, 저는 각오하고 있습니다. 자, 이 목을 가져가세요, 여기 있습니다.

저는 제 일신을 전하의 왕관을 위해 바치겠다고 맹세했을 때 제 머리를 제외시키지 않았습니다.

그렇다고 해서 저는 전하의 소유가 아닌 것을 전하께 드릴 수는 없습니다!"

선제후   자네, 노련하고 훌륭한 친구!

자네를 상대할 수가 없구나!

자네의 노련한 웅변이 나를 매수했네.

자네도 알다시피, 나는 이미 자네에게로 마음이 동했으며, 이 논쟁을 끝내기 위해 나를 대신할 변호사의 도움을 받아야겠다.

(종을 울린다. 한 하인이 들어온다.)

공자 홈부르크를 불러라!

감옥에서 이리로 데려오너라!

(하인 퇴장)

공자가 자네에게 군기와 복종이 무엇인지를 가르쳐 줄 것이라 확신한다!

나는 공자로부터 편지 한 장을 받았는데, 여하튼 그 내용은 자네가 여기서 나를 마치 어린아이 취급하며 펼치는 자유에 대한 재치 있는 학설과는 다른 것이었어.

(책상에 다시 돌아가서 편지를 읽는다.)

코트비츠 *(깜짝 놀라)*

누구를 데려올까요? 누구를 불러올까요?

헤닝스 대령 공자, 그를?

트루크스 백작 안 됩니다, 불가능합니다!

(장교들은 불안한 듯이 모여들고, 서로 말을 주고받는다.)

선제후 여기 있는 이 두 번째 편지는 누가 썼는가?

호엔쫄러런 전하, 제가 썼습니다!

선제후 *(읽는다.)*

"선제후 프리드리히 전하께서 공자의 행위에 책임이 있음을 증명합니다."— 이게 뭐냐?

정말 뻔뻔스럽구나!

뭐! 공자가 전장에서 범했던 중대한 과실에 대한 책임을 나에게 전가한다고?

호엔쫄러런 예, 그렇습니다. 전하의 책임입니다! 소인, 호엔쫄러런의 생각입니다.

선제후 황당무계한 이야기다!

너희들 중 하나는 그에게 죄가 없다고 증명하고,

다른 하나는 내가 죄인이라고 주장하다니! —

그런 주장을 너희는 어떻게 증명하겠느냐?

호엔쫄러런 　전하, 그날 밤을 기억하시고 계시죠.

그때 우리는 정원의 플라타너스 나무 밑에서 깊은 잠에 빠져 있는 공자를 발견했지요.

그는 다음 날의 승리를 꿈꾸면서 손에는 월계관을 쥐고 있었습니다.

전하께서는 공자의 가장 깊은 마음을 시험해 보려는 의도로 그에게서 월계관을 빼앗아 미소 지으면서, 당신 목에 걸려 있는 목걸이로 그 잎 주위를 묶은 다음, 그것을 그대로 전하의 귀하신 조카딸 나탈리에에게 건네 주셨습니다.

공자는 서서 이 놀라운 광경을 보고 얼굴이 달아올랐습니다.

그는 그렇게 달콤하고 그렇게 귀한 손에서 제공된 그 물건을 낚아채려고 했습니다.

그러나 전하께서는 공녀를 뒤로 끌며 황급히 공자에게서 물러나 문을 열고 들어가셨습니다.

아가씨와 목걸이와 그 월계관은 모두 사라졌습니다.

그리고 그는 — 한 손에 누구 것인지 모르는 장갑 한 짝을 잡고서 — 뒤에 혼자 남아 외롭게 그 밤을 보냈습니다.

선제후 　어떤 장갑이었지?

호엔쫄러런 　전하, 제 이야기를 끝까지 들어주세요! — 그것은 사실

농담에 지나지 않습니다.

그런데도 그것이 그에게 어떤 의미가 있는지 저는 곧 알게 되었습니다.

왜냐하면 제가 정원 뒷문을 통해 우연히 지나가는 것처럼 그에게로 몰래 기어가서, 깨운 덕에, 그가 정신을 차렸기 때문입니다.

기억을 되살리며 그는 얼굴에 기쁜 기색을 띠었습니다.

사실 전하께서는 이보다 더 감동적인 모습을 생각하진 못하실 것입니다.

모든 사건이 마치 꿈과 같았다고, 그는 마지막 세세한 일까지 저에게 설명을 해주었으며,

그는 지금까지 그렇게 생생한 꿈을 꾼 적이 없었다고 굳게 믿었습니다. —

그리고 그는 하늘이 자기에게 어떤 조짐을 준다는 굳은 믿음까지 마음속에 생겼습니다.

하느님이 그가 오늘 꿈에서 본 아가씨, 월계관, 명예의 목걸이 등을 다음 날의 전투에서 자신에게 선물하실 것이라는 믿음 말입니다.

| 선제후 | 흠! 이상하다! — 그리고 그 장갑은 — ? |
| 호엔쫄러런 | 그렇습니다, |

그의 꿈의 일부는 실현되었고 또 동시에 파괴되어 그의 믿음을 뒷받침해 주었습니다. 맨 처음 그는 눈을 크게 뜨고 장갑을 보았습니다. —

장갑의 색깔은 흰색이었고, 형상과 종류로 보아서는 귀

부인의 것인 듯했습니다. —

그러나 그는 그 밤에 정원에서 이 같은 장갑을 낀 여인을 만났던 기억이 없었기 때문에, 공상에 빠져 있는 가운데 명령을 수령하러 성으로 오라고 하는 저의 말에 헷갈리어, 도저히 납득되지 않는 일을 까맣게 잊고, 그 장갑을 정신없이 조끼에 꽂았습니다.

선제후   그리고 나서는?

호엔쫄러런   그리고 나서 그는 이제 연필과 종이를 들고 성으로 가서 원수의 입에서 나오는 작전 명령을 열심히 주의 깊게 들으려고 했습니다.

그 바로 그때 선제후 부인 마마와 공녀님은 여행을 떠날 준비를 하고서 그 회의실에 있었습니다.

그런데 그의 조끼에 꽂혀 있는 장갑이 공녀가 잃어버린 장갑이고, 그녀가 그걸 매우 아쉬워하고 있음을 알았을 때 그를 사로잡은 놀라움은 얼마나 컸는지!

원수는 몇 번이나 반복해서 공자의 이름을 불렀습니다. 공자는 "원수님, 무슨 명령을 내리셨나요?"라고 대답했고 정신을 가다듬으려고 했습니다.

그런데 기적 같은 일이 발생하여 —

벼락을 맞은 듯이 그는 정신을 잃어버리고 말았습니다 —!

(말을 중단한다.)

선제후   그것이 공녀의 장갑이었나?

호엔쫄러런   예, 그렇습니다!

(선제후는 생각에 잠긴다.)

호엔쫄러런　(말을 계속하며)

그는 돌멩이와 같았습니다. 손에 연필을 쥐고 거기에 서 있었고, 확실히 살아 있는 사람으로 보였습니다.

그러나 그의 모든 감각은 마치 마술 방망이에 맞은 듯이 사라졌습니다.

다음 날 아침에 포성이 전선에서 연속 울려 퍼졌을 때에야 비로소 그는 다시 생기를 얻었고, 저에게 "친구여, 어제 되르플링 원수님이 전투명령을 내릴 때 나에겐 어떤 명령을 내렸는지 알려 줘"라고 말했습니다.

원수　전하, 이 이야기가 사실임을 제가 보증합니다!

제가 분명히 기억하는데, 공자님은 제 말을 한마디도 귀담아 듣지 않았습니다.

저는 종종 그가 방심해 있는 것을 보았습니다만,

그날처럼 그 정도로 방심해 있는 것을 본 적이 없습니다.

선제후　그렇다면 뭔가? 지금 자네가 하는 말을 오해하지 않는다면, 결국 이런 결론을 이끌어 내는 것이네.

이 젊은이가 몽유 상태에 있을 때, 내가 애매모호한 농담을 하지 않았더라면 그는 무죄라는 말이지.

'만약 그가 명령을 받을 때 방심하지 않았더라면,

전장에서 명령을 거역하지는 않았을 것이다.'

그런 것 아닌가? 그게 자네의 의견이 아닌가?

호엔쫄러런　전하, 이제 마음대로 결론을 내려 보십시오.

선제후　어리석은 자! 멍청한지고! 만약 자네가 나를 정원 아래쪽으로 불러 내리지 않았더라면, 내 호기심도 생기지 않을 테고 이 몽상가와 천진난만하게 장난하지도 않았을 텐데.

따라서 공자로 하여금 죄를 범하도록 한 자는 자네라고 나는 정당하게 주장한다! ―

자, 너희들 장교들이 하는 말은 델피의 신탁처럼 애매한 것이구나!

호엔쫄러런 전하, 이제 됐습니다!

제 말씀이 전하의 가슴에 무거운 인상을 남겼다고 저는 확신합니다.

제6장

한 장교 등장 ― 앞에 나온 사람들

장교 전하, 공자가 곧 나타날 것입니다!

선제후 좋아! 그를 들어오게 해라.

장교 전하, 잠시만 기다려 주십시오! ―

묘지를 지나오는 길에, 그는 아주 급하게 문지기에게 문을 열게 했습니다.

선제후 묘지라니?

장교 예, 전하.

선제후 무슨 이유로?

장교	사실대로 말씀드리면, 저는 모릅니다.
	전하의 명령대로 공자를 묻기 위해 파 놓은 무덤을 그
	는 한번 보고 싶어했는지도 모릅니다.
	(연대장들이 모여 서로 말을 주고받는다.)
선제후	어쨌든! 그가 오는 대로 안으로 들여보내라!
	(다시 책상으로 가서 서류를 넘긴다.)
트루크스 백작	저기 위병이 공자를 데리고 옵니다.

제7장

홈부르크 공자 등장. 위병을 대동한 장교. 앞에 나온 사람들

선제후	젊은 공자, 나를 도와달라고 그대를 불렀어!
	코트비츠 대령이 그대를 위해 여기 이 탄원서를 갖고
	왔어.
	보아라, 수많은 장교의 서명이 길게 이어져 있다.
	그 탄원서의 내용은 군인들이 그대의 석방을 갈망한다
	고, 또 군법회의의 판결을 거부한다는 것이야. —
	자, 직접 읽어 봐라, 그러면 알게 될 거야!
	(탄원서를 공자에게 넘겨준다.)
홈부르크 공자	*(그것을 힐끗 한번 보고 나서, 몸을 돌려 빙 둘러선 장교들을*
	둘러본다.)
	코트비츠! 당신 손을 잡고 싶으니 이리 줘요!

416

전투 당일 내가 당신을 모욕했지만, 당신은 나를 위해 이렇게까지 일을 하고 있군요!

그러나 지금은 재빨리 아른슈타인으로 돌아가세요.

그리고 그곳에서 가만히 있어요. 나는 여러 번 깊이 생각해 보았고,

나에게 내려진 사형선고를 받아들이겠어요.

(코트비츠에게 탄원서를 돌려준다.)

코트비츠   *(당황하여)*

아, 아닙니다, 공자님, 당치도 않아요!

무슨 말씀을 하세요?

호엔쫄러런   사형의 벌을 받아들인다고 — ?

트루크스 백작   죽어서는 안 되며, 죽지 않게 해야 합니다!

장교들   *(앞으로 나서며)*

선제후 전하! 군주님, 저희들의 청을 들어주소서!

홈부르크 공자   조용히 하세요! 나는 이 의지를 굽힐 수 없습니다!

나는 모든 군인들이 보는 앞에서 신성한 군법을 위반했습니다.

지금 스스로 죽음으로써 그 위대함을 찬양하려 합니다!

나의 형제들이여! 내가 브랑겔에서 거둔 하찮고 보잘것없는 승리 같은 것은,

우리 마음속에 숨어 있는 가장 흉악한 적인 오만과 반항을 이기는 내일의 멋진 승리에 비한다면,

도대체 무슨 가치가 있겠는가?

우리를 억압하려고 하는 외적은 궤멸될 것이요,

우리 브란덴부르크의 인민이야말로 어진 어머니와도 같은 이 국토 위에서 자유롭게 번성할 것이요.

왜냐하면 이 땅은 그들의 것이며, 그 초원의 장관은 오직 그들을 위해서만 창조되었기 때문이지요!

코트비츠 *(감동되어)*

공자님! 가장 사랑하는 전우! 내가 당신을 어떻게 부르면 좋을까?

트루크스 백작 아, 하느님!

코트비츠 당신의 손에 입을 맞추게 해줘요!

(모두 그를 빙 둘러싼다.)

홈부르크 공자 *(선제후를 향해 몸을 돌려)*

전하, 이전에는 제가 다정하게 아버지라고 불렀습니다만, 지금은 그것도 어울리지 않는 것이 되었습니다.

저는 깊이 감동하여 전하의 발밑에 엎드렸습니다.

귀중한 결전의 날에 제가 너무 성급한 열정으로 일을 망쳤음을 용서해 주세요!

지금은 죽음이 저의 모든 죄를 깨끗이 씻어 줄 것입니다.

전하의 선고에 화해하고 용감하게 복종하는 제 마음을 전하께서도 가슴속에 있는 모든 원한을 버렸다고 말씀하며 위로해 주십시오!

그리고 그 증거로 이 작별의 순간을 맞아 저의 정중한 부탁 하나를 자비롭게 들어 주십시오!

선제후 말해라, 젊은 영웅이여! 그대가 원하는 것이 무엇이냐?

그대의 부탁이 무엇이든, 들어줄 것임을 기사로서 명예

홈부르크 공자 전하, 질녀의 손을 넘겨 주고 칼 구스타프 왕으로부터 평화를 사지 마세요!

그런 불명예스런 제안을 한 뻔뻔스런 군사(軍使)를 진영에서 쫓아내세요.

그에게 연발 대포사격으로 응답하세요!

선제후 *(공자의 이마에 입을 맞춘다.)*

네가 말한 대로 될 것이다!

내 아들아, 이 키스는 너의 마지막 부탁을 들어주는 표시이다!

이제 와서 왜 그런 희생이 필요한가?

전쟁에 패했을 때에만 그런 강요를 받는 것이란다.

네가 했던 말 하나하나가 승리의 씨앗이 될 것이다.

지금에 와서야 적을 쳐부수었다!

나탈리에는 공자 홈부르크의 약혼자라고 스웨덴 왕에게 편지로 알리겠다.

공자는 페르벨린 전투에서 군율을 위반하며 제멋대로 행동했지만 결사의 각오로 군기를 앞세우고 돌진했다.

그 정신으로 싸워 그는 그녀를 우리들의 수중으로 데려왔다고.

(공자에게 다시 한 번 더 키스하고 일으켜 세운다.)

홈부르크 공자 아, 지금 전하께서는 저에게 생명을 다시 주셨습니다!

저는 지금 전하께 모든 축복을 기원합니다.

하늘의 세라핀 천사들이 환호성을 지르며 용사의 머리

에 내려주는 그런 축복을.

자, 전하, 공격하세요, 그리고 전하께 대항하는 세계를

정복하세요. — 왜냐하면 그것이야말로 전하에게 가치

있는 일이기 때문입니다!

선제후   위병! 공자를 감옥으로 다시 데려가!

제8장

나탈리에와 선제후 부인이 출구에 나타난다. 궁녀들이 뒤따라온다. — 앞에

나온 사람들

나탈리에   아 어머니, 놓아주세요. 제발! 저에게 예절에 대해 말하

지 마세요!

이 순간에 해야 할 가장 적절한 일은 그를 사랑하는 것

입니다!

— 사랑하는, 불운한 친구!

홈부르크 공자 *(출발하며)* 자, 가자!

트루크스 백작 *(공자를 붙잡으며)*

아닙니다. 공자님. 가지 마세요!

(많은 장교들이 길을 막아선다.)

홈부르크 공자 나를 데려가 줘!

호엔쫄러런   전하, 전하의 마음은 아직도 —?

홈부르크 공자 *(몸을 뿌리치면서)*

폭군들이여, 너희들은 나를 사슬에 묶어 형장으로 끌고
가려고 하는가?
자, 비켜라! — 나는 이 세상에 진 빚을 다 갚았다!
(위병과 더불어 퇴장)

나탈리에   *(큰어머니의 가슴에 기대며)*

아, 대지여, 네 품속에 나를 받아 주오!
왜 내가 태양의 빛을 더 보아야 하나?

제 9 장

홈부르크 공자를 제외한 앞에 나온 사람들

원수   아, 하느님! 일이 이렇게 되다니!

(선제후는 한 장교의 귀에 대고 열심히 속삭인다.)

코트비츠   *(냉정하게)*

전하, 일이 결국 이렇게 된 마당에, 저희들은 물러가도
됩니까?

선제후   안 돼! 아직 그 시간이 안 됐어!

물러나도 좋을 때를 내가 자네에게 말해 주겠어!

*(잠시 코트비츠의 얼굴을 응시한다. 그리고 나서 시동이 갖다
준 서류를 책상에서 집어 들고 원수를 향해 몸을 돌린다.)*

자, 이 여권을 스웨덴 사절 호른 백작에게 넘겨라! 이것
은 조카 홈부르크 공자의 소원으로,

그것을 들어주지 않으면 안 된다.

사흘 후에는 전쟁이 다시 시작될 것이다!

(사이 — 그는 사형 판결문을 훑어보면서)

자, 귀관들이 스스로 판결해 보아라! 홈부르크 공자는 지난해에 오만과 경솔함으로 나의 훌륭한 승리를 두 번이나 놓치게 했다.

또 세 번째의 승리에도 아주 나쁜 영향을 미쳤다.

이 며칠의 경험에서 공자도 확실히 배웠으므로 여러분들은 그와 함께 네 번째 승리를 시도하겠는가?

코트비츠와 트루크스 *(동시에)*

뭐라고요, 내 고상한 — ! 존경하는 — ?

선제후   좋아, 여러분들은 — 여러분들은 그렇게 하겠는가?

코트비츠   신들에게 맹세하건대,

이후 전하께서 파멸의 절벽에 서 있다고 하더라도,

공자는 명령이 없는 한, 전하를 돕고 구하기 위해 칼을 뽑으려 하지 않을 것입니다!

선제후   *(사형 판결문을 찢는다.)*

자, 귀관들이여, 나를 따라 정원으로 내려와!

(모두 퇴장)

장면: 성, 제1막과 동일하게 경사로가 아래로 뻗쳐 있는 정원 —

다시 밤이다.

제10장

홈부르크 공자는 눈이 가려진 채 기병대위 스트란츠에 이끌려 정원 문을 통해 나온다. 장교들과 위병들 — 멀리서 장송곡의 북 치는 소리 들린다.

홈부르크 공자 아, 영원불멸이여, 너는 지금 완전히 내 것이야!

너는 내 안대를 뚫고 태양의 수천 배의 빛으로 내 몸에 스며드는구나!

내 양쪽 어깨에 날개가 솟아남을 느낀다.

내 정신은 고요한 하늘로 날아오른다.

바람에 실려 가는 배가, 화려한 항구도시가 가라앉는 것을 보듯이,

나의 눈에도 모든 생명이 가물거리며 다해 가는 것이 보인다.

아직 나는 색과 형상을 구별할 수 있다.

그리고 지금은 만물이 안개처럼 내 발 밑에 드러눕는다.

(공자는 정원 중앙 떡갈나무 밑에 놓여 있는 벤치 위에 앉는다, 스트란츠 대위가 그에게서 물러나, 경사로를 쳐다본다.)

홈부르크 공자 아, 밤 제비꽃의 향기가 얼마나 좋은가!

— 자네는 그것을 느끼지 못하는가?

(스트란츠가 다시 그의 곁에 돌아온다.)

스트란츠 그것은 카네이션이며 패랭이꽃입니다.

홈부르크 공자 카네이션이라고? — 그것들이 왜 여기에 있지?

스트란츠 저는 모릅니다. —

어떤 처녀가 그것들을 여기에 심었을 것입니다.

— 카네이션 한 송이 꺾어 드릴까요?

홈부르크 공자 고마워! —

집으로 가져가 물에 꽂아 두고 보겠다.

제11장

선제후는 금목걸이를 감은 월계관을 들고 있다. 선제후 부인, 공녀 나탈리에,
원수 되르플링, 코트비츠 대령, 호엔쫄러런, 골츠, 그리고 궁녀들, 장교들,
등불이 성의 경사로에 나타난다. 호엔쫄러런이 난간에 기대어 수건을
들고 스트란츠 대위에게 신호를 한다. 그러자 스트란츠 대위는 홈부르크
공자에게서 비켜 물러나 배경에서 경호원과 말을 속삭인다.

홈부르크 공자 스트란츠, 무슨 불빛이 퍼지는가?

스트란츠 (공자에게로 돌아오며)

공자님, 제발 일어서십시오.

홈부르크 공자 이것이 뭐냐?

스트란츠 당신이 놀라실 일이 아닙니다! —

저는 그저 당신 눈의 안대를 떼어 버리겠습니다.

홈부르크 공자 내 고통의 마지막 시간이 되었나?

스트란츠 예, 그렇습니다!

(안대를 떼어 낸다.)

행운과 축복을 받으소서. 당신은 그것을 받을 자격이

있습니다!

(선제후는 목걸이가 걸려 있는 월계관을 공녀에게 주고, 그녀의 손을 잡고 경사로 아래로 데려간다. 신사숙녀들이 뒤따른다. 공녀는 횃불을 든 사람에 에워싸여 공자 앞으로 나간다. 공자는 깜짝 놀라 일어선다. 공녀는 그의 머리에 월계관을 얹어 주고, 목에 목걸이를 걸어 주며 그의 손을 자기 가슴에 갖다 댄다. 공자는 실신하여 쓰러진다.)

나탈리에 하느님! 기쁨의 충격으로 그가 죽었습니다!

호엔쫄러런 (공자를 끌어올리며) 도와주세요!

선제후 우리 대포 소리로 그를 깨워라!

(여러 발의 포성, 행진곡, 성이 밝아진다.)

코트비츠 만세. 홈부르크 공자 만세!

장교들 만세! 만세! 만세!

모두 페르벨린 전투의 승리자 만세!

(순간적으로 침묵)

홈부르크 공자 아! 아닙니다.

이게 꿈이라고 말할 수 있습니까?

코트비츠 꿈이 아니고 무엇입니까?

장교들 싸움터로! 싸움터로!

트루크스 백작 전장으로 갑시다!

원수 승리를 위해! 승리를 위해!

모두 브란덴부르크의 적을 모두 박살내자!

- 막 -

해설 • 작가 연보

해설

1. 클라이스트의 생애

하인리히 폰 클라이스트(1777-1811)는 요하임 폰 프리드리히 소령과 그의 두 번째 아내인 율리아네 울리케 폰 판비츠의 첫아들로, 크게 번성한 옛 프로이센의 군인 장교 집안에서 1777년 10월 18일 태어났다. 우리는 작가의 어린 시절에 대해서 아는 것이 거의 없다. 그는 형제 자매들 속에서 명랑하고 잘 지냈다는 것뿐이다. 그보다 세 살 위의 이복누나 울리케와 그는 일생 동안 신뢰에 가득 찬 사랑을 맺었다.

클라이스트는 사촌 판비츠와 함께 신학박사학위를 준비하던 크리스티안 에른스트 마르티니로부터 첫 수업을 받는다. 그는 이 공부에 흥미를 느끼고 빠르게 배웠으나, 느림보였던 사촌은 1795년 자살해 버린다. 사촌이 죽은 뒤 클라이스트는 베를린으로 보내져, 프랑스 거류민 출신의 목사 카텔 곁에서 공부를 끝낸다. 그는 열네 살의 나이로 1792년 포츠담의 근위 연대에 사관 후보생으로 입대한다. 그는 이 연대와 함께 1793-1794년 행군을 하며, 프로이센의 라인군 몇몇 전투에 참가한다. 그러나 어머니가 죽음으로써 이 전투를 몇 달간 중단하게 된다.

1795년 바젤의 강화조약에 따라 클라이스트는 자신이 속한 연대와 함께 포츠담으로 귀환한다. 그 사이에 그는 사관생도가 되고 1797년에는 소위가 된다. 그러나 그는 결코 진정한 군인은 아니었다. 연대의 장교단에서 활기차고 명랑한 장교였지만, 그는 이미 심도 깊게 수학, 철학, 그리고 고전어 등 학문적인 저술을 공부하기 시작했으며, 또 음악에도 열중했다. 단조로운 군대 근무는 활기찬 그의 기질에 오랜 동안 만족을 주지 못했고, 무엇보다도 대부분 여러 지방 출신의 회의적인 군인들로 구성된 부대의 거칠고 야만적인 규율이 클라이스트 본래의 인간적인 이념과 맞지 않았다. 그리하여 그는 이 '압제'를 떠나기로 결심한다.

1799년 국왕이 클라이스트의 제대원을 허가했다. 이제 그는 공부를 하며 훗날 공무원이 되려는 목표를 세운다. "나는 목표를 세웠다. 그것을 이루기 위해서는 내 모든 힘을 다할 것을 끊임없이 요구한다." 그의 후견인과 가족들은 그에게 법학과 정치경제학을 공부하라고 제시했다. 그러나 클라이스트의 마음은 이미 더 먼 곳에 있었다. 그는 아직도 계몽주의의 정신에 사로잡혀 있었고, 수학과 논리학을 '모든 학문의 확실한 기초'라고 믿었다. 그러나 학문이나 이성을 통해서 자신이 추구하는 절대진리를 발견할 수 없다고 생각했다. 그의 고향도시에 있던 대학은 그가 학문을 계속하는 데에 큰 도움을 주지 못했다. 그는 일자리를 찾기 위해 진지하게 몰두했으며, 폰 쩽게 소장의 딸과 약혼했을 때는 더욱 진지해진다. 1800년에는 베를린으로 갔는데, 그곳에서 그는 호의적으로 받아들여진다. 그리고 그는 공무원이 되려는 준비를 위해 세무서에서 일자리를 얻는다.

그러나 한 달도 채 못 되어 그 활동을 중단하고, 장관한테서 휴가를 얻어 여행길에 오른다. 클라이스트는 작센을 거쳐 뷔르츠부르크로 갔다. 이 여행의 이유는 불확실하나, 그가 거기서 오랜 고통을 치료하는 수술을 받았다고 오늘날 일반적으로 알려져 있다. 그는 10월에 베를린으로 돌아와 다시 그 일을 시작하나, 다른 계획으로 방황하게 된다. 이는 가정의 전통에 대한 의무감과 창조적 자유로 나아가는 환상 사이의 투쟁이라고 할 수 있다. 그는 새로이 공부를 시작하여 칸트철학에 몰두한다. 그는 칸트의 저술을 읽으면서 충격적인 체험을 한다. 즉, 그는 지금까지 자신이 해온 인식을 얻기 위한 노력이 의미 없다고 생각한다. 그는 우리가 진리라고 하는 것이 참 진리인지 단지 진리처럼 보이는 것인지를 알 수 없다고 믿는다.

새로 펼친 여행길에서 클라이스트는 이 내적 혼란에 구원을 추구한다. 그는 울리케 누나와 함께, 1801년 4월 드레스덴, 그리고 빙빙 둘러 할버슈타트를 거쳐 괴팅겐으로 갔고, 또 슈트라스부르크를 지나 파리로 갔다. 이 남매는 1801년 11월 파리를 떠난다. 울리케는 고향으로 돌아가고, 하인리히는 라인강을 거슬러 올라가며 스위스로 여행해 갔다. 이제 스위스는 그에게 새 조국이 되었다. 그는 매우 자연 친화적인 시골 삶을 꿈꾸었고, 농장을 사들여 진지하게 경영했다. 아무것도 제대로 하지 못하다가, 베른에서, 1802년 툰 호숫가의 한 섬에서, 새로 얻은 친구와의 교제(출판인 게스너, 계몽주의 대문호의 아들인 루드비히 비란트 등은 모두 문학에 몰두해 있었다.)로 그는 마침내 시인에 대한 소명을 깨닫는다. 그 후 그의 삶은 작가로서의 사명을 다하는 것이었다. 첫 드라마인 「슈로펜슈타인 일가」는 베른에서 완성되었다. 그 밖에도 이미 실행되지 않는 계획들이 작가의 생각을 부풀렸다. 그는 연극의 큰 초안을 작성하려 했는데, 그것이 자신에게 월계관을 씌워 주게 되고, 자신을 연극 작가의 선두에 나서게 하려는 것이었다. 그것은 노르만 족장 로베르 귀스카르에 관한 것으로, 그는 비잔틴 제국을 일순간에 급습하려 했으나, 페스트가 자신의 부대에 발발했기 때문에 거인(巨人)적인 의지로 무섭게 번지는 재앙에 저항해야만 했다.

1802년 8월 클라이스트는 베른에서 병을 얻는다. 누나 울리케가 급히 달려왔을 때는 벌써 회복되고 있었고, 여기서 그의 스위스 체재는 끝난다. 작가는 여기서 자기 삶에 새로운 방향을 기대했었지만 스위스의 새 정부가 클라이스트의 친구 비란트를 추방했고, 클라이스트는 자발적으로 그를 따라간다. 그는 친구의 아버지 즉, 크리스티안 마르틴 비란트한테서 자신의 작가적 재능을 칭찬 받는다. 그는 거의 신들린 듯이 집요하게 열정적으로 약 500일 동안 귀스카르의 형상화에 몰두했다. 쉬지 않고 이리저리 여행했으며, 라이프치히 그리고 드레스덴에 머물렀고, 1803년 중순에 불쑥 스위스에 다시 나타났고, 북부 이탈리아에서 '마치 복수의 여신에 쫓긴 듯이' 프랑스를 거쳐 볼로냐 수르 메르를 헤매었다. 그의 절망적인 기분은 나폴레옹의 영국 침공에 참여하여 거기서 '장렬한 전사'를 하고 싶은 생각으로 몰아갔다. 그는 파리를 거쳐 마인츠로 여행해 갔고, 거기서 과로로 쓰러져, 넉 달 이상 병석에 누웠다. 그는 파리에서 소재를 형상화하려는 자신의 능력을 회의하고 거의 완성된 작품 "귀스카르" 원고를 불태워 버린다.

클라이스트는 이 심각한 위기에서 회복했으며, 1804년 6월 베를린에서 다시 공직을 얻으려고 노력한다. 그리하여 쾨니히스베르크의 황실 재산 관리국에서 임시 직원으로 일한다. 비교적 조용한 시간이 계속되고, 이 시기에 이미 베른의 친구들과 시작한 「깨어진 항아리」와 「암피트리온」을 최종적으로 완성하며 새로운 계획에 몰두한다. 클라이스트는 쾨니히스베르크에서 단편소설이 자신의 특성에 맞는 제2의 형식임을 발견한다. 그의 창작은 여왕 루이제가 지원해준 작은 돈으로 고무되었다. 그러나 지나친 활동으로 건강을 해친 그는 1806년 휴가를 갖지 않으면 안 되었다. 그의 조국이 프랑스군에 의해 파멸에 이르기까지, 그는 자신의 작가적 재능을 회의했고, 귀스카르 원고를 소각했다. 그는 이미 세계사의 흐름에서 멀어져 있었다. 그는 완전히 혼란에 빠져 프랑스군에 복무하려고까지 생각한다. 인간은 자신이 속한 시대나 사회와 더불어 존재하며, 인생의 승패는 그 시대와 사회에서 영향을 받는다는 사실을 그는 비로소 깨닫는다.

마지막으로 클라이스트는 1807년 1월 두서너 명의 친구들과 함께 당시 프랑스군에 점령되어 있는 베를린으로 갔는데, 그 이유는 아무리 해도 알 수 없다. 어쨌든 프랑스 군인들은 그를 간첩으로 체포했으며, 포르 드 쥬 성으로 끌고 갔다. 그는 반년 이상 이 수용소에서 포로생활을 했다. 그해 8월 그는 드레스덴으로 돌아오고, 거기서 한 친구와 함께 "예술을 위한 잡지"인 『푀부스』를 발행하며 그 잡지에 「펜테질레아」의 일부를 발표한다. 드레스덴에서 「하일브론의 케트헨」과 거의 같은 시기에 「헤르만의 전쟁」이 완성된다. 그러나 최초의 당당한 성공에도 불구하고 『푀부스』는 지속되지 못한다. 새로운 방식과 낯선 것은 클라이스트의 기고를 방해하며 독자를 혼란시켰다. 게다가 괴테의 냉담하고 부정적인 비평이 있었다. 그리하여 여러 가지 이유로 『푀부스』지는 폐간되었다.

1809년 나폴레옹에 항거하는 오스트리아의 전쟁은 클라이스트에게 새 희망을 불러일으킨다. 그는 증오했던 압제자에 대항하여 국민들이 봉기할 때가 왔다고 보았다. 그는 아스페른 근처에서 나폴레옹이 패배하는 것을 목격한다. 그리고 프라하에 정착하여 애국 잡지 『게르마니아』의 작업에 몰두했다. 그러나 나폴레옹에 봉기하기를 바랐던 그의 조국 프로이센은 이에 주저했다. 오스트리아는 전쟁의 고통을 혼자 짊어졌고 마침내 패했다. 상황은 그 어느 때보다도 더 절망적이었다. 그는 한동안 완전히 은거했고, 자신의 높은 뜻을 품은 계획은 깨졌다. 1810년 2월 비로소 베를린에서 자신의 마지막 삶과 창작의 시기가 시작된다. 「홈부르크 공자」를 완성한 것이다. 그러나 그가 이 작품에 걸었던 희망은 성취되지 않는다. 궁중이 그것을 거부했다. 1810년 10월에서 1811년 3월까지 클라이스트는 한 친구와 함께, 『베를린 석간』 신문을 발행했다. 그는 이 신문에서 격렬하게 나폴레옹에 반대하는 일을 했다. 그러나 정부는 그의 공격을 무차별적인 검열로 눌렀으며 이로써 독자에게 흥미가 없어진 이 신문은 폐간된다.

클라이스트 생의 마지막 절망적인 장이 이어진다. 그는 당국에 대항하여 그리고 내각에 대항하여 자신이 잡지 폐간으로 입은 손해를 보상하라고 청구했으나 아무런 결정이 내려지지 않았고, 또 그가 한때 버린 군인의 길을 다시 가려고 청원했으나 당국의 허락은 끝내 내려지지 않았다. 클라이스트에겐 경제적 궁핍과 절망만이 내리쳤다. 그러나 그는 열정적으로 글을 썼고 자신의 '소설집' 두 권을 발표했다. 그리고 한 편의 장편소설을 예고했다. 그러나 그의 궁핍은 더해지고 고독이 그를 에워쌌다. 결국 1811년 11월 21일 작가는 중병을 앓고 있던 유부녀 헨리에테 포겔과 함께 반 호수에서 권총 자살했다.

2. 클라이스트의 드라마

클라이스트는 독일문학상 연극적 재능에 있어서 가장 독창적이고 천재적인 작가이다. 그는 구체적 형상을 그리려는 강렬한 의지를 불같은 환상과 결합시켜, 여러 가지로 무절제에 빠져든 감정 위주의 생활을 작품으로 표현할 줄 알았다. 그의 극작술의 위대성('프로메테우스적 거인주의')은 독일 문학에선 전례가 없는 것이며, 비유하면 음악의 베토벤 작품에 상응할 뿐이었다. 그의 목표는 고대극의 요소를 셰익스피어 극작술과 결합시켜 새롭고 보다 높은 통일체를 만들려는 것이었다. 이 점에서 그는 괴테와 실러가 했던 많은 노력들과 일맥상통했지만, 전적으로 자신의 독자적인 길을 걸어나갔다. 클라이스트는 괴테와 달리 본질적 비극성에 대해 더 강한 성향을 분명히 보여주었고, 실러의 이상주의와는 반대로 개인적 · 성격적인 것, 예컨대 주인공의 본질과 운명에 들어 있는 '실존적인 것'을 더욱 강조했다. 위대한 비극에 대한 클라이스트의 사명은 그의 삶이 진행되어 감에 따라 표현되는데, 그 삶은 절대적인 것, 즉 진실, 사랑, 정의 및 애국적 헌신 등을 절실히 갈망했지만 파멸하고 말았다. 클라이스트는 자살하기 직전에 쓴 이별 편지에서 "이 세상에서 진실은 나에게 아무 도움이 되지 못한다."라고 썼다. 괴테에 대한 클라이스트의 관계도 역시 비극적인데, 그는 마음에서 무릎 꿇고 괴테에게 접근했다. 그러나 괴테는 그를 의고적 창작시기, 즉 고전주의의 관점으로만 보고 — 젊은 천재 클라이스트는 괴테가 자기를 이해해 주길 간절히 바랐지만 — 이해해 주지 않았다.

클라이스트는 셰익스피어의 「로미오와 줄리엣」의 영향을 받은 5막으로 된 비극 「슈로펜슈타인 일가Die Familie Schroffenstein」(1801)를 시작으로 극작가가 되었다. 하지만 그의 이 첫 작품은 여러 가지 관점에서 독자적 성향을 띤다. 그는 「로베르 귀스카르Robert Guiskard」에서 자기 재능을 완전히 보여주는데, 이 작품을 불안정한 방랑시절인 1801년부터 수년간 작업하여 노(老)시인인 비란트Wieland에게 구술해 드렸을 때 그로부터 예언적 격찬을 받았다. "에스킬로스, 소포클레스, 셰익스피어의 정수를 결합하여 하나의 비극을 창작하려 했다면, 그것은 클라이스트의 '노르만의 영주 귀스카르의 죽음'이 될 것이다."(그러나 클라이스트는 이 작품이 마음에 들지 않아 그 원고를 불태워버렸다.) 오늘날 그 일부만 남아 있는 미완성 원고(Fragment)는 1808년 잡지 『푀부스Phöbus』에 실려 전해온 것이다. 클라이스트는 대비극에서뿐만 아니라 진정한 의미의 위대한 성격희극에서도 재능이 있었음을 그의 단막극 「깨어진 항아리Der zerbrochne Krug」(1806) 및 희극 「암피트리온Amphitryon」(1807)에서 잘 드러낸다. 비극으로는 클라이스트가 독일 고전주의 절정기에 유일하고 중요하며 깨끗한 극작품을 창작했고, 또 희극으로는 고대 신화적 소재의 형상을 완전히 새로운, 신앙심 깊은 극작품으로 썼다. 비극 「펜테질레아Penthesilea」(1808)는 성애의 정열을 다룬 비극작품으로, 여주인공 펜테질레아는 발광까지 하면서 가차없이 파멸하고 만다. 이 위대한 극작품과 반대되는 극작품은 낭만적 기사극인 「하일브론의 케트헨Das Käthchen von Heilbronn」(1808)인데, 이는 같은 방법으로—대칭적 관점에서 보면—여성적 심리의 극단적 가능성을 보여준다. 애국적이며 역사적인 두 작품 「헤르만의 전쟁Die Hermannsschlacht」(1808) 및 「홈부르크 공자Prinz Friedrich von Homburg」(1811)로써 클라이스트의 극작은 끝난다. 「헤르만의 전쟁」이라는 경향극은 독일의 압제자인 나폴레옹에 반대하는 정치적 선전과 증오를 표현한 것이고 「홈부르크 공자」는 국가 이념을 둘러싼 투쟁의 완전한 해결과 개인의 자유로운 도덕적 자기 극복을 위한 기초확립을 표현한 것이다. 바이마르의 고전주의를 대표했던 두 위대한 작가인 괴테와 실러와 더불어 세 번째로 큰 고전작가인 클라이스트의 위대성과 사명은 비교적 늦게 인정되었다. 클라이스트의 작품들을 그의 사후에 모아 간행하고, 이로써 후세에 보존해준 것은 낭만주의의 작가 루드비히 티크Ludwig Tieck의 공적이다.(1826년에 최초의 3권으로 된 클라이스트 전집이 간행되었다.)

3. 작품의 줄거리

3.1. 깨어진 항아리

서기 리히트는 어느 날 아침 법정에서 몰골이 매우 사나운 마을 판사 아담을 만난다. 그의 머리에는 상처가 나 있고, 얼굴에는 생채기가 나 있으며 전체적으로 아주 허약하며 산만하다. 그는 잠자리에서 일어날 때 거꾸로 떨어져 벽난로의 모퉁이에 부딪쳤다고 말한다. 서기는 그에게 사법 고문관 발터가 직무감찰을 하려고 이웃 마을을 출발하여 이 마을에 올 것이라는 사실을 알린다. 이웃 마을의 어느 판사는 비리로 인해 직무가 이미 정지되었고 자살을 기도했다. 아담은 서기에게 자기를 도와달라고 한다. 아담이 곧 있을 상급자의 방문에 대비해 꼭 필요한 것을 정돈하라는 말을 하자마자―가발조차도 준비되지 않았는데(이 가발의 행방에 관해서는 아담이 계속 새로운 거짓말을 한다.)―곧 사법 고문관이 도착한다. 대머리인 아담은 가발을 쓰지 않은 채 즉시 판사 직무를 시작해야만 했다. 그 이유는 오늘이 공판이 있는 날이기 때문이었다. 사법 고문관이 사건의 심리에 함께 자리하게 되었으며, 서로 싸우는 농부들이 나타난다. 마르테 룰 부인이 루프레히트라는 농부 화이트 튐펠의 아들을 자기 딸 이브의 방에서 항아리를 깨었다고 꾸짖는다. 루프레히트는 공언한다. "그녀가 화를 내는 것은 깨어진 항아리 때문이 아니라 구멍난 결혼 때문입니다." 그는 마르테 부인의 딸 이브와 약혼했으나, 자기의 약혼녀를 이제 '창녀'라고 욕한다. 마르테 부인은 자기 딸을 마주 보고 선언한다. "너의 훌륭한 이름이 이 항아리에 새겨져 있고 이와 함께 온 세상 사람들 앞에서 너는 심한 상처를 입었다." 재판이 시작되기 전에 아담은(싸우고 있는 사람들이 볼 때는 매우 의심이 생긴다.) 이브를 옆으로 데려가 몰래 그가 호주머니에 넣어 다니는 서류를 언급하면서 그녀를 겁박한다. 사법 고문관은 아담에게 두 번이나 재판 시작 전에 소송당사자들과 말을 하지 말라고 주의를 주고, 마침내 그로 하여금 심문을 시작하게 한다. 마르테 부인은 자세히 그리고 정확하게 깨어진 항아리의 상태를 묘사하고, 엊저녁에 남자의 큰소리와 소동이 있어서 딸 이브의 방으로 갔더니, 거기엔 이 집의 가보인 항아리가 깨어져 있었고, 이브가 손을 비비면서 촌놈 루프레히트와 함께 있는 것을 보았다고 보고한다. 루프레히트는 이 항아리를 선반에서 밀어 떨어뜨린 것은 자기가 아니며 다른 남자가 그랬다고 주장한다. 루프레히트는 이렇게 단언한다. 자신이 이브에게 갔을 때 그녀 곁에서 다른 남자 하나를 본 것은 사실이지만 그자가 누구인지는 알아보지 못했다고. 자기가 시끄러운 소리를 내며 이브의 방으로 뛰어들자 그 남자는 창문 너머로 뛰어내렸으며 자신은 그의 머리를 문고리로 두 번 세게 때렸다고. 그리고 자신이 도망가는 그 남자를 붙잡으려고 하자, 그자는 모래 한 줌을 자신의 눈에 던져 넣었다고.

아담은 계속 이 심문을 질질 끌거나 다른 방향으로 돌리려고 시도하다가 마침내 이 사건을 '화해'시키는 것이 좋다고 생각한다. 마을 판사의 이상한 행위를 수상하게 느낀 사법 고문관은 그가 주도하는 이 심리가 마지막이라는 것을 알리고, 이 사건의 본질을 규명하라고 한다. 맨 끝에 가서 이 수수께끼를 풀 수 있는 사람은 이브뿐이며, 루프레히트보다 먼저 자기 방으로 들어온 그 남자가 누구인지 말한다. 아담은 구두 수선공 레프레히트에게 혐의를 돌리고 싶어 하고, 루프레히트는 레프레히트가 범인일 거라고 추측한다. 아담은 이브가 진술하기 전에 다시 한번 더 오해하지 말라고 위협한다. "너는 여기서 나에게 다른 한 남자를 떠벌리겠느냐? 그리고 제3자인 어리석은 이름을 대겠느냐? 자, 주의해라. 나는 더는 말하지 않는다." 이브는 루프레히트가 항아리를 깨지 않았다고 밝힌다. 그러나 그녀는 더 이상의 해명을 하지 말아야 한다고 생각한다. "이 사건에 대해 내 입을 닫게 하는 것은 하늘의 놀라운 섭리입니다." 사실 이브는 마을 판사가 항아리를 깬 범인이라고 한다면 약혼자인 루프레히트의 생명이 위태로워질 것을 걱정한다. 브리기테 아주머니라는 새로운 증인이 비로소 어둠 속에 빛을 가져온다. 그녀가 소환되어 올 때까지 아담은 사법 고문관에게 아침밥과 라인산 포도주를 대접하며 아주 교활하고 달콤한 말로 이 사건을 딴 데로 돌리려고 하며 이미 자기에게로 향한 혐의를 피하려고 한다. 브리기테 아주머니의 진술은 그것을 밝힌다. 그녀는 아담이 도망칠 때 잃어버린 가발을 발견했으며, 눈에 찍힌 부인할 수 없는, 범인의 집으로 가는 발자국을 따라갔다.(마을 판사의 발자국이 모든 진실을 증명하는데, 그것이 바로 악마의 발자국이라는 새로운 핑계를 대지만 아무런 효력이 없다.) 아담은 마침내 판결을 내렸다. 이 판결에 따라 루프레히트는 항아리를 깬 범인으로서 감옥에 들어가지 않으면 안 된다. 일이 이렇게 되자 격분한 이브는 자제력을 잃고 진실을 밝힌다. "판사 아담이 그 항아리를 깨뜨렸습니다." 그 후에 아담은 황급히 자리에서 도망친다. 이브는 사법 고문관의 발에 엎드린 채 루프레히트를 군대에 가는 소집에서 구해 달라고 간청한다. 아담이 이브에게 위조한 서류로—나중에 밝혀지는데—루프레히트를 군대에 소집하겠다고 겁을 주었고, 소집되면 동인도로 가게 되며 거기에서는 살아서 돌아올 사람이 거의 없다는 것이었다. 아담은 이 소집을 면제해 주겠다고 하며 그렇게 할 수 있다고도 한다. "그 서류를 완성시키기 위해서, 그는 내 방으로 몰래 기어들었으며, 처녀의 입으로 감히 말할 수 없는 그런 수치스런 짓을 요구했습니다." 이것이 아담 판사가 저지른 일의 끝이다. 사법 고문관은 서기 리히터를 아담의 후임자로 앉히고, 또 아담의 죄를 문책할 때에도 회계 장부에 큰 잘못이 없다면 관용을 베풀겠다고 말한다. 이브와 루프레히트는 화해할 수 있음에도 마르테 룰 부인은 만족하지 못한다. 그녀는 우트레히트 고등법원에 가서 깨어진 항아리에 대한 손해배상을 청구하고자 한다.

3.2. 암피트리온

테베군 대장 암피트리온의 하인 조지아스는 테베에 있는 암피트리온의 젊은 아내 알크메네에게 아테네군을 무찌르고 얻은 큰 승리를 알려주라는 주인의 명령을 받았다. 조지아스가 밤에 테베에 있는 주인의 거성 앞에 도착했을 때, 자기를 꼭 닮은 한 사람이 나타나 성안에 들어가지 못하게 막고, 더구나 그가 조지아스로 행세한다는 이유를 내세워 몽둥이로 때린다. 그 사람은 조지아스의 형상을 하고 있는 메르쿠르였으며, 그는 여기서 자기 주인이며 신들의 아버지 주피터가 즐기는 사랑의 모험을 지키고 있다. 주피터가 암피트리온의 형상을 하고 알크메네 곁에 숨어들었던 것이다. 메르쿠르가 어떻게 행동해야 좋을지 몰라 매를 맞은 조지아스를 쫓아내었을 때, 주피터는 알크메네와 헤어지려고 모습을 드러낸다. 신은 자신을 남편으로 받아준 그 젊은 부인에게 '남편'과 '애인'을 구분하라고 한다. 그러나 알크메네에게는 그들이 구분되지 않는다. 그는 또 알크메네한테서 자신이 그녀 곁에서 보낸 이 밤이 다른 어느 날보다도 그녀에겐 더 짧고 행복했음을 확인받고 싶어한다. 이에 대해 알크메네는 그저 깊은 한숨 '아'로 응답할 뿐이다. 신이 돌아간 후, 메르쿠르는 조지아스의 아내 카리스로부터 자신을 보호하려고 노력한다. 카리스는 메르쿠르를 돌아온 자기 남편 조지아스로 착각하고, 자기 쪽에서 주인 부부를 본떠 사랑스런 재회 시간을 기대하고 있다. 메르쿠르는 그녀에게 매우 거칠게 대하며, 재빨리 유혹을 빠져나간다. 날이 샐 무렵, 암피트리온이 테베로 돌아온다. 그는 조지아스가 이야기하는 제2의 조지아스에 대해 듣고, 그것을 터무니없는 허튼 소리라고 한다. 조지아스는 이를 증명해 보이려고 몽둥이로 맞았던 자신의 등을 보여준다. 그러나 암피트리온은 그의 말을 믿을 수 없고, 믿으려 하지도 않지만, 조금 뒤 알크메네와 재회하고 이 사실을 인정하지 않을 수 없다. 그녀의 보고에 의하면, 그가 이미 어제 '저녁 어스름' 때 자기 곁에 갑자기 나타나 자신과 농담을 주고받았으며, 남편의 '권리'를 행사했다고 한다. 그리하여 그는 완전히 혼란에 빠진다. 그가 테베에 왔다는 것을 모든 하인들이 목격했다고 알크메네는 주장했다. 이제 암피트리온은 더 이상 참을 수 없게 된다. 그는 자기는 테베에 없었고, 어제 저녁 어스름 때에 여기로 몰래 숨어 들어온 암피트리온은 '악당'이었다고 공언한다. 알크메네는 격분하여, 이것은 남편이 '다른 여자'에게 갔다가 이를 벗어나려고 쓰는 '책략'에 불과하다고 본다. 그리하여 부부는 싸운다. 암피트리온은 지난밤에 테베에 있지 않았음을 증명하려고 장군들을 증인으로 부른다. 알크메네와 암피트리온 사이에 전개되는 상황이, 저급한 방법으로 조지아스와 카리스 사이에도 반복된다. 이들도 싸운다. 메르쿠르/조지아스는 내내 카리스를 회피했는데, 이것이 그녀를 매우 화나게 했다. 그녀는 이제 진짜 조지아스에게 앙갚음을 한다. 사건은 이 혼란의 절정으로, 작가에 의해 고안된 알크메네의 감정 혼란의 정점으로 나아간다. 그때 주피터는 알크메네 앞에 남편의 모습으로 나타난다. 그녀는 주피터/암피트리온이 남긴 머리띠에서 기대했던 A자(암피트리온의 이름약자) 대신 J자(주피터의 이름약자)가 새겨진 것을 발견하고 당황한다. 주피터/암피트리온이 그녀에게 밤에 나타난 자가 바로 자기 주피터라고 선언하자, 그녀는 완전히 혼란에 빠진다. 그리고 다시—이 극의 초반에 그랬듯이—주피터는 억지로 그녀에게서, 만약 신이 그녀에게 나타나면 암피트리온보다 신을 더 사랑할 준비가 되어 있다는 자백을 받아내려고 한다. 그러나 전지전능한 그는, 그녀가 주피터 앞에서 기도하지 않고 암피트리온 앞에 엎드려 기도하는 것을 확인해야만 했다. 알크메네는 혼란에 빠져 "나는 그를 생각하기 위해 형상이 필요합니다."라고 고백한다. 그러자 그는 그녀에게 묻는다. 그가 그녀 앞에 모든 권력을 갖고 나타나 사랑을 간청하면 어떻게 행동할 것이냐고. 왜냐하면 "사랑이 없으면 올림포스 산도 황량"하기 때문이라고 한다. 그는 '사랑'을 원하지 맹목적인 '숭배'를 원치 않는다. 그러나 알크메네는 꼼짝도 하지 않는다. 만약 그녀가 신의 덕택으로 창조된 수많은 존재에 대해 감사해야 할 운명이라면 오로지 미소로써 감사를 다하고, 주피터에게는 언제나 경외하는 마음을 바치고, 암피트리온에게는 사랑하는 마음을 바치겠다고 한다. 이에 대해 신은 수치심과 동시에 행복감을 느끼고 그녀가 승리할 것이라고 고백한다. 그는 그녀에게서 떠나간다. 다시 조지아스와 카리스의 장면이 이어진다. 이것은 신과 인간의 갈등을 극대화시킨 앞의 주인들의 극과 대칭을 이루는 그로테스크하고 풍자적인 극이다. 그러나 아직 두 암피트리온의 실체에 대한 수수께끼는 풀리지 않고 남아 있다. 메르쿠르/조지아스는 질투하는 암피트리온을 한껏 자극시키는 데에서 재미를 느낀다. 메르쿠르/조지아스는 진짜 암피트리온을 자신의 성으로 들여보내지 않는데, 그 이유는 그곳에는 가짜 암피트리온이 알크메네에 곁에 머물고 있기 때문이다. 질투심에 불타는 암피트리온은 자기를 믿는 테베의 장군들을 데리고 스스로 자기의 형상을 하고 자기 이름을 쓰는 '악령'을 힘으로 덮치려고 한다. 그때 주피터가 성에서 나오고 두 암피트리온은 마주친다. 장군들은 주피터/암피트리온을 진짜 암피트리온이라 인정하려 한다. 암피트리온은 절망하여 새로운 증인을 테베시에서 불러온다. 이에 대해 주피터/암피트리온은 아무런 이의를 제기하지 못한다. 그 사이에 메르쿠르/조지아스는 다시 한번 더 '쌍둥이 형제'와 화해하려고 노력하지만 아무 소용이 없어 불쌍한 조지아스에게 자신의 모든 힘을 느끼게 한다. 암피트리온이 군대의 지휘관들과 군중들과 함께 돌아오자, 누가 진짜 암피트리온인가 하는 결정은 알크메네의 수중으로 넘어가 있다. 그녀가 주피터/암피트리온 편을 들어주자, 진짜 암피트리온은 절망에 빠지면서 주피터를 그녀의 암피트리온이라고 토로하지 않을 수 없었다.

그러나 이제 주피터는 가면을 벗는다. 천둥과 번개 속에서 독수리가 나타나 그에게 뇌신(雷神)의 화살을 건네준다. 신은 자기 정체를 털어놓는다. 그리고 그는 암피트리온에게, 즉 자신이 형상을 취했던 그 남자에게 약속한다. "너에게 헤라클레스라는 아들이 태어날 것이다." 알크메네는 기절하여 암피트리온의 팔에서 주저앉아 그의 곁에서 머문다. 다시 깨어난 그녀의 입에서 고통스러운 '아' 하는 긴 탄식 소리와 함께 극은 끝난다.

3.3. 홈부르크 공자(公子)

전투 전날 밤에 선제후는 부인과 조카딸 나탈리에와 함께 홈부르크 공자를 관찰하는데, 공자는 일종의 혼수상태에 빠져 성의 정원에 앉아서 자신이 직접 월계관을 엮는다. 공자의 상태를 살펴보려고 선제후는 그에게서 월계관을 빼앗고 거기에 자신의 목걸이를 둘러서 나탈리에에게 건네준다. 공자는 몽유병자처럼 그들을 따라다니며 나탈리에에게 신부인 것처럼 말을 걸 때, 선제후는 그를 거절한다. 공자는 깨어난 후에 이 사건을 꿈을 꾼 것처럼 기억한다. 그러나 공녀에게서 슬그머니 빼앗았던 장갑 한 짝이 남는데, 그 장갑이 어디서 왔는지가 공자에겐 수수께끼로 남는다. 다음 날 아침 원수가 장교들에게 목전의 전투 명령을 하달할 때, 공자는 주의를 기울여 듣지 아니하고 장갑 한 짝에 생각을 집중하였고, 그 장갑이 공녀 나탈리에의 장갑임을 알게 된다.

전투 중 공자는 기병대를 지휘하여 부관들의 경고를 무시하고 약속된 공격개시 신호를 기다리지 않은 채 전투에 나선다. 그리하여 브란덴부르크 측에 결정적인 승리를 안겨준다. 그러나 승리에 대한 희생이 커 보이는데, 선제후의 전사(戰死)를 목격했기 때문이다. 사람들이 비탄과 혼란에 빠져 있을 때 공자는 나탈리에를 도와주고 그녀에게 자신의 애정을 밝히고 그녀의 답을 받는다. 그러나 선제후는 전사하지 않았고 살아 있으며, 홈부르크 공자를 명령 불복종의 이유로 체포하게 해서 실수에 대한 벌로 급히 소집한 군사재판에 회부하였고, 군사법정은 공자에게 사형을 선고한다.

공자는 처음에 이 조치를 진지하게 받아들이지 않는다. 왜냐하면 자신이 아버지처럼 존경하는 선제후가 자신을 해치지 않을 것으로 믿었기 때문이다. 그러나 모든 징후는 선제후가 그 사형선고를 집행할 것임을 말해준다. 공자는 자신이 죽어 묻히게 될 무덤을 보고, 죽음에 대한 공포를 느껴 공녀 나탈리에에 대한 모든 요구를 포기하며, 목숨만 살려달라고 선제후에게 청한다. 그 사이에 선제후는 공자를 변호하는 많은 변호인들에게 법의 정의를 내세우며 마침내 공자를 자신의 결정에 맡긴다. 만약 공자가 군사법정이 내린 사형의 판결을 부당하다고 여긴다면, 선제후는 이 결정을 폐기하겠다고 한다. 한편 공녀 나탈리에는 휘하의 기병대를 선제후 몰래 베를린으로 불러들이며 자신도 명령 불복종의 죄를 범하며 공자를 살려달라고 청원한다. 그러나 이 행동은 공자의 경우와는 달리 선제후가 알지 못하여 그녀에겐 아무런 일도 없다. 공자는 선제후와 모여 있는 장교들 앞에서 자신에게 내려진 사형 선고를 정당하다고 받아들이며, 자신은 국가 통치 근간인 법을 위해 죽을 준비가 되었음을 선언한다. 그러자 선제후는 장교들에게 공자의 사면을 밝힌다. 그러나 공자는 이 결정을 눈치채지 못한 채, 두 눈이 가려져 사형장으로 안내되어 사형대 위에 서 있다고 생각한다. 드라마의 끝 장면은 시작 장면과 연결되어, 선제후는 승리의 월계관에 목걸이를 감아서 나탈리에로 하여금 이것을 공자에게 건네주게 한다. 그러자 공자는 놀라서 기절한다. 대포의 포성을 듣고 깨어난 그는 이 사건을 꿈이라고 여긴다. 이 드라마의 마지막은 '브란덴부르크의 적을 모두 박살내자!'로 끝난다.

작가 연보

1777년 10월 18일 하인리히 폰 클라이스트는 오더 강변의 프랑크푸르트에서 아버지 요아힘 프리드리히 폰 클라이스트와 어머니 율리아네 울리케 폰 클라이스트(결혼 전 성은 판비츠) 사이에서 태어남.(클라이스트는 자기 아버지의 두 번째 결혼에서 태어난 다섯 아이 중 세 번째임) 아버지의 첫 번째 결혼에서 두 딸이 있는데 그중에 클라이스트와 중요한 관계를 가진 울리케(1774-1849)가 있음. 클라이스트는 처음에 집에서 가정교사의 교육을 받음.

1788년 6월 18일 아버지 죽음. 클라이스트는 위그노 교육을 받기 위해 베를린으로 옴. 이 시기의 클라이스트에 관한 것은 거의 알려져 있지 않음.

1792년 포츠담의 근위 연대에 입대.
6월 20일 견진성사 후 근무 시작.

1793년 2월 3일 어머니 죽음.
라인 원정에 참가. 마인츠 요새 탈환 작전에 참가.

1795년 7월 11일 포츠담으로 귀환.

1798년 논문 「행복의 확실한 길 찾기」

1799년 4월 4일 자신의 원에 의해 군에서 소위로 제대.

4월 10일 오더 강변의 프랑크푸르트 대학에 등록, 법학 공부를 시작하여 1800년 7월까지 계속함. 그 밖에도 자연 과학 강의를 들음.

1800년   빌헬름미네 폰 쩽게와 약혼.

8월 말에서 10월 말까지 뷔르츠부르크 여행. 이 여행의 동 기에 대해 그의 편지에서 서로 다른 비밀스런 암시를 한다. 11월에서 이듬해 3월까지 베를린에 체재.

1801년   소위 "칸트 위기" 칸트 철학을 공부하면서 자신의 지금까 지의 철학적 견해와 계획에 충격을 받음. 울리케와 함께 드레스덴을 거쳐 파리로 여행. 거기서 둘은 7월에서 11월 까지 체재. 11월 말 프랑크푸르트(마인 강변) 여행. 거기서 여행 동반자 울리케와 헤어짐. 클라이스트는 스위스 바젤 과 베른으로 계속 여행.

1802년   스위스 체재. 4월 1일 이후 클라이스트는 툰 호수의 델로 제아 섬에 삶. 「고노레츠 일가」(「슈로펜슈타인 일가」의 초 고) 작업. 「로베르 귀스카르」 작업 시작. 5월에 파혼.

7월에서 8월 베른 체재. 10월 울리케와 함께 여행. 비란트 의 아들 루드비히를 방문. 예나 및 바이마르를 여행.

1803년   오스만스테트의 비란트 영지에 체재. 「로베르 귀스카르」, 「암피트리온」, 「깨어진 항아리」 작업. 3월에서 4월 라이 프치히 체재. 「슈로펜슈타인 일가」가 베른과 취리히의 게 스너 출판사에서 출간. 4월에서 7월 드레스덴에 체재. 7월 에서 10월 에른스트 퓌엘과 함께 베른, 툰, 밀라노, 제네 바 및 파리 여행. 10월 말 「로베르 귀스카르」 원고를 불태

움. 프랑스군에 입대하기 위해 성 오머로 감. 클라이스트
는 프로이센 공사에 의해 포츠담으로 보내짐. 그러나 마
인츠에서 귀환을 끝냄.

1804년   1월 9일「슈로펜슈타인 일가」가 오스트리아의 그라츠에
서 첫 상연. 정신과 육체가 피곤하여 마인츠의 게오르그
베데킨트 의사 곁에 체재. 봄에 그곳에서 파리로 여행. 6
월 베를린에 도착. 국가 공무원이 되려고 노력함.

1805년   1월 재무국에 임용됨. 5월 초 이후 쾨니히스베르크의 황
실재산관리국에서 근무. 클라이스트는 재정학 및 정치학
강의를 크리스티안 야콥 클라우스한테서 들음.「미하엘
콜하스」를 쓰기 시작.

1806년   「깨어진 항아리」작업.
여름.「펜테질레아」작업 시작. 8월 중순 이후 건강상의
이유로 휴가. 국가 공무원 사직.

1807년   1월 쾨니히스베르크에서 베를린으로 옮겨옴. 거기서 그는
프랑스군에 의해 간첩 혐의로 체포됨. 3월에서 7월 포르
드 쥐 성과 살롱 수르 마르네 포로수용소에 수용.「펜테
질레아」계속 작업. 5월 초에「암피트리온」이 드레스덴에
서 출간. 7월 12일 포로에서 풀려남. 이어서 베를린을 거
쳐 드레스덴으로 여행. 거기서 클라이스트는 1809년 4월
까지 자유 직업 작가로 살다.『교양인을 위한 조간 신문』
에「예로니모와 요제페」(「칠레의 지진」의 원제목) 실림.「하
일브론의 케트헨」작업. 12월「펜테질레아」완성.

1808년   1월 23일~1809년 2월 아담 뮐러와 공동으로 잡지『푀부

스』를 발행. 그 잡지에 「펜테질레아」(일부분)「O... 후작 부인」「깨어진 항아리」「로베르 귀스카르」(미완성) 및 「하일브론의 케트헨」(일부분) 그리고 소설 「미하엘 콜하스」(처음 부분)가 실림. 3월 2일 「깨어진 항아리」가 괴테의 주도로 바이마르의 궁중 극장에서 상연되어 크게 실패함. 7월 「펜테질레아」가 튀빙겐의 코타 출판사에서 서적으로 인쇄됨. 12월 「헤르만의 전쟁」 완성.

1809년   4월 29일 프리드리히 크리스토프 달만과 함께 프라하 및 즈노이모로 여행. 5월 25일 아스페른 전장 시찰. 여름 이후 보헤미아, 오스트리아, 오더 강변의 프랑크푸르트 그리고 다른 곳에서 정치적 활동. 오늘날까지 클라이스트의 직책은 알려지지 않음. 반 나폴레옹 경향의 잡지 『게르마니아』를 계획.

1810년   1월 30일 베를린에 체재. 3월 17일 「하일브론의 케트헨」이 빈에서 첫 상연. 가을 베를린의 라이머 출판사에서 『하일브론의 케트헨』 및 『클라이스트 소설집』 제1권(수록작품:「미하엘 콜하스」,「O... 후작 부인」,「칠레의 지진」) 출간. 10월 1일 클라이스트가 발행한 일간 신문 『베르린 석간 신문』 제1호가 나옴. 6개월 동안 발행됨.

1811년   2월 베를린의 라이머 출판사에서 『깨어진 항아리』 출간. 「성 도밍고 섬의 약혼」이 『프라이뮤티케』지에 발표됨. 3월 30일 『베르린 석간 신문』 종간. 6월 클라이스트는 「홈부르크 공자」를 라이머 출판사에 내놓음. 8월 초 『클라이스트 소설집』 제2권(수록 작품: 「주운 아이」,「결투」,「성 도밍고 섬의 약혼」, 「성녀 세실리아 또는 음악의 힘」, 「로카르노의 거지 여인」)이 라이머 출판사에서 출간. 9월 클라이스트는 다시 프로이센군에 들어가려고 노력함. 11월 21일 반 호수에서 중병을 앓고 있던 헨리에테 포겔과 동반자살함.

1821년   루드비히 티크가 클라이스트의 『유고집』을 간행함. 10월 3일 「홈부르크 공자」가 빈에서 첫 상연.

1822년   「홈부르크 공자」가 『페르벨린의 전투』라는 제목으로 책으로 출간.

1826년   첫 클라이스트 전집이 간행됨.(발행인은 루드비히 티크)

1860년   울리케에게 보낸 편지들이 처음으로 발행됨.(발행인은 아우구스트 코버슈타인)

1862년   정치적인 글이 루돌프 쾨프케에 의해 발표.

1876년   4월 25일 「펜테질레아」가 베를린에서 첫 상연.

1884년   빌헬름미네 폰 쩽게에게 보낸 편지들이 첫 발행됨.(발행인 칼 비더만)

1889년   4월 8일 「암피트리온」이 베를린에서 첫 상연.

1901년   4월 6일 「로베르 귀스카르」(미완성)가 베를린에서 첫 상연.